HANS JOACHIM

SCHÄDLICH

SCHOTT

ROMAN · ROWOHLT

Die Arbeit am vorliegenden Text wurde durch den Deutschen Literaturfonds e. V. und die Stiftung Preußische Seehandlung gefördert

1. Auflage März 1992

Umschlag- und Einbandgestaltung
von Walter Hellmann
Gesetzt aus der Garamond
bei Utesch Satztechnik GmbH, Hamburg
Gedruckt und gebunden bei
Clausen & Bosse, Leck
Printed in Germany
ISBN 3 498 06234 4

Hans Georg Heepe gewidmet

Schott hat sich entschlossen, zu zweit zu leben.

Liu, der er diesen Entschluß soeben mitgeteilt hat, sieht ihn großäugig an.

Liu kennt Schott. Sie sagt, Zu zweit! Willst du mit dir selber leben?

Schott sagt, Sie sind eine Person, die ich am tiefsten kenne. Ich hätte an dich gedacht.

Es ist gleich gültig, ob SCHOTT mit diesen oder anderen Sätzen anfängt. In jedem Fall ist jeder Satz von Anfang an zweifelhaft. Und zweifelhaft bleibt jeder Satz bis zum Ende; deshalb ist es gleich gültig, ob SCHOTT mit diesen oder anderen Sätzen aufhört.

Es werden Leser erwartet, die Schotts Geschichte ästhetisch nicht befriedigt. Entweder des Inhalts (ein anderer Begriff des Ästhetischen) oder der Form wegen oder sowohl des Inhalts als auch der Form wegen, und zwar entweder der Erzählform oder der Sprachform wegen oder sowohl der Erzählform als auch der Sprachform wegen.

Des Inhalts wegen vielleicht, weil es nicht jedermanns Sache ist, Einzelheiten einer Verbrennung zur Kenntnis zu nehmen oder Einzelheiten des einen oder anderen Geschlechtsaktes, oder des einen und des anderen, oder Einzelheiten einer Verbrennung und einiger Geschlechtsakte.

Die ästhetische Befriedigung ist allerdings kein literarischer Zweck.

Andererseits kann es Leser geben, die Schotts Geschichte

ästhetisch befriedigt. Entweder des Inhalts oder der Form wegen oder sowohl des Inhalts als auch der Form wegen.

Liu setzt sich in ihrer Küche an den Tisch und stützt den Kopf in die Hände. Liu besitzt schwarzes Haar; unter den schwarzen Haaren finden sich mehrere weiße, vorwiegend in den Gegenden der Schläfen. Lius Haar ist schulterlang und gewellt.

Schott setzt sich. Er steht wieder auf und sieht sich um.

Liu sagt, Der Aschenbecher ist im Arbeitszimmer. Du rauchst, aber es geht mich nichts an.

Leser, die hungrig sind auf unnützes Wissen, erhalten die Mitteilung, daß Schott weder mit dem Verfasser des SCHOTT identisch ist noch auch bloß irgendwelche einzelne Züge desselben trägt, äußere oder innere. So, beispielsweise, ist Schotts Haar trotz Schotts Alter dunkelbraun und dicht, das Haar des Verfassers aber hellgrau und licht. Der Verfasser neigt zu schneller, unkontrollierter Rede, Schott keinesfalls.

Schott sollte eine Ansicht über seine Nikotinsüchtigkeit äußern wollen, bevor er sich, den Aschenbecher in der Hand, an Lius Küchentisch setzt, oder er sollte bedauern wollen, daß Liu sagt, die Folgen seiner Nikotin- und Kondensat-Inhalation seien absehbar. Er sollte vielleicht sagen wollen, daß er sich selbst verachte, weil er Tabakrauch gern einatme, obwohl er über die voraussichtlichen Schäden an seinem Körper unterrichtet worden sei, oder er sollte sagen wollen, Lius deutlich spürbare Mißbilligung sei berechtigt, oder er sollte lediglich sagen wollen, er könne nicht anders. Noch lieber sollte er Lius Teilnahmslosigkeit bezweifeln oder sogar bestreiten wollen, sie als vorgeblich erweisen, Liu vorführen, daß ihr viel an ihm liege, daß er oder es sie etwas angehe, weil doch nur Lius Teilnahme an seiner Person es sei, woran ihm gelegen.

Schott setzt sich, den Aschenbecher in der Hand, an Lius Küchentisch und sagt, Was denkst du jetzt.

Nun stell schon den Aschenbecher hin. Und gib mir eine Zigarette.

Liu atmet Rauch ein, Schott atmet Rauch ein.

Daß du mich das fragen mußt, Schott. Du hast doch noch nie mit jemandem leben gekonnt. Warum solltest du es jetzt können.

Ich will es können. Ich will es können lernen.

Warum willst du es plötzlich.

Wenn ich es wollen kann, lerne ich es vielleicht.

Liu vernachlässigt ihre Frage und sagt, Ausgerechnet ich soll deine Schule sein.

Es kann vermutet werden, daß einige Leser sogar wissen wollen, warum Schott Schott heißt.

Ganz verfehlt wäre die Annahme des einen oder anderen dieser einigen Leser, Schott stehe als Person in der Nachfolge von Bernhard Schott, als Schotts Sohn oder Schotts Enkel oder Schotts Urenkel, und neben der Edition Schott gehörten Bücher, Lexika, Zeitschriften und Schallplatten zu seinem Programm. Nein. Wäre es so, Schott wäre ein anderer. Auf die Ausmalung, wer Schott, wäre er solcherart ein anderer, wäre, wird verzichtet.

Noch weniger steht Schott zu F. Schott in Beziehung, der seinen Unterhalt als Hilfslehrer der französischen und englischen Sprache und als Übersetzer aus dem Englischen verdiente.

Die Gelegenheit, mit biographischen Daten um sich zu werfen, verleitet zu der Bemerkung, daß von F. Schott weder das Todesjahr noch der vollständige Vorname bekannt ist.

Die leserliche Vorstellung, Schott führe sich auf Anselm Schott zurück, wäre zwar verlockend, aber falsch. Verlockend nicht nur, weil es schätzbar sein könnte, einen Vorfahren zu besitzen, dem das Glück zuteil wurde, in einem Ort wie Maria Laach gestorben zu sein, sondern auch, weil Anselm Schott das Glück zuteil ward, ein Meßbuch der heiligen Kirche verfaßt zu haben, das seiner Tiefe und Länge wegen einfach der Schott zu heißen kam.

Die womöglich nächstliegende Vermutung eines oder eines anderen Lesers, Schott sei Nachfahre von Otto Schott, wäre auch falsch. Das Bedauern gilt Schott. Wer zählte nicht gern einen Ahnen zu seinen Ahnen, dessen Glasfabriken 1916 die erste Stelle unter den Glasfabriken einnahmen. Da Schott Brillenträger und Teetrinker ist, wüßte es Schott im Fall einer Nachfahrenschaft um so anhänglicher zu schätzen, daß Otto Schott es verstand, homogene Gläser mit erwünschten optischen Eigenschaften sowie, mit der Hilfe seiner Genossen, jenes Glas zu erzeugen, in welchem Schott ohne weiteres seinen Tee aufgießt.

Zuletzt könnte Schott wärmendes Gefallen daran finden, daß Otto Schott Schotts Großvater mütterlicherseits stark ähnelt.

Aber leider.

Zuallerletzt wäre der Irrtum auszuräumen, Schott könnte in verwandtschaftlicher Verbindung zu Anton Schott aus Hinterhäuser im Böhmer Wald stehen. Schott steht in gar keiner Verbindung zum Böhmer Wald.

Liebhaber des Semikolons, denen eine Neigung zu konstruktivistischen Gespinsten nicht verwehrt werden kann, müßten enttäuscht sein, falls sie Schott für einen späten, namentlich reduzierten Abkömmling von Justus Georg Schottel gehalten haben sollten; er ist es nicht.

Selbst die Tatsache, daß Schott nach einer Antwort auf die Frage sucht, wie es mit Leib und Seele des Menschen kurz vor dem Tod, im Tod und nach dem Tod bewandt sein werde, liefert keinen Beweis für persönliche Verwandtschaft mit Schottel. Schottel war nicht der erste, Schott ist nicht der letzte. Schott weiß von Schottel übrigens nichts.

Die andere mögliche Annahme, Schotts Name sei von dem einen oder anderen der genannten und ungenannten Schotts wenigstens entliehen, ist ebenfalls verfehlt.

Vollkommen abwegig wäre eine formselige Überschätzung rein lautlicher Erscheinungen, wie sie höchstens von spitzfindigen Phonetikern geleistet werden könnte, aber immerhin. Der Gleichklang zweier Konsonanten im Namen des Verfassers und im Namen Schotts legt eine persönliche Verwandtschaft beider oder eine Art partieller Namensanleihe des einen bei dem anderen ebensowenig nahe wie die Kenntnis des Verfassers von der Verfassung Schotts sie nahelegt.

Immer wieder begegnet eine kränkende Unterschätzung der poetischen Vorstellungskraft oder der ausgedehnten Kenntnis von Verfassern oder der poetischen Vorstellungskraft und der ausgedehnten Kenntnis von Verfassern.

Von neugierigsten Lesern wird hartnäckig ignoriert, daß poetische Vorstellungskraft oder ausgedehnte Kenntnis oder poetische Vorstellungskraft und ausgedehnte Kenntnis es Verfassern erlaubt beziehungsweise erlauben, ganz von sich selber abzusehen und dagegen von dem Inneren und Äußeren anderer Personen zu sprechen, die es unter Umständen sogar gar nicht gibt. Anders gesagt: die es gar nicht gab, bevor Verfasser von ihnen gesprochen hatten.

Der Name Schotts rührt von einer eingebildeten Wertbestimmung eines wirklichen Vorfahren Schotts her; zudem ist der Name in Schotts Generation längst verstümmelt. Die Verstümmelung, die im 17. Jahrhundert eintrat, steigert die betreffende Wertbestimmung und verbirgt sie zugleich.

Kurz: Schott heißt Schott, weil schon sein Vater Schott hieß, sein Großvater, sein Urgroßvater, sein Ururgroßvater, und der Vorname Robert wurde Schott von seinem Vater beigelegt.

Das ist vorläufig alles.

Liu sagt, Warum ausgerechnet ich.

Das habe ich dir gesagt.

Liu sagt, Es war nicht der Grund. Ich kenne viele Leute tief.

Schott hält die Zigarette in der Höhe des Mundstücks; er zieht an der Zigarette, Zeige- und Mittelfinger berühren die Lippen. Es kann der Eindruck unverhohlener Gier auf Nikotin entstehen.

Schott sagt, Du zwingst mich zu Sätzen, die du weißt.

So bist du, Schott. Kennst mich besser als du andere kennst, aber verstehst nicht genug von mir.

Schott hat zwei Tage zuvor ein frisches Taschentuch in die Schublade des Küchentisches gelegt. Er hat gewußt, daß er es brauchen würde. Er zieht die Schublade auf und will das Taschentuch herausnehmen, um sich die Stirn zu wischen, aber das Taschentuch ist weg. Schott schiebt die Schublade zu.

Deshalb weißt du auch nicht, ob *ich* zu zweit leben will, sagt Liu.

Die Art, in der Liu diesen Satz sagt, kann betrübt und vorwurfsvoll oder rechtfertigend und abweisend heißen.

Schott sagt, Daß du es könntest, glaube ich.

Die Art, in der Schott diesen Satz sagt, kann werbend und hoffnungsvoll oder fordernd und anmaßend heißen.

Du fragst mich nicht einmal, ob ich es will, sagt Liu.

Schott sagt, War es keine Frage?

Ich will nicht verstanden haben, was gemeint war, ich will hören, was gemeint ist.

Du kennst mich, sagt Schott.

Liu sagt, Ob ich es könnte, weiß ich nicht. Selbst wenn ich es wollte.

Schott raucht die zweite Zigarette wie die erste.

Liu sagt, Rauchen ist auch eine Sache der Ästhetik.

Schott steht auf.

Du gehst also, sagt Liu.

Schott nimmt den Aschenbecher.

Liu sagt, Kränk mich nicht und laß den Aschenbecher stehen. Ich bin müde. Ich will schlafen. Ich muß gleich wieder aufstehen.

Anstatt in die rechte Straße einzubiegen, in der Schott wohnt, biegt Schott in die Auffahrt der Stadtautobahn ein, er fährt auf der Stadtautobahn in südliche Richtung.

Ein Auto mit einem Autofahrer kann die Stadtautobahn über jede Ausfahrt, die es mit ihm erreicht, verlassen, vorausgesetzt, die Ausfahrt ist nicht gesperrt. Mit einem solchen Gedanken im Kopf, das heißt mit einem solchen Gedanken fährt Schott gelegentlich an mehreren Ausfahrten vorbei. Gelegentlich verläßt er die Stadtautobahn erst nach 15 bis 20 Minuten in seinem Auto und über eine Ausfahrt, fährt auf Stadtstraßen in nördliche Richtung und fährt schließlich in die Straße, in der er wohnt, entweder von links oder von rechts.

Binnen 300 Metern fahren vor und hinter Schott und links und rechts von Schott, auch vor und hinter den Autos, die links und rechts von Schott fahren, Autos. Die Autos vor Schott und vor den Autos, die links und rechts von Schott fahren, fahren binnen 30 Sekunden derart langsam, daß Schott und die Autos hinter Schott und die Autos, die hinter den Autos fahren, welche links und rechts von Schott fahren, binnen 30 Sekunden derart langsam fahren.

Das heißt, Autos werden gefahren und fahren. Selbstverständlich fahren viele Autos auch, wenn sie nicht gefahren werden. Die Frage eines Kunden an den Verkäufer eines älteren Gebrauchtwagens, ob das Auto fahre, quittiert der Verkäufer mit dem Satz, Natürlich fährt es. Der erschreckte Blick eines Autofahrers auf ein entgegenkommendes Auto, in dem kein Fahrer zu sehen ist, unterrichtet auf andere Weise vom Sachverhalt. In diesem Fall ist das Auto entweder ohne Fahrer abgefahren (so etwas begegnet als menschliches oder technisches Versagen oder als Verbrechen, das von Zeit zu Zeit zugleich als menschliches Versagen auftritt) oder der Fahrer ist, am wahrscheinlichsten infolge eines akuten Krankheitszustandes, zur Seite gesunken oder gesackt. Es kann sich übrigens jedesmal, wenn von Fahrern die Rede ist, auch um Fahrerinnen handeln.

Der Kürze halber, die aus mehreren Gründen geraten erscheint, wird von fahrenden Autos statt von gefahren werdenden Autos geredet. Fahrende Autos, in denen kein Fahrer zu sehen ist, sind nicht beteiligt.

Die Gründe, aus denen Kürze geraten erscheint, werden jetzt nicht genannt, aber später.

Trotz des geringen Tempos aller Autos vor Schott und vor den Autos, die neben Schott fahren, sind die Autos vor Schott und die Autos vor den Autos, die neben Schott fahren, nicht gleich langsam.

Erst fahren die Autos vor Schott unvermutet ein wenig schneller als die Autos vor den Autos, die neben Schott fahren. Schott fährt sogleich ein wenig schneller. Er läßt die Autos neben sich augenblicklich neben sich hinter sich, so daß er links und rechts andere Fahrer in anderen Autos neben sich hat, als die Autos vor ihm wieder ebenso langsam fahren wie die Autos neben ihm. Der Fahrer des Autos links von Schott ist ungeduldig; er schlägt mit der rechten flachen Hand auf den Rand des Lenkrades. Der Fahrer des Autos rechts von Schott ist eine jüngere Frau, die das Lenkrad mit beiden Händen festhält; sie hat ihr Haar im Nacken hochgebunden, so daß das hochgebundene Haar den Eindruck eines Pferdeschwanzes erweckt.

Dann fahren die Autos vor dem Auto, das links von Schott fährt, ein wenig schneller. Der Fahrer des Autos links von Schott schlägt nicht mehr mit der rechten flachen Hand auf den Rand des Lenkrades, sondern hält das Lenkrad mit beiden Händen fest und fährt sogleich ein wenig schneller. Das Auto, das links neben Schott fuhr, hat Schott jetzt links vor sich, so daß er links ein anderes Auto mit einem anderen Fahrer neben sich hat, als das Auto neben ihm wieder ebenso langsam fährt wie Schott. Der Fahrer des Autos links von Schott ist Raucher.

Schließlich fahren die Autos vor dem Auto, das rechts von Schott fährt, ein wenig schneller. Die Frau, deren Haar, obwohl es im Nacken hochgebunden ist, nicht mehr den Eindruck eines Pferdeschwanzes erweckt, fährt sogleich ein wenig schneller. Das Auto, das rechts neben Schott fuhr, hat Schott jetzt rechts vor sich, so daß er ein anderes Auto rechts neben sich hat, als das Auto neben ihm wieder ebenso langsam fährt wie Schott.

Schott, der wegen der Sätze, die Liu gesagt hat, auf der Stadtautobahn schnell dahinfahren wollte, einerseits, um Lius Sätze zu vergessen, andererseits, um die nötigen Antworten zu bedenken, kann unter den vorherrschenden Umständen der Stadtautobahn weder vergessen noch denken. Ihm ist von einer Minute zur anderen übler zumute. Nervös berührt er mit dem Daumen und dem Zeigefinger der rechten Hand die Nasenspitze, das linke Ohrläppchen, die Unterlippe, greift in die rechte Jackentasche (eine Bewegung, die von dem Sicherheitsgurt behindert ist), und vermißt die Zigaretten, zu seinem Ärger, der in diesem Moment sein allergrößter ist, obwohl das geringe Tempo der Autos vor und neben ihm eher zu größerem Ärger Anlaß bietet.

Die Autos vor dem Auto von Schott und vor den Autos neben Schott bremsen, das Auto vor Schott bremst, die Autos neben Schott bremsen, Schott bremst. Schott wünscht sich, daß die Autos hinter dem Auto hinter Schott rechtzeitig bremsen und daß das Auto hinter Schott rechtzeitig bremst. Über die Autos hinter den Autos neben Schott denkt Schott in diesem Augenblick nicht nach. Das Auto hinter Schott und die Autos hinter dem Auto hinter Schott bremsen rechtzeitig. Schott vermutet es, weil er weder einen Aufprall spürt noch Geräusche anderer Aufprälle vernimmt. Aus dem letzten Grund schließt er auch, daß die Autos hinter den Autos neben ihm rechtzeitig bremsen. Die Autos neben ihm bremsen rechtzeitig, das sieht er. Alle genannten Autos bremsen so lange, bis sie stehenbleiben, das heißt, sie werden so lange gebremst.

Schott bewegt die Kurbel an der Innenseite der linken Tür im Uhrzeigersinn. Das Fensterglas der Tür senkt sich. Daß es das Fensterglas der linken Vordertür ist, braucht nicht ausdrücklich gesagt zu werden. Da von der linken Tür gesprochen ist, kann jedermann schlußfolgern, daß Schotts Auto auf der linken Seite nur eine Tür hat. Der Ausdruck Vordertür erübrigte sich wahrscheinlich auch dann, wenn Schotts Auto auf der linken Seite zwei Türen, eine Vorder- und eine Hintertür, hätte, weil es erfahrungsgemäß schwierig ist, von dem Fahrersitz aus die Kurbel an der Innenseite einer linken Hintertür im Uhrzeigersinn zu bewegen. Ist der Schluß gezogen, daß Schotts Auto auf der linken Seite nur eine Tür hat, liegt die Vermutung nahe, daß Schotts Auto auf der rechten Seite auch nur eine Tür hat. Es existieren vermutlich keine Personenautos in der Stadt, die auf der linken Seite eine Tür, auf der rechten Seite zwei Türen haben.

Schott bewegt die Kurbel im Uhrzeigersinn so lange, bis sie sich nicht mehr im Uhrzeigersinn bewegen läßt. Im Unterschied zu manchen Autotürfenstern, die nicht gänzlich in der Autotür versinken, ist das Fensterglas in der Tür von Schotts Auto gänzlich versunken. Schott legt den Ellenbogen auf den Rand des Autotürfensterrahmens. Es ist logisch der untere Rand des Rahmens, auf den Schott den Ellenbogen legt, und es ist logisch der linke Ellenbogen, den Schott auf den Autotürfensterrahmen legt.

Die Stadtautobahn ist an der Stelle, an der Schotts Auto stillsteht, gänzlich eben. Schott kann ohne Sorge den Fuß vom Bremspedal nehmen. Schott blickt aus dem Fenster auf die Gegenfahrbahn.

Obgleich es Schott naheliegt, zuerst Lius Satz zu bedenken, sie wisse nicht, ob sie, selbst wenn sie es wollte, zu zweit leben könnte, will Schott zuerst Lius Satz bedenken, sie wolle nicht verstanden haben, was gemeint gewesen sei, sie wolle es hören.

Die Autos, die auf der Gegenfahrbahn heranrasen und vorbei, zerschneiden aber Schotts Absicht.

Hätte Schott sogar die Hoffnung gehegt, der Aufenthalt hinter, vor und zwischen haltenden Autos sei eine Gelegenheit zur Erholung, wäre Schott zu der Feststellung veranlaßt gewesen, diese Hoffnung habe getrogen.

Schott öffnet den Sicherheitsgurt und zieht ein Taschentuch aus der linken Hosentasche. Er wischt sich die Stirn und sagt, Warum habe ich dieses Taschentuch nicht in Lius Küche genommen. Schott spricht, aber mit niemandem.

Schott hört die Sirene eines Polizei- oder eines Rettungsautos. Er nimmt an, daß das Polizei- oder Rettungsauto nicht vor ihm, sondern hinter ihm erscheint. Im rechten Außenrückspiegel erblickt Schott gemischtes Licht, blaues und gelbes je im Rhythmus von Blaulicht. Zwischen Schotts Auto und dem Auto rechts von Schott ist nach Schotts Schätzung genügend Platz für ein Polizei- oder Rettungsauto. Das Geräusch der Sirene eines Polizei- oder Rettungsautos wird lauter, das blaugelbe Licht wird heller, zwischen Schotts Auto und dem Auto rechts von Schott fahren ein Polizeiauto mit blauem und ein Rettungsauto mit gelbem Warnlicht sowie je einer tönenden Sirene hindurch.

Die Autos vor Schotts Auto und vor den Autos links und rechts neben Schott beginnen zu fahren, Schott schließt den Sicherheitsgurt, die Autos links und rechts neben Schott beginnen zu fahren, Schott fährt an. Nach zirka einhundert Metern sieht Schott die linken hinteren Blinkleuchten der Autos blinken, die vor dem Auto fahren, das rechts von Schott fährt. Die Autos vor dem Auto vor Schott fahren langsamer, das Auto vor Schott fährt langsamer, Schott fährt langsamer. Schott sieht, daß die Autos auf der rechten Fahrbahn auf die Fahrbahn zu gelangen suchen, auf der Schott fährt. Schott fährt langsamer als langsam. Er läßt es zu, daß das Auto vor dem Auto, das rechts von ihm fährt, auf die Fahrbahn gelangt, auf der er fährt. Das Auto, das vor dem Auto rechts von ihm fuhr, fährt vor ihm, der Fahrer des Autos winkt ihm mit der rechten Hand zu.

Das Auto rechts von Schott bleibt etwas zurück. Schott sieht im rechten Außenrückspiegel, daß es hinter Schott auf die Fahrbahn gelangt, auf der Schott fährt. Schott sieht im Innenrückspiegel, wie der Fahrer dem Fahrer des Autos zuwinkt, das hinter dem Auto fährt, das hinter Schott auf die Fahrbahn gelangt ist, auf der Schott fährt.

Die rechte Fahrbahn ist jetzt frei, weil in weniger als einhundert Metern Entfernung ein Polizist auf der rechten Fahrbahn steht und seinen rechten Unterarm in Brusthöhe rhythmisch streckt und anwinkelt.

Schott sieht schon das Gesicht des Polizisten.

Auf der rechten Fahrbahn im Rücken des Polizisten steht das Rettungsauto mit gelbem Warnlicht. Die Flügel der Hintertür des Rettungsautos sind geöffnet. Hinter dem Rettungsauto steht das Polizeiauto mit blauem Warnlicht. Aber das Polizeiauto steht in einiger Entfernung hinter dem Rettungsauto. Das sieht Schott aus einiger Entfernung.

Nun erkennt Schott das Polizistengesicht. Es ist ein altes Gesicht ohne Aufregung. Es muß anstrengend sein, den rechten Unterarm in Brusthöhe rhythmisch anzuwinkeln und zu strecken, sagt Schott, ohne daß ihn jemand hört, außer ihm.

Noch ehe Schott den Polizisten und das Rettungsauto erreicht, sieht Schott, daß in der Lücke zwischen dem Rettungs- und dem Polizeiauto sein eigenes Auto umgestürzt auf der rechten Fahrbahn liegt, quer, die Räder gen Himmel. Als Schott den Polizisten und das Rettungsauto erreicht, sieht Schott, daß in der Lücke zwischen dem Rettungsauto und dem Wrack seines eigenen Autos er selbst auf der Fahrbahn liegt, quer, die Augen gen Himmel. Er ist halb mit einer grauen Decke bedeckt. Zwei Träger einer Bahre hantieren an den Gurten der Bahre.

Als Schott genauer hinsieht, sieht er, daß nicht er es ist, der auf der Fahrbahn liegt.

In der folgenden Sekunde fährt Schott an dem Polizeiauto vorbei, das in ausreichender Entfernung auf der rechten Fahrbahn steht.

Schott schaltet das Autoradio an. Alle Autos vor Schott und das Auto links neben Schott und die Autos vor dem Auto neben Schott fahren so langsam, daß ein älterer Mann oder eine ältere Frau oder beide, unter Umständen Hand in Hand, vor einem der Autos vor Schott oder vor dem Auto links neben Schott oder vor einem der Autos vor dem Auto neben Schott oder vor Schotts Auto einhergehen könnten, ohne sich sonderlich beeilen zu müssen.

Der Gedanke Schotts an einen älteren Spaziergänger oder an eine ältere Spaziergängerin oder an zwei ältere Spaziergänger, einen Gänger und eine Gängerin, endet am Anfang der Verkehrsmeldung. Der Sprecher sagt, daß auf der Stadtautobahn in Richtung Süden, kurz hinter der Auffahrt, die Schott benutzt hat, ein schwerer Verkehrsunfall.

Da Schott über den Unterschied von Fall und Unfall nachsinnt, also versonnen geradeaus blickt, weiß er nicht, welches Auto links von ihm und welches Auto rechts von ihm und welcher Fahrer das Auto links von ihm und welcher Fahrer das Auto rechts von ihm fährt.

Die Unruhe, in der Schott sich befindet, steht für Schott in unangenehmem Gegensatz zu der Ruhe, die ihn zunehmend angenehm erfüllt, wenn er gelegentlich ziellos auf der Stadtautobahn südwärts fährt. Aber ob er diese Unruhe als unbehaglich oder jene Ruhe als behaglich empfindet – er findet zwar inmitten von Autos, einer Unmenge oder Menge, den Zusammenhang zwischen dieser Unsumme von Autos und jenem Unfall, aber zwischen der Unmasse der Autos und ihrer

Masse findet er keinen Zusammenhang, und er findet auch keinen zwischen Unfall und Fall.

Links von Schott fährt ein großer schwarzer Wagen mit einer Antenne mitten auf dem Dach. Schott möchte in dieser Nacht noch einmal mit Liu reden. Er nimmt den Hörer des Autotelefons und wählt die Telefonnummer. Liu sagt mit zwar schläfriger Stimme, aber unverwundert, Ja? Was ist los? Schott sagt, Wenn jemand Grund hat, zu dieser Zeit von sich zu sprechen, so bin ich es deshalb, weil ich mich soeben gesehen habe.

Ach Schott, du siehst doch zu jeder Zeit dich.

Liu, hör zu.

Ja, sagt Liu.

Schott sagt, Du schläfst.

Nein, sagt Liu.

Schott sagt, Gut. Ich rede nicht davon, daß du schlafen kannst, und ich kann nicht schlafen.

Doch, du redest davon, sagt Liu.

Schott sagt, Ja.

Du könntest schlafen, sagt Liu.

Schott sagt, Nein.

Gut, sagt Liu.

Schott sagt, Es könnte plötzlich zu spät sein.

Aber als Schott genauer hinsieht, sieht er, daß nicht er es ist, der im Auto telefoniert, sondern es ist der Fahrer des großen schwarzen Wagens links neben ihm.

Die Antenne mitten auf dem Dach vibriert leicht, und die Antenne auf dem linken hinteren Kotflügel vibriert stark, weil sie länger ist.

Die Frau, die in der Wohnung unter der Wohnung von Schott wohnt, eine kleine, magere, weißhaarige Frau mit gebeugtem Rücken, schiefer Schulter, runzligem Gesicht, öffnet die Wohnungstür einen Spaltbreit, als Schott vorbeigeht.

Herr Schott!

Schott bleibt stehen. Frau Semper. Sie sollten die Kette vorlegen, ehe Sie die Tür öffnen. Weiß man, wer vorbeigeht? Erst gestern haben zwei junge Männer eine alte Frau erwürgt, die unvorsichtig war.

Frau Semper lacht. Ich höre, wie Sie Ihre Tür aufschließen, ich höre, wie Sie Ihre Tür zuschlagen, ich höre, wie Sie Ihre Tür abschließen. Ich höre, wie Sie die Treppe herunterkommen, bei mir vorbeigehen. Das können nur Sie sein. Sie gehen jeden Tag zur selben Zeit.

Ja.

Ich kann nicht mehr gut laufen. Können Sie mir was mitbringen?

Ja.

Ein Glück, daß jeden Tag der Briefträger vorbeikommt. Aber Post bringt er mir keine. Ich habe niemanden mehr.

Aber Frau Semper. Ihre Kinder.

Die schreiben nicht. Die kommen auch nicht.

Aber Frau Semper. Ich habe gesehen, daß Ihre Tochter hier war.

Selten.

Und Ihr Sohn.

Noch seltener. Können Sie mir Mohrrüben mitbringen? Die Mohrrüben raspeln, Zucker und Zitrone darangeben, das ist gut für die Augen, Herr Schott. Rohe Mohrrüben. Esse ich jeden Tag. Ich kann nicht mehr gut sehen. Aber Sie, Herr Schott. Das wäre gut für Ihre Augen, bei Ihrer Arbeit.

Ja.

Hier ist Geld.

Schott traut seinen Augen mehr als seinen Ohren. Nicht, daß er besonders gut sähe. Nicht, daß er besonders schlecht hörte. Aber als ein Mann seines Alters hatte er mehrfach Gelegenheit, sich an Gehörtes erinnern zu wollen und an Gesehenes.

Das Gehörte war nach längerer Zeit zerbrochen. Er verfügte nur über Bruchstücke, aber, wie die Artikellosigkeit des Wortes Bruchstücke es andeutet, nicht über alle. Es konnte sich eine andere Bedeutung des Gehörten einschleichen. So daß es nicht übertrieben wäre, Schotts partielle oder totale Unfähigkeit zur Erinnerung von Gehörtem zu behaupten. Und so befindet sich Schott heute noch.

Übrigens hat er sich geprüft. Er hat etwas Hörbares, menschliche Rede, mittels eines Gerätes aufgezeichnet. Der Vergleich des Aufgezeichneten, also unstrittig des Gehörten, mit seiner Erinnerung an das Gehörte war für Schott hinlänglich aussagekräftig.

Schott hält es aber für unziemlich, jedes Gespräch, das er, sei es direkt oder telefonisch, führt, mittels eines Gerätes aufzuzeichnen. Er scheut die Verwunderung der Gesprächsteilnehmer, wenig vertrauter oder äußerst vertrauter.

Schott denkt ungern an eine Unterredung mit einem angesehenen Lehrstuhlinhaber, einem einflußreichen Vertreter des Faches, in dem auch Schott sich versucht. Schott, soviel ist zu sagen, versucht sich jedoch nicht an einer Universität. Die Unterredung fand in einer Universität statt, im Geschäftszimmer des Lehrstuhlinhabers.

Der Lehrstuhlinhaber saß hinter einem Schreibtisch auf einem Schreibtischsessel, Schott saß vor dem Schreibtisch auf einem Stuhl. Schott meint, der folgende Zwischenfall wäre vermieden worden, hätte Schott ebenfalls auf einem Sessel gesessen. Schott hätte den rechten Oberschenkel bequem über den linken Oberschenkel legen und das winzige Gerät auf der restlichen Fläche des linken Oberschenkels abstellen können. Das Gerät hätte an dem rechten Oberschenkel Halt gehabt und wäre durch den rechten Oberschenkel ohne weiteres vor dem Blick des Lehrstuhlinhabers geschützt gewesen.

Der Stuhl mit einer ziemlich steilen Lehne ließ eine bequeme Sitzhaltung, zu der zu rechnen ist, daß ein Oberschenkel über den anderen Oberschenkel gelegt wird, gar nicht zu. Außerdem lag die Sitzfläche des Stuhles höher als die Sitzfläche des Schreibtischsessels. Da der Lehrstuhlinhaber ein ziemlich großer Mann war und ist, auch im Sitzen nicht kleiner wurde und wird, Schott jedoch ziemlich niedrig gewachsen ist und im Sitzen nicht höher wird und wurde, lag Schotts Körper vollständig im Blick des Lehrstuhlinhabers, zumal der Stuhl weit vom Schreibtisch entfernt aufgestellt war. Der Körper des Lehrstuhlinhabers lag nicht vollständig im Blick Schotts.

Schott unternahm den Versuch, das Gerät unbemerkt in einer seiner Hände zu halten, die er, bei steiler Sitzhaltung, auf das Knie stützte, nämlich in der rechten Hand, einen Versuch der Verhohlenheit, der einem kühler denkenden Mann von vornherein als untauglich hätte erscheinen müssen. Als Schott vor den Worten des Lehrstuhlinhabers, Nun, Herr Schott, das Gerät mit dem Zeigefinger der rechten Hand in Gang setzen wollte, entglitt Schott das Gerät und fiel auf den Boden. Der Lehrstuhlinhaber wartete nicht, bis Schott sich gebückt und das Gerät aufgehoben hatte. Er sagte, Was haben Sie da, Herr Schott, und erhob sich aus dem Schreibtischsessel. Schott hob das Gerät auf. Ohne daß Schott vorzeigte, was er da hatte, sah der Lehrstuhlinhaber, der im Umgang mit derlei Gerätschaft bewandert zu sein schien, was Schott da hatte. Der Lehrstuhlinhaber sagte, Einen Recorder!, so daß Schott nicht Einen Recorder! zu sagen brauchte.

Schott bedauert, daß das Gerät nicht eingeschaltet war, als ein Dialog einsetzte, aber angesichts der auffälligen Spannung, die über oder in dem Dialog lag, erinnert sich Schott ausnahmsweise des Gehörten genau. Er hörte den Lehrstuhlinhaber, und er hörte sich.

Das ist doch die Höhe.

Verstehen Sie doch

Nein.

Ich

Sie. Gilt Ihnen mein Wort so wenig

Im Gegenteil, ich

Sie. Sie vertrauen mir nicht

Ich

Ich betrachte dieses Gespräch als beendet. Leben Sie wohl, Schott.

Es war Schott nicht gegeben, dem Lehrstuhlinhaber zu erklären, daß er, Schott, sich selber nicht vertraute, genauer gesagt, seinem Erinnerungsvermögen. Schott ging ohne Gruß aus dem Geschäftszimmer des Lehrstuhlinhabers.

Welcher Nachteil sich für Schott aus dem Verlauf dieser Unterredung ergab, wird später erwähnt.

Unangenehmer ist Schott der Gedanke an eine nächtliche Unterredung mit einer wesentlich jüngeren Frau. Obwohl die jüngere Frau nicht bemerkte, daß die Unterredung aufgezeichnet wurde, bemerkte sie doch, daß Schott anders war als sonst. Sie sagte zum Beispiel, Wie redest du heute, Schott.

Auch bei Telefonaten scheut Schott seine Befangenheit. Wenn er solche Gespräche hörte, hatte er das Gefühl, jemanden hinter einer Tür belauscht zu haben, obwohl er sich selber an dem Gespräch auf der anderen Seite der Tür beteiligt hatte. Er verdächtigte sich auch, ein wenig anders geredet zu haben angesichts des Geräts, inhaltlich und formal. Formal anders sogar bei der Aussprache der Verschlußlaute und der unbetonten Endungen.

Seit langem benutzt Schott statt eines Aufnahmegeräts kleine Notizblöcke, in die er nach manchen Gesprächen kleine Notizen schreibt.

Obgleich Schott seinen Augen mehr traut als seinen Ohren, bezweifelt er manchmal auch die Augen. Die nächtliche Fahrt auf der Stadtautobahn nährt seinen Zweifel. Jetzt ist Schott unsicher, ob er Liu in ihrer Küche sagen sehen hat, was er sie hat sagen hören.

Die Frau, die in der Wohnung unter der Wohnung von Schott wohnt, öffnet die Wohnungstür, als Schott vorbeigeht.

Herr Schott!

Schott bleibt stehen. Frau Semper?

Herr Schott, stellen Sie sich vor: an meiner Strickjacke war der unterste Knopf locker. Ich dachte, ehe ich den Knopf verliere, reiße ich den Knopf ab. Ich reiße den Knopf also ab und lege den Knopf auf den Eßtisch. Damit ich den Knopf vor Augen habe. Damit ich den Knopf zur Hand habe, wenn ich den Knopf annähen will. Ich will den Knopf also annähen, hole mir Nadel und Faden, aber wie ich den Knopf vom Tisch nehmen will, ist der Knopf weg. Ich denke, das kann doch nicht sein. Der Knopf lag doch eben noch auf dem Tisch. Habe ich den Knopf weggenommen? Habe ich den Knopf woandershin gelegt? Nein. Aber der Knopf ist weg. Also ich suche den Knopf. Im Wohnzimmer, im Schlafzimmer, in der Küche, im Bad. Sogar in der Toilette. Ich finde den Knopf nicht. Stellen Sie sich vor: eben war etwas noch da, und plötzlich ist es weg. Einfach weg. Kennen Sie das? Schließlich sage ich mir, nimmst du halt einen anderen Knopf. Sieht zwar nicht gut aus, aber was sollst du machen. Ich suche mir im Nähzeug einen anderen Knopf, setze mich zum Nähen an den Tisch, und wie ich auf den Tisch sehe, liegt doch da der Knopf, den ich die ganze Zeit gesucht hatte.

Frau Semper, Sie haben die Türkette nicht vorgelegt.

Ach, wer soll mir was tun, bei mir ist nichts zu holen.

Die Familie, die die Wohnung über der Wohnung von Schott bewohnt, eine kleine Familie, bestehend aus drei Personen, Kind, Frau, Mann, oder Frau, Kind, Mann, oder Mann, Kind, Frau, oder Kind, Mann, Frau, oder Frau, Mann, Kind, oder Mann, Frau und Kind, hält in der Wohnung ein mittelgroßes, hochläufiges Tier mit langgestrecktem Kopf, stehenden Ohren, nackter, feuchter Nase, kräftigem Gebiß, dessen erster unterer Backenzahn und vierter oberer Vorbackenzahn zu Reißzähnen ausgebildet sind, mit schlankem, in den Flanken eingezogenem Rumpf, mit hängendem, buschigem Schwanz. Schotts Wissens ein vorwiegend fleischfressendes Tier.

Der Mann, die Frau und das Kind, ein weibliches, verlassen jeden Morgen außer samstags und sonntags die Wohnung, aber ohne das Tier. Als erste Person verläßt der Mann die Wohnung.

Schlüge der Mann die Wohnungstür nicht krachend zu, schreckte Schott dennoch aus längerem oder kurzem Schlaf auf von tierischem Geheul, das ausbricht, wenn Bewohner die Wohnung verlassen, Mann oder Frau, oder Mann und Frau, oder Mann und Kind, oder Frau und Kind, oder Mann, Frau und Kind. Das Kind verläßt also die Wohnung nie allein, seines Alters oder seiner Jugend wegen. Schott ist aber sicher, daß tierisches Geheul auch ausbräche, falls das Kind die Wohnung allein verließe.

Ist die Tür zugeschlagen, folgt dem Geheul lautes Gebell, das die Luft zerhackt. Ist die Luft zerhackt, folgt hirnzerreißendes Gejaule. Ist das Hirn zerrissen, folgt heiseres Gebelfer, das Schott krümmt. Hat Schott sich gekrümmt, folgt rasendes Gekratz. Dieses Tier hat keine andere Wahl, da es die stumpfen Krallen nicht zurückziehen kann.

Könnte das Tier die stumpfen Krallen zurückziehen, wäre es ein Kletterer. Es könnte die Tür anspringen, sich an kleinen Vorsprüngen der Türfüllung festkrallen, die Tür hinaufklettern bis zu einem der beiden kleinen Milchglasfenster oberhalb der Tür, die Scheibe mit der nackten feuchten Nase eindrücken, den langgestreckten Kopf aus dem Fenster recken und dem Mann hinterherbelfern. Allerdings bestünde für das Tier die Gefahr, sich an den zackigen Resten der Scheibe, die im Rahmen geblieben sind, den Hals aufzuschneiden. Das Tierblut flösse an der Innen- und Außenseite der Tür herab. Das Tier würde, ob es gerade bellte, jaulte oder belferte, augenblicklich Geheul ausstoßen, wild strampeln, den Halt verlieren, bestenfalls zurückfallen, wobei weitere Schnitte oder Risse am Hals unvermeidbar wären, schlimmstenfalls aber an einer hervorragenden Glasspitze, die tief in den Hals eingedrungen sein könnte, hängenbleiben, blutig röcheln, zuckend verbluten.

Falls die Frau oder das Kind oder die Frau und das Kind den Vorgang bemerkte oder bemerkten, käme sie oder es oder kämen beide aus einem der Räume, sähe oder sähen das heulende und strampelnde oder röchelnde und zuckend verblutende Tier über der Tür hängen. Die Frau oder das Kind oder die Frau und das Kind wüßte oder wüßten nicht, was tun. Entweder aus Angst an sich oder aus Angst vor dem Tier, oder entweder aus Ekel vor dem Blut oder aus Mangel an Kraft, seelischer und körperlicher. Der Mangel an körperlicher Kraft folgte, zumindest für die Frau, vielleicht aus dem Mangel an seelischer. Immer davon abgesehen, daß der Mann auf der Haustreppe gar nicht bemerkte, daß das Tier, den Kopf dem Mann nachgereckt, eben verblutete.

Falls aber der Mann das Ereignis akustisch wahrnähme, bliebe er stehen, wendete sich um, neigte den Kopf, spränge die Treppenstufen hinauf, bis er den Vorfall optisch wahrnähme, zöge den Schlüssel aus der Hosen- oder Jackentasche, schlösse die Tür ungeachtet des Tierblutes, das den Türgriff und das Schlüsselloch bereits überlaufen hätte, hastig auf, stieße den Türflügel gedankenlos zurück, so daß der Hals des Tieres, falls es ausgerechnet über jenem Türflügel hinge, sich noch tiefer in die Glasspitze bohrte. Welchen Laut das Tier in diesem Moment ausstieße, bliebe der Beurteilung eines Tierkenners überlassen, zum Beispiel eines Metzgers, dem es gelegentlich einer Schlachtung geschieht, daß er einem Schlachtopfer den Hals durchschneidet, ohne daß es zuvor gelang, das Tier, etwa mittels eines Hammerschlages, genügend zu betäuben. Da es dem Mann vermutlich an Geduld mangelte, einen Stuhl oder gar eine Leiter zu holen, auf den Stuhl oder auf die Leiter zu steigen und das strampelnde und heulende oder zuckende und röchelnde, blutig röchelnde und zuckend verblutende Tier aus der gefährlichen Glasspitze zu heben, packte er das Tier bloß, es aus seiner Position zu lösen, und zerrte es doch nur tiefer in die Glasspitze, so daß es endgültig verendete, also nicht mehr strampelte und heulte oder röchelte und zuckte. Jetzt erst holte der Mann eine Leiter oder einen Stuhl, vielleicht unter den Augen der Frau oder des Kindes oder der Frau und des Kindes, die oder das oder die glücklicherweise zu spät aus einem der Räume käme oder kämen.

Falls aber der Mann gar nicht bemerkt hätte, daß das Tier, den Kopf dem Mann nachgereckt, eben verblutete, stünde die Frau oder das Kind oder stünden die Frau und das Kind unter dem Tier und schriee oder schrien.

Das Kind schriee still, regelrecht haltlos, wobei es sich am Nachthemd der Frau festhielte, die Frau schriee in Worten, die den Willen Gottes bemühten oder den Namen des Hundes oder den Namen des Mannes, und versuchte, die Augen des Kindes mit beiden Händen zu bedecken. Die Frau oder das Kind wäre oder die Frau und das Kind wären hilflos. Folglich bliebe ihr oder ihm oder ihr und ihm nichts zu tun. Daß die Frau, mit Hilfe eines Stuhles oder einer Leiter, dem Hunde zur Seite geeilt wäre, nachdem sie das Kind, falls es aus einem der Räume gekommen wäre, in einen der Räume zurückgebracht und die Tür zugedrückt hätte, ist nicht zu erwarten. Eher wäre sie zum Telefon gegangen oder geeilt oder gestürzt, oder doch gegangen, in letzterem, oder ersterem, Fall ehestens schleppend, in einer Art Betäubung, und hätte wahllos eine Nummer gewählt, wahrscheinlich die Nummer der Arbeitsstelle des Mannes, aber der Mann hätte nicht ans Telefon geholt werden können, weil er unterwegs zu seiner Arbeitsstelle gewesen wäre, sogar noch eine ganze Weile.

Der Mann schlägt die Tür krachend zu, Schott schreckt aus kurzem Schlaf auf von tierischem Geheul. Dem Geheul folgt Gebell, das die Luft zerhackt, dem Gebell folgt Gejaule, das das Hirn zerreißt, dem Gejaule folgt Gebelfer, das Schott krümmt, dem Gebelfer folgt Gekratz, rasendes.

Schott ist wach, sieht auf die Uhr, es ist zu früh für einen Anruf bei Liu. Schott ist müde, er legt sich zurück in der Erwartung weiteren Schlafs und schläft allmählich, etwa binnen fünfzehn Minuten, wieder ein.

Als zweite und dritte Person verlassen die Frau und das Kind die Wohnung, etwa sechzig Minuten nach dem Mann, somit nach ungefähr fünfundvierzig Minuten weiteren Schlafs für Schott. Schott schreckt aus weiterem Schlaf auf von tierischem Geheul. Dem Geheul folgt Gebell, das die Luft zerhackt, dem Gebell folgt Gejaule, das das Hirn zerreißt, dem Gejaule folgt Gebelfer, das Schott krümmt, dem Gebelfer folgt Gekratz, rasendes.

Schott, zerhackte Luft atmend, zerrissenen Hirnes, gekrümmt, ist wach, sieht auf die Uhr, es ist zu spät für einen Anruf bei Liu. Schott wünscht, das Tier könnte die stumpfen Krallen zurückziehen und wäre ein Kletterer.

Abgeneigt jeder Person, die die Haustreppe hinuntergeht oder hinaufgeht oder hinuntergeht und hinaufgeht oder hinaufgeht und hinuntergeht, also abgeneigt auch dem Briefträger, der die Haustreppe täglich hinaufgeht und hinuntergeht, steht Schott vom Bett auf. Bis zum Eintreffen des Briefträgers bleiben noch drei Stunden, zirka.

Die Frau, die in der Wohnung unter der Wohnung von Schott wohnt, öffnet die Wohnungstür, als Schott vorbeigeht.

Herr Schott!

Schott bleibt stehen. Frau Semper.

Können Sie mir was mitbringen? Ich kann nicht mehr gut laufen.

Ja.

Können Sie mir Petersilie, Schnittlauch und Dill mitbringen? Petersilie, Schnittlauch und Dill schön waschen, auf ein Tuch legen, bis kein Tropfen Wasser mehr dran ist, auf ein großes Schneidbrett tun, mit dem Wiegemesser ganz feinschneiden, alles mischen, und immer dick aufs Butterbrot. Das ist gut für den Kreislauf, Herr Schott. Frische Kräuter. Esse ich jeden Tag. Mein Kreislauf ist nicht mehr in Ordnung. Aber Ihrer, Herr Schott. Das wäre gut für Ihren Kreislauf, bei Ihrer Arbeit.

Ja.

Hier, das Geld.

Schott erwägt einen Vorschlag. Wie wäre es, will er sagen oder schreiben, im Hausflur, also parterre, Hausbriefkästen an der Wand zu befestigen. Dem Briefträger bliebe es erspart, täglich die Haustreppe hinaufzugehen und hinunterzugehen. Zwar bedenkt Schott, daß jeder Wohnungsmieter täglich mindestens einmal die Treppe hinuntergehen müßte, um nachzusehen, ob Post gekommen ist, und wieder hinauf. Er bedenkt auch, daß in einigen Wohnungen zwei oder mehr Mieter mit eigener Anschrift wohnen, die je die Treppe hinuntergehen und hinaufgehen müßten. Da aber ohnehin jeder Bewohner mit eigener Anschrift täglich mindestens einmal das Haus verläßt, um einzukaufen, käme keine zusätzliche Begehung der Treppe vor. Manche Bewohner gehen sogar nur die Treppe hinunter, um zu verreisen. Insgesamt ginge mindestens eine Person weniger täglich die Treppe hinunter, der Briefträger. Abgesehen von Besuchern des einen oder anderen Bewohners, die aber zur Beruhigung Schotts sogar manchmal an einem Tag die Treppe nur hinaufgehen und an einem anderen Tag erst wieder hinunter. Die gesamte Berechnung gilt nur für Bewohner, die höher wohnen als Schott.

Schott bedenkt aber auch, daß die Hausverwaltung höchstenfalls geneigt wäre, Hausbriefkästen zu installieren, wenn die Mieter bereit wären, die Kosten für Hausbriefkästen und Installation selber zu zahlen. Schott muß solche Bereitschaft bezweifeln.

Ein Gespräch mit einem Mieter auf der obersten Etage verlief unbefriedigend. Wieso, hatte der Mieter gesagt. Mich stört der Briefträger nicht. Im Gegenteil. Ich gehe gar nicht jeden Tag raus. Müßte nur wegen der Post die Treppe runter. Warum dafür noch zahlen?

Schott erwägt ferner, ein Abkommen mit dem Briefträger zu treffen. Er möge wenigstens die Treppe vorerst nur hinaufgehen. Im obersten Stockwerk könne er sich auf dem Treppenabsatz aufhalten, so lange er wolle. Und möge die Treppe erst dann wieder hinuntergehen, wenn Schott seine erfinderische Arbeit für den Tag abgeschlossen habe und selber aus dem Haus gegangen sei, gegen sechzehn Uhr. Welche Antwort der Briefträger hierauf bereit hätte, will Schott bedenken, nachdem er bedacht hat, welche Folgen es seines eigenen Erachtens für den Briefträger und für die Mieter des obersten Stockwerks haben könnte, willigte der Briefträger in ein Abkommen ein.

Der Briefträger könnte auf dem Weg in das oberste Stockwerk, zu seinem Tagesplatz auf dem Treppenabsatz, die Post für die Bewohner des Hauses je in die Briefkästen werfen; die Last der Posttasche nähme auf dem Weg nach oben ab, der Briefträger gelangte zwar atemlos, aber erleichtert im obersten Stockwerk an. Erleichtert gelangt er allerdings immer im obersten Stockwerk an. Nur, es wäre, wie an früheren Tagen, gewiß, daß mindestens die Bewohner dieses Hauses ihre Post ohne Verspätung erhielten.

Schott hätte auf dem Treppenabsatz im obersten Stockwerk vorsorglich einen Sessel, einen kleinen Tisch und eine Leselampe aufgestellt. Des weiteren einen Kühlschrank, für Getränke an Sommertagen, die im obersten Stockwerk erfahrungsgemäß heiß ausfallen, besonders auf dem unlüftbaren Treppenabsatz, und eine Kochplatte, für Getränke an Wintertagen, die im obersten Stockwerk erfahrungsgemäß kalt ausfallen, besonders auf dem unheizbaren Treppenabsatz. Der Kühlschrank stünde auch im Winter dort, weil es Briefträger gibt, die trotz Kälte kalte Getränke trinken. Die Kochplatte stünde auch im Sommer dort, weil es Briefträger gibt, die trotz Hitze heiße Getränke trinken. Für Wintertage ferner einen elektrischen Heizofen mit Gebläse sowie einen Garderobenständer für Wintermantel oder Winterjacke. Diesen Heizofen zöge Schott einem Ölradiator vor, weil die Wärme, die ein Ölradiator liefert, ungezielt verströmt, also bloß aufsteigt und im Treppenhaus durch die undichte Bodentür entweicht, ohne den Briefträger gewärmt zu haben. Hingegen könnte der Briefträger den starken warmen Luftstrom des Heizofens mit Gebläse direkt auf seinen Körper richten, entweder auf den Oberkörper, falls er den Ofen auf den kleinen Tisch stellte, oder auf den Unterkörper, falls er den Ofen auf dem kleinen Tisch mittels einer Unterlage, etwa eines Buches, ankippte, oder auf die Beine, falls er den Ofen auf den Fußboden stellte, oder auf die Füße, falls er den Ofen auf dem Fußboden mittels einer Unterlage, etwa zweier Bücher, stark ankippte.

Der elektrische Heizofen stünde auch im Sommer dort, ebenso die Garderobe. An besonders heißen Tagen könnte das Gebläse des Ofens als Ventilator benutzt werden, falls es gelänge, das Gebläse unabhängig von der Wärmequelle des Ofens in Gang zu setzen. An die Garderobe wäre im Sommer die Sommerjacke zu hängen, oder das Oberhemd an besonders heißen Tagen.

Unbelüftet ist der Treppenabsatz im obersten Stockwerk nicht. Es dringt Luft durch die Öffnung der Haustür ins Haus, steigt im Treppenhaus auf, erreicht den Treppenabsatz im obersten Stockwerk, entweicht durch die undichte Bodentür. Oder es dringt Luft durch die Ritzen des Daches, fließt durch die undichte Bodentür, erreicht den Treppenabsatz im obersten Stockwerk, fällt im Treppenhaus ab, entweicht durch die Öffnung der Haustür. Luft gelangt auf den Treppenabsatz auch durch die Öffnungen zweier Wohnungstüren im obersten Stockwerk, selbst, wenn die Wohnungsmieter die Fenster ihrer Wohnungen nie öffnen; die Fenster ihrer Wohnungen sind undicht, und durch die Rauchabzugsrohre der Badeöfen dringt Luft in die Wohnungen, zumindest, wenn die Badeöfen nicht beheizt sind. Aber auf dem Treppenabsatz im obersten Stockwerk ist kein Fenster vorhanden.

Die Bodentür ist in doppelter Weise undicht, in herkömmlicher und in auffälliger. Zwischen Türrahmen und Tür befinden sich luftdurchlässige Zwischenräume, und die Tür ist an zwei Stellen luftdurchlässig verrostet. Ein kräftiger Mann ohne Scheu könnte die untere Rostfläche leicht mit einem einzigen Fußtritt zerstoßen.

Das Buch, das der Briefträger brauchte, um den Heizofen auf dem kleinen Tisch anzukippen, wäre nach Schotts Vorstellung ein Buch der Wahl, die der Briefträger treffen sollte. Das zweite Buch, das der Briefträger brauchte, um den Heizofen auf dem Fußboden stark anzukippen, ebenso. Allerdings ließe Schott es nicht bei zwei Büchern, weil der Briefträger unter Umständen entweder nur ein Buch oder gar kein Buch zur Lektüre parat hätte. Schott legte ein drittes Buch der Wahl, die der Briefträger treffen sollte, bereit. Schotts Interesse für die Wahl, die der Briefträger treffen könnte oder sollte oder träfe, ist zeitweise groß.

Bedenken hegt Schott zuerst wegen der Folgen für die Mieter des obersten Stockwerks. Gingen sie achtlos an der Leselampe, dem kleinen Tisch, dem Sessel oder an dem Sessel, dem kleinen Tisch, der Leselampe vorüber? Nähmen sie keine Notiz von dem Kühlschrank? Wäre oder bliebe ihnen der

Garderobenständer und der Heizofen oder der Heizofen und der Garderobenständer gleichgültig? Ließen sie die Bücher links oder rechts liegen? Was geschähe, säße in dem Sessel der Briefträger, hinge an dem Garderobenständer der Wintermantel oder die Winterjacke, stünde neben dem Tisch die Briefträgerumhängetasche, kochte auf der Heizplatte in einem Wasserkessel, den Schott auch bereitgestellt hätte, Wasser für eine Kanne Tee, oder tränke der Briefträger aus einem großen Henkelglas, das Schott bereitgestellt hätte, trotz Kälte ein kaltes Bier, und stünde auf dem kleinen Tisch, neben Teekanne und Kaffeekanne, Teetasse und Kaffeetasse, Teebüchse und Kaffeebüchse, Zucker und Sahne, die Schott sämtlich bereitgestellt hätte, der Heizofen angekippt mittels eines Buches und strömte ein starker warmer Luftstrom gegen den Oberkörper des Briefträgers, während ein zweites Buch aufgeschlagen neben dem Heizofen auf dem Tisch läge, ein drittes Buch aber, unaufgeschlagen, auf dem Kühlschrank? Was geschähe?

Oder was geschähe, säße in dem Sessel der Briefträger, hinge an dem Garderobenständer an diesem besonders heißen Tag das Oberhemd, stünde neben dem Kühlschrank die Briefträgerumhängetasche, tränke der Briefträger aus einem großen Henkelglas ein Bier, oder kochte auf der Heizplatte in einem Wasserkessel trotz Hitze Wasser für heißen Tee, und stünde auf dem kleinen Tisch neben Teekanne und Kaffeekanne, Teetasse und Kaffeetasse, Teebüchse und Kaffeebüchse, Zucker und Sahne der Heizofen angekippt mittels eines Buches, und strömte ein starker Luftstrom gegen den Oberkörper des Briefträgers, nachdem es gelungen wäre, das Gebläse unabhängig von der Wärmequelle in Gang zu setzen, während ein zweites Buch aufgeschlagen neben dieser Art Ventilator auf dem Tisch läge, ein drittes Buch aber, unaufgeschlagen, auf dem Kühlschrank? Was geschähe?

Können die Folgen für die Mieter von den Folgen für den Briefträger überhaupt genügend unterschieden werden?

Erschräke ein Mieter, erschräke dann auch der Briefträger? Empörte sich ein Mieter, empörte sich dann auch der Briefträger? Fragte, schriee oder brüllte ein Mieter, fragte, schriee oder brüllte dann auch der Briefträger? Fiele ein Mieter in Ohnmacht, fiele dann auch der Briefträger in Ohnmacht? Suchte einen Mieter eine Afterschließmuskelinsuffizienz heim, suchte dann auch den Briefträger eine Afterschließmuskelinsuffizienz heim? Erlitte ein Mieter einen Herzinfarkt, erlitte dann auch der Briefträger einen Herzinfarkt?

Der Mieter könnte jeweils eine Mieterin sein. Wäre der Briefträger jung, die Mieterin ebenfalls, holte die Mieterin dann aus der Wohnung einen weiteren Sessel? Wenn ja, stellte sie den Sessel vor den Sessel des Briefträgers? Wenn ja, setzte sie sich in den Sessel? Wenn ja, sähe der Briefträger, daß die Mieterin im Sommer unter kurzem Rock keine Hose trüge?

Wäre der Briefträger alt, die Mieterin jung, holte die Mieterin dann aus ihrer Wohnung einen weiteren Sessel? Wenn ja, stellte sie den Sessel vor den Sessel des Briefträgers? Wenn ja, setzte sie sich in den Sessel? Wenn ja, sähe der Briefträger, daß die Mieterin im Sommer unter kurzem Rock keine Hose trüge?

Wäre der Briefträger jung, die Mieterin alt, holte die Mieterin dann aus ihrer Wohnung einen weiteren Sessel? Wenn ja, stellte sie den Sessel vor den Sessel des Briefträgers? Wenn ja, setzte sie sich in den Sessel? Wenn ja, sähe der Briefträger, daß die Mieterin im Sommer unter langem Rock keine Hose trüge?

Wäre der Briefträger alt, die Mieterin ebenfalls, holte die Mieterin dann aus ihrer Wohnung einen weiteren Sessel? Wenn ja, stellte sie den Sessel vor den Sessel des Briefträgers? Wenn ja, setzte sie sich in den Sessel? Wenn ja, sähe der Briefträger, daß die Mieterin im Sommer unter langem Rock keine Hose trüge?

Der Verfasser sagt, Wäre ich doch ein Briefträger und eine Mieterin.

Der Briefträger könnte eine Briefträgerin sein. Wäre die Briefträgerin jung, der Mieter ebenfalls, stellte sich der Mieter vor den Sessel der Briefträgerin? Wenn ja, sähe die Briefträgerin, daß die Hose des Mieters offenstünde?

Wäre die Briefträgerin alt, der Mieter jung, stellte sich der Mieter vor den Sessel der Briefträgerin? Wenn ja, sähe die Briefträgerin, daß die Hose des Mieters offenstünde?

Wäre die Briefträgerin jung, der Mieter alt, stellte sich der Mieter vor den Sessel der Briefträgerin? Wenn ja, sähe die Briefträgerin, daß die Hose des Mieters offenstünde?

Wäre die Briefträgerin alt, der Mieter ebenfalls, stellte sich der Mieter vor den Sessel der Briefträgerin? Wenn ja, sähe die Briefträgerin, daß die Hose des Mieters offenstünde?

Der Verfasser sagt, Wäre ich doch eine Briefträgerin und ein Mieter.

Wäre der Briefträger ein Briefträger, und zwar ein junger, der Mieter ein Mieter, und zwar ebenfalls ein junger, setzte sich der Mieter auf die Sessellehne? Wenn ja, was dann?

Wäre der Briefträger ein Briefträger, und zwar ein alter, der Mieter ein Mieter, und zwar ein junger, setzte sich der Mieter auf die Sessellehne? Wenn ja, was dann?

Wäre der Briefträger ein Briefträger, und zwar ein junger, der Mieter ein Mieter, und zwar ein alter, setzte sich der Mieter auf die Sessellehne? Wenn ja, was dann?

Wäre der Briefträger ein Briefträger, und zwar ein alter, der Mieter ein Mieter, und zwar ebenfalls ein alter, setzte sich der Mieter auf die Sessellehne? Wenn ja, was dann?

Der Verfasser sagt, Wäre ich doch ein Briefträger und ein Mieter, dann wüßte ich mehr.

Wäre der Briefträger eine Briefträgerin, und zwar eine junge, der Mieter eine Mieterin, und zwar ebenfalls eine junge, setzte sich die Mieterin auf den Schoß der Briefträgerin? Wenn ja, und die Mieterin trüge im Sommer keine Hose unter dem kurzen Rock, was geschähe?

Wäre der Briefträger eine Briefträgerin, und zwar eine alte, der Mieter eine Mieterin, und zwar eine junge, setzte sich die Mieterin auf den Schoß der Briefträgerin? Wenn ja, und die Mieterin trüge im Sommer keine Hose unter dem kurzen Rock, was geschähe?

Wäre der Briefträger eine Briefträgerin, und zwar eine junge, der Mieter eine Mieterin, und zwar eine alte, setzte sich die Mieterin auf den Schoß der Briefträgerin? Wenn ja, und die Mieterin trüge im Sommer keine Hose unter dem langen Rock, was geschähe?

Wäre der Briefträger eine Briefträgerin, und zwar eine alte, der Mieter eine Mieterin, und zwar ebenfalls eine alte, setzte sich die Mieterin auf den Schoß der Briefträgerin? Wenn ja, und die Mieterin trüge im Sommer keine Hose unter dem langen Rock, was geschähe?

Der Verfasser sagt, Wäre ich doch eine Briefträgerin und eine Mieterin, dann wüßte ich noch mehr.

Wäre der Briefträger eine Briefträgerin, junge oder alte, was trüge die Briefträgerin im Sommer: eine lange Hose oder einen kurzen oder einen mittellangen Rock?

Wäre der Briefträger eine Briefträgerin, junge oder alte, was trüge die Briefträgerin im Winter: einen mittellangen Rock oder eine lange Hose?

Trüge der Mieter, der eine Mieterin wäre, im Winter eine

lange Hose, wie bemerkte der Briefträger oder die Briefträgerin, daß die Mieterin auch unter der langen Hose keine Hose trüge?

So viele Antworten auf so viele Fragen wüßte Schott nicht. Noch weniger wüßte Schott, was geschähe, falls zwei Mieter gleichzeitig auf den Briefträger oder auf die Briefträgerin träfen, nämlich zwei junge Mieter, oder ein junger und ein alter Mieter, oder zwei junge Mieterinnen, oder eine junge und eine alte Mieterin, oder zwei alte Mieter, oder zwei alte Mieterinnen, oder falls drei Mieter gleichzeitig auf den Briefträger oder auf die Briefträgerin stießen, nämlich drei junge Mieter, oder zwei junge Mieter und ein alter Mieter, oder ein junger Mieter und zwei alte Mieter, oder drei alte Mieter, oder drei junge Mieterinnen, oder zwei junge Mieterinnen und eine alte Mieterin, oder eine junge Mieterin und zwei alte Mieterinnen, oder drei alte Mieterinnen, oder ein junger Mieter und zwei junge Mieterinnen, oder eine junge Mieterin und zwei junge Mieter, oder ein alter Mieter und zwei alte Mieterinnen, oder eine alte Mieterin und zwei alte Mieter, oder ein junger Mieter und zwei alte Mieterinnen, oder ein alter Mieter und zwei junge Mieterinnen, oder eine junge Mieterin und zwei alte Mieter, oder eine alte Mieterin und zwei junge Mieter.

Es wohnen zwölf Personen in zwei Wohnungen des obersten Stockwerks, nämlich in der linken Wohnung fünf, als da sind: ein alter Mann, eine alte Frau, zwei junge Männer und eine junge Frau, in der rechten Wohnung sieben, als da wären: zwei alte Männer, zwei alte Frauen, ein junger Mann und zwei junge Frauen.

Es ist an dieser Stelle nicht der Platz, von den Beziehungen zu sprechen, in denen die fünf Personen in der linken Wohnung zu den sieben Personen in der rechten Wohnung stehen, und in denen die sieben Personen in der rechten Wohnung zu den fünf Personen in der linken Wohnung stehen, und an anderer Stelle ist dafür auch kein Platz; ganz zu schweigen von den Beziehungen der fünf Personen zueinander in der linken Wohnung und von den Beziehungen der sieben Personen zueinander in der rechten Wohnung.

Auch wäre zu erörtern, welche Kleidung die Mieterinnen im Sommer und im Winter außer kurzen oder langen Röcken trügen. Solche Erörterung ließe aber wenig Raum für die Vorstellungskraft des einen oder des anderen Lesers oder der einen oder der anderen Leserin.

Der Verfasser sagt, Es geht mich zwar nichts an, aber wäre ich ein Leser oder eine Leserin, dann hätte ich jetzt von der Post und den Postkunden genug.

Die Frau, die in der Wohnung unter der Wohnung von Schott wohnt, öffnet die Wohnungstür, als Schott vorbeigeht.

Herr Schott!

Schott bleibt stehen. Frau Semper?

Ich kann nicht mehr gut laufen. Können Sie mir was mitbringen?

Ja.

Können Sie mir Schokolade mitbringen? Sechs Tafeln Schokolade. Ich kann nicht mehr gut kochen. Esse ich eben Schokolade. Früh eine Tafel, mittags eine Tafel, abends eine Tafel.

Aber Frau Semper.

Sechs Tafeln, zwei Tage. Herr Schott, wer kocht denn für Sie?

Niemand.

Das hab ich mir gedacht.

Ich gehe essen.

Das ist viel zu teuer.

Ja.

Sie müssen kochen lernen, Herr Schott. Das ist einfach.

Und billig. Ich habe immer alles selber gekocht. Das macht sogar Freude. Essen gehen gab es bei mir gar nicht. Hätte ich mir auch nicht leisten können. Wenn man Kinder hat, sowieso nicht. Mein Sohn, als er schon groß war, hat zu mir gesagt, Du, mit deiner Kocherei immer. Hat sich nie was gekocht. Ist immer essen gegangen. Oder, wenn er kein Geld hatte, gar nichts gegessen. Ich hab gesagt, Du mußt kochen lernen. Und er, Das langweilt mich. Jetzt ist er endlich klug. Kocht gerne und kocht gut. Ich hab zu ihm gesagt, Ich hab immer zu dir gesagt, Du mußt kochen lernen. Und du, Das langweilt mich. Er, Ich kann heute nicht mehr verstehen, warum ich zu dir gesagt hab, Du, mit deiner Kocherei immer.

Ja.

Hier, das Geld, Herr Schott.

Vorausgesetzt, Leser können auch Leserinnen sein, ein Leser, oder zwei Leser, oder drei Leser, oder mehr als drei Leser, nämlich drei mal vier Leser, aber vorausgesetzt, nicht alle Leser sind Leserinnen, sondern höchstens die Hälfte, so daß es sechs Leser und sechs Leserinnen wären, so könnten sich sechs Leser und sechs Leserinnen je die Lage eines der Mieter vorstellen, die die beiden Wohnungen des obersten Stockwerks bewohnen. Solche Vorstellung käme der Wirklichkeit einer Vorstellung um so näher, handelte es sich um drei junge Leser, drei alte Leser, drei junge Leserinnen und drei alte Leserinnen. Diese Leser könnten sich alles vorstellen, vorausgesetzt, das Vorstellungsvermögen dieser Leser überschritte das Vorstellungsvermögen des Verfassers. Es sind Fälle bekanntgeworden, in denen das Vorstellungsvermögen von Lesern das Vorstellungsvermögen von Verfassern übertraf. Ob weitere Fälle solcher Art bekanntwerden, muß abgewartet werden. Meist werden Fälle solcher Art in Gesprächen zwischen Lesern und Verfassern sowie in Leserbriefen an Verfasser offenbar, vorausgesetzt, Verfasser nehmen Fälle solcher Art überhaupt wahr und gestehen sie, zumindest sich selber, ein. Die Zahl derart qualifizierter Leser erhöht sich nicht wesentlich, sobald Lesern die Kunstrichter zugeordnet werden.

Vorläufig müssen sich zwölf Leser gar nicht alles vorstellen. Wie leicht fiele es ihnen, sich die Schwierigkeit vorzustellen, die sich aus dem Bedürfnis des Briefträgers auf dem obersten Treppenabsatz ergäbe, eine Toilette zu benutzen. Sollte er an der einen oder an der anderen Wohnungstür klingeln oder, im Fall eines Klingeldefekts, an die eine oder an die andere Wohnungstür klopfen? Sollte er einen Satz sagen, der seinem Bedürfnis Ausdruck verliehe? Entschuldigen Sie, aber ich? Sollte er, falls ihm die Benutzung der einen oder der anderen Toilette gestattet würde, das eine oder das andere Handtuch benutzen, nachdem er sich nach der Benutzung der einen oder der anderen Toilette in dem einen oder in dem anderen Waschbecken, das vielleicht in der einen oder in der anderen Toilette vorhanden wäre, die Hände gewaschen hätte? Sollte er sich nach der Benutzung der einen oder der anderen Toilette und nachdem er sich vielleicht die Hände gewaschen und ein Handtuch benutzt hätte, von dem einen oder dem anderen Mieter förmlich verabschieden? Nicht ohne ein Dankeswort?

Woher, wenn nicht ehestens aus der einen oder der anderen Wohnung im obersten Stockwerk, sollte der Briefträger Teewasser oder Kaffeewasser bekommen?

Woher, wenn nicht ehestens aus der einen oder der anderen Wohnung im obersten Stockwerk, sollte der Briefträger elektrischen Strom für den Kühlschrank, den Heizofen, die Kochplatte und die Leselampe herkriegen? Wie sollte eine Verlängerungsschnur in die eine oder in die andere Wohnung gelegt werden? Durch ein Loch in der einen oder in der anderen Wohnungstür? Wäre ein Loch passenden Durchmessers in der einen oder in der anderen Wohnungstür nicht vorhanden, müßte es in die eine oder in die andere Wohnungstür gebohrt werden. Hierbei wäre zu bedenken, daß durch ein solches

Loch auch der Stecker der Verlängerungsschnur gelangen können müßte. Wäre aber eine Erlaubnis zur Bohrung nicht zu erhalten, so müßte die eine oder die andere Wohnungstür, solange der Briefträger Strom benötigte, einen Spaltbreit offenstehen.

Auch erhöbe sich in dem einen oder in dem anderen günstigen Fall die Frage, wer die Kosten für Teewasser, Kaffeewasser, Toilettenspülungswasser und Waschwasser trüge. Und die Kosten für zusätzliche Heizung in der einen oder in der anderen Wohnung, die an kälteren Tagen notwendig wäre wegen des abkühlenden Luftzugs durch das Loch in der einen oder in der anderen Wohnungstür oder durch den einen oder den anderen Türspalt. Schließlich die Kosten für die Bohrung eines Loches in die eine oder in die andere Wohnungstür, unterstellt, die Erlaubnis zur Bohrung wäre zu erhalten.

Gänzlich unbedacht wäre noch immer, welchen Eindruck der Geruch von Essen bei den Mietern in den zwei Wohnungen des obersten Stockwerks hinterließe, von Essen, das der Briefträger auf der Kochplatte kochte oder wärmte. Selbst das Wärmen von Essen verursacht Geruch. Nicht jeder Mieter in den zwei Wohnungen des obersten Stockwerks müßte Geruch von aufgewärmtem Erbseneintopf dulden. Oder von aufgewärmten Ravioli.

Schott hätte des weiteren einen Dosenöffner, einen Suppenteller, einen Eßteller, einen Suppenlöffel, eine Gabel und ein Päckchen Papierservietten bereitzulegen. Unter Umständen aber auch ein Messer; der Briefträger könnte eines Tages Kohlrouladen essen wollen, allerdings vielleicht ohne Kartoffeln, es sei denn, er wärmte die Kohlrouladen und die vorgekochten Kartoffeln nacheinander auf der einen Kochplatte. Daß hierbei die Gefahr der unzeitigen Abkühlung entweder der Kohlrouladen oder der Kartoffeln bestünde, könnte als Angelegenheit des Briefträgers betrachtet, also der Geschicklichkeit des Briefträgers sowie der Qualität der Kochplatte überlassen bleiben. Die Frage, ob in ein und demselben Topf nacheinander Kartoffeln und Kohlrouladen oder Kohlrouladen und Kartoffeln gewärmt werden können oder sollten, ohne daß der Topf zwischenein abgewaschen worden wäre, weil der Abwasch des Topfes eine zusätzliche Belästigung des einen oder des anderen Mieters und eine zusätzliche Belastung jemandes mit Wasserkosten und Stromkosten bedeutete, bleibt gänzlich unbeantwortet. Immerhin bedeutete der Abwasch des übrigen Geschirrs ohnehin eine Belastung mit Wasserkosten und Stromkosten, und zwar eine bisher nicht bedachte.

Eine heikle Sache wäre die Vergütung, die der Briefträger erwarten dürfte für die zeitweilige Niederlassung auf dem obersten Treppenabsatz.

Niemand, weder ein Leser, der auch eine Leserin, noch ein Kunstrichter, der auch eine Kunstrichterin sein könnte, nicht einmal der Verfasser, der keine Verfasserin sein könnte, dürfte es Schott verübeln, daß Schott wegen der Folgen für den Briefträger und für die Mieter des obersten Stockwerks, die der zeitweilige Aufenthalt des Briefträgers auf dem obersten Treppenabsatz haben könnte, vor der Idee zurückschreckte, mit dem Briefträger ein Abkommen zu schließen.

Hat Schott doch noch gar nicht bedacht, welche Antwort der Briefträger bereit hätte auf die Frage, ob er die Treppe vorerst nur hinaufgehen könnte.

Hat Schott doch zudem mit keinem Gedanken die Folgen für sich selbst bedacht. Wöge der Vorteil der etwas größeren Ruhe vor dem Tier in der Wohnung über Schott den Nachteil auf, daß Liu ihre Post täglich erst nach 16 Uhr bekäme, also auch die Briefe von Schott?

Der Briefträger, der Post zu Schott bringt, bringt auch Post zu Liu, aber gemäß einer Briefträgerroute, die seit Jahren von Briefträgern eingehalten wird, später.

Die Frau, die in der Wohnung unter der Wohnung von Schott wohnt, öffnet die Wohnungstür, als Schott vorbeigeht.

Herr Schott!

Schott bleibt stehen. Frau Semper.

Können Sie mir was mitbringen? Ich kann nicht mehr gut laufen.

Ja.

Können Sie mir Nüsse mitbringen? Ich esse jeden Tag eine Handvoll Nüsse. Das ist gut für die Nerven, Herr Schott. Ich hab keine guten Nerven mehr. Aber Sie, Herr Schott. Das wäre gut für Ihre Nerven, bei ihrer Kopfarbeit. Aber nicht zuviel davon essen. Eine Handvoll Nüsse ersetzt eine Mahlzeit.

Ja.

Das Geld, hier.

Manchmal geht Schott in das Café neben dem Haus, in dem Liu wohnt, also auch heute. Er betritt das Café sechzehn Uhr dreißig. Manchmal kommt Liu zwischen siebzehn Uhr dreißig und achtzehn Uhr in das Café. Schott setzt sich an den Tisch in der rechten Ecke. Er setzt sich so, daß er die Tür sieht. Der Tisch in der rechten Ecke ist sechzehn Uhr dreißig immer frei. Auf dem Tisch steht ein Schild, auf dem Reserviert steht. Schott hat der Kellnerin vor zwei Jahren gesagt, falls sie gegen sechzehn Uhr ein Schild mit der Aufschrift Reserviert auf den Tisch stelle, erhalte sie monatlich eine beachtliche Summe. Da Schott das Schild auf dem Tisch stehen läßt, kommt kein Fremder oder keine Fremde, um zu fragen, ob der zweite Stuhl frei sei. Bis heute ist keine Fremde oder kein Fremder mit dieser Frage zu Schott an den Tisch gekommen.

Schott hat bedacht, daß er mit einer neuen Kellnerin oder einem neuen Kellner die gleiche Abmachung treffen müßte; vermutlich verlangte eine neue Kellnerin oder ein neuer Kellner mehr als eine beachtliche Summe für die Aufstellung eines

Schildes mit der Nachricht Reserviert. Schott wäre im Moment bereit, eine beachtlichere Summe für das Schild zu bezahlen. Aber die Kellnerin ist immer noch im Café beschäftigt. Vor zwei Jahren hat Schott noch Fräulein zu der Kellnerin gesagt. Seit einem Jahr sagt er zu der Kellnerin Rosa. Die Kellnerin winkt vom Büffet zu Schott herüber oder hinüber, fragt, Wie immer?, und Schott nickt. Nach drei bis vier Minuten bringt die Kellnerin ein Kännchen Kaffee, heute nach drei Minuten.

Schott sagt, Danke! Wie geht es? Das sagt Schott jeden Tag, an dem er an dem Tisch in der rechten Ecke sitzt.

Die Kellnerin sagt, Danke! Und selbst? Das sagt die Kellnerin heute. An anderen Tagen sagt sie entweder, Danke! Und selber?, oder, Danke! Und Ihnen?

Schott sagt entweder, Danke! Gut!, oder, Danke! Das sagt Schott heute.

Sagt Schott Danke!, sagt die Kellnerin, Nanu? Was ist?

In diesem Fall sagt Schott, also auch heute, Sie wissen ja.

Obwohl Schott der Kellnerin nie gesagt hat, was sie wissen müßte, um zu der Kellnerin sagen zu können, Sie wissen ja!, nickt die Kellnerin und geht zurück zum Büffet.

Daß die Kellnerin Rosa heißt, nimmt Schott an; er hat in der ersten Minute seines ersten Aufenthalts in dem Café gehört, daß der Mann hinter dem Büffet den Namen Rosa rief. Die Kellnerin wandte dem Mann hinter dem Büffet ihr Gesicht zu und sagte, Ja? Schott behält sich aber die Annahme vor, daß die Kellnerin nicht Rosa heißt.

Es fällt Schott ein oder auf, daß die Kellnerin Rosa zu Schott noch nie Herr Schott oder Schott gesagt hat. Obwohl, wie Schott sich erinnert, sie einst gerade neben dem Tisch stand, um Kaffee einzugießen, als Liu zu Schott Schott sagte, Schott Liu sein Gesicht zuwandte und Ja? sagte. Schott nimmt an, daß sich die Kellnerin die Annahme vorbehält, Schott könne anders heißen. Trotzdem könnte sie mich Herr

Schott oder Schott nennen, da ich sie doch Rosa nenne, obwohl sie annehmen kann, daß ich mir die Annahme vorbehalte, sie könne anders heißen, denkt Schott.

Überhaupt, denkt Schott, könnte sie, da sie anders heißen oder genannt werden könnte, eine gänzlich andere sein. Nicht eine von zirka einem Meter und fünfundsechzig Zentimetern Höhe, mit blondem kurzem Haar, das sich im Nacken der Haut anlehnt, mit graublauen Augen, hellen Wimpern und hellen Augenbrauen, mit großem vollem Mund, mit kleinen Brüsten, schmaler Hüfte, dicken Beinen, sondern eine mit schlanken Beinen, schmaler Hüfte, großen Brüsten, mit kleinem vollem Mund, mit dunklen Augenbrauen und dunklen Wimpern, grauen Augen, mit schwarzem schulterlangem Haar, das sich wellt, und von zirka einem Meter und sechzig Zentimetern Höhe.

Der kurzsichtige Brillenträger Schott nimmt die Brille ab und legt sie auf den Tisch. Der große Raum des Cafés ist vor Schotts Augen klein. Das saubere Fenster zur Straße ist unsauber. Die Lampen an der Decke und an den Wänden, die ein klares Licht liefern, liefern ein unklares Licht. Die zählbaren Tische und Stühle sind unzählbar. Die silberne Kaffeemaschine auf dem Büffet ist unsilbern. Die bunten Torten in der Kuchenauslage sind Farbhaufen. Der Mann und die Frau am Nachbartisch sind ein Mann und ein Mann oder eine Frau und eine Frau oder eine Frau und ein Mann. Die Tür ist keine Tür.

Schott ruft, Liu!

Die Frau an einem Tisch in der Nähe wendet ihm nicht das Gesicht zu, sagt nicht, Ja!

Schott wendet das Gesicht dem Fenster zu. Es bewegen sich auf seiner Netzhaut kastenförmige Gegenstände, die an der einen oder anderen Seite unklares Licht ausstrahlen, von links nach rechts und von rechts nach links. Die Gegenstände sind personenautogroß oder lastautogroß. Zweimal sind Gegenstände omnibusgroß. Es bewegen sich in geringerer Entfernung menschenförmige Gegenstände von rechts nach links oder von links nach rechts. Am oberen Ende der Gegenstände befinden sich helle Flecke. Die Gegenstände sind frauengroß oder männergroß. Dreimal sind die Gegenstände kindergroß.

Die Geräusche, die Schott von der Straße her hört, sind leise. Die lauteren leisen Geräusche schreibt er den kastenförmigen Gegenständen zu. Für die menschenförmigen Gegenstände denkt er sich Geräusche. Er denkt sich Geräusche, die bei dem Zusammentreffen von Schuhsohlen mit den Steinplatten des Fußweges entstehen. Er denkt sich Geräusche, die bei der Bewegung von Plastiktüten entstehen, die sich in der gedachten Hand des einen oder des anderen menschenförmigen Gegenstandes befinden könnten. Er denkt sich Geräusche von Lippen, die pfeifen, von Zähnen, die kauen, von Kehlen, Zungen, Zähnen, Lippen, die sprechen.

Die Dunkelheit, die die kastenförmigen und die menschenförmigen Gegenstände umgibt, schreibt er der Tageszeit in der Jahreszeit zu. Es ist siebzehn Uhr vierzig, Spätherbst.

Schott, der eine erste Tasse Kaffee mit Zucker gesüßt und die erste Tasse Kaffee ausgetrunken hat, gießt eine zweite Tasse Kaffee ein und salzt sie mit Salz. Der Zucker hatte ihm den Kaffeegeschmack verstärkt. Schott trinkt einen großen Schluck gesalzenen Kaffee und schmeckt nur Salz.

Der Verfasser sagt, Ich hätte Lust, wieder dazwischenzureden.

Unklarsichtig, dunkelhörig, Salzgeschmack auf der Zunge, sitzt Schott an dem Tisch in der rechten Ecke. Er wartet auf Liu, aber Liu kommt nicht. Vielleicht kommt sie noch.

Achtzehn Uhr eins ruft Schott die Kellnerin. Er setzt die Brille auf, bezahlt das Kännchen Kaffee, sagt, Bis morgen!, steht auf, geht. An der Tür ruft er der Kellnerin zu, Also dann!, die Kellnerin nickt.

Schott bleibt vor dem Café stehen, sieht nach links, sieht nach rechts. Rechts, vor dem Haus, in dem Liu wohnt, steht Lius Auto. Hinter Lius Auto steht ein Auto, das Schott auch kennt. Nicht, daß ihm nur die Automarke bekannt wäre. Er kennt die Autonummer. Es ist das Auto von einem, den Liu kennt. Er ist jünger als Schott, er ist kräftiger als Schott, er lacht lauter als Schott. Schott könnte ihn mögen. Aber er mag ihn nicht. Der andere hat Schott bei der ersten Begegnung, die in dem Café vor sich ging, ohne weiteres Robert genannt. Guten Tag, Robert. Wir haben auf dich gewartet. Ich heiße auch Robert. Schott hatte gesagt, Robert. Und weiter? Wölflin. Guten Tag, Herr Wölflin. Tag, Liu. Setz dich, Robert, hatte Liu zu Schott gesagt. Schott hatte sich auf einen Stuhl gesetzt, den er vom Nachbartisch an den Tisch in der rechten Ecke rücken mußte. Liu hatte gesagt, Robert ist seit Montag in der Stadt. Er will hier arbeiten. Aha, hatte Schott gesagt. Liu hatte nicht gesagt, Wölflin ist seit Montag in der Stadt.

Schott überlegt, ob er ärgerlich sein soll. Ärgerlich oder wütend. Und niedergeschlagen. Ärgerlich und niedergeschlagen oder wütend und niedergeschlagen. Schott überlegt, ob er unbekümmert sein soll. Unbekümmert oder fröhlich. Und angriffslustig. Unbekümmert und angriffslustig oder fröhlich und angriffslustig. Schott überlegt, ob er ärgerlich oder wütend und angriffslustig sein soll. Ärgerlich und angriffslustig oder wütend und angriffslustig. Schott entschließt sich, niedergeschlagen und angriffslustig zu sein. Vor wem und für wen niedergeschlagen? Vor wem und gegen wen angriffslustig? Schott bedenkt, daß er keine Wahl hätte, vor wem er niedergeschlagen und angriffslustig zu sein hätte, falls er beide, Liu und Wölflin, anträfe. Jedoch die Niedergeschlagenheit wäre für Liu, die Angriffslust gegen Wölflin. Treffe ich nur Liu an, sollte ich niedergeschlagen sein, und zwar für Liu. Obwohl Liu von Niedergeschlagenheit zu Angriffslust gereizt wird. Bin ich aber angriffslustig, und zwar gegen

Wölflin, wird Liu zu Niedergeschlagenheit gereizt. Treffe ich nur Wölflin an, sollte ich angriffslustig sein, und zwar gegen Wölflin. Obwohl Wölflin von Angriffslust zu Unbekümmertheit oder Fröhlichkeit gereizt wird. Bin ich aber niedergeschlagen, und zwar für Liu, wird Wölflin zu Ärger oder Wut gereizt.

Wo Wölflin sein könnte, falls ich nur Liu antreffe, weiß ich nicht. Wo Liu sein könnte, falls ich nur Wölflin antreffe, weiß ich nicht. Schott kommt es natürlicher vor, nur Liu anzutreffen.

Schott könnte entweder verschweigen, daß er Wölflins Auto vor dem Haus gesehen hat, oder er könnte es unbekümmert erwähnen. Oder er könnte fröhlich fragen, wo Herr Wölflin sei; sein Auto stehe vor dem Haus.

Unnatürlich kommt es Schott vor, Wölflin, falls er nur ihn anträfe, zu verschweigen, daß er Lius Auto vor dem Haus gesehen habe, oder es unbekümmert zu erwähnen. Oder fröhlich zu fragen, wo Liu sei; ihr Auto stehe vor dem Haus.

Schott öffnet die Haustür und bleibt im Flur stehen. Er drückt auf den Lichtknopf, betritt die erste Treppenstufe und bleibt stehen. Schott sagt, Also dann!, und geht die Treppe hinauf. Vor der Wohnungstür bleibt Schott stehen. Jetzt klingelt Schott. Er hört keine Schritte, er hört keine Stimme, er hört keine Stimmen. Schott klingelt zum zweiten Mal. Er hört keine Stimme, er hört keine Stimmen, er hört keine Schritte.

Schott hält den Atem an, um zu hören, ob er Stimmen hört oder eine Stimme. Schott hört nichts. Schott weiß nicht, ob er wütend oder fröhlich sein soll. Fröhlich könnte er sein, weil er keine Stimmen hört. Es ist keiner in der Wohnung. Weil er keine Stimmen hört, könnte er wütend sein. Sie sind beide in der Wohnung, aber sprechen so leise, daß Schott es nicht hört. Oder sprechen nicht. Was tun sie, falls sie nicht sprechen. Sitzen sie in der Küche und machen Zeichen? Sitzen sie im Wohnzimmer und machen Zeichen? Liegen sie im Schlafzimmer, hören dennoch die Klingel und machen Zeichen? Liegen sie im Schlafzimmer und hören die Klingel nicht?

Schott drückt auf den Lichtknopf, geht die Treppe hinunter, öffnet die Haustür, tritt vor das Haus. Dort, wo Wölflins Auto stand, steht ein anderes Auto. Lius Auto steht dort, wo es stand. Schott zögert. Er kennt die Nummer von Wölflins Auto auswendig. Zwo vier drei sechs. Das weiß Schott genau. Das Auto, das dort stand, wo ein anderes Auto steht, war Wölflins Auto. Oder war es ein Auto, wie Wölflin eines hat, aber mit der Nummer Zwo drei vier sechs? Oder mit der Nummer Zwo sechs vier drei? Oder mit der Nummer Zwo sechs drei vier? Oder mit der Nummer Zwo drei sechs vier? Oder mit der Nummer Zwo vier sechs drei? Schott geht zu Lius Auto, dreht sich um, sieht hinauf zu den Fenstern von Liu. Die Fenster sind dunkel. Schott könnte auf den Hof gehen, um zu dem Fenster von Lius Küche und zu dem Fenster von Lius Bad hinaufzusehen. Schott könnte in den Hausflur gehen, um nachzusehen, ob Post in Lius Hausbriefkasten ist.

Schott wendet sich nach links, geht langsam an dem Café vorbei, geht in die Richtung der Kreuzung. Aus der Richtung, aus der er kommt, kommt ein Motorrad, das hört Schott. An der Kreuzung bleibt Schott stehen, das Motorrad fährt weiter. Schott sieht es. Aus der Richtung, in die Schott gehen will, kommt ein Auto, das sieht Schott. Das Auto biegt ohne Zögern in die linke Querstraße ein, in die linke aus der Sicht des Autofahrers. Aus der Sicht Schotts biegt das Auto ohne Zögern in die rechte Querstraße ein. Auf der Kreuzung fährt das Motorrad auf oder in die rechte Seite des Autos. Das hört und sieht Schott. Das Auto wird um einen Meter, ungefähr einen Meter, verschoben, der Motorradfahrer fliegt mit ausgebreiteten Armen über das Auto und fällt auf die Kreuzung. Der Motorradfahrer bleibt auf der Kreuzung liegen, der Autofahrer steigt aus dem Auto.

Der Autofahrer steht neben dem Auto, sieht sich um, faßt sich mit der linken Hand an den Kopf, faßt sich mit der rechten Hand an den Kopf, faßt sich mit beiden Händen an den Kopf. Der Autofahrer bückt sich, so daß Schott nicht sehen kann, was er tut. Der Autofahrer richtet sich auf und sieht sich um. Er sieht womöglich die Autos, die herangekommen und stehengeblieben sind, und sieht womöglich die Passanten, die stehengeblieben sind und herankommen und stehenbleiben. Schott sieht, daß der Motorradfahrer auf der Kreuzung liegt. Der Autofahrer sagt etwas zu einem Passanten, der herangekommen und stehengeblieben ist. Der Passant zuckt mit den Schultern und läuft fort. Schott sieht, daß er in den Laden an der gegenüberliegenden Ecke läuft. Der Autofahrer lehnt sich an das Auto. Schott hört die Sirene eines Polizei- oder Rettungsautos. Schott sieht das Blaulicht eines Rettungs- oder Polizeiautos. Jetzt erst sieht Schott, daß der Schlauch des vorderen Motorradrades unter dem Rand des Reifens hervorgetreten ist und sich wie ein Luftballon aufgewölbt hat. Schott erwartet, daß der Schlauch platzt, aber der Schlauch platzt nicht.

Anstatt zu warten, bis das Rettungs- oder Polizeiauto heran ist, geht Schott in die Richtung, in die er gehen wollte. Er läßt das verschobene Auto, das umgestürzte Motorrad, den Autofahrer, der an dem Auto lehnt, den Motorradfahrer, der auf der Kreuzung liegt, die Autos, die herangekommen und stehengeblieben sind, die Passanten, die stehengeblieben sind und herankommen und stehenbleiben, ohne weiteren Blick hinter sich.

Schott nimmt an, daß der Autofahrer, bevor er aus dem Auto stieg, Oh Gott, mein Gott! gesagt hat, blaß geworden ist, nach Luft geschnappt hat. Schott nimmt an, daß der Autofahrer, nachdem er aus dem Auto gestiegen war, weiche Knie hatte. Schott nimmt an, daß der Autofahrer noch immer weiche Knie hat. Schott nimmt an, daß sich der Autofahrer gefragt hat, Was habe ich bloß getan! Oder, Was habe ich falsch gemacht! Schott nimmt an, daß der Autofahrer sich gebückt hat, um sich mit beiden Händen an ein Knie zu fassen, an das linke oder an das rechte, oder an beide Knie. Schott nimmt an, daß der Autofahrer sich umgesehen hat, um zu sehen, ob Helfer zu ihm kommen. Schott nimmt an, daß der Autofahrer zu einem Passanten, der herangekommen und stehengeblieben ist, gesagt hat, Rufen Sie die Polizei! Oder, Rufen Sie ein Krankenauto! Schott nimmt an, daß der Autofahrer Rufen Sie die Polizei! gesagt hat. Schott nimmt an, daß sich der Autofahrer erschöpft und beruhigt an das Auto gelehnt hat. Erschöpft, weil etwas Unerwartetes geschehen ist, beruhigt, weil ihm nichts geschehen ist und weil ein Passant die Polizei ruft.

Schott sagt, Anstatt Oh Gott, mein Gott! zu sagen, blaß zu werden, nach Luft zu schnappen, hätte der Autofahrer, bevor er ausstieg, den Mund halten, genügend Blut im Kopf lassen und regelmäßig atmen sollen. Anstatt weiche Knie zu bekommen, hätte er keine weichen Knie bekommen sollen. Anstatt sich Was habe ich bloß getan! oder Was habe ich falsch gemacht! zu sagen, hätte der Autofahrer sich Was muß ich jetzt tun! oder Was kann ich jetzt richtig machen! sagen sollen. Anstatt sich zu bücken und sich mit beiden Händen an ein Knie oder an beide Knie zu fassen, hätte der Autofahrer zu dem Motorradfahrer gehen und ihn mit beiden Händen in eine stabile Seitenlage bringen sollen. Anstatt sich umzusehen, um zu sehen, ob Helfer zu ihm kommen, hätte er sich umsehen sollen, um zu sehen, ob Helfer zu dem Motorradfahrer kommen. Anstatt zu einem Passanten, der herangekommen und stehengeblieben ist, Rufen Sie die Polizei! oder Rufen Sie ein Krankenauto! zu sagen, oder Rufen Sie die Polizei!, hätte der Autofahrer in den Laden an der gegenüberliegenden Ecke laufen und ein Krankenauto rufen sollen. Anstatt sich erschöpft und beruhigt an das Auto zu lehnen, hätte sich der Autofahrer unerschöpft und beunruhigt an das Auto lehnen sollen. Unerschöpft, weil ihm nichts geschehen ist und weil er ein Krankenauto gerufen hat, beunruhigt, weil dem Motorradfahrer etwas Unerwartetes geschehen ist.

Schott sagt, Ich muß mich an die Arbeit machen. Anstatt bloß zu hören und zu sehen, was geschieht, und anstatt bloß zu sehen, was geschehen ist, hätte ich zu dem Motorradfahrer gehen, ihn mit beiden Händen in eine stabile Seitenlage bringen, in den Laden an der gegenüberliegenden Ecke laufen und ein Krankenauto sowie die Polizei rufen sollen.

Die Frau, die in der Wohnung unter der Wohnung von Schott wohnt, öffnet die Wohnungstür, als Schott vorbeigeht.

Herr Schott!

Schott bleibt stehen. Frau Semper?

Ich kann nicht mehr gut laufen. Können Sie mir was mitbringen?

Ja.

Können Sie mir Backpflaumen mitbringen? Die Backpflaumen einweichen, und jeden Tag drei Backpflaumen essen. Das ist gut für den Stuhlgang, Herr Schott. Ich hab keinen guten Stuhlgang mehr. Aber Sie, Herr Schott. Das wäre gut für Ihren Stuhlgang, bei Ihrer sitzenden Arbeit. Aber essen Sie nicht zuviel Backpflaumen. Das gibt Durchfall. Entweder ich hab gar keinen Stuhlgang oder ich hab Durchfall.

Ja.

Hier, das Geld.

Vor der Kreuzung sieht Schott, daß Knoll der Ältere auf ihn zukommt. Schott kann nicht fliehen, weil Knoll Schott bereits gesehen hat, wie Schott sieht; Knoll winkt. Nähme Schott an, Knoll winke jemandem anderen, könnte er Knoll ausweichen, zur einen Seite oder zur anderen Seite, oder zurück, woher er kommt, oder er könnte unbeteiligt an Knoll vorbeigehen, aber Knoll ist so nahe, daß er die Knöpfe an Schotts Jacke zählen kann, so daß Knoll glauben muß, Schott habe ihn längst gesehen, zumal Knoll winkt. Selbst wenn Schott annähme, Knoll winke nicht ihm, wäre es doch befremdlich, ginge Schott unbeteiligt an Knoll vorbei; Knoll und Schott kennen sich seit mehreren Jahren. Entweder hätte Schott zu befürchten, daß Knoll ihn einfach anredet, oder Schott hätte Knoll bei anderer Gelegenheit zu erklären, daß er angenommen habe, Knoll winke jemandem anderen. Befremdlich bliebe es.

Knoll ist heran, streckt Schott beide Hände entgegen und erfaßt Schotts rechte Hand mit beiden Händen.

Herr Schott, lassen Sie uns uns einen guten Abend wünschen.

Herr Knoll.

Knoll läßt Schotts Hand nicht los, obwohl Schott versucht, die Hand aus Knolls Händen zu ziehen.

Herr Schott, ich lade Sie zu einem Bier ein.

Haben Sie vergessen, daß ich kein Bier trinke?

Ich lade Sie ein zu wozu Sie wollen.

Ich habe keine Zeit.

Aber Herr Schott! Zu einem kleinen was weiß ich werden Sie doch Zeit haben.

Knoll hält Schotts rechte Hand fester.

Nein, Herr Knoll, ich muß an die Arbeit.

Geben Sie sich einen Stoß, Herr Schott. Ich muß mit Ihnen reden. Ich brauche Ihren Rat. Kommen Sie.

Knoll zieht Schott mit beiden Händen in die Bierstube an der Kreuzung. Er zieht noch etwas anderes in die Bierstube; Schott hat darauf zu achten, daß er sich in das andere nicht verwickelt.

Knoll setzt sich, läßt Schott los. Schott setzt sich. Das andere tut Knoll auf den Fußboden neben sich.

Ein großes Bier, und für Herrn Schott einen was trinken Sie, Herr Schott?

Cognac.

Doppelten Cognac.

Schott sitzt links neben Knoll, das andere auf dem Fußboden ist zwischen ihnen. Mißtrauisch hält Schott Knie und Füße zusammen. Daß das andere Schotts Füße beiläufig oder absichtlich berühren könnte, oder daß Schotts Füße oder sein rechter Fuß das andere zufällig berühren könnten oder könnte, fürchtet Schott mehr als Knolls Bedürfnis und Suche nach Rat.

Der Kellner bringt Bier und Cognac.

Die Luftbewegung, die die Beine des Kellners verursachen, oder der Cognacgeruch ist vielleicht der Grund, daß das faserige Bündel auf dem Fußboden zwischen Knoll und Schott in eine heftige Beweglichkeit verfällt. Schott hält Knie und Füße angestrengter beieinander. Bevor Knoll Zum Wohle, Herr Schott! sagt, kommt Schott auf die Idee, bei der geringsten Lautäußerung des faserigen, heftig bewegten Bündels den rechten Fuß vom linken Fuß fortzunehmen und mit dem rechten Fuß auf das Bündel zu treten, um jegliche lautliche Äußerung und faserige Bewegung zu beenden. Es hält ihn aber die Überlegung auf, ein entschiedener Tritt könnte keine ausreichende Wirkung tun, vielmehr die gefürchtete Äußerung in einen Schrillton, einen langgezogenen, und die Bewegungen in einen Schüttelkrampf steigern. Schott entschließt sich, statt des Trittes den Aufbruch zu wählen.

Zum Wohle, Herr Schott!

Zum Wohle, Herr Knoll.

Die Bewegungen des anderen lassen nach.

Herr Schott, waren Sie einmal in Mexiko?

Nein.

Ich war dort. Leider vierhundertfünfzig Jahre zu spät. Wie

gerne hätte ich dieses Land mit den ersten Europäern durchzogen. Ein Spanier gewesen zu sein! Finden Sie nicht, ich könnte spanisches Blut in den Adern haben?

Vielleicht haben Sie es. Wenn es so etwas gibt.

Nicht wahr? Ich fühle es. Meine Liebe gehört Spanien. Ich spreche Spanisch! Ich bin in Madrid nach dem Weg gefragt worden! Sehe ich spanisch aus? Zufällig kannte ich den Weg. Der Spanier hat mir nicht angemerkt, daß ich Ausländer bin. Ich spürte spanischen Stolz.

Sie sehen eher italienisch aus.

Italienisch oder spanisch, ich träume sogar davon, vor den ersten Europäern in Mexiko gewesen zu sein.

Als Spanier?

Als Spanier oder nicht.

Jedenfalls als Europäer.

Ich bin Europäer. Es ist ein europäischer Traum. In vorkolumbianischer Zeit als ein Europäer in Mexiko. Wissen Sie, daß meine Frau ein vorkolumbianisches Aussehen besaß?

Nein.

Es war mir im Traum immer, als hätte ich sie in Mexiko gefunden, vor Kolumbus.

War Ihre Frau jemals in Mexiko?

Nein. Ich bedaure es. Ich werfe es mir vor. Warum war ich nicht mit ihr in Mexiko. Warum bin ich erst nach Mexiko gefahren, als sie tot war.

Ja warum.

Ja warum. In meinen Gedanken war sie bei mir, als ich in Mexiko war. Sie hat sich immer gewünscht, ein kleinstes lebendiges Etwas zu besitzen, das ihr nahe wäre wie ein Kind. Leider hatten wir keine Kinder. Kinder gefielen ihr nur als Kleinstkinder. Vielleicht hatten wir keine Kinder, weil sie sich vor dem Wachstum fürchtete. Sie sagte, Wenn wir ein Kind bekämen, müßte es immer so klein wie möglich bleiben. So klein wie möglich. Sie hat sich immer gewünscht, ein kleinstes lebendiges Etwas zu besitzen, dem sie nahe wäre wie eine Mutter. Aber ein Kind hatten wir nicht.

Das ist regelrecht traurig.

Das ist es. In Mexiko habe ich gefunden, was meine Frau sich wünschte.

Ein Kind?

Wo denken Sie hin, Herr Schott.

Ich denke mit.

Jedenfalls glaube ich, daß das, was ich gefunden habe, das ist, was meine Frau sich gewünscht hat. Sehen Sie es sich an, Herr Schott.

Knoll zeigt auf das andere am Fußboden.

Schott sieht es sich an. Sein Blick ist flüchtig.

Sie brauchen keine Angst zu haben.

Ich habe eigentlich keine Angst, Herr Knoll.

Das andere bewegt sich. Das eine Teil dreht sich in Schotts Blickrichtung, das andere Teil zuckt.

Betrachten Sie die großen dunklen Augen, Herr Schott. Sieht Sie nicht ein Mensch an? Das Vertrauen. Die Liebe. Die Treue. Betrachten Sie die Ohren. Sie sind nicht immer aufgerichtet. Sie sind kippbar. Steht die Größe der Ohren nicht in einem reizenden Gegensatz zur Kleinheit des Kopfes? Lieben Sie Fledermäuse?

Nein.

Ich ja. Manchmal denke ich an eine Fledermaus, wenn ich seine Ohren sehe. Und das spitze Schnäuzchen. Zum Küssen, hätte meine Frau gesagt, glaube ich.

Hätte sie es geküßt?

Gewiß.

Küssen Sie es?

Gewiß.

Knoll umfaßt mit der linken Hand die Mitte des Bündels. Das Teil, das sich in Schotts Blickrichtung gedreht hatte, dreht sich zu Knolls Hand, schnellt etwas Rötliches hervor, das Knolls Handrücken abledert, das andere Teil zuckt.

Schott hat in seiner rechten Hand ein Gefühl, sie umfasse die Mitte des Bündels und finde keinen körperlichen Widerstand, nur Gefaser. Schott blickt weg.

Sie brauchen keine Angst zu haben, Herr Schott.

Ich habe keine Angst, habe ich gesagt.

Meine Frau hätte ihm bestimmt eine rosa Schleife ins Haar gebunden. Ich kann es nicht. Ich behalte es meiner Frau vor, ihm eine rosa Schleife ins Haar gebunden zu haben. Es bleibt auch die Erwartung, meine Frau könnte es noch tun. Die Hoffnung! Ich denke praktisch. Ich denke daran, einen Pullover zu kaufen, den ich ihm im Winter überziehen könnte. Ich denke auch an kleine Schuhe. Sehen Sie die kleinen Füße. Müssen sie im Winter nicht frieren?

Möglich.

Es ist so einfach. Die Essensportionen brauchen nur winzig zu sein. Die Ausscheidungen sind ebenso winzig, entschuldigen Sie.

Bitte.

Es kann in meinem Bett schlafen.

Am Fußende?

Am Kopfende! Es hat ein Kissen neben meinem Kissen. Ich decke es mit einer kleinen Decke zu, die meine Frau gehäkelt hat.

Wie das?

Sie hat sie für mich gehäkelt, als Sitzdecke für meinen Küchenstuhl.

Herr Knoll, Sie wollten mit mir reden.

Ich brauche Ihren Rat. Ich überlege, ob ich ihm eine wie soll ich sagen besorgen soll. Eine Gefährtin. Vielleicht ist es nicht im Sinne meiner Frau. Wir haben nie darüber gesprochen, wie es wäre, wenn wir unserem Sohn, falls wir einen gehabt hätten, eine Frau geben würden. Schließlich hätte es nur eine kleine Frau sein dürfen, ein weibliches Kleinkind, das immer klein hätte bleiben müssen. Woher hätte es kommen sollen, falls wir je darüber gesprochen hätten.

Eine Adoption. Eine Adoptivkindfrau.

Das wäre ein Widerspruch gewesen, Herr Schott. Eine Frau für unser Kind hätte nicht unser Kind sein können. Obwohl es ein Kind hätte sein müssen und infolgedessen ein Kind gewesen wäre.

Tja.

Knoll blickt auf das andere am Fußboden.

Eine Gefährtin für ihn wäre eine Schwiegertochter. Ich weiß nicht, ob meine Frau das gewollt hätte. Hätte ich es gewollt? Das weiß ich auch nicht. Aber für ihn sollte ich es vielleicht wollen. Nur, habe ich ihn dann noch so, wie ich ihn habe? Sollen beide in meinem Bett schlafen? Beide auf einem Kissen, oder jedes auf einem eigenen? In letzterem Fall bräuchte ich eine zweite gehäkelte Decke. Wo bekomme ich eine zweite solche Decke her. Es müßte schon die gleiche Decke sein. Sonst könnte es heißen, ich bevorzuge jemanden mit der Decke, die meine Frau gehäkelt hat. Stellen Sie sich schließlich vor, die Kleinen bekämen ein drittes Kleines.

Glauben Sie, das wäre möglich?

Ich glaube es eigentlich nicht.

Warum glauben Sie es nicht?

Nun, ich weiß es.

Warum erwägen Sie es dann.

Lasse ich mich auf eine Schwiegertochter ein, muß ich prinzipiell erwägen, daß Nachwuchs kommt. Herr Schott, raten Sie mir.

Sie sehen doch. Ich kann Ihnen nicht raten.

Aber Sie kennen sich aus im Leben.

Wer sagt Ihnen das?

Sind Sie nicht verheiratet?

Nein.

Was raten Sie mir.

Schott blickt auf das andere am Fußboden.

Ich kann Ihnen nicht raten, weil ich es verabscheue.

Knoll blickt auf das andere am Fußboden.

Sie verabscheuen es? Das wußte ich nicht. Ich verstehe nicht, daß Sie es verabscheuen. Es ist der ideale Gefährte des Menschen, ein anhänglicher Haus- und Zimmergenosse. Fremden Lockungen widersteht es, seine Treue ist sprichwörtlich. Wie kein anderes wird es geschätzt.

Von Ihnen.

Es ist wachsam.

Nein.

Es ist hilfsbereit.

Nein. Es ist gefräßig, frech, geil. Es stinkt. Es ist jedem zu Diensten, der es füttert, streichelt und prügelt.

Herr Schott.

Es kläfft den Mond an, weil es meint, der wolle ins Haus steigen. Es ist ein Politikum.

Herr Schott, Sie

Es ist ein Spießgeselle, Hetzer und Mörder.

Herr Schott, Sie sind

Ich ersticke an Ihrem Cognac, Herr Knoll.

Schott steht auf, blickt auf das andere am Fußboden.

Knoll blickt auf das andere am Fußboden, steht nicht auf.

Schott dreht sich um, geht.

Ein Unmensch, sagt Knoll.

Spät, derart spät, daß Schott kaum glaubt, Liu sei noch wach, ruft Schott Liu an.

Du bist nicht ins Café gekommen, aber dein Auto stand vor deiner Tür.

Ich habe dir gestern gesagt, daß ich heute nicht in der Stadt bin. Sein würde, hättest du gesagt. Ich bin mit einem Taxi zum Flughafen gefahren, weil mein Auto kaputt ist. Ich habe dir gestern gesagt, daß mein Auto kaputt ist. Ich habe dir gestern gesagt, daß ich mit einem Taxi zum Flughafen fahren würde. Ich bin gerade nach Hause gekommen. Ich habe am Flughafen ein Taxi genommen. Ich bin müde.

Hast du mir gestern gesagt, daß du heute nicht in der Stadt sein würdest? Bist, hätte ich gesagt, wenn du nicht gesagt hättest, ich hätte «sein würdest» gesagt.

Bin oder sein würde, was macht das für einen Unterschied.

Warum hast du dann gesagt, du habest gesagt, daß du heute mit einem Taxi zum Flughafen fahren würdest, und nicht: «fährst».

Fahren würde oder fahre, welchen Unterschied macht das.

Hast du mir gestern gesagt, daß dein Auto kaputt ist? Hast du mir gestern gesagt, daß du heute mit einem Taxi zum Flughafen fährst? Ich hätte dich heute abend am Flughafen abholen können. Daß du müde bist, kann ich mir denken.

Ich habe dir gestern gesagt, was ich heute gesagt habe. Du hast gestern nicht zugehört.

Ich habe zugehört, aber das, was du mir heute gesagt hast, hast du mir gestern nicht gesagt.

Ich habe es dir gesagt.

Du hast es mir nicht gesagt.

Schott, was soll das. Gesagt, nicht gesagt. Warum, warum. Ich mag es nicht, daß du mir besserische Sätze sagst.

Besserwisserische.

Na bitte.

«Besserwisserische» ist kein Satz, sondern ein Wort.

Sätze oder Worte. Jedenfalls besserwisserische. Was für ein Wort. Ich hasse dieses Wort, ich hasse Besserei. Besserwisserei.

Ich hasse es, vergeblich auf dich zu warten. Ich hasse es, auf dich zu warten. Ich habe im Café auf dich gewartet. Ich habe im Café vergeblich auf dich gewartet.

Du wußtest, daß ich nicht in der Stadt bin. Oder war. Ich

hasse es, darüber nachzudenken, ob ich «bin» oder «war» sagen muß.

Es ist ein Unterschied, ob du bist oder warst.

Ich bin.

Du warst nicht in der Stadt.

Nein.

Das wußte ich nicht.

Du wußtest es. Du wolltest es nicht gewußt haben.

Ich hätte es gerne gewußt.

Schott, hör auf. Ich bin müde. Ich war den ganzen Tag müde. Weil du gestern derart spät nach Hause gegangen bist. Weil ich schlecht geschlafen habe, nachdem du derart spät nach Hause gegangen warst.

Ich habe im Café einundneunzig Minuten auf dich gewartet. Hast du schon einmal einundneunzig Minuten auf mich gewartet?

Ich habe schon einundneunzig Stunden auf dich gewartet. Einundneunzig Tage habe ich schon auf dich gewartet.

Liu, hör auf. Ich bin immer pünktlich.

Du bist immer pünktlich, und ich habe schon einundneunzig Jahre auf dich gewartet. Jetzt bin ich hundert.

Wenn jemand auf jemanden gewartet hat, und wartet, dann bin ich es. Ich.

Du hast gar nicht bemerkt, daß ich es bin. Ich. Du bemerkst nur dich. Dich. Immer nur dich. Du bist du, aber ich bin nicht ich, jedenfalls nicht für dich.

Liu, was redest du da. Du redest nicht von mir.

Nicht einmal das bemerkst du. Ich rede von dir, aber du willst, daß ich von dir rede. Ich rede nur von dir. Ich rede immer nur von dir. Immer rede ich nur von dir. Du redest nur von dir. Immer redest du nur von dir. Von mir redest du nie. Wer ich bin, weißt du gar nicht. Du weißt gar nicht, wer ich bin. Du bemerkst höchstens, daß ich weiß, wer du bist. Nur dadurch bemerkst du mich. Du bemerkst mich nur dadurch, daß ich von dir rede. Wenn du überhaupt bemerkst, daß ich es bin, die von dir redet.

Die Frau, die in der Wohnung unter der Wohnung von Schott wohnt, öffnet die Wohnungstür, als Schott vorbeigeht.

Herr Schott!

Schott bleibt stehen. Frau Semper.

Können Sie mir was mitbringen? Ich kann nicht mehr gut laufen.

Ja.

Können Sie mir Salz mitbringen? Wasser heiß machen, in einen Eimer gießen, zwei Eßlöffel Salz rein und dann ein schönes Fußbad. Das ist gut für den Schlaf, Herr Schott. Mache ich jeden Abend. Ich kann nicht mehr gut schlafen. Aber Sie, Herr Schott. Das wäre gut für Ihren Schlaf, bei Ihrer Nachtarbeit.

Ja.

Das Geld, hier.

Schott erwacht auf das übliche, und Schott erwacht später als üblich.

Bevor Schott tun kann, was er morgens tut, muß er sich sagen, wo er ist.

Er sagt sich, Ich liege in einem Bett.

Er sagt sich auch, Ich liege auf dem Rücken.

Er könnte in einem Bett oder auf einem Tisch oder auf drei Stühlen oder auf dem Fußboden oder im Wasser, aber nur bis zum Hals, auch auf der Seite liegen, der linken oder der rechten.

Er könnte in einem Bett oder auf einem Tisch oder auf drei Stühlen oder auf dem Fußboden oder im Wasser, aber nur bis zum Hals, auch auf der Schnauze liegen, falls er auf dem Bauch läge.

Er müßte aber, läge er auf dem Bauch, nicht auf der

Schnauze liegen, wäre der Kopf nur seitlich gelagert, nach links oder nach rechts.

Schott fragt sich, Warum liege ich in einem Bett.

Läge er auf einem Küchentisch, so wäre es wahrscheinlich, aber nicht notwendig, daß er, bevor er auf den Küchentisch gelangte, sich auf eigenen Füßen in der Küche befand. Vielleicht, um eine Nachtmahlzeit oder einen Nachttrunk zu sich zu nehmen. Er hätte aber, bevor er auf den Tisch gelangte, den Teller und das Besteck oder das Glas vom Tisch nehmen oder werfen mögen, damit Platz auf dem Tisch gewesen wäre für seine Nachtruhe. Ebenso gut aber hätte er, bevor er auf den Tisch gelangte, sich im Wohnzimmer oder im Arbeitszimmer befinden und in die Küche getragen und auf den Küchentisch gelegt worden sein können. Vielleicht von Gesprächspartnern und Trinkkumpanen, die, während sie in der Küche nach Getränken und Gesprächsstoffen suchten, Schott nicht im Wohnzimmer oder im Arbeitszimmer allein lassen wollten.

Läge er auf einem Wohnzimmertisch, so wäre es wahrscheinlich, aber nicht notwendig, daß er, bevor er auf den Wohnzimmertisch gelangte, sich auf eigenen Füßen im Wohnzimmer befand. Vielleicht, um einen Fernsehfilm zu sehen. Er hätte aber, bevor er auf den Tisch gelangte, unter Umständen das Fotoalbum, in welchem sich Fotos von Liu befinden und welches seit Tagen auf dem Wohnzimmertisch liegt, vom Tisch nehmen oder werfen mögen, damit Platz auf dem Tisch gewesen wäre für seine Nachtruhe, es sei denn, er hätte das Fotoalbum als Kopfkissen benutzen wollen und vielleicht benutzt. Ebenso gut aber hätte er, bevor er auf den Wohnzimmertisch gelangte, sich im Arbeitszimmer oder in der Küche befinden und in das Wohnzimmer getragen und auf den Wohnzimmertisch gelegt worden sein können. Vielleicht von Gesprächspartnern und Trinkkumpanen, die, während sie im Wohnzimmer nach Gesprächsstoffen und Getränken suchten, Schott nicht in der Küche oder im Arbeitszimmer allein lassen wollten.

Läge er auf einem Schreibtisch, so wäre es wahrscheinlich, aber nicht notwendig, daß er, bevor er auf den Schreibtisch gelangte, sich auf eigenen Füßen im Arbeitszimmer befand. Vielleicht um zu arbeiten. Er hätte aber, bevor er auf den Tisch gelangte, unter Umständen die Arbeitspapiere und das Schreibgerät und das Telefon vom Tisch nehmen oder werfen mögen, damit Platz auf dem Tisch gewesen wäre für seine Nachtruhe, vorausgesetzt, die Arbeitspapiere und das Schreibgerät und das Telefon hätten seine Nachtruhe voraussichtlich gestört. Ebenso gut aber hätte er, bevor er auf den Schreibtisch gelangte, sich im Wohnzimmer oder in der Küche befinden und in das Arbeitszimmer getragen und auf den Schreibtisch gelegt worden sein können. Vielleicht von Gesprächspartnern und Trinkkumpanen, die, während sie im Arbeitszimmer nach Gesprächsstoffen und Getränken suchten, Schott nicht im Wohnzimmer oder in der Küche allein lassen wollten.

Da Schott sich sagen kann, daß er in einem Bett liegt, und da das Bett, in welchem er liegt, im Schlafzimmer steht, so ist es wahrscheinlich, aber nicht notwendig, daß er, bevor er in das Bett gelangte, sich auf eigenen Füßen im Schlafzimmer befand. Vielleicht, um zu schlafen. Er hätte aber unter Umständen den Menschen, welcher in seinem Bett lag, aus dem Bett nehmen oder werfen mögen, damit genügend Platz in dem Bett gewesen wäre für seine Nachtruhe. Ebenso gut aber hätte er, bevor er in das Bett gelangte, sich in der Küche oder im Wohnzimmer oder im Arbeitszimmer befinden und in das Schlafzimmer getragen und in das Bett gelegt worden sein können. Vielleicht von Gesprächspartnern und Trinkkumpanen, die, nachdem sie weder in der Küche noch im Wohnzimmer noch im Arbeitszimmer noch nach Gesprächsstoffen und Getränken suchen wollten, Schott nicht in der Küche oder im Wohnzimmer oder im Arbeitszimmer allein lassen wollten.

Es ist unwahrscheinlich, daß Schotts denkbare Gesprächspartner und Trinkkumpane, falls sie sich mit Schott in Schotts Schlafzimmer befanden und falls Schott sich nicht auf eigenen Füßen im Schlafzimmer befand, Schott in die Küche oder in das Wohnzimmer oder in das Arbeitszimmer getragen und Schott auf den Küchentisch oder auf den Wohnzimmertisch oder auf den Schreibtisch gelegt hätten anstatt in das Bett im Schlafzimmer.

Es ist ungewiß, ob Schotts denkbare Gesprächspartner und Trinkkumpane den Teller und das Besteck oder das Glas vom Küchentisch oder das Fotoalbum vom Wohnzimmertisch oder die Arbeitspapiere und das Schreibgerät und das Telefon vom Schreibtisch oder den Menschen, welcher in dem Bett lag, aus dem Bett hätten nehmen oder werfen mögen, damit Platz auf dem Küchentisch oder auf dem Wohnzimmertisch oder auf dem Schreibtisch oder in dem Bett gewesen wäre für Schotts Nachtruhe.

Vielleicht hätten sie auf den Tischen und in dem Bett alles an seinem Platz gelassen.

Vielleicht hätte Schotts Kopf sodann auf dem Teller und das Besteck und das Glas hätten auf dem Küchenfußboden gelegen, nur, falls das Besteck und das Glas von Schott auf den Küchenfußboden gestoßen worden wären im Schlaf.

Vielleicht hätte Schott das Fotoalbum tatsächlich benutzt, wenn nicht als Kopfkissen, so doch als Fußstütze.

Vielleicht hätten die Arbeitspapiere und das Schreibgerät und das Telefon Schotts Nachtruhe eher befördert, gleichgültig an welcher Stelle seines Körpers: die Arbeitspapiere etwa als saugfähige Unterlage, falls Schott im Schlaf uriniert hätte; das Schreibgerät etwa als beruhigende Gegenstände in den verkrampften Fäusten; der Telefonhörer, der von dem Telefonapparat heruntergestoßen worden sein könnte, als lebendiger Vermittler eines Zeichens nahe dem einen oder anderen Ohr von Schott.

Vielleicht hätte der Mensch in dem Bett Schott als Hilfsmittel dienen können: etwa als Seitenstütze, falls Schott zeitweise auf der Seite, der einen oder der anderen, gelegen haben sollte; oder etwa als Unterlage, besonders, falls Schott, auf dem Bauch liegend, zeitweise auf der Schnauze gelegen haben sollte, oder falls Schott, auf dem Bauch liegend, nicht auf der Schnauze gelegen haben sollte.

Es ist nicht ausgeschlossen, daß der Mensch in dem Bett Schott auch dann als Unterlage hätte dienen können, falls Schott von Anfang an auf dem Rücken gelegen haben sollte.

Der Einfachheit der Beschreibung halber wird angenommen, daß der Mensch in dem Bett auf dem Rücken gelegen hat.

Je nach dem Geschlecht des Menschen in dem Bett hätte Schott bereits in Seitenlage verschiedenen Bedingungen sich anpassen können.

Der Einfachheit der Beschreibung halber wird angenommen, daß der Mensch, der auf dem Rücken in dem Bett gelegen hat, weiblichen Geschlechts und nackt war.

In der einen Seitenlage hätte Schott seinen einen Arm unter seinen Kopf, seinen anderen Arm über den Körper der Frau legen können. Sein Gesicht wäre der einen oder anderen Kopfseite der Frau zugewandt gewesen. Etwa so nahe, daß seine Nasenspitze in die eine oder andere Ohrmuschel der Frau geragt hätte. Womöglich aber müßte Schott, unbewußt, von einigem Haar der Frau in seinem Gesicht, besonders an seiner Nase, gestört worden sein. Dies allerdings nicht oder kaum im Falle eines extrem kurzen Haupthaars der Frau.

Schotts Arm über dem Körper der Frau könnte eine Zeitlang relativ ruhig auf den Brüsten der Frau gelegen, später aber in die Richtung der Frauenfüße, etwa bis zu dem Geschlechtsteil der Frau, sich bewegt haben. Allerdings nicht anders, als das Geschlechtsteil nur mit dem Unterarm zu überdecken.

In der anderen Seitenlage hätte Schott seinen anderen Arm unter seinen Kopf legen, seinen einen Arm über den Bettrand hängen lassen können. Der einen oder anderen Körperseite der Frau wäre somit Schotts Rücken zugewandt gewesen.

Falls Schott von Anfang an auf dem Rücken gelegen haben sollte und die Frau in dem Bett auch dann als Unterlage gedient hätte, wäre Schotts Kopf vielleicht entweder etwa zwischen den Knien oder etwa zwischen den Brüsten der Frau gelagert gewesen. Entweder etwa oder oder etwa. Vielleicht.

Falls Schott, auf dem Bauch liegend, zeitweise auf der Schnauze gelegen haben sollte, oder falls Schott, auf dem Bauch liegend, nicht auf der Schnauze gelegen haben sollte, die Frau in dem Bett aber jedenfalls als Unterlage gedient hätte, wären vielleicht für Schott folgende Lagen zustande gekommen.

Schott, bäuchlings auf der Frau liegend, hätte seine Schnauze auf dem Gesicht der Frau liegen haben können, etwa so, daß seine Nasenspitze in das eine oder andere Auge der Frau oder in den Mund der Frau geragt hätte. Unter Umständen hätte die Nasenspitze der Frau in seinen Mund geragt, wenn seine Nasenspitze in das eine oder andere Auge der Frau geragt hätte, oder die Nasenspitze der Frau hätte in das eine oder andere Auge Schotts geragt, wenn seine Nasenspitze in den Mund der Frau geragt hätte.

Der Kürze dieser Beschreibung halber wird angenommen, daß Schotts Gesprächspartner und Trinkkumpane Schott nicht entkleidet gehabt, bevor oder nachdem sie ihn in das Bett gelegt gehabt hätten. Abgesehen davon, daß Schotts Geschlechtsteil in Schotts Zustand nirgendwohin hätte ragen können, kann also für die denkbaren Lagen Schotts auf die Überlegung verzichtet werden, wohin Schotts Geschlechtsteil geragt haben könnte.

Schott, bäuchlings auf der Frau liegend, hätte seinen Kopf seitwärts auf dem einen oder anderen Schlüsselbein der Frau liegen haben können, so, daß seine Nasenspitze wiederum in die eine oder andere Ohrmuschel der Frau geragt, oder so, daß sein Hinterkopf an dem einen oder anderen Ohr der Frau gelegen hätte, seine Nasenspitze also frei auf die eine oder andere Bettkante gerichtet gewesen wäre.

Schott, bäuchlings auf der Frau liegend, hätte seine Schnauze zwischen den Waden oder zwischen den Füßen der Frau liegen haben können, so, daß seine Nasenspitze in das Laken geragt hätte. Unter Umständen hätte die Frau ihre Nasenspitze zwischen den Waden oder zwischen den Füßen Schotts ragen haben können, so, daß ihre Nasenspitze in die Luft geragt hätte.

Schott, bäuchlings auf der Frau liegend, hätte seinen Kopf seitwärts zwischen den Waden oder zwischen den Füßen der Frau liegen haben können, so, daß seine Nasenspitze gegen das eine oder andere Wadenbein oder gegen den einen oder anderen Fuß der Frau geragt, beziehungsweise so, daß sein Hinterkopf an dem einen oder anderen Wadenbein oder an dem einen oder anderen Fuß der Frau gelegen hätte.

Hätte Schotts Nasenspitze gegen den einen oder anderen Fuß der Frau geragt, beziehungsweise hätte sein Hinterkopf an dem einen oder anderen Fuß der Frau gelegen, und die Füße der Frau hätten in letzterem Fall gerade nur genügend Zwischenraum für Schotts Kopf gelassen, könnte Schott den Fußgeruch der Frau eingeatmet haben. Dieser Fußgeruch wäre Schott aber, in seinem Zustand, nicht bewußt geworden. Der Fußgeruch der Frau hätte im Gegensatz zu der landläufigen Assoziation, die das Wort Fußgeruch weckt, objektiv angenehm sein können. Etwa infolge des Brauchs einiger Frauen, die Füße zu parfümieren. Sogar liegt die Annahme nahe, daß die Frau in dem Bett ihre Füße tatsächlich parfümiert hatte.

Schott könnte auch auf drei Stühlen liegen.

Läge Schott auf drei Stühlen, und es wären Holzstühle, auf denen er läge, so läge er wahrscheinlich auf drei von vier Stühlen, die in Schotts Küche stehen. Wären es Polsterstühle, auf denen er läge, so läge er wahrscheinlich auf drei von fünf Stühlen, die in Schotts Wohnzimmer stehen.

Schott könnte auch auf dem Fußboden liegen, und zwar in der Küche oder im Wohnzimmer oder im Arbeitszimmer oder im Schlafzimmer oder im Badezimmer. Oder im Keller.

Läge Schott auf dem Fußboden, so wäre es wahrscheinlich der Fußboden in einem Raum seiner Wohnung oder der Fußboden in einem Kellergang seines Hauses. Über einen eigenen Kellerraum verfügt Schott nicht.

Schott könnte auch bis zum Hals im Wasser liegen, und zwar in einer Badewanne oder in einem See oder in einem Fluß oder in einem Meer.

Läge Schott in einer Badewanne, so wäre es wahrscheinlich seine eigene Badewanne, in der er läge.

Läge Schott in einem See oder in einem Fluß oder in einem Meer, so müßten sich, obwohl Schott, wie vorausgesetzt, nur bis zum Hals in einem See oder in einem Fluß oder in einem Meer läge, zu einer Besorgnis zwei weitere Besorgnisse gesellen. Es ist zu hoffen, daß das Vorstellungsvermögen eines Lesers oder einer Leserin oder eines Hörers oder einer Hörerin alle drei Besorgnisse hervorbringt. Und zwar ehestens mündlich, nicht nur gedanklich. Am besten aber schriftlich.

Schott, der sich sagt, Ich liege in einem Bett, könnte sich zwar sagen, Ich liege in meinem Bett. Er hat zwei Gründe, einen naheliegenden und einen fernliegenden, sich nur zu sagen, Ich liege in einem Bett.

In Schotts Schlafzimmer stehen zwei Betten. Das eine Bett steht an der Wand links neben der Tür. Das andere Bett steht an der Wand rechts neben der Tür. Im Zimmer ist es trotz der erreichten Tageszeit nicht sehr hell. Schott hat es sich angewöhnt, das Bett an der Wand links neben der Tür als sein Bett zu bezeichnen. Er weiß, als er erwacht, nicht, ob er in dem Bett an der Wand links neben der Tür oder in dem Bett an der Wand rechts neben der Tür liegt.

Das Bett an der Wand links neben der Tür, das Schott als sein Bett bezeichnet, hat Liu gekauft. Schott hat es sich angewöhnt, das Bett an der Wand rechts neben der Tür als Lius Bett zu bezeichnen. Das Bett an der Wand rechts neben der Tür hat Schott gekauft.

Der Widerspruch zwischen Gewohnheitsgrund und Besitzgrund hindert Schott am Gebrauch des Wortes «mein». Er könnte ehestens sagen, Ich liege in meinem ihrem Bett, oder er könnte ehestens sagen, Ich liege in ihrem meinem Bett.

Nicht anders ergeht es Liu. Sie könnte, falls sie in Schotts Schlafzimmer in einem Bett läge, ehestens sagen, Ich liege in meinem seinem Bett, oder sie könnte ehestens sagen, Ich liege in seinem meinem Bett.

Natürlich könnte Schott in jedem der beiden Betten sagen, Ich liege in unserem Bett, so daß sein Gewohnheitsgrund und ihr Besitzgrund oder ihr Gewohnheitsgrund und sein Besitzgrund zusammenfielen.

So könnte auch Liu in jedem der beiden Betten sagen, Ich liege in unserem Bett.

Andererseits könnte Schott, läge er mit Liu in seinem ihrem Bett oder läge er mit Liu in ihrem seinem Bett, sagen, Wir liegen in unserem Bett.

Und so könnte auch Liu, läge sie mit Schott in ihrem seinem Bett oder läge sie mit Schott in seinem ihrem Bett, sagen, Wir liegen in unserem Bett.

Korrekter allerdings wäre es in den beiden letztgenannten Fällen, jeder von beiden sagte, Wir liegen in einem unserer Betten.

Die gleiche Erörterung wäre umgekehrt in Lius Schlafzimmer möglich, enthielte es zwei Betten: ein Bett, in welchem gewohnheitsgemäß Liu schliefe, das aber Schott gekauft, sowie ein Bett, in welchem gewohnheitsgemäß Schott schliefe, das aber Liu gekauft hätte.

Schott erwacht auf das übliche.

Zwar muß Schott, bevor er tun kann, was er morgens tut, sich sagen, wo er ist. Aber er muß, bevor er tun kann, was er morgens tut, sich nicht sagen, wie spät es ist.

Es ist zehn Uhr, sagt er sich.

Und er erwacht nicht auf das übliche. Die Wohnungstür der Wohnung über der Wohnung von Schott ist nicht krachend zugeschlagen worden, tierisches Geheul ist nicht erklungen, luftzerhackendes Gebell ist nicht erschallt, hirnzerreißendes Gejaule ist nicht ertönt, krümmendes Gebelfer hat nicht gehallt, Gekratz hat nicht gerast. Weder zu früh noch sechzig Minuten später. Es ist nicht jeder Morgen, sondern Samstag oder Sonntag.

Es ist nicht zu früh für einen Anruf bei Liu, und es ist nicht zu spät für einen Anruf bei Liu.

Aber für einen Anruf bei Liu ist es nicht die rechte Stunde.

Schott fragt sich, Lag heute nacht jemand mit mir in dem Bett, in dem ich liege?

Es ist Schott so.

Lag heute nacht eine Frau mit mir in dem Bett, in dem ich liege?

Es ist Schott so.

Wer war diese Frau?

Wie gelangte sie in das Bett, in dem ich liege?

Schott sagt sich, Wer diese Frau war, erfahre ich vielleicht, wenn ich erfahre, wie diese Frau in das Bett gelangte, in dem ich liege.

Schotts Gesprächspartner und Trinkkumpan Schill hatte gegen 23 Uhr zumindest gesagt, Hier fehlt eine Frau.

Schotts Gesprächspartner und Trinkkumpan Lisch hatte zumindest geantwortet, Woher kriegen.

Schotts Gesprächspartner und Trinkkumpan Mott hatte zumindest gesagt, Anrufen.

Schotts Gesprächspartner und Trinkkumpan Tomm hatte zumindest geantwortet, Ich erledige das.

Schill hatte vermutlich gesagt, Zart oder.

Lisch hatte vermutlich geantwortet, Zart.

Mott hatte vermutlich gesagt, Deutsch?

Tomm hatte vermutlich geantwortet, Dann schwäbisch.

Schill hatte vermutlich gesagt, Oder bayrisch?

Lisch hatte vermutlich geantwortet, Türkisch.

Mott hatte vermutlich gesagt, Schwedisch.

Tomm hatte vermutlich geantwortet, Japanisch.

Schill hatte vermutlich gesagt, Brasilianisch.

Lisch hatte vermutlich geantwortet, Arabisch.

Mott hatte vermutlich gesagt, Philippinisch.

Tomm hatte vermutlich geantwortet, Nigerianisch.

Schill hatte vermutlich gesagt, Also was.

Lisch hatte vermutlich geantwortet, Klein.

Mott hatte vermutlich gesagt, Nein.

Tomm hatte vermutlich geantwortet, Langbeinig.

Schill hatte vermutlich gesagt, Teilbehaart.

Lisch hatte vermutlich geantwortet, Vollbusig.

Mott hatte vermutlich gesagt, Anschmiegsam.

Tomm hatte vermutlich geantwortet, Aber griffig.

Schill hatte vermutlich gesagt, Also groß, langbeinig, teilbehaart, vollbusig, anschmiegsam, aber griffig.

Lisch hatte vermutlich geantwortet, Welche Haarfarbe.

Mott hatte vermutlich gesagt, Rotschopf.

Tomm hatte vermutlich geantwortet, Ja.

Schill hatte vermutlich gesagt, Deutsch? Türkisch? Schwedisch? Japanisch? Brasilianisch? Arabisch? Philippinisch? Nigerianisch?

Lisch hatte vermutlich geantwortet, Rotschopf türkisch? Rotschopf japanisch? Rotschopf brasilianisch? Rotschopf arabisch? Rotschopf philippinisch? Rotschopf nigerianisch?

Mott hatte vermutlich gesagt, Deutsch. Schwedisch.

Tomm hatte vermutlich geantwortet, Anschmiegsam deutsch? Anschmiegsam schwedisch?

Schill hatte vermutlich gesagt, Also?

Lisch hatte vermutlich geantwortet, Dann eben japanisch.

Mott hatte vermutlich gesagt, Also nicht groß?

Tomm hatte vermutlich geantwortet, Also nicht langbeinig?

Schill hatte vermutlich gesagt, Aber teilbehaart, vollbusig, anschmiegsam und trotzdem griffig.

Lisch hatte vermutlich geantwortet, Dann aber wenigstens langhaarig.

Mott hatte vermutlich gesagt, Japanisch vollbusig?

Tomm hatte vermutlich geantwortet, Vollbusig oder nicht.

Schill hatte vermutlich gesagt, Aber aber oder oder.

Lisch hatte vermutlich geantwortet, Wer ruft an?

Mott hatte vermutlich gesagt, Tomm, erledige du das.

Tomm hatte vermutlich geantwortet, Das erledige ich.

Tomm hatte das bestimmt erledigt.

Mott hatte bestimmt die Klingel gehört.

Lisch hatte bestimmt die Tür geöffnet.

Schill hatte bestimmt Auch gut! gesagt.

Tomm hatte bestimmt Ich hab dich angerufen! gesagt.

Mott hatte bestimmt Wieviel? gesagt.

Lisch hatte bestimmt O. K.! gesagt.

Schill hatte bestimmt Wir legen zusammen! gesagt.

Tomm hatte sicher das Geld eingesammelt.

Schott hatte sicher nichts bezahlt.

Es ist Schott so.

Mott hatte sicher Ins Schlafzimmer! gesagt.

Lisch hatte sicher Ausziehen! gesagt.

Schill hatte sicher Nicht schlecht! gesagt.

Schill, Lisch, Mott und Tomm waren ganz bestimmt wieder in das Wohnzimmer gekommen, in dem Schott stand oder saß, oder in das Arbeitszimmer, oder in die Küche.

Ist Schill aber immer in dem Raum geblieben, in dem Schott stand oder saß?

Ist Lisch aber immer in dem Raum geblieben, in dem Schott stand oder saß?

Ist Mott aber immer in dem Raum geblieben, in dem Schott stand oder saß?

Ist Tomm aber immer in dem Raum geblieben, in dem Schott stand oder saß?

Ist Schott aber immer in dem Raum geblieben, in dem Schill, Lisch, Mott und Tomm oder Schill, Lisch und Mott oder Schill, Lisch und Tomm oder Schill, Mott und Tomm oder Lisch, Mott und Tomm standen oder saßen?

Oder ist Schill zwischenein in das Schlafzimmer gegangen? Zumindest.

Oder ist Lisch zwischenein in das Schlafzimmer gegangen? Vermutlich.

Oder ist Mott zwischenein in das Schlafzimmer gegangen? Bestimmt.

Oder ist Tomm zwischenein in das Schlafzimmer gegangen? Sicher.

Oder ist Schott zwischenein in das Schlafzimmer gegangen?

Es ist Schott ganz bestimmt nicht so.

Obwohl Schott ahnt, wie diese Frau in das Bett gelangte, in dem er liegt, ahnt er nicht, wer diese Frau war.

Nicht alle Sinne, über die Schott verfügt, liefern Schott gleichstarke Erinnerungen.

Die Lage, in der Schott sich in der Nacht befand, hätte oder hatte Schott zwar gehindert, den Fußgeruch der Frau, die in dem Bett lag, wahrzunehmen. Hätte Schott den Fußgeruch aber wahrgenommen, so wäre die Erinnerung an den Fußgeruch schwächer als die Erinnerung an die Haarfarbe der Frau, falls er die Haarfarbe wahrgenommen hätte.

War das Haupthaar der Frau schwarz? Und das Nebenhaar ebenfalls? Oder war, falls das Haupthaar schwarz war, das Nebenhaar braun? Oder rot? Oder blond?

War das Haupthaar der Frau braun? Und das Nebenhaar ebenfalls? Oder war, falls das Haupthaar braun war, das Nebenhaar schwarz? Oder rot? Oder blond?

War das Haupthaar der Frau rot? Und das Nebenhaar ebenfalls? Oder war das Nebenhaar, falls das Haupthaar rot war, schwarz? Oder braun? Oder blond?

War das Haupthaar der Frau blond? Und das Nebenhaar ebenfalls? Oder war das Nebenhaar, falls das Haupthaar blond war, schwarz? Oder braun? Oder rot?

Der Verfasser sagt, Soeben hat ein Leser gefragt, Wenn ich mich durch diesen Berg von Sätzen gefressen habe – komme ich dann ins Schlaraffenland, wo mir die gebratenen Wörter ins Maul fliegen? Ich habe geantwortet, Sie sind schon mittendrin.

Oder war das Haupthaar der Frau grün? Und das Nebenhaar ebenfalls? Oder war das Nebenhaar, falls das Haupthaar grün war, blau? Oder pink?

Oder war das Haupthaar der Frau blau? Und das Nebenhaar ebenfalls? Oder war das Nebenhaar, falls das Haupthaar blau war, grün? Oder pink?

Oder war das Haupthaar der Frau pink? Und das Nebenhaar ebenfalls? Oder war das Nebenhaar, falls das Haupthaar pink war, grün? Oder blau?

Schott fragt sich das.

Schwarz und blond? Braun und blond?

Schwarz und rot? Braun und rot?
Höchst unwahrscheinlich, allem Anschein nach.
Blond und rot?
Rot und schwarz? Rot und braun? Rot und blond?
Unwahrscheinlich, allem Anschein nach.
Blond und schwarz? Blond und braun?
Wahrscheinlich, allem Anschein nach.
Schwarz und schwarz? Schwarz und braun?
Braun und schwarz? Braun und braun?
Blond und blond?
Rot und rot?
Höchst wahrscheinlich, allem Anschein nach.

Aber Spekulationen, obwohl auf altem Anschein fußend, machen den nächtlichen Mangel der Wahrnehmung nicht wett; Erinnerung stellt sich nicht ein.

Schott glaubt nicht, daß er herausfinden könnte, wer diese Frau war, wenn er sich erinnerte, wie diese Frau schmeckte. Zudem ist er sicher, daß er in der Nacht weder in eine Frau gebissen noch eine Frau abgeleckt hat. Überdies hätte er doch den Geschmack dieser Frau nicht wahrgenommen, in der Lage, in der er sich befand. Unter Umständen hat die Nasenspitze dieser Frau in seinen Mund geragt, so daß er wenigstens den Geschmack des Nasenschleims hätte schmecken können. Aber Schott erinnert sich an einen fremden Nasenschleimgeschmack nicht.

Obgleich Schotts Gehörsinn zu den empfindlicheren Sinnen Schotts gehört, ist Schott sicher, daß er von einer unbekannten Stunde der Nacht an überhaupt nichts mehr gehört hat. Ganz sicher nichts aus dem Mund dieser Frau, falls sie Geräusche oder Klänge oder Geräusche und Klänge hervorgebracht haben sollte.

Auch von der Haut seines Arms, jedenfalls von der Haut seines Unterarms, der zuerst auf den Brüsten der Frau, später, nach einem Weg über den Bauch, das Geschlechtsteil der Frau überdeckt haben kann, erhält Schott keine Auskunft: Ob die Brüste klein und straff oder groß und schlaff oder groß und straff oder klein und schlaff waren, ob die Brustwarzen dem Oberstück eines Druckknopfes oder der Hirschkuhbeere glichen, ob die Brustwarzen aufgerichtet waren oder darniederlagen, ob der Bauch der Frau konvex oder konkav, ob die Bauchhaut glatt war oder wellig (vielleicht, weil sie ein Kind geboren hatte oder zwei Kinder oder mehr), ob das Nebenhaar der Frau lang und glatt oder kurz und kraus oder lang und kraus oder kurz und glatt war.

Daß der Körper dieser Frau vielleicht siedende Hitze oder bloß Hitze, vielleicht Wärme oder laue Wärme, vielleicht bloß Kälte oder eisige Kälte lieferte, kann Schott auch nicht wissen.

Schott weiß aber, daß er in der Nacht nie Schmerz empfand.

Daß er das Gleichgewicht verloren hatte, ahnt Schott.

Schott fragt sich, Wann ist diese Frau aus dem Bett aufgestanden, und, Wann ist diese Frau aus der Wohnung gegangen.

Sie könnte aus dem Bett aufgestanden, aber noch, nackt oder bekleidet, in der Wohnung geblieben sein.

Als sie aufstand, könnten Schill, Lisch, Mott und Tomm noch in der Wohnung gewesen sein. Oder Schill, Lisch und Mott. Oder Schill, Lisch und Tomm. Oder Schill, Mott und Tomm. Oder Lisch, Mott und Tomm. Oder Schill und Lisch. Oder Lisch und Mott. Oder Mott und Tomm. Oder Tomm und Schill. Oder Mott und Schill. Oder Lisch und Tomm.

Als sie aufstand, könnte Schill noch in der Wohnung gewesen sein. Oder Lisch. Oder Mott. Oder Tomm.

Als sie aufstand, könnte außer Schott und ihr niemand in der Wohnung gewesen sein. Sie könnte aufgestanden sein, sich angezogen haben und aus der Wohnung gegangen sein.

Sie könnte aufgestanden, ins Bad gegangen sein, sich geduscht oder gebadet, sich angezogen, sich in der Wohnung umgesehen haben. Sie könnte im Arbeitszimmer die Schubladen des Schreibtisches durchsucht, Geld, Schecks und Scheckkarte genommen haben und aus der Wohnung gegangen sein.

Sie könnte aufgestanden, ins Bad gegangen sein, sich geduscht oder gebadet haben und in die Küche gegangen sein. Sie könnte Kaffee gekocht, Toastbrot getoastet, Kaffee in eine Tasse gegossen, den Toast mit Butter und Konfitüre bestrichen, sich an den Küchentisch gesetzt, den Toast gegessen und den Kaffee getrunken haben.

Sie könnte, wenn Schott in die Küche käme, vom Küchentisch aufstehen, gewohnt lächeln, auf Schott zukommen und in einer Sprache, die Schott versteht, aber aus ihrem Mund mühsam, sagen, Ich kann bleiben.

Jetzt hätte Schott gehört, welche Geräusche und Klänge diese Frau aus dem Mund hervorbringt.

Jetzt sähe Schott zumindest, welche Farbe das Haupt- und das Nebenhaar dieser Frau hatte oder hat, welche Größe und Konsistenz die Brüste dieser Frau hatten oder haben, welchem Gegenstand die Brustwarzen dieser Frau glichen oder gleichen, welche Art von Wölbung der Bauch dieser Frau aufwies oder aufweist, von welcher Beschaffenheit die Bauchhaut dieser Frau war oder ist und welche Länge und Form das Nebenhaar dieser Frau besaß oder besitzt.

Sie könnte haltmachen und die Unterarme auf Schotts Schultern legen.

Jetzt wüßte Schott immer noch nicht, wie diese Frau schmeckt, aber er spürte ungefähr die Temperatur dieser Frau.

Schott könnte in die Frau beißen oder sie ablecken.

Dann wüßte er, wie diese Frau schmeckt.

Aber wüßte er jetzt, wer diese Frau war oder ist?

Schott sagt, Zieh dich an und verschwinde.

Schott steht auf.

Schott kann nicht tun, was er morgens tut; er hat die Kleider vom Vortag an.

Schott will nur raus.

Falls es Sonntag ist, trifft Schott im Café auf Schill, Lisch, Mott und Tomm. Sie nennen es Frühstück. Schott hat keinen Namen dafür.

Die Frau, die in der Wohnung unter der Wohnung von Schott wohnt, öffnet die Wohnungstür, als Schott vorbeigeht.

Herr Schott!

Schott bleibt stehen. Frau Semper?

Ich kann nicht mehr gut laufen. Können Sie mir was mitbringen?

Ja.

Können Sie mir, eben wußte ich es noch. Jetzt hab ich es vergessen. Ich muß mir alles aufschreiben, aber ich hab meine Brille verlegt.

Ja, Frau Semper.

Ich muß ins Altenheim.

Ja, Frau Semper.

Es scheint Sonntag zu sein. Es fahren weniger Autos herum als an anderen Vormittagen. Es laufen mehr Leute herum als an anderen Vormittagen.

Vor der Ecke trifft Schott auf fünf Leute; zwei von ihnen kennt er. Es sind ein Mann und eine Frau in mittlerem Alter.

Die Frau sagt, Ah, guten Tag, Herr Schott.

Der Mann sagt, Guten Tag, Herr Schott.

Schott sagt, Guten Tag.

Die Frau zeigt auf einen älteren Mann und sagt, Das ist mein Vater. Zu dem älteren Mann sagt sie, Das ist Herr Schott.

Der ältere Mann sagt, Guten Tag.
Schott sagt, Guten Tag.
Schott zeigt auf zwei Kinder, sagt, Das sind Ihre Kinder.
Die Frau sagt, Wie geht es Ihnen, Herr Schott.
Der Mann sagt, Ja, wie geht es Ihnen.
Schott sagt, wie es ihm geht, aber niemand hört es, weil die Kinder um den Mann und die Frau herumlaufen und kreischen.
Schott sagt dem älteren Mann direkt ins Ohr, Da weiß man, was man hat.
Der ältere Mann zieht Schott am Hemdärmel beiseite und sagt ihm direkt ins Ohr, Bei mir gäbe es das nicht. Ich habe drei Kinder großgezogen, aber das hat es bei mir nicht gegeben. Meine Frau und ich, ich habe den Kindern immer gesagt, was es gibt und was es nicht gibt. Begründet! Entweder sie haben es eingesehen oder sie haben es nicht eingesehen. Wenn sie es nicht eingesehen haben, habe ich, das heißt, meine Frau hat gesagt, Schluß mit der Diskussion. In einem halben Jahr seht ihr es vielleicht ein.
Schott sagt, Ja.
Das eine Kind läuft auf die Straße. Die Frau läuft hinterher und fängt das Kind ein.
Das andere Kind läuft um den Mann herum und kreischt.
Der ältere Mann sagt, Mein Schwiegersohn hat mich zuerst mit Vornamen angeredet. Ich habe nichts gesagt. Ich habe in einem Brief zu verstehen gegeben, daß mir das nicht paßt. Mein Schwiegersohn hat es nicht verstanden oder er wollte es nicht verstehen. Ich mußte ihm deutlich sagen, So geht es nicht. Ich bin kein Hans. Er hat gesagt, Ich kann nicht Vater zu dir sagen. Du bist nicht mein Vater. Ich habe gesagt, Bei mir hat es das nicht gegeben. Das hat es bei mir nicht gegeben.
Schott sagt, Wie redet Ihr Schwiegersohn Sie jetzt an?
Der ältere Mann sagt, Mit Schwiegervater. Er zieht Schott

am Hemdknopf zu sich heran, sagt, Diese Kinder haben mich mit Opa angeredet. Ich habe nichts gesagt. Ich habe in einem Brief zu verstehen gegeben, daß mir das nicht paßt. Die Eltern der Kinder haben es nicht verstanden oder sie wollten es nicht verstehen. Ich mußte ihnen deutlich sagen, So geht es nicht. Ich bin kein Opa. Die Eltern der Kinder haben gesagt, Wie sollen die Kinder zu dir sagen. Ich habe gesagt, Bei mir hat es das nicht gegeben. Das hat es bei mir nicht gegeben. Die Kinder sollen Großvater zu mir sagen. Mein Schwiegersohn hat gesagt, Das können die Kinder gar nicht aussprechen, ein so langes Wort. Es sind schließlich Kinder. Ich habe gesagt, Wenn die Kinder nicht einmal das Wort Großvater aussprechen können, dann hat es sich gar nicht gelohnt.

Das andere Kind läuft auf die Straße. Der Mann läuft hinterher und fängt das Kind ein.

Das eine Kind läuft um die Frau herum und kreischt.

Schott sagt, Wie reden die Kinder Sie jetzt an?

Der ältere Mann sagt, Mit Großpapa.

Die Kinder laufen um die Frau und den Mann herum und kreischen.

Schott sagt zu dem Mann und der Frau, Auf Wiedersehen.

Die Frau sagt über die Kinder hinweg, Ja, auf Wiedersehen.

Der Mann sagt über die Kinder hinweg, Auf Wiedersehen.

Schott sagt zu dem älteren Mann, Auf Wiedersehen.

Der ältere Mann sagt zu Schott, Auf Wiedersehen.

Im Café ruft Schill über die Tische hinweg, Eine Jacke hättest du dir ruhig anziehen können, Schott.

Lisch, Mott und Tomm lachen.

Schott sagt nichts.

Schill, Lisch, Mott und Tomm trinken Bier.

Schott sagt zu der Kellnerin, Einen großen Kaffee.

Die Kellnerin sagt, Kännchen.

Kännchen, sagt Schott.

Schill sagt, Der Krieg geht weiter.

Lisch sagt, In meinem Haus brüllt stundenlang ein Kind, jeden Tag. Wie erreicht man es, daß ein Kind jeden Tag stundenlang brüllt?

Mott sagt, Man kann es in regelmäßigen Abständen prügeln.

Tomm sagt, Du kannst es hungern lassen.

Schill sagt, Man kann es dursten lassen.

Mott sagt, Du kannst es einsperren.

Tomm sagt, Man kann es prügeln, hungern lassen, dursten lassen und einsperren.

Mott sagt, Mein Nachbar fährt ein schweres Motorrad. Er fährt immer zu schnell. Er stürzt immerzu. Gestern ist er wieder auf die Schnauze geflogen, mit 150 Sachen. Aber nie ist ihm was passiert.

Tomm sagt, Beim nächsten Mal.

Tomm sagt, Ich muß mein Testament machen.

Schill sagt, Warum?

Tomm sagt, Unvorstellbar, das Kuddelmuddel, ohne Testament.

Lisch sagt, Das kann einem egal sein.

Tot, sagt Mott.

Tomm sagt, Fällt es dir aber kurz vorher ein, kann dir beim Verrecken noch schlecht werden.

Schill sagt, Mein Nachbar ist entlassen worden.

Lisch sagt, Warum.

Schill sagt, Er hat zu einer Kundin gesagt, Sie können tun, was Sie wollen, Sie werden nicht schöner. Außerdem riechen Sie übel. Aus welchem Loch Sie übel riechen, weiß ich nicht.

Mott sagt, Der Mann gehört zu uns. Offen sagen, was man denkt.

Lisch sagt, Angenommen, ich wäre ab morgen ein Krüppel. Auf meine Frau angewiesen. Sie meint es sogar gut mit mir. Aber ich gehe ihr allmählich auf die Nerven. Und sie kriegt nichts. Ihr Blick wird zweischneidig. Sie hält sich zwar zurück, aber hält sich kaum noch zurück. Ich lauere. Ich werde immer weniger. Irgendwas frißt mich.

Mott sagt, Hör auf.

Tomm sagt, Mach weiter. Nicht bloß sagen, Offen sagen, was man denkt, sondern offen sagen, was man denkt.

Schill sagt, Lisch, ruf mich an, wenn es soweit ist. Ich geb dir was. Und deine Frau kriegt auch von mir, was sie braucht.

Lisch sagt, Du Schwein.

Offen gesagt, sagt Mott.

Tomm sagt, Weiter.

Schott sagt, Die Gesten der Branche.

Schott sagt, Am Ende des vorletzten Krieges, aber Schill sagt, Am Ende des letzten. Schott sagt, Des vorletzten, aber Schill sagt, Hast du noch nicht gelebt.

Schott sagt, Am Ende des vorletzten Krieges hatte ich die Wahl.

Schill sagt, Die Wahl!

Schott sagt, Ich konnte in der Wohnung bleiben oder in den Keller gehen.

Schill sagt, Der Wählerische.

Schott sagt, Ich wählte den Keller. In meiner Stadt

Schill sagt, In deiner Stadt!

Schott sagt, In meiner Stadt waren keine Bomben gefallen, trotzdem wählte ich den Keller. In meiner Stadt waren keine Bomben gefallen, deswegen wählte ich den Keller. Ich wollte ein glimpfliches Ende des vorletzten Krieges.

Schill sagt, Für dich.

Schott sagt, Für mich. Ich hätte in der Wohnung bleiben können. Wie meine Mutter. Sie schälte gerade Kartoffeln. Im Keller setzte ich mich neben eine Nachbarin. Sie saß links. Rechts saß niemand. Sechs Minuten nach dem Alarmzeichen fielen zum ersten und letzten Mal Bomben auf die Stadt.

Schill sagt, Auf deine!

Schott sagt, Sechs Minuten nach dem Alarmzeichen fiel zum ersten und letzten Mal eine Bombe auf unser Haus.

Schill sagt, Euer Haus!

Schott sagt, Ich hörte die Bombe, ehe sie explodierte. Ich drückte mein Gesicht in den Schoß der Nachbarin und schlang meine Arme um ihre Hüften. Die Nachbarin legte ihre Hände an ihre Ohren und preßte ihren Oberkörper auf meinen Kopf. Auf meinem Hinterkopf und auf meinem Nakken hatte ich die großen Brüste der Nachbarin.

Nach der Explosion, die bis jetzt das lauteste Geräusch in meinem Leben war, richtete die Nachbarin ihren Oberkörper auf. Ich zögerte, meinen Kopf zu heben, weil ich die Brüste der Nachbarin erwartete und eine zweite Explosion. Ich hob meinen Kopf und sah der Nachbarin ins Gesicht. Sie hatte ihre Hände an ihren Ohren. Die Nachbarin sah mir ins Gesicht. Sie legte ihre Arme um meinen Kopf. Ich legte meine Arme um ihren Kopf. Sie drückte ihren Mund auf meinen Mund. Ich drückte meinen Mund auf ihren Mund. Auf ihren Lippen war Sand. Sie sagte, Auf deinen Lippen ist Sand, Kind.

Schott sagt, Ich hätte tot sein können wie meine Mutter. Unter Balken, Ziegeln, geschälten und ungeschälten Kartoffeln.

Lisch sagt, Unter anderen.

Mott sagt, Neben anderen.

Tomm sagt, Über anderen.

Schill sagt, Über der Mutter.

Schott sagt, Die Kellertür war frei. Der Kellergang war frei. Die Kellertreppe war frei. Ich ging auf den Hof. Vor meinen Füßen lag ein Bombensplitter. Er war zerklüftet, rissig, scharfkantig. Ich hob ihn auf. Er war brennend heiß. Ich ließ ihn fallen. Ich ging in den Hausflur. Ich ging die Treppe hinauf. Ich ging in die Wohnung. In der Küche saß meine Mutter. Sie hatte die Hände in den Schoß gelegt. In der linken Hand hielt sie eine halbgeschälte Kartoffel, in der rechten Hand hielt sie einen Kartoffelschäler. Auf dem Tisch, auf den Kartoffeln, ungeschälten und geschälten, auf meiner Mutter lagen Glassplitter. Ich sagte, Mutter, du hättest tot sein können. Sie sagte, Die schönen Kartoffeln.

Schill sagt, Am Ende des letzten Krieges, aber Schott sagt, Am Ende des vorletzten. Schill sagt, Des letzten, aber Schott sagt, Lebst du bestimmt nicht mehr.

Schill sagt, Am Ende des letzten Krieges hatte ich keine Wahl.

Schott sagt, Du hattest die Wahl.

Schill sagt, Ich konnte weder in der Wohnung bleiben noch in den Keller gehen. Wir hatten keine Wohnung. Wir hatten keinen Keller.

Schott sagt, Der Wahllose.

Schill sagt, Ich saß auf einem Pferdewagen. Meine Mutter lief neben dem Pferd. Sie führte es. Vor unserem Wagen fuhren Wagen, hinter unserem Wagen fuhren Wagen. Gegen Mittag flogen Flugzeuge heran. Sie kamen von vorn. Ich sah, daß die Wagen vor unserem Wagen angehalten wurden. Ich sah, daß Leute von den Wagen kletterten oder sprangen. Ich sah, daß Leute, die die Pferde geführt hatten, und Leute, die von den Wagen gesprungen oder geklettert waren, unter die Wagen krochen. Meine Mutter hielt unser Pferd an. Ich kletterte vom Wagen. Meine Mutter und ich krochen unter unseren Wagen. Aus den Flugzeugen wurde auf die Pferde und Wagen geschossen. Unser Pferd und unser Wagen wurden getroffen. Ich sah unter meiner Mutter hervor. Ich sah unser Pferd vor dem Wagen liegen. Es strampelte. Wir blieben unter unserem Wagen liegen. Meine Mutter sagte, Vielleicht kommen sie zurück.

Wir krochen unter dem Wagen hervor. Meine Mutter sagte, Was soll ich mit Hansi machen. Hansi strampelte immer noch. Meine Mutter sagte, Was soll ich mit unseren Sachen machen. Meine Mutter sagte, Was soll ich mit dir machen.

Der Wagen vor unserem Wagen hätte weiterfahren können, aber er konnte nicht weiterfahren, weil der Wagen vor dem Wagen nicht weiterfahren konnte. Das Pferd war auch getroffen. Der Wagen hinter unserem Wagen konnte nicht weiterfahren, weil das Pferd auch getroffen war. Wäre das Pferd nicht getroffen gewesen, hätte der Wagen trotzdem nicht weiterfahren können.

Schill sagt, Meine Mutter nahm ihren Rucksack vom Wagen und schnallte ihn auf ihren Rücken. Meine Mutter nahm meinen Rucksack vom Wagen und schnallte ihn auf meinen Rücken. Sie sagte, Für Hansi kann ich nichts tun. Sie sagte, Mit unseren Sachen kann ich nichts machen. Sie sagte, Gib mir die Hand. Wir laufen.

Der Verfasser sagt, Ich sage jetzt nichts. Ich höre einfach zu.

Mott sagt, Am Ende hatte ich Glück. Meine Leute haben gesagt, Heute kommen sie.

Schill sagt, Wer.

Mott sagt, Das wußte ich nicht. Meine Leute haben gesagt, Hoffentlich schießt nicht irgendein Idiot auf sie. Einer von meinen Leuten hat gesagt, Wir müssen was raushängen. Eine von meinen Leuten hat gesagt, Ich hol was. Einer von meinen Leuten hat gesagt, Aber. Wenn irgendein Idiot da ist, der auf sie schießt. Eine von meinen Leuten hat gesagt, Ja und? Einer von meinen Leuten hat gesagt, Wenn so ein Idiot sieht, daß wir was rausgehängt haben, schießt er auch auf uns.

Lisch sagt, Mott, sag nicht dauernd, Einer von meinen Leuten, Eine von meinen Leuten. Wir wissen jetzt, daß es einer oder eine von deinen Leuten war.

Mott sagt, Die eine hat gesagt, Ach so. Die andere hat gesagt, Einer von uns geht auf den Dachboden und guckt, ob sie kommen. Wenn nicht irgendein Idiot auf sie schießt, hängen wir was raus.

Der eine hat gesagt, Woher soll einer wissen, aus welcher Richtung sie kommen. Das kann von links sein oder von rechts.

Der andere hat gesagt, Man muß seine Augen überall haben. Aber sie können nur aus einer Richtung kommen. Von dort nämlich.

Der eine hat gesagt, Aha. Und wie soll uns einer vom Dachboden aus sagen, ob sie kommen, und ob ein Idiot auf sie schießt oder nicht.

Der andere hat gesagt, Das ist doch das einfachste. Wir lassen die Türen offen, und er ruft durchs Haus, Sie kommen. Wenn es schießt, dann schießt irgendein Idiot auf sie. Das hören wir selber.

Der eine hat gesagt, Wenn es schießt, dann schießt irgendein Idiot auf sie. Da wissen wir, daß sie kommen. Da hängen wir nichts raus. Aber dazu braucht keiner auf den Dachboden.

Der andere hat gesagt, Aber wenn sie kommen, und es schießt keiner auf sie, hören wir nicht, daß sie kommen, wenn niemand auf dem Dachboden ist und sie kommen sieht.

Der eine hat gesagt, Einverstanden. Aber wenn es schießt, und es schießt keiner auf sie, sondern sie schießen selber, aus Spaß. Da wissen wir, daß sie kommen. Da wissen wir nicht, wer schießt. Da hängen wir nichts raus.

Der andere hat gesagt, Herrgott, das sieht man doch, ob irgendein Idiot schießt oder ob die es sind, die schießen.

Der eine hat gesagt, Woran sieht man das.

Der andere hat gesagt, Ich seh das.

Der eine hat gesagt, Geh du auf den Dachboden.

Der andere hat gesagt, Einverstanden.

Die eine hat gesagt, Ich hol schon was.

Die andere hat gesagt, Was großes.

Mott sagt, Ich bin mit dem anderen auf den Dachboden gegangen.

Die eine hat gesagt, Sei vorsichtig, Mottchen. Die andere hat gesagt, paß gut auf, Mottchen.

Der andere hat durch die eine Dachluke nach dort geguckt. Ich hab durch die andere Dachluke nach da geguckt. Es kam ein offener Geländewagen. Wo der rechte Vordersitz sein sollte, war auf einem hohen Stab ein Maschinengewehr montiert. An dem Maschinengewehr stand ein Soldat. Der Soldat hatte einen Stahlhelm auf dem Kopf. Auf den Rücksitzen saß niemand. Vom Ende des Wagens ging eine hohe Antenne in die Luft. Die Antenne bewegte sich. Der Wagen fuhr langsam. Ich sah sie kommen. Sie sahen schön aus. So wollte ich auch aussehen.

Der andere sah nichts, ich sah sie ganz nahe.

Ich lief zur Bodentür und rief durchs Haus, Sie kommen.

Ich drehte mich um und sagte zu dem anderen, Sie kommen nicht von dort, sie kommen von da.

Der andere lief zu der anderen Dachluke und guckte nach da. Er rief, Wo denn. Ich sehe dort nichts.

Ich lief zu der einen Dachluke und guckte nach dort. Ich rief, Da.

Ich sah nur noch die Rückseite des Geländewagens.

Der andere neigte den Kopf. Er sagte, Schießt es?

Ich sagte, Nein.

Der andere guckte immer noch durch die Dachluke nach da. Ich ging zu ihm. Ich wollte wieder durch die Dachluke nach da gucken. Er versperrte mir aber die Aussicht. Er sagte, Hörst du das?

Ich sagte, Ja.

Der andere sagte, Die Erde.

Ich sagte, Das Haus.

Der andere sagte, Jetzt kommen sie. Er machte etwas Platz.

Ich konnte wieder durch die Dachluke nach da gucken. Ich sah zwei Panzer, drei Panzer, vier Panzer, fünf Panzer.

Der andere sagte, Schnell, runter, in den Keller.

Wir liefen treppab, riefen durch die offene Wohnungstür, Schnell, runter, in den Keller.

Der eine kam als letzter in den Keller. Er sagte zu dem anderen, Warum runter in den Keller.

Die eine sagte, Ich hab was rausgehängt.

Die andere sagte, Was Großes.

Der andere sagte, Die Panzer.

Der eine sagte, Aber es schießt doch keiner auf sie.

Der andere sagte, Und wenn sie selber schießen, aus Spaß?

Tomm sagt, Und?

Mott sagt, Nichts.

Der Verfasser sagt, Ich muß mich jetzt ausruhen. Die können ihre Geschichte ohne mich erzählen.

Tomm sagt, Am Ende hatte ich Pech.

Schill sagt, Wieso.

Tomm sagt, Meine Schwester hat gesagt, Heute ziehen die einen ab, dann kommen die anderen.

Lisch sagt, Welche.

Tomm sagt, Das wußte ich nicht. Ich kannte nur die einen. Meine Tante hat gesagt, Wenn die einen weg sind, müssen wir was raushängen für die anderen. Meine Mutter hat gesagt, Woher nehmen. Meine Tante hat gesagt, Nimm die alte Fahne, mach das Emblem ab, schon ist es eine neue. Meine Mutter hat gesagt, Das sieht man. Meine Tante hat gesagt, Das bleicht aus.

Meine Tante hat gesagt, Tommi, geh gucken und sag uns, wenn sie weg sind. Meine Mutter hat zu meiner Tante gesagt, Jetzt kann ich es dir sagen. Die haben mich gefragt, ob ich mitwill, mit Tommi und Lotti. Wir fahren einen Lastwagen auf Ihren Hof, Sie laden ein paar Sachen auf, und ab geht es. Die anderen – da werden Sie sich noch wundern. Meine Tante hat gesagt, Jetzt kann ich es dir sagen. Die haben mich gefragt, ob ich mitwill. Warum bloß habe ich nein gesagt. Meine Mutter hat gesagt, Ich kann doch nicht alles liegen und stehen lassen. Meine Tante hat gesagt, Tommi, geh gucken und sag uns, wenn sie weg sind.

Ich bin zum Sportplatz gelaufen. Wo meine Schwester war, wußte ich nicht. Auf dem Sportplatz standen Lastwagen und Geländewagen. Die Soldaten saßen auf den Wagen. Es sollte losgehen. Neben einem Geländewagen stand meine Schwester. Sie küßte den Fahrer. Ich rief, Lotti. Sie drehte sich zu mir, sagte, Ich fahre mit. Der Fahrer lachte, gab mir etwas zu kauen. Jetzt ging es los. Der Wagen fuhr an, Lotti blieb zurück. Die Lastwagen und Geländewagen fuhren vom Sportplatz.

Ich lief nach Hause. Wohin meine Schwester gegangen war, wußte ich nicht. In der Küche standen meine Mutter und meine Tante. Meine Mutter hielt zwei Zipfel der alten Fahne in Händen, meine Tante hielt zwei Zipfel der alten Fahne in Händen. Sie zogen das Tuch über dem Tisch straff. Das Emblem war auf beiden Seiten abgetrennt. An der Stelle des Emblems war das Tuch dunkel.

Ich sagte, Sie sind weg. Lotti hat gesagt, sie fährt mit.

Meine Mutter ließ die Zipfel der Fahne aus den Händen, meine Tante ließ die Zipfel der Fahne aus den Händen. Die Fahne senkte sich.

Meine Mutter sagte, Um Gottes willen. Meine Tante sagte, Um Himmels willen. Meine Mutter sagte, Ich lasse alles stehen und liegen. Meine Tante sagte, Warum bloß habe ich nicht ja gesagt.

Ich sagte, Ich geh gucken und sag euch, wenn die anderen da sind.

Ich dachte, wenn die einen nach da abgezogen sind, müssen

die anderen von dort kommen. Ich lief nach dort. In der Unterstadt, auf der Brücke, hielt ich an. Von der Brücke aus sah ich meine Schwester. Sie ging am Fluß entlang. Ich rief, Lotti. Sie drehte sich zu mir, rief, Ich gehe ins Wasser.

Ich neigte den Kopf. Ich sagte, Hörst du das? Ich sagte, Das Kopfsteinpflaster. Ich sagte, Jetzt kommen sie. Ich trat auf die Straße. So konnte ich die Bergstraße besser überblikken. Ich sah zwei Pferdewagen, drei Pferdewagen, vier Pferdewagen, fünf Pferdewagen.

Ich blieb mitten auf der Straße stehen. Sie kamen aus der Oberstadt, direkt auf mich zu. Vor jedem Wagen ein Pferd. Neben jedem Pferd ein Soldat. Die Soldaten hatten Käppis auf.

Quer durch die hinteren Wagenräder waren schmale Holzstämme gesteckt, die an den Seiten herausragten. Das war die Bremse. Die eisernen Radreifen rutschten über das Kopfsteinpflaster bergab. Die Wagen waren mit Säcken beladen. Auf halber Höhe der Bergstraße rauchten die Felgen. Langsam rutschten und rollten die Wagen auf die Brücke zu.

Ich sah sie kommen. Die Soldaten sahen nicht schön aus. So wollte ich nicht aussehen.

Ich lief von der Straße, beugte mich über das Brückengeländer und rief, Sie kommen. Aber meine Schwester war nicht zu sehen. Ich drehte mich um. Der erste Wagen hatte die Brücke erreicht. Die Felgen der Hinterräder brannten.

Der Soldat hielt das Pferd an, nahm einen Zinkeimer vom Wagen, rannte ans Flußufer, schöpfte Wasser, rannte zum Wagen, goß einen halben Eimer Wasser über das eine brennende Rad, goß einen halben Eimer Wasser über das andere brennende Rad. Er warf den Eimer auf den Wagen, zog den Holzstamm aus den Hinterrädern, warf ihn auf den Wagen. Er sprach mit dem Pferd, das Pferd zog an. Der Wagen fuhr vorüber, der zweite hatte die Brücke erreicht.

Ich rannte nach Hause. Aus unserem Küchenfenster hing

die neue Fahne. Ich lief in die Küche. Meine Mutter und meine Tante saßen am Küchentisch.

Ich sagte, Die anderen sind da. Lotti hat gesagt, sie geht ins Wasser.

Meine Mutter sagte, Um Himmels willen. Meine Tante sagte, Um Gottes willen. Meine Mutter sagte, Ich lasse alles liegen und stehen. Meine Tante sagte, Warum bloß habe ich nein gesagt.

Meine Mutter sagte, Wo hast du Lotti gesehen? Meine Tante sagte, Sag doch, wo du Lotti gesehen hast.

Ich sagte, wo ich Lotti gesehen hatte.

Mott sagt, Und?

Tomm sagt, Nach einer Stunde kamen sie zurück, mit Lotti.

Schill sagt, Und du, Lisch?

Lisch sagt, Am Ende konnte ich keinen Wecker ticken hören. Ich nahm meinen Wecker, ging zum See und warf ihn ins Wasser. Vielleicht gibt es im See keine Fische mehr, weil sie den Wecker nicht mehr ticken hören konnten und fortgeschwommen sind.

Schott ruft, Rosa! Die Kellnerin kommt, Schott sagt, Zahlen. Schott bezahlt das Kännchen Kaffee, sagt, Bis morgen!, steht auf, geht. An der Tür ruft er der Kellnerin zu, Also dann!, die Kellnerin nickt.

Vor dem Café bleibt Schott stehen. Obwohl er nur zu der Kellnerin Bis morgen! gesagt hat und nur zu der Kellnerin Bis morgen! sagen wollte, wünscht er sich, Schill, Lisch, Mott und Tomm glaubten, er hätte auch zu ihnen Bis morgen! gesagt. Da weder Schill noch Lisch, weder Mott noch Tomm etwas gesagt haben, glaubt Schott nicht, daß sie glaubten, er hätte auch zu ihnen Bis morgen! gesagt. Schott will einen Moment lang in das Café zurückgehen und wenigstens von der Tür aus Bis morgen! zu dem Tisch hinüberrufen. Schott bleibt stehen. Er will einen Moment lang in das Nachbarhaus gehen, zu Liu. Er bleibt stehen. Er kann nicht ins Café zurück, er kann nicht zu Liu.

Schott geht. Er möchte in die nächste Schaufensterscheibe treten. Er möchte in den nächsten Straßenbaumstamm schlagen. Er möchte in die Luft brüllen.

Schott möchte ins Viertel gehen. Er könnte bei Jessie einkehren. Vielleicht schmeckte ihm dort ein Bier. Vielleicht wären dort Frauen, mit denen er nichts zu bereden brauchte außer Wie heißt du? Woher kommst du? Vielleicht wäre eine der jungen Frauen es zufrieden, wenn er sie sitzenließe nach der Frage Wie heißt du? und einer anderen Antwort gäbe auf die Frage Woher kommst du? Vielleicht aber träfe er eine Frau, die ihn nicht nach dem Namen, nicht nach dem Herkunftsort fragte, sondern bloß, ob er sich setzen und etwas trinken wolle, und falls ja, was. Vielleicht fragte auch er nicht, weder nach ihrem Namen noch nach ihrem Herkunftsland. Vielleicht genügte es ihm, zwischen zwei Schlucken Bier auf ihre Ohren oder auf ihre Augen oder auf ihre Nase oder auf ihren Mund zu sehen und irgend etwas über Ohren, Augen, Nasen und Münder zu denken, vielleicht etwas Vergleichendes. Vielleicht hörte er auch noch, was die Frau sagte, in einer Sprache, die ihr und Schott ziemlich fremd wäre, so daß manches unverständlich bliebe. Vielleicht böte Schott ihr ein Getränk an, besonders, wenn sie nicht fragte, ob er ihr ein Getränk anbiete. Vielleicht hörte er zwischen drei Schlucken Bier, daß sie seit einem Monat im Land und in der Stadt sei und noch zwei Monate bleiben wolle, insgesamt gerade so lange, wie sie von Amts wegen bleiben dürfe. Daß sie eine Wohnung gemietet habe. Daß das ungewöhnlich sei, mit großen Schwierigkeiten versehen und zu teuer, aber notwendig, für sie. Daß sie nicht gerne in Jessies Bar arbeite, aber arbeiten müsse, für eine Familie, Vater, Mutter, Schwester, Bruder, Kind, die zehntausend Kilometer entfernt lebe ohne ausreichende Mittel. Vielleicht glaubte Schott das. Vielleicht hielte er es für einen Zufall, daß links von ihm eine zweite Frau säße, die noch jünger und noch kleiner wäre. Vielleicht sähe er, daß sie kein halboffenes Kleid trüge, sondern einen dicken Pullover, der selbstgestrickt wäre, und Trainingshosen. Vielleicht hörte er zwischen vier Schlucken Bier, daß diese Frau heute mittag in das Land und in die Stadt gekommen sei, aus zehntausend Kilometern Entfernung, wo ihre Familie, Vater, Mutter, Schwester, Schwester, lebe ohne ausreichende Mittel. Daß sie seit zwei Stunden in der Bar sei. Daß sie keine Unterkunft habe. Daß das nicht ungewöhnlich sei. Daß sie nur ihre eigene Sprache spreche. Daß sie wahrscheinlich nicht gerne in Jessies Bar arbeite, aber arbeiten müsse, um ein Bett mieten zu können. Daß sie wahrscheinlich nicht genau wisse, was sie in der Bar zu tun habe. Vielleicht sagte die Frau, die ihn nicht nach Namen und Herkunftsort gefragt hätte, sie werde der jüngeren und kleineren Frau ein Bett vermieten. Sie werde der jüngeren und kleineren Frau sagen, was sie in der Bar zu tun habe. Ob Schott der jüngeren und kleineren Frau nicht einen Dlink spendieren wolle? Ob Schott nicht mit der jüngeren und kleineren Frau in den rückwärtigen Loom gehen wolle? Er solle ruhig langsam machen und freundlich sein. Er wäre ihr erster in dem Land und in der Stadt. Die jüngere und kleinere Frau solle gleich am Anfang einen günstigen Eindruck erlangen von dieser Arbeit in dem Land und in der Stadt.

Vielleicht käme in diesem Augenblick Herr Knoll in Jessies Bar. Vielleicht sähe er Schott nicht, aber Schott sähe ihn. Vielleicht setzte sich Herr Knoll in einer Ecke in einen Sessel. Vielleicht setzte sich eine kleine Frau quer auf Herrn Knoll. Vielleicht höbe Herr Knoll die Hand, um sie auf den Bauch der kleinen Frau zu legen, und den Kopf, um der kleinen Frau auf das Ohr zu sehen, und sähe in diesem Augenblick Herrn Schott an der Bar. Vielleicht zöge Herr Knoll die Hand von dem Bauch der kleinen Frau. Vielleicht drehte er den Kopf zur Seite. Vielleicht hoffte er, daß Schott ihn nicht sähe.

Oder vielleicht träfe Schott eine Frau, die ihn nach dem Namen, aber nicht nach dem Herkunftsort fragte, und auch nicht, ob er sich setzen und etwas trinken wolle. Vielleicht fragte er nach ihrem Namen, aber auch nach ihrem Herkunftsort. Vielleicht genügte es ihm nicht, zwischen zwei Schlucken Bier auf ihren Mund oder auf ihre Nase oder auf ihre Augen oder auf ihre Ohren zu sehen und irgend etwas über Münder, Nasen, Augen und Ohren zu denken, wenngleich etwas Vergleichendes. Vielleicht hörte er absichtlich, was die Frau in einer Artikulation sagte, die ihm fremd wäre, ohne daß etwas unverständlich bliebe. Vielleicht böte Schott ihr ein Getränk an, besonders, weil sie fragte, ob er ihr ein Getränk anbiete. Vielleicht hörte er zwischen drei Schlucken Bier, daß sie seit einer Woche in der Stadt sei und vorläufig bleiben kch werde. Daß sie eine eigene Wohnung gemietet habe kch, natürlich. Daß sie gerne in Bars arbeite. Aber nur für sich. Daß sie bald Feierabend habe. Daß sie Lust kch habe, mit Schott aufs Zimmer zu gehen. Vielleicht sagte sie zu Schott, sie müsse ihm aber eins sagen: sie könne es auf den Tod kch nicht ausstehen, wenn jemand ihren Nabel berühre, oder gar eine Fingerspitze hineinstecke, auf den kch Tod nicht. Da müsse sie schreien, dann sei es aus. Vielleicht sagte sie zu Schott, sie müsse ihm aber noch eins sagen: er solle ihr nicht etwa die Arschbacken auseinanderziehen kch, sie habe nämlich Hämorrhoiden. Ob er sich kch denken könne, wie schmerzlich es sei, wenn man Hämorrhoiden habe, und jemand ziehe einem kch die Arschbacken auseinander? Vielleicht sagte Schott, er wundere sich über ihre Artikulation. Ob sie zudem Kehlkopfkatarrh oder Kehlkopfkrebs habe? Vielleicht sagte sie, Eher Lungenkatarrh oder kch Lungenkrebs. Sie rauche, seit sie fünfzehn Jahre alt sei. Aber in Wirklichkeit habe sie das mit dem Hals schon als Kind gehabt. Vielleicht sagte sie, ihr kch Vater habe immer gesagt, sie solle endlich damit aufhören. Ihre Mutter habe immer gesagt, wenn sie nicht endlich damit aufhöre, kriege sie kch was aufs Maul, und habe ihr auf den Mund geschlagen. Vielleicht sagte sie, allmählich störe es sie bei der Arbeit, deshalb sei sie zum Arzt gegangen. Der habe zu ihr gesagt kch, da könne er nichts machen. Sie solle zum Seelenklempner gehen. Aber zum kch Seelenklempner kch gehe sie nicht, jedenfalls nie wieder. Der Seelenklempner habe zu ihr gesagt, Tja, bei dir ist alles zu spät. Vielleicht sagte sie, sie habe geantwortet, Ich bin nicht deine kch Hure, also sagen Sie gefälligst kch Sie zu mir. Vielleicht sagte sie, Der Doktor habe gelacht.

Oder Schott möchte zum Flußhafen gehen. Er könnte bei Joseph haltmachen. Vielleicht fände er dort eine Arbeit. Vielleicht fände er dort Männer, mit denen er nichts zu bereden brauchte außer Trag dies! Hol das! Vielleicht brächte er den halben Tag lang Obstkisten in die Lagerhalle. Vielleicht holte er den halben Tag lang Obstkisten aus der Lagerhalle. Vielleicht fegte er den ganzen Tag lang die Lagerhalle sauber. Vielleicht dürfte er auf einen Lastkahn. Vielleicht spräche er mit dem Kapitän. Vielleicht schrubbte er den halben Tag lang das Deck. Vielleicht spräche er noch einmal mit dem Kapitän. Vielleicht dürfte Schott mitfahren. Vielleicht ginge die Reise von diesem Fluß in jenen Fluß. Vielleicht wäre dieser Fluß sehr schön. Vielleicht ginge die Reise von jenem Fluß in den großen Fluß. Vielleicht wäre der große Fluß nicht ebenso schön wie dieser und jener Fluß, jedoch interessanter. Vielleicht sähe Schott Dinge, die er noch nie gesehen hatte, obwohl er sie bereits gesehen hätte. Vielleicht bäte Schott den Kapitän mehrmals, an der Mündung des großen Flusses nicht haltzumachen. Vielleicht ließe der Kapitän sich überreden. Vielleicht führe er mit dem Lastkahn auf die See. Vielleicht wäre es zuerst eine niedrige, sodann die hohe See. Vielleicht stünde Schott am Bug des Lastkahns. Vielleicht blickte er zum Kapitän. Vielleicht lachte er dem Kapitän zu. Vielleicht lachte der Kapitän gerne zurück. Vielleicht hätte Schott Mühe, sich unter dem Wasser, das über die Bordwand schlüge, geradezuhalten. Vielleicht hätte der Kapitän Mühe, den Lastkahn unter dem Wasser, das über die Brücke schlüge, auf Kurs zu halten. Vielleicht hätte der Lastkahn Mühe, sich unter dem Wasser, das über die Bordwand schlüge, über Wasser zu halten. Vielleicht wäre das Ziel eine sogenannte Insel. Vielleicht glaubte der Kapitän, auf der Insel finde sich alles, was er brauche. Vielleicht glaubte Schott, auf der Insel finde sich alles, was er brauche. Vielleicht käme es binnen kürzester Zeit so, wie es angesichts solcher Inseln oft kommt. Vielleicht lachte der Kapitän noch. Vielleicht lachte Schott noch. Vielleicht hätte der Lastkahn keine Mühe mehr, sich über Wasser zu halten. Vielleicht hätte er Mühe, sich unter Wasser noch einige Sekunden geradezuhalten.

Anstatt in sein Zimmer zu wollen, will Schott zu Liu. Anstatt zu Liu möchte Schott ins Viertel. Anstatt ins Viertel will Schott in das Café zurück. Anstatt in das Café möchte Schott zum Flußhafen.

Anstatt in mein Zimmer zu gehen, sagt Schott.

Anstatt ruhig in meinem Zimmer zu bleiben, sagt Schott.

Die Frau, die in der Wohnung unter der Wohnung von Schott wohnt, öffnet die Wohnungstür, als Schott vorbeigeht.

Herr Schott!

Schott bleibt stehen. Frau Semper.

Ein Glück, daß ich noch gut höre. Ich höre immer, wenn Sie gehen.

Ja.

Wie geht es Frau Liu?

Gut, Frau Semper.

Warum heiraten Sie nicht, Herr Schott. Ich wollte nie heiraten. Aber mein Mann wollte es. Ich mußte heiraten. Heute nacht hab ich von meinem Mann geträumt. Ich dachte, es ist kein Traum. Mein Mann war wirklich da. Ich weiß nicht, wie er aussah. Er war noch jung, als er starb. Ich glaube, er sah noch genauso jung aus wie damals. Wir haben lange miteinander geredet. Er hat nach unserer Tochter gefragt. Schade, daß ich nicht erlebt habe, wie sie herangewachsen ist, hat er gesagt. Und unser Junge? Wie geht es ihm. Er wird immer ein Kind bleiben, hat er gesagt. Das hast du schon gesagt, als er noch ein Kind war, hab ich geantwortet. Habe ich recht behalten?, hat er gesagt. Ja, du hast recht behalten, habe ich geantwortet. Er braucht viel Zuwendung, hat er gesagt. Daß ich mich nicht um ihn kümmern konnte, schade. Mein Mann saß an meinem Bett. Er hat meine Hand gehalten, Herr Schott. Ich hab gedacht, Hoffentlich geht er nicht wieder weg. Davor hab ich mich gefürchtet. Vor Angst hab ich angefangen zu weinen. Warum weinst du denn, hat er gesagt. Da bin ich aufgewacht. Die Tränen sind mir übers Gesicht gelaufen, Herr Schott.

Ja, Frau Semper.

Heiraten Sie, Herr Schott.

Liu heiratet nie!, Frau Semper.

Ja, Herr Schott.

Oder aber Schott möchte zum Flughafen gehen. Er könnte bei Walter haltmachen. Vielleicht fände er dort Männer und Frauen, mit denen er nichts zu bereden brauchte. Vielleicht brächte er den halben Tag lang schmutziges Geschirr in die Küche des Flughafenrestaurants. Vielleicht wischte er den ganzen Tag lang die Küche des Flughafenrestaurants sauber. Vielleicht dürfte er den Gästen Speisen und Getränke an die Tische bringen. Vielleicht dürfte er die Bestellungen der

Gäste notieren. Vielleicht dürfte er die Zechen kassieren. Vielleicht wäre er geschätzt. Vielleicht wäre er sehr geschätzt. Vielleicht wäre er kaum entbehrlich. Vielleicht spräche er jetzt mit dem Kapitän. Walter sähe das ungern. Vielleicht spräche Schott jetzt noch einmal mit dem Kapitän. Vielleicht dürfte er in das Flugzeug. Vielleicht dürfte er mitfliegen. Vielleicht brächte er den Fluggästen Getränke und Speisen. Vielleicht nähme er den Fluggästen leere oder halbleere Trinkgefäße und halbleere oder leere Tabletts ab. Vielleicht lächelte er den Fluggästen häufig zu. Vielleicht ginge die Reise von diesem Stück Himmel in jenes Stück Himmel. Vielleicht wäre dieses Stück Himmel schon sehr schön. Vielleicht wäre jenes Stück Himmel noch viel schöner. Vielleicht ginge die Reise von jenem Stück Himmel in das große Stück Himmel. Vielleicht wäre das große Stück Himmel überaus schön. Vielleicht sähe Schott Dinge, die er noch nie gesehen hatte, obwohl er sie bereits gesehen hätte. Vielleicht sähe er auf gleicher Höhe ein Flugzeug. Vielleicht dächte er, Was dagegen ist ein Vogel. Vielleicht sähe er zwei Bergketten zu seiten eines Tals. Vielleicht sähe er in dem Tal einen Fluß, eine Straße, zwei Dörfer und eine Stadt. Ein drittes Dorf läge am Abhang des Berges. Vielleicht sähe er ein Auto. Vielleicht ginge Schott in die Flugzeugkanzel. Vielleicht bäte Schott den Kapitän mehrmals, am Ende des großen Stück Himmels nicht haltzumachen. Vielleicht ließe der Kapitän sich überreden. Vielleicht flöge er mit dem Flugzeug in das größere Stück Himmel. Vielleicht lachte Schott dem Kapitän zu. Vielleicht lachte der Kapitän gerne zurück. Vielleicht hätte Schott Mühe, sich bei dem Steigungswinkel, den der Kapitän gewählt hätte, geradezuhalten. Vielleicht hätte der Kapitän Mühe, das Flugzeug bei dem Steigungswinkel, den er gewählt hätte, auf Kurs zu halten. Vielleicht hätte das Flugzeug Mühe, sich bei dem Steigungswinkel, den der Kapitän gewählt hätte, in der Luft zu halten. Vielleicht wäre das Ziel ein

Stern. Vielleicht glaubte der Kapitän, auf dem Stern fänden sich alle, die er brauche. Vielleicht glaubte Schott, auf dem Stern finde er, wen er brauche. Vielleicht glaubte Schott, dort könne er Liu treffen. Vielleicht käme es nicht so, wie es angesichts von Sternen oft kommt. Vielleicht lachte der Kapitän noch. Vielleicht lachte Schott noch. Vielleicht hätte das Flugzeug keine Mühe mehr, sich in der Luft zu halten. Vielleicht hätte es Mühe, sich während des Sturzes noch einige Sekunden zusammenzuhalten.

Anstatt in sein Zimmer zu wollen, will Schott zu Liu. Anstatt zu Liu möchte Schott ins Viertel. Anstatt ins Viertel will Schott in das Café zurück. Anstatt in das Café möchte Schott zum Flußhafen. Anstatt zum Flußhafen möchte Schott zum Flughafen.

Anstatt in mein Zimmer zu gehen, sagt Schott.

Anstatt ruhig in meinem Zimmer zu bleiben, sagt Schott.

Schott setzt sich auf eine Bank. Die Vorübergehenden sehen sicher aus. Andere sehen sicher aus, sagt Schott. Meist sicher. Wie Schill, Lisch, Mott und Tomm. Schott glaubt, daß er unsicher aussieht. Meist unsicher. Ob ich für andere sicher aussehe?, sagt Schott. Ob andere, die sicher aussehen, unsicher sind?, sagt Schott.

Schott legt sich auf die Bank. Der Kopf ragt halb über den Rand. Schott liegt auf dem Rücken. Den Blick wendet er dem Weg zu. Vorübergehende, die ihn befremdet ansehen, sieht er entfernt an.

Im Schlaf wird Schott zum Tode verurteilt. Schott kann die Gesichter der Richter nicht erkennen. Durch Erschießen!, sagt der erste. Die Hinrichtung findet anschließend statt!, sagt der zweite. Eine Berufung ist nicht möglich!, sagt der dritte. Abführen!, sagt der vierte.

Die Henker bereiten das Fallbeil vor. Schott sagt, Nein, ich nicht! Die Henker tragen Kapuzen. Heute alles Fallbeil!, sagt der erste. Du auch!, sagt der zweite. Nein, nein, sagt Schott, erschießen! Stell dich nicht an!, sagt der dritte. Und zwei Zeugen!, sagt Schott. Zwei Zeugen! Wir sind vier!, sagt der letzte.

Schott erwacht. Meine Ausflüchte in die Freundschaft, sagt Schott.

Er setzt sich auf. Mit der rechten Hand reibt er sich den Hinterkopf, mit der linken Hand reibt er sich die Stirn.

Schott nimmt eine Zeitschrift aus dem Papierkorb. Auf der Titelseite zehn Autos und eine Frau. Schott blättert: Eine Frau mit einem Kind im Arm. Eine Frau schließt ihr schwarzes Spitzenkleid. Ein Mann sitzt im Bett und liest Papiere. Ein Frosch stemmt eine Hantel. Ein Mann vor einem Computer. Ein Mann und ein Kind vor einem Fernsehgerät. Ein Wellensittich macht sich an einem zerbrochenen Ei zu schaffen. Ein Schimpanse auf einem Ast. Eine Frau, dieselbe Frau, ein Videogerät, dieselbe Frau. Ein Topf mit Tomatenstücken, halben Zwiebeln, Fleischstücken, Stücken von grünen Bohnen, einer halben Paprikaschote, Kürbisstücken, Kräutern, Sahne, Brühe; neben dem Topf Knoblauchzehen, Kräuter, Tomaten. Eine Weltkugel. Münzen und Geldscheine. Eine Fahne. Eine Kreditkarte. Ein Autoradio. Ein Telefonapparat. Ein Flipper. Der Passagierraum eines Flugzeuges hat sich vom Rumpf getrennt und hängt an neun Fallschirmen. Ein Mann auf einer Bank hält eine Zeitung in den Händen. Ein Mann vor einer Abbildung, die ihm ähnlich sieht. Ein Plakat. Ein Gefäß mit der Aufschrift Shampoo. Eine Zigarettenschachtel, aus welcher sieben Zigaretten ragen. Schott legt die Zeitschrift in den Papierkorb.

Jetzt könnte Liu aus mehreren Gründen vorübergehen. Falls sie nicht mit dem Auto zur Arbeit fährt oder mit dem Auto von der Arbeit kommt, geht sie manchmal durch den Park. Sonntags geht sie manchmal im Park spazieren; wahrscheinlich ist heute Sonntag. Manchmal, an Wochentagen, geht sie für kurze Zeit in den Park, bevor sie mit dem Auto zur Arbeit fährt oder nachdem sie mit dem Auto von der Arbeit gekommen ist. Selbst falls heute nicht Sonntag ist, könnte sie um diese Uhrzeit vorübergehen.

Ginge sie vorüber, wartete Schott darauf, daß sie ihn sähe. Sähe sie ihn nicht, riefe er sie.

Wahrscheinlich sogar erschreckt hielte sie inne. Schott wartete nicht darauf, daß sie zu ihm käme. Liu wartete nicht darauf, daß er zu ihr käme. Schott ginge sofort zu ihr. Liu ginge sofort zu ihm. So träfen sie sich.

Vielleicht sagte Liu, sie wolle zu Frau Sommer oder Winter in der unteren Stadt gehen.

Vielleicht hielte Schott sich zurück; vielleicht sagte er nicht, daß in der unteren Stadt eine Frau ermordet worden sei; wahrscheinlich fürchtete er Lius Antwort, wenn morgen ihre Todesnachricht eintreffe, sei sie vielleicht nicht ermordet worden. Aber wahrscheinlich hielte Schott sich nicht zurück.

Sicher hätte er lieber gesagt, er habe geträumt, Liu sei gewaltsam fortgeführt worden. Er habe durchs Küchenfenster gesehen, daß sie über eine eiserne Außentreppe ins Nachbarhaus gedrängt worden sei. Als er ihr habe folgen wollen, sei er von einem bewaffneten Mann in Zivil am Fuß der Außentreppe aufgehalten worden.

Schott wäre aber nicht sicher, ob es ihm lieber gewesen wäre, von Liu zu hören, er halte sie unerhört gefangen.

Jedenfalls hätte er sie verständnislos angestarrt.

Womöglich hätte sie gesagt, er bleibe bei einem und demselben Gesang, wie ein Kuckuck.

Jetzt womöglich hätte Schott gesagt, es liege ihm daran, «Mir liegt an dir» zu sagen.

Sicher hätte Liu gesagt, Sag es einfach.

Schott steht auf. Es ist gleichgültig, wohin er will oder möchte, er muß aus dem Park heraus. Am Ende des Parkweges könnte er entweder zu Liu oder in sein Zimmer gehen.

Oder Liu kommt ihm entgegen. Im Gespräch mit Herrn Wölflin. Es scheint tatsächlich Sonntag zu sein. Schon von weitem winkt Liu, es ist ihre Art. Schott fragt sich, ob er sicher oder unsicher aussieht. Schon von weitem sieht Herr Wölflin sicher aus, es ist seine Art. Liu, Herr Wölflin und Schott treffen aufeinander. Liu sagt, Ich hab dich angerufen, Schott. Ob du mit mir spazierengehst.

Schott berührt Lius Kopf mit seinem Kopf. Er gibt ihr nicht die Hand. Herrn Wölflin gibt er die Hand nicht.

Liu sagt, Du gehst doch mit?

Schott geht mit.

Wölflin geht links von Liu. Schott geht links von Wölflin. Wölflin sagt zu Liu, er finde das Arbeitsklima gar nicht so schlecht. Vielleicht rühre das daher, daß er noch nicht alle Mitarbeiter kenne. Liu sagt, sie könne ihm einiges erzählen.

Schott möchte nicht, daß Wölflin neben Liu geht. Neben Liu will Schott gehen. Er bleibt einen Schritt zurück, geht hinter Wölflin nach rechts und schiebt sich zwischen Wölflin und Liu. Liu sagt zu Wölflin, Ich finde das Arbeitsklima sehr schlecht. Vielleicht rührt das daher, daß ich alle Mitarbeiter zur Genüge kenne. Wölflin sagt, Du kannst mir ja einiges erzählen.

Wölflin will neben Liu gehen. Er bleibt einen Schritt zurück, geht hinter Schott und hinter Liu nach rechts und geht rechts von Liu. Schott geht links von Liu. Liu sagt zu Wölflin, zu dem Zwischenfall gestern habe es zum Beispiel nicht kommen müssen. Wölflin sagt, es könne zwar am Personal gelegen haben, es könne aber auch ein Materialfehler gewesen sein.

Schott möchte nicht, daß Wölflin neben Liu geht. Neben Liu soll nur Schott gehen. Er bleibt einen Schritt zurück, geht hinter Liu nach rechts und schiebt sich zwischen Wölflin und Liu. Wölflin geht rechts von Schott. Schott geht rechts von

Liu. Liu sagt, Es hat eindeutig am Personal gelegen. Wölflin sagt, Ich möchte nie in eine solche Lage geraten.

Wölflin will neben Liu gehen. Er bleibt einen Schritt zurück, geht hinter Schott nach links und schiebt sich zwischen Schott und Liu. Schott geht rechts von Wölflin. Wölflin geht rechts von Liu. Liu sagt, in solche Lagen gerate man, ob man möchte oder nicht. Wölflin sagt, aber man müsse doch etwas dagegen tun.

Schott möchte nicht, daß Wölflin neben Liu geht. Neben Liu will Schott gehen. Er bleibt einen Schritt zurück, aber Liu bleibt auch einen Schritt zurück. Sie geht hinter Wölflin nach rechts und geht zwischen Wölflin und Schott. Wölflin geht links von Liu. Schott geht rechts von Liu. Liu sagt, das tue sie.

Am anderen Ende des Parkweges sagt Liu, Ich muß mich verabschieden. Sie berührt mit ihrem Kopf Schotts Kopf und gibt Schott die Hand. Sie gibt Wölflin die Hand und berührt Wölflins Kopf mit ihrem Kopf.

Schott und Herr Wölflin stehen nebeneinander. Schott hebt kurz die Hand bis in Hüfthöhe, sagt, Also! und geht. Herr Wölflin sagt, Auf Wiedersehen! und bleibt stehen.

Oder?

Die Frau, die in der Wohnung unter der Wohnung von Schott wohnt, öffnet die Wohnungstür, als Schott vorbeigeht.

Herr Schott!

Schott bleibt stehen. Frau Semper?

Ich hab mir Gedanken gemacht. Wer wäscht Ihre Hemden?

Ich.

Wie?

In der Waschmaschine.

Ich hab mir Gedanken gemacht. Wer bügelt Ihre Hemden?

Ich.

Sie brauchen Ihre Hemden nicht zu bügeln.

Wie.

Wenn Sie wissen, wie man Hemden wäscht. In der Waschmaschine. Schleudern Sie Ihre Hemden?

Ja.

Falsch, Herr Schott. Ganz falsch. Zuerst die Hemdkragen einweichen, in Seifenlauge. Die Hemdkragen sind oft spekkig. Das schafft die Maschine nicht. Also, einen Eimer nehmen, Seifenlauge anrühren, die Hemden nur mit den Kragen hinein. Eine Stunde. Dann die Hemden in die Waschmaschine. Aber nur Waschgang! Nicht schleudern.

Aber.

Wenn Sie Ihre Hemden schleudern, werden sie knitterig. Da bügeln Sie sich tot. Nein. Nicht schleudern. Sondern tropfnaß aus der Maschine nehmen, tropfnaß auf die Bügel hängen und trocknen lassen. Sie sollen sehen: dann brauchen Sie Ihre Hemden gar nicht zu bügeln. Die hängen sich glatt. Wenn sie trocken sind, fertig. Manche sind vielleicht nicht glatt genug. Die können Sie bügeln. Vorher einsprengen. Das Bügeln geht leicht, weil die Hemden nicht knitterig sind. Da sparen Sie viel Arbeit, Herr Schott.

Vielleicht.

Bestimmt. Machen Sie es so, wie ich es Ihnen sage. Ich hab zu meinem Sohn gesagt, Du brauchst deine Hemden nicht zu bügeln, wenn du weißt, wie man die Hemden wäscht. Erst die Hemdkragen einweichen, dann die Hemden in die Maschine, aber nicht schleudern! Nur Waschgang. Wenn du deine Hemden schleuderst, werden sie knitterig. Da bügelst du dich tot. Tropfnaß auf den Bügel hängen und trocknen lassen. Am Ende sind die Hemden glatt, mein Sohn. Er, Aber. Ich, Nicht Aber. Ich hab es ihm vorgemacht. Er, Was machst du mit meinen Hemden. Ich, Du sollst sehen. Du brauchst deine Hemden nicht zu bügeln. Wenn du sie trotzdem bügeln mußt, geht es leicht, weil sie nicht knitterig sind. Da sparst du viel Arbeit. Jetzt hat er es eingesehen. Er macht es, wie ich es ihm gesagt hab. Glauben Sie mir, Herr Schott, ich hab Erfahrung.

Ja.

Wirklich, Herr Schott.

Ja.

Frau Semper, Sie sollten die Türkette vorlegen, ehe Sie die Tür öffnen. Wissen Sie, wer vorbeigeht?

Ach, wer soll mir was tun. Bei mir ist nichts zu holen.

Der Verfasser sagt, Es ist angenehm, sich herauszuhalten. Ich frage mich allerdings, wann ich rückfällig werde.

Schott geht zu dem alten Professor. Nicht zu jenem Lehrstuhlinhaber, der das Gespräch mit Schott abbrach, nein. Sondern zu diesem alten Professor, welcher den Lehrstuhl vor jenem Lehrstuhlinhaber innehatte.

Schott sagt, Ich habe Lust, mir von Ihnen sagen zu lassen, daß meine Arbeit sinnlos ist.

Der alte Professor sagt, Lieber Freund, ich habe es Ihnen längst gesagt. Und statt mir zu sagen, warum Sie hören wollen, daß Ihre Arbeit sinnlos ist, sagen Sie nur, Sie hätten Lust, es sich von mir sagen zu lassen. Ihre Arbeit ist sinnlos, weil Sie etwas voraussetzen, das nicht vorausgesetzt werden kann. Nehmen Sie mich oder nehmen Sie sich selbst: Der bestirnte Himmel über uns? Ja. Das moralische Gesetz in uns? Na. Was werden Sie tun?

Vielleicht antwortete Schott, er mache weiter, weil er nicht wisse, was er weiter machen solle.

Vielleicht antwortete Schott, er sehe mit bloßem Auge die Kuppe eines entfernten Berges und könne sich nicht begnügen, die Kuppe mit bloßem Auge zu sehen. Er sehe die Kuppe des entfernten Berges durch ein Fernglas nah und könne sich nicht begnügen, die Kuppe durch ein Fernglas nah zu sehen.

Vielleicht wollte der alte Professor nicht mehr zuhören.

Schott sieht mit geschlossenen Augen Sonnenblumenfelder. Die Sonnenblumen stehen in Reih und Glied. Im Sommer mit erhobenen Köpfen, frischen Gesichtern, den Blick einem vertrauenswürdigen Anführer zugewandt. Im Herbst mit gesenkten Köpfen, grauen Gesichtern, den Blick zur Erde gerichtet, derweil der Anführer die Kapitulation verkündet.

Auf dem Rückweg geht Schott am Fluß entlang. Am Fluß ist Olgas Bar. Auf dem Rückweg geht Schott in Olgas Bar.

Olga steht hinter dem Tresen. Sie winkt Schott zu. Schott geht zum Tresen und sagt, Ein Bier! Olga sagt, Na? Schott?

Schott nimmt das Bier und geht zu einem Stehtisch. An dem Stehtisch stehen ein Mann und eine Frau. Die Frau steht rechts von dem Mann. Schott stellt sich rechts neben die Frau.

Schott sagt, Prostleute.

Die Frau sagt, Auf dein Spezielles.

Der Mann sagt, Mahlzeit.

Der Mann sagt zu der Frau, Warum also haben Damen, wenn man sie nach einem Flugzeugabsturz auf der Wiese liegen sieht, nie hochhackige Schuhe an?

Die Frau sagt, Weil sie keine hochhackigen Schuhe besitzen.

Der Mann sagt, Streng dein Gehirn an. Ich habe «nie» gesagt. Denkst du, Damen, die mit Flugzeugen fliegen, besitzen nie hochhackige Schuhe? Bist du schon mit einem Flugzeug geflogen?

Die Frau sagt, Na klar.

Der Mann sagt, Besitzt du hochhackige Schuhe?

Die Frau sagt, Na sieh doch! Sie winkelt das linke Bein an.

Der Mann sagt, Na also. Warum also hast du, wenn man dich nach einem Flugzeugabsturz auf der Wiese liegen sieht, nie hochhackige Schuhe an?

Die Frau sagt, Ich stürze nicht ab. Und wenn, dann bloß ein Mal.

Der Mann sagt, Streng deinen Grips an. Natürlich stürzt du ab. Von mir aus nur ein Mal.

Die Frau sagt, Weil ich die Scheißdinger beim Absturz verliere.

Der Mann sagt, Du kannst sie gar nicht verlieren.

Die Frau sagt, Guck doch! Sie winkelt das linke Bein heftig an, der Schuh fällt ihr vom Fuß.

Der Mann sagt, Du kannst sie gar nicht verlieren.

Die Frau sieht Schott an, Schott sieht den Mann an.

Der Mann sagt, Weil du sie vorm Absturz ausziehen mußt. Damit du bei der Notlandung besser rauskommst.

Die Frau sagt, Ach so.

Schott sagt, Oder Damenbeine.

Der Mann sagt, Wie?

Die Frau sagt, Was?

Schott sagt, Einzelne Damenbeine.

Der Mann sagt, Richtig.

Die Frau sagt, Mir wird schlecht.

Der Mann sagt, Trink.

Die Frau trinkt, der Mann trinkt, Schott trinkt. Die Frau trinkt Sekt, der Mann trinkt Bier.

Eine Frau, die sich neben Schott stellt, sagt, Und ich?

Schott sagt, Bestell dir einen.

Die Frau ruft, Olga, ein Mal Sekt! Sie geht zum Tresen und kommt mit einem Glas Sekt zurück. Sie trägt schwarz-weiß gestreifte Strumpfhosen. Sie sagt, Prost!, hält das Sektglas gegen Schotts Glas und trinkt.

Der Mann sagt zu der Frau, Wie siehst du denn aus.

Die Frau sagt, Ich seh aus wie 'n Zebra, aber ich bin 'ne Frau.

Die Frau links von Schott sagt, Laß die Frau in Ruhe, die ist in Ordnung.

Der Mann sagt, Ich sag ja gar nichts mehr. Aber in Jessies Bar kriegt mich niemand mehr: erstklassige Preise und viertklassige Frauen.

Die Frau links von Schott sagt, Du Rassist.

Der Mann sagt, Selber.

Die Frau sagt, Bloß, wenn's sein muß. Ich hatte einen, dieses Schwein. So einer kommt mir nicht mehr rein. So was erkenn ich auf hundert Meter.

Der Mann sagt, Wieso.

Die Frau sagt, Als Rassistin weiß ich das.

Die Frau rechts von Schott sagt, In meinem Haus eine, die is froh, daß ihr Mann gestorben is.

Die Frau links von Schott sagt, Vielleicht war das auch so ein Schwein, der die Frauen prügelt.

Die Frau rechts von Schott sagt, Nein, war er nicht. Der war bloß alt. Und pingelig.

Die Frau links von Schott sagt, Na und? Einer weniger.

Der Mann sagt zu der Frau links von Schott, Wie ich dich reden höre, fällt mir ein, daß ich mein Testament machen muß.

Schott sagt, Das hab ich kürzlich schon mal gehört.

Die Frau rechts von Schott hält ihr Glas gegen Schotts Glas und sagt, Na, wie isses mit uns.

Der Mann sagt, Ich bin auch pingelig. Ich will nicht, daß meine Frau an meine Sachen geht und sagt, Das ist seine Brille.

Schott sagt, War.

Der Mann sagt, Und das war seine Uhr. Oder ist. Und das sind seine Unterhosen. Oder waren.

Die Frau links von Schott sagt, Und wo ist sein Geld.

Die Frau rechts von Schott sagt, Und das war seine Matratze. Die muß aus dem Haus.

Schott sagt, Die zwei Anzüge passen vielleicht seinem Nachfolger.

Das will ich nicht, sagt der Mann. Das muß alles vorher erledigt werden.

Die Frau links von Schott sagt, Wie denn.

Die Frau rechts von Schott sagt zu Schott, Hast dus dir überlegt?

Die Frau links von Schott sagt, Dein Geld kannste mir vorher geben. Aber deine Brille?

Schott sagt, Und deine Unterhosen?

Die Frau rechts von Schott sagt, Und seine Uhr, wer kriegt die?

Die Frau links von Schott sagt, Deine Matratze brauchste bis zuletzt.

Die Frau rechts von Schott sagt, Wer is denn sein Nachfolger.

Der Mann sagt, Ich hab 'nen Kompaß. Ich muß immer wissen, ob ich mit dem Kopf nach Osten, Westen, Süden oder Norden liege. In meinem Testament steht, in welcher Richtung meine Leiche liegen soll.

Die Frau links von Schott sagt, Wenn du mit dem Kopf nach Westen liegst, blendet dich die Morgensonne, wenn du mit dem Kopf nach Osten liegst, blendet dich die Abendsonne.

Der Mann sagt, Du hast es erfaßt.

Die Frau rechts von Schott sagt, Wenn du mit dem Kopf nach Norden liegst, blendet dich die Mittagssonne.

Der Mann sagt, Begriffen.

Die Frau links von Schott sagt, Das ist mir egal. Hauptsache, ich komm nich ins Familiengrab.

Der Mann sagt, Du hast doch gar keine Familie.

Die Frau sagt, Vor meinem Vater hatte ich Angst, weil der mich geprügelt hat.

Der Mann sagt, Und vor deiner Mutter?

Die Frau sagt, Weil die nicht anders konnte als lange dicke Würste scheißen.

Die Frau rechts von Schott sagt, Mir wird schlecht.

Die Frau links von Schott sagt, Mein Vater war 'n ganz mieser Hund.

Der Mann sagt, Da würd ich doch noch mal 'ne Woche warten.

Die Frau sagt, Für den wisch ich mir nich mal den Arsch ab. Und meine Mutter scheißt mir noch heute ins Geschäft.

Der Mann sagt, Ich denk, sie ist tot.

Die Frau sagt, Sag ich doch.

Die Frau rechts von Schott sagt, Da hatte ich Glück. Sie zieht ein Foto aus der Handtasche, sagt, Das ist Vater, das bin ich, und das ist Mutter. Hier haben wir gelacht, und zeigt Schott das Foto.

Schott sieht sich das Foto an, sagt nichts und gibt es der Frau zu seiner Linken. Die Frau sieht es sich nicht an und gibt es dem Mann. Der Mann sieht es sich an und sagt nichts. Die Frau rechts von Schott nimmt das Foto, sieht es sich an und steckt es in die Handtasche.

Ein Mann am Tresen nimmt den Kopf von der Tresenplatte, hebt suchend sein leeres Glas und sagt, Olga, ich arbeite wieder mit.

Der Mann gegenüber von Schott sagt zu der Frau links von Schott, Da gibt es noch andere Väter. Ich kannte einen, der hat seiner Magd 'n Kind gemacht. Weil das die Bäuerin nicht spitzkriegen durfte, hat er zu seinem Sohn gesagt, Ich glaub, die Magd mag dich, probiers doch mal. Zur Magd hat er gesagt, Entweder du verschwindest oder du machst es mit meinem Sohn. Wie der Bauch dick wurde, gabs großes Hallo: Unser Sohnemann, was der doch kann. Der Sohn vom Bauern mußte die Magd heiraten. Der Junge, der zur Welt kam, bin ich.

Die Frau rechts von Schott sagt, Jungejunge.

Die Frau links von Schott sagt, Dein richtiger Vater ist nach außen hin dein Großvater. Und dein richtiger Großvater ist nach außen hin dein Urgroßvater.

Der Mann sagt, Und mein sogenannter Vater ist mein halber Bruder.

Die Frau rechts von Schott sagt, Und wo ist dein richtiger Vater?

Der Mann sagt, Am Suff gestorben.

Und dein halber Bruder?

Der Mann sagt, Gefallen. Der wollte das. Auf dem Felde der Unehre.

Die Frau sagt, Und deine Mutter?

Der Mann sagt, Lebt noch. In mein Testament schreib ich, was auf meinem Grabstein stehen soll: Hier ruht Herr Soundso, Sohn seines Bruders und Enkel seines Vaters, gestorben im Delirium.

Die Frau links von Schott sagt, Wo?

Die Frau rechts von Schott sagt, Im Suff.

Schott sagt, Das muß nicht sein.

Der Mann sagt, Damit die Trauerklöße was lernen.

Olga schaltet Musik ein.

Schott sagt laut, Schade.

Zwei Frauen aus Olgas Bar gehen mit zwei Männern auf die kleine Tanzfläche.

Die Frau links von Schott sagt, Guck dir die Trudi an.

Die Frau rechts von Schott sagt, Die guckt einen an, als ob man was Böses tut, wenn man sie anguckt.

Die Frau links von Schott sagt, Die sieht so mehlig aus, ich krieg Lust, 'n Kuchen zu backen.

Die Frau rechts von Schott sagt, Guck dir die Otti an.

Die Frau links von Schott sagt, Mumienschieben.

Die Frau rechts von Schott sagt zu Schott, Also komm.

Die Frau links von Schott sagt, Ich muß paar Tage raus.

Der Mann sagt, Schon wieder.

Die Frau sagt, Puffkoller.

Schott sagt zu der Frau zu seiner Rechten, Also! Er sagt zu dem Mann und zu der Frau zu seiner Linken, Also dann.

Der Mann sagt, Bis gleich.

Die Frau sagt, Bis später.

Die Frau rechts von Schott geht mit Schott an den Tresen. Schott sagt, Zahlen! Schott zahlt, Olga gibt der Frau einen Schlüssel.

Schott und die Frau gehen in ein Zimmer im ersten Stock. Schott und die Frau setzen sich auf die Liege.

Die Frau sagt, sie schätze es, mit dem Mund zu arbeiten, lehne aber eine Benutzung ihres Geschlechtsorgans nicht ab, natürlich. Jedenfalls, sie sei für ihre Mundarbeit bekannt. Im Laufe ihrer Tätigkeit habe sie einen beachtlichen Kreis von Stammkunden gewonnen.

Schott beobachtet, daß die Frau seine Hose öffnet. Ferner, daß sie ihm die Hose mitsamt der Unterhose herunterzieht. Hose und Unterhose liegen auf den Schuhen, Schott könnte höchstens winzige Schritte machen.

Schott beobachtet, daß die Frau eine Serviette unter sein Geschlechtsteil stopft. Ferner, daß sie sein Geschlechtsteil in ein Sektglas taucht. Schließlich, daß sie sein Geschlechtsteil mit einer zweiten Serviette abwischt. Etwas Sekt ist übergelaufen, Schott spürt Feuchtigkeit unter sich.

Schott hört, daß die Frau sagt, falls er zu einem angemessenen Zeitpunkt die Benutzung ihres Geschlechtsorgans erwäge, solle er ein Zeichen geben.

Schott beobachtet, daß die Frau mit der rechten Hand sein Geschlechtsteil umfaßt. Ferner, daß sie den Mund öffnet. Schließlich, daß sie den Mund über sein Geschlechtsteil stülpt. Die Frau trägt kurzes Haar, Schott hat ein freies Blickfeld.

Schott beobachtet, daß die Frau den Mund um sein Geschlechtsteil schließt. Ferner, daß sie den Kopf auf und ab bewegt. Der Sekt, in den sie Schotts Geschlechtsteil getaucht hatte, war eisgekühlt, Schott wird es etwas wärmer.

Schott beobachtet, daß die Frau sowohl bei der Aufwärtsbewegung als auch bei der Abwärtsbewegung stark hohle Wangen hat. Ferner, daß sie die Augen geschlossen hält. Die

Wangen der Frau waren vordem leicht gewölbt. Schott schließt aus der gegenwärtigen Wangenform auf einen Saugvorgang.

Schott hört, daß die Frau ein Glucksen verursacht, wenn sie den Kopf, wie er beobachtet, so weit aufwärts bewegt, daß sie nur noch die Spitze seines Geschlechtsteils zwischen den Lippen hat. Schott nimmt an, daß jeweils Luft stark in ihren Mund eindringt; er sagt sich, diese Annahme passe zu dem Schluß, den er aus der Hohlform der Wangen gezogen habe.

Schott beobachtet, daß die Frau sein Geschlechtsteil aus dem Mund läßt. Ferner, daß sie die Zungenspitze hervorstreckt. Schließlich, daß sie mit der Zungenspitze Flatterbewegungen gegen die Spitze seines Geschlechtsteils ausführt. Die Frequenz der Zungenschläge ist beträchtlich, Schott versucht, die Zungenbewegung der Frau nachzuahmen.

Schott beobachtet, daß die Frau die Zunge weit herausstreckt. Ferner, daß sie die Zunge vom Ansatz seines Geschlechtsteils bis zu dessen Spitze und von dessen Spitze bis zum Ansatz und vom Ansatz bis zur Spitze und von der Spitze bis zum Ansatz führt. Schließlich, daß sie die Zunge um den linken Hoden und um den rechten Hoden und um den linken Hoden und um den rechten Hoden kreisen läßt. Die Hände Schotts sind noch unbeschäftigt, Schott legt seine Linke an die rechte, seine Rechte an die linke Wange der Frau.

Schott beobachtet, daß die Frau den Mund über sein Geschlechtsteil stülpt. Ferner, daß sie den Mund um sein Geschlechtsteil schließt. Schließlich, daß sie den Kopf auf und ab bewegt. Die Hände Schotts an den Wangen der Frau folgen dem Auf und Ab nicht nur; Schott hebt den Kopf der Frau an und drückt ihn abwärts.

Schott hört ein Gurgeln, wenn er den Kopf der Frau, wie er beobachtet, tief abwärts drückt, so daß sein Geschlechtsteil größtenteils zwischen ihren Lippen verschwindet. Nach einem vergleichbaren Geräusch braucht Schott nicht lange zu suchen, Schott denkt an Erstickung und Erbrechen.

Schott beobachtet, daß er den Kopf der Frau von seinem Geschlechtsteil abzieht, und er hört, daß er sagt, er wolle und sie solle jetzt ihr Geschlechtsorgan benutzen. Der Mund der Frau steht offen, ihre Wangen sind leicht gewölbt, ihre Augen sind geöffnet. Sie greift nach dem Sektglas, in das sie Schotts Geschlechtsteil getaucht hat, und trinkt.

Schott beobachtet daß er sich etwas zurücklehnt.

Schott beobachtet, daß die Frau ihr linkes Knie neben seinem rechten Oberschenkel, ihr rechtes Knie neben seinem linken Oberschenkel aufstützt. Ferner, daß sie ihren rechten Oberschenkel seitwärts anhebt. Schließlich, daß sie mit der Linken Schotts Geschlechtsteil erfaßt. Schott hätte Lust, eine Zigarette zu rauchen.

Schott beobachtet, daß die Frau sein Geschlechtsteil in ihr Geschlechtsorgan schiebt. Ferner, daß sie ihr rechtes Knie wieder neben seinem linken Oberschenkel aufstützt. Aber Schotts Zigaretten sind in der Hosentasche.

Schott beobachtet, daß die Frau ihren Körper auf und ab bewegt. Ferner, daß sie ihre rechte Hand auf Schotts linke, ihre linke Hand auf Schotts rechte Schulter legt. Schließlich, daß ihr Mund geschlossen ist, ihre Augen geöffnet sind. Die Hände Schotts sind noch unbeschäftigt. Schott beobachtet, daß er mit seiner Linken die rechte, mit seiner Rechten die linke Brust der Frau umfaßt. Schott bemerkt, daß die Brüste der Frau eine leicht aufwärts gerichtete Form und eine innere Festigkeit aufweisen, ferner, daß die linke Brust etwas größer ist als die rechte.

Schott hört, daß beim Zusammenstoß der beiden Körper ein klatschendes, bei der Zusammenarbeit der beiden Geschlechtsteile ein schmatzendes Geräusch entsteht.

Schott beobachtet, daß er seine linke Hand an die rechte, seine rechte Hand an die linke Hüfte der Frau legt. Ferner, daß er das Auf ihres Körpers durch eine Hebebewegung erleichtert, das Ab ihres Körpers durch eine Zugbewegung verstärkt. Schott fragt sich, wie lange das schon so geht.

Schott hört, daß er eine Art von Stöhnen hören läßt.

Schott hört, daß er eine Art von Ächzen hören läßt.

Schott hört, daß er eine Art von Grunzen hören läßt. Schott beobachtet, daß der Körper der Frau stillhält.

Schott beobachtet, daß die Frau langsam aufsteht. Ferner, daß sein Geschlechtsteil aus ihrem Geschlechtsorgan kommt.

Die Frau, die in der Wohnung unter der Wohnung von Schott wohnt, öffnet die Wohnungstür, als Schott vorbeigeht.

Herr Schott!

Schott bleibt stehen. Frau Semper.

Ich muß ins Altenheim. Es geht nicht mehr. Aufstehen. Anziehen. Kochen. Immer allein. Aber ich fürchte mich. Was soll aus meinem Haushalt werden. Ich hab zwei schöne große Schränke. Keiner will die.

Ihre Kinder, Frau Semper.

Ach, die haben alles selber. Einbaumöbel. Wo passen solche schöne, große Schränke hin. Wollen Sie einen, Herr Schott?

Nein. Ich habe alles selber. Keine Einbaumöbel. Wo passen bei mir große Schränke hin.

Und die Bücher. Schöne Bücher. Wer liest solche schönen Bücher.

Verkaufen, Frau Semper.

Verkaufen! Die hat alle mein Mann gekauft. Und die Gläser. Alle von meinem Mann. Wenn mein Mann auf Reisen war, hat er immer Gläser mitgebracht. Wollen Sie eines?

Ja, Frau Semper.

Wenn ich ins Altenheim gehe, kriegen Sie eins. Einen Römer. Und die Briefe? Ich hab alle Briefe aufgehoben. Das ganze Leben lang. Von meinem Mann. Von meinen Kindern.

Die geben Sie Ihren Kindern zurück, Frau Semper.

Die wollen sie nicht. Was sollen wir damit, sagen die. Ins Altenheim kann ich die Briefe nicht mitnehmen. Ich lese aber immer in den Briefen. Und die Briefe von meinem Mann. Immer lese ich darin.

Die Briefe von Ihrem Mann nehmen Sie mit, Frau Semper.

Ich bin gewöhnt, allein zu leben. Stellen Sie sich vor: noch einmal mit jemandem zusammenwohnen, im Altenheim. In einem Zimmer. Das geht nicht gut. Ich schnarche nachts. Ich kann nicht schlafen, wenn nachts jemand schnarcht.

Aber wenn Sie sich nicht mehr helfen können, Frau Semper.

Ich muß ins Altenheim.

Ja, Frau Semper.

Vielleicht aber machte Schott sich zu Fuß auf den Weg. Vielleicht gelangte er in ein Tal inmitten zweier Bergketten. Er sähe ein Dorf am Abhang eines Berges. Er ginge in das Dorf hinauf. Er sähe in dem Tal einen Fluß, eine Straße, zwei Dörfer, eine Stadt.

Er wüsche seinen Körper. Er kaufte in dem einzigen Laden das Brot, die Gemüse und die Früchte der Gegend, ferner Wasser.

Er betrachtete mit bloßem Auge den Gipfel eines Berges. Er betrachtete den Gipfel eines Berges durch ein Fernglas. Er betrachtete mit bloßem Auge die Gipfel der Berge. Er betrachtete die Gipfel der Berge durch ein Fernglas. Er blickte mit bloßem Auge ins Tal und sähe auf dem Fluß einen Lastkahn. Er blickte durch ein Fernglas ins Tal und sähe auf dem Lastkahn zwei Männer. Er blickte mit bloßem Auge ins Tal und sähe auf der Straße ein Auto. Er blickte durch ein Fernglas ins Tal und sähe in dem Auto einen Mann, eine Frau und ein Kind. Er blickte mit bloßem Auge ins Tal und sähe in den Dörfern Gassen. Er blickte durch ein Fernglas ins Tal und sähe in den Dörfern leere Gassen. Er blickte mit bloßem Auge ins Tal und sähe in der Stadt Straßen. Er blickte durch ein Fernglas ins Tal und sähe auf den Straßen der Stadt Frauen, Männer, Kinder, Autos, hochläufige Tiere.

Er blickte mit bloßem Auge in den Himmel und sähe ein Flugzeug. Er blickte durch ein Fernglas in den Himmel und sähe ein Flugzeug und Vögel. Vielleicht dächte er, Was dagegen ist ein Flugzeug.

Schott ginge in ein Zimmer. Bevor er an Schill schriebe, tötete er ein kleines bösartiges Tier der Gegend, das ihm nahezukommen suchte, oder ein entsprechendes Tier einer anderen Gegend.

Er schriebe an Schill: Ich höre nicht, was ich sehe, ausgenommen das Flugzeug. Ich höre nicht den Wind, der die Bäume auf den Gipfeln der Berge bewegt. Ich höre nicht das Wasser, das von dem Lastkahn bewegt wird. Ich höre nicht die Männer auf dem Lastkahn. Ich höre nicht das Auto im Tal. Ich höre nicht den Mann, die Frau und das Kind in dem Auto. Ich höre nicht die Stadt. Ich höre nicht die Frauen, Männer, Kinder, Autos, hochläufigen Tiere in den Straßen. Ich höre nicht die Vögel im Himmel. Ich höre, was ich nicht sehe. Ich höre einen Hahn krähen. Ich höre mich reden.

Schott macht sich zu Fuß auf den Weg. Er geht auf die Gipfel der Berge. Er geht an den Fluß. Er geht die Straße entlang. Er geht in zwei Dörfer. Er geht in eine Stadt.

Er schriebe an Schill: Auf den Gipfeln der Berge, am Fluß, auf der Straße, in der Stadt hörte ich, was ich gesehen hatte. In den Dörfern sah ich, was ich gehört hatte, ausgenommen mich.

Und ich traf Liu. Auf den Gipfeln der Berge sagte ich zu ihr, was ich zu ihr sagen will. Sie sagte, Ich kenn dich. Bist du allein, ist es dir zu einsam. Sind wir zu zweit, ist es dir nicht einsam genug.

Am Fluß gingen wir im Tempo des Flusses. Ich sagte zu

ihr, was ich zu ihr sagen will. Sie sagte, Du sagst zu oft, etwas gehe dich nichts an.

Auf der Straße sagte ich zu ihr, was ich zu ihr sagen will. Sie sagte, Es hat nichts Heiteres.

In den Dörfern sagte ich zu ihr, was ich zu ihr sagen will. Sie sagte, Es hat nichts Leichtes.

In der Stadt sagte ich zu ihr, was ich zu ihr sagen will. Sie sagte, Ich muß an meine Passagiere denken.

Schott wüßte, wie Schill antwortete: Nicht hören, aber sehen. Hören, aber nicht sehen. Und so weiter. Berge, Fluß, Straße, Dörfer, Stadt. Wie heißt Dein Dorf? Wie heißen die Berge? Wie heißt der Fluß? Wie heißt die Straße? Wie heißen die Dörfer? Wie heißt die Stadt? Wie hältst Du es aus ohne Namen? Ich kann mir kein Bild davon machen. Ich lebe in der Welt. Ich treffe jeden Tag Leute, die ich mag oder nicht mag. Ich habe jeden Tag einen Erfolg oder Mißerfolg. Alles hat Namen. Der einzige Namen, den Du schreibst, ist Liu. Meinst Du Liu? Sie ist hier.

Schott schriebe an Schill: Du mit Deinem Erfolg. Du mit Deinem Mißerfolg. Du mit Deiner Welt. Du mit Deinen Leuten. Du mit Deinen Namen. Was weißt Du denn. Was weißt Du von einem Haus mit schiefen Wänden. Was weißt Du von einem verfallenen Dorf. Was weißt Du von Namen, die nicht passen. Was weißt Du von Liu. Liu ist hier!

Schott wüßte, wie Schill antwortete: Du in Deiner erfolglosen Stille. Du in Deiner Namenlosigkeit. Freu Dich, daß wir wenigstens manchmal gemeinsam einen saufen und ein Weib ausziehen. Was weißt Du von einem richtigen Haus. Hast Du eine Ahnung, wie bei mir die Namen passen! Erstens: Liu ist nicht da, wo Du bist. Zweitens: Du arbeitest an Deiner Erfindung umsonst. Schott, hör auf. Hör auf mich. Komm nach Hause.

Aber Schott bliebe. Von Schill ließe er sich nicht abbringen.

Er schriebe an Lisch: Auf halber Höhe eines Berges steht ein verfallenes Schulhaus. An der Wand ist ein Emailleschild angebracht. Auf dem Schild stehen Namen. Über den Namen steht: Zur Erinnerung an die Schüler unserer Schule, die im Krieg ihr Leben ließen. Postskriptum: Für Schill! Das Schulhaus liegt an der Straße nach A. Auf dem Schild stehen zwölf oder sieben Namen. Sie lauten: B, C, D, E, F, G, H, I, J, K, L, M oder B, C, D, E, F, G, H. Genannt ist der vorletzte Krieg.

Schott sähe eine kleine, magere, weißhaarige Frau mit gebeugtem Rücken, schiefer Schulter, runzligem Gesicht die Gasse heraufkommen. Sie trüge in jeder Hand eine große Tasche. Sie ginge so langsam, daß Schott sich vergewissern könnte, er sähe eine kleine, magere, weißhaarige Frau mit gebeugtem Rücken, schiefer Schulter, runzligem Gesicht. Sie ginge so langsam, daß Schott unruhig, aber langsam ins Haus gehen könnte. Er öffnete die Haustür einen Spaltbreit, wenn die Frau vorüberginge.

Herr Schott!

Schott öffnete die Haustür ganz. Frau Semper! Was tun Sie in dieser Gegend.

Frau Semper lachte. Ich komme zu Ihnen.

Nein!

Ich kann nicht mehr gut laufen. Können Sie mir die Taschen abnehmen?

Schott nähme ihr die Taschen ab. Er träte einen Schritt zurück, Frau Semper täte einen Schritt ins Haus. Schott setzte sich auf einen Stuhl im Hausflur, Frau Semper setzte sich auf einen Stuhl im Hausflur. Frau Semper zeigte auf eine feuchte Papierrolle in der einen Tasche und sagte, Da ist eine Blume aus der Stadt drin, die habe ich Ihnen mitgebracht. Sie braucht Wasser.

Schott sagte, Ja, danke. Sie können nicht zu mir.

Frau Semper zeigte auf die eine und auf die andere Tasche

und sagte, Von allem, was Sie mir eingekauft haben, habe ich Ihnen etwas mitgebracht.

Schott sagte, Danke, ja. Aber es ist ganz undenkbar.

Frau Semper sagte, Mohrrüben für Ihre Augen. Petersilie, Schnittlauch und Dill für Ihren Kreislauf.

Ja, danke, sagte Schott, Aber um Gottes willen.

Frau Semper sagte, Schokolade nicht, die stopft. Aber Nüsse, für Ihre Nerven, Herr Schott.

Schott sagte, Danke, ja, aber es ist ausgeschlossen.

Frau Semper sagte, Und Salz. Für ein schönes Fußbad.

Frau Semper, hören Sie! Sie können nicht zu mir!

Frau Semper sagte, Ich könnte Ihre Hemden waschen.

Danke, ja. Nein, Frau Semper.

Frau Semper sagte, Ich habe Ihnen ein schönes altes Glas mitgebracht, Herr Schott, einen Römer.

Ja, vielen Dank, Frau Semper. Ich kann es nicht annehmen. Es geht nicht. Ich arbeite an meiner Erfindung. Ich brauche Ruhe, Zeit.

Frau Semper sagte, Meine Kinder haben keine Zeit für mich. Aber ich störe Sie nicht, Herr Schott.

Es geht wirklich nicht, Frau Semper. Ich habe nur ein einziges Zimmer.

Frau Semper sagte, Ich brauche nicht viel Platz. Eine Ecke genügt mir.

Wie kommen Sie auf die Idee, zu mir zu kommen. Ich verstehe es nicht.

Frau Semper sagte, Sie müssen doch andere Lebensumstände berücksichtigen, Herr Schott.

Schott sagte, Von wem wissen Sie, daß ich hier bin.

Frau Semper sagte, Von Herrn Mott und Herrn Tomm. Sie wußten es von Herrn Schill und Herrn Lisch.

Schott schriebe umgehend an Mott.

Schott schriebe umgehend an Tomm.

Bei der Rückkehr, oder: während der Rückkehr in seine

Wohnung findet Schott einen Zettel unter der Wohnungstür: Schott, ich suche Dich. Liu.

Zawa arbeitet an der gleichen Sache wie Schott. Zawa arbeitet in einem Universitätsinstitut. Allerdings nicht bei jenem Lehrstuhlinhaber, der das Gespräch mit Schott abbrach, nein.

Heute kommt Zawa, sagt Schott. Zawa kommt in den Korridor, geht ins Bad, geht ins Wohnzimmer, geht vielleicht ins Arbeitszimmer, sagt Schott.

Schott nimmt den Staubsauger. Er saugt den Fußboden des Korridors in ganzer Länge ab. Er saugt den Fußboden des Wohnzimmers an allen zugänglichen Stellen ab. Er saugt den Fußboden des Arbeitszimmers an allen zugänglichen Stellen ab.

Schott nimmt im Bad einen Lappen aus einem Schrank. Er dreht einen Wasserhahn am Waschbecken auf, hält den Lappen unter den kalten Wasserstrahl, dreht den Wasserhahn zu, wringt den Lappen aus.

Schott wischt mit dem Lappen die Klinke der Wohnungstür und die Klinken der Badezimmertür, der Wohnzimmertür und der Arbeitszimmertür ab.

Schott geht ins Bad, dreht einen Wasserhahn am Waschbecken auf, hält den Lappen unter den heißen Wasserstrahl, wäscht den Lappen unter dem Wasserstrahl aus, wringt den Lappen aus, dreht den Wasserhahn zu.

Schott wischt mit dem Lappen das Waschbecken aus. Schott legt den Lappen auf den Rand der Badewanne.

Schott nimmt einen Eimer und einen größeren Lappen aus dem Schrank. Er dreht einen Wasserhahn über der Badewanne auf, füllt den Eimer zur Hälfte mit heißem Wasser, dreht den Wasserhahn zu, taucht den Lappen in den Eimer, wringt den Lappen aus.

Schott wischt den Fußboden des Badezimmers an allen zugänglichen Stellen ab. Er gießt das Wischwasser in die

Toilette, wirft den Lappen in den Eimer, schiebt den Eimer unter das Waschbecken.

Schott wäscht sich über dem Waschbecken die Hände, trocknet sie ab, geht in die Küche.

Zawa trinkt Tee, sagt Schott. Er stellt die Teekanne, die Teebüchse, das Teesieb, zwei Tassen und zwei Untertassen auf den Tisch. Er läßt Wasser in den Teekessel laufen und stellt den Teekessel auf den Herd.

Zawa, sagt Schott.

Zawa klingelt immer zwei Mal, sagt Schott. Das ist Zawa.

Schott öffnet die Wohnungstür, hält Zawa die rechte Hand entgegen, aber Zawa sagt, Sie entschuldigen mich, und gibt Schott die Hand nicht.

Zawa betritt den Korridor, Schott schließt die Wohnungstür. Zawa stellt einen kleinen schwarzen Koffer ab, zieht seinen schwarzen Mantel aus und sieht sich nach Schott um. Schott sagt, Einen Bügel, Sie entschuldigen mich. Er geht ins Schlafzimmer, nimmt einen Kleiderbügel aus dem Schrank, geht in den Korridor und will Zawa den Mantel abnehmen. Aber Zawa gibt den Mantel nicht her. Er nimmt Schott den Bügel ab und hängt seinen Mantel selbst auf.

Zawa bückt sich, öffnet seinen Koffer und nimmt ein Paar schwarze Hausschuhe heraus. Er zieht mit der linken Hand seinen rechten Straßenschuh, mit der rechten seinen linken Straßenschuh vom Fuß und stellt die Straßenschuhe parallel nebeneinander. Zawa zieht die schwarzen Hausschuhe an.

Schott sieht Zawa an. Zawa sieht Schott an und bewegt die Handflächen gegeneinander. Schott geht zum Badezimmer, öffnet die Tür und sagt, Bitte.

Zawa geht zum Waschbecken, Schott bleibt vor der offenen Tür stehen. Zawa dreht beide Hähne am Waschbecken auf, hält den linken Zeigefinger unter den Wasserstrahl, dreht den Wasserhahn für das kalte Wasser mit der rechten Hand etwas zurück, hält die Hände unter den Wasserstrahl, nimmt die

Seife, seift sich die Hände ein, legt die Seife zurück, reibt die Handflächen gegeneinander, reibt mit der linken Handfläche über den rechten Handrücken, reibt mit der rechten Handfläche über den linken Handrücken, reibt die Handflächen gegeneinander, hält die Handflächen unter den Wasserstrahl, reibt die Handflächen unter dem Wasserstrahl gegeneinander, reibt unter dem Wasserstrahl den rechten Handrücken mit der linken Handfläche, reibt unter dem Wasserstrahl den linken Handrücken mit der rechten Handfläche, reibt die Handflächen unter dem Wasserstrahl gegeneinander, dreht beide Wasserhähne zu, schüttelt die Hände über dem Waschbecken und sieht sich nach Schott um. Schott sagt, Ein frisches Handtuch, Sie entschuldigen mich. Er geht zu einem Badezimmerschrank, öffnet die Schranktür, will ein Handtuch aus einem Fach nehmen, aber Zawa sagt, Neinnein. Schott sieht sich nach Zawa um. Zawa hält die angewinkelten Unterarme von sich, kommt zu dem Schrank und nimmt das Handtuch selbst aus dem Fach. Zawa trocknet sich die Hände ab. Das Handtuch legt er über den Rand der Badewanne.

Zawa kommt in den Korridor, nimmt seinen kleinen schwarzen Koffer und sieht Schott an. Schott geht zum Wohnzimmer, öffnet die Tür und sagt, Bitte.

Zawa betritt das Wohnzimmer, bleibt steht. Schott betritt das Wohnzimmer, zeigt auf einen Sessel, sagt, Bitte.

Zawa setzt sich in den Sessel und legt seinen kleinen schwarzen Koffer auf die Knie.

Schott sagt, Sie trinken Tee?

Ich bitte darum, sagt Zawa.

Schott geht in die Küche, schaltet den Herd ein, öffnet die Teebüchse, füllt das Teesieb, schließt die Teebüchse, nimmt den Deckel von der Teekanne, setzt das Teesieb auf die Kanne, wartet.

Schott gießt kochendes Wasser über das Teesieb, bis der

Wasserspiegel den Rand des Teesiebs erreicht, stellt den Teekessel auf eine kalte Herdplatte, schaltet den Herd aus, setzt den Deckel auf die Teekanne, wartet.

Schott nimmt den Deckel von der Teekanne, hebt das Teesieb aus der Kanne, setzt das Teesieb auf einen Teller, setzt den Deckel auf die Teekanne.

Schott stellt die Teekanne, zwei Tassen und zwei Untertassen auf ein Tablett, trägt das Tablett ins Wohnzimmer, setzt das Tablett auf dem niedrigen Tisch ab, der zwischen den Sesseln steht.

Schott stellt die Teekanne auf einen Untersetzer, stellt Untertasse und Tasse vor Zawa auf den niedrigen Tisch, aber Zawa sagt, Neinnein, entschuldigen Sie mich. Schott sieht Zawa an.

Zawa öffnet seinen kleinen schwarzen Koffer, nimmt aus einem schwarzen Lederfutteral eine kleine Untertasse, stellt die Untertasse auf den Tisch, nimmt eine Teetasse aus dem Futteral, stellt die Teetasse auf die Untertasse. Er nimmt aus dem kleinen schwarzen Koffer ein Tuch, schließt den Koffer, stellt den Koffer neben den Sessel, nimmt die Teetasse, wischt die Teetasse mit dem Tuch aus, stellt die Teetasse auf den Tisch, nimmt die kleine Untertasse, wischt die Untertasse mit dem Tuch ab, stellt die Teetasse auf die Untertasse. Er legt den Koffer auf seine Knie, öffnet ihn, legt das Tuch in den Koffer, stellt ihn neben den Sessel, sagt, Bitte.

Schott nimmt Untertasse und Tasse, die er für Zawa auf den Tisch gestellt hat, fort und stellt sie vor seinem eigenen Platz auf den Tisch.

Er nimmt die Teekanne, gießt Zawa Tee ein, gießt sich Tee ein. Er stellt die Teekanne auf den Untersetzer, setzt sich.

Herr Schott, wir arbeiten an der gleichen Sache.

Darum sind Sie hier.

Wie? Ja. Nun. Obgleich wir natürliche Konkurrenten sind, sind wir doch auch Kombattanten.

Zawa sieht in die Ferne. Er senkt den Blick und sieht unter dem Tisch Korkenkrümel.

Oder umgekehrt, sagt Zawa. Jedenfalls, wir dürfen über die Verfahren, die wir wählen, schweigen, aber wir können über die Voraussetzungen, die wir machen, freimütig miteinander reden, nicht wahr.

Schott sagt, Können wir die Ziele unerwähnt lassen?

Im Grunde genommen: nein, sagt Zawa. Er trinkt einen Schluck Tee, leckt sich die Lippen und sieht Schott an.

Schott sagt, Entschuldigen Sie!, steht auf, öffnet ein Schrankfach, nimmt eine Packung Papierservietten heraus, schließt das Schrankfach, gibt Zawa die Packung.

Zawa sagt, Danke sehr!, öffnet die Packung, zieht eine Serviette heraus, wischt sich den Mund ab, legt die Packung und Serviette neben seine Teetasse.

Schott setzt sich, trinkt einen Schluck Tee, sagt, Sehen Sie.

Zawa sagt, Das Hotel starrt vor Schmutz. Bevor Sie die Rezeption erreichen, waten Sie durch ein Meer von Fußbodenstaub. Das Pult der Rezeption gleicht einem Schmierfleck. Der Empfangschef ist nicht rasiert. Das heißt, er ist zwar rasiert, aber nicht sorgfältig, entschuldigen Sie, Herr Schott, daß ich es sage. Das Aussehen seines Anzuges läßt mich glauben, daß der Anzug einem Rattengeschlecht als Heckplatz und Versteck dient. Die Handrücken dieses Mannes sind tierisch behaart. Seine Handflächen sind von klebriger Erdigkeit. Es war mir unmöglich, das Anmeldeformular mit dem Bleistift dieses Empfangschefs auszufüllen. Es blieb mir nichts anderes übrig, als den Zimmerschlüssel aus seiner Hand in die Hand zu nehmen. Ganz zu schweigen von jenen unzähligen Händen, erdigen, klebrigen, schweißigen, hundehaft stinkenden Händen, die den Schlüssel früher angefaßt haben. Hotelzimmerschlüssel müßten nach jeder Benutzung desinfiziert werden, Herr Schott. Oder sie müßten nach jeder Benutzung weggeworfen werden. Soll ich Ihnen den Türgriff des Fahrstuhls beschreiben? Soll ich Ihnen die Knöpfe der Fahrstuhl-Armatur beschreiben? Sie dürften nur mit Gummihandschuhen berührt werden. Am Hoteleingang müßten Gummihandschuhe bereitliegen, Herr Schott. Das Hotelzimmer – Schmutz. Der Fußboden nur an den zugänglichen Stellen gesaugt. Unsichtbarer, aber riechbarer Eckenstaub. Ich rieche ihn sehr wohl. In diesen Ecken ließen sich leicht Pilzkulturen züchten. Ich schlage die Bettdecke zurück – was sehe ich? Auf dem Laken ein kurzes gekräuseltes Haar, offenbar ein Schamhaar. Wurde das Laken nicht gewechselt? Stammt das Haar von dem Zimmermädchen? Wie kommt es auf das Laken. Das Badezimmer – eine großräumige Infektionsquelle. Das Waschbecken oberflächlich ausgewischt. Die Badewanne offensichtlich ungesäubert; wieso sonst liegt noch ein Wischlappen in der Wanne? Den Toilettendeckel habe ich vorsichtshalber mit einem Schuhlöffel angehoben. Es wird Zeit, daß einer von uns seine Arbeit zu Ende bringt, Herr Schott. Man muß bereits bei den Säuglingen beginnen.

Schott sagt, Ihr Ziel scheint einem anderen zu ähneln, Herr Zawa.

Zawa sagt, International betrachtet.

Schott sagt, Darf ich Ihnen eine Praline anbieten.

Gerne, sagt Zawa.

Schott steht auf, öffnet ein Schrankfach, nimmt eine Schachtel Pralinen heraus, schließt das Schrankfach, öffnet die Schachtel, stellt die Schachtel vor Zawa auf den Tisch.

Zawa sagt, Sie entschuldigen mich. Er legt seinen kleinen schwarzen Koffer auf die Knie, öffnet den Koffer, nimmt eine Seifenschachtel und ein Handtuch heraus, schließt den Koffer, stellt ihn neben den Sessel, nimmt Seifenschachtel und Handtuch, steht auf, öffnet die Wohnzimmertür, geht über den Korridor, öffnet die Badezimmertür, geht ins Bad, geht zum Waschbecken. Er legt das Handtuch auf einen Stuhl, öffnet die Seifendose, legt die Seife neben die Dose. Er dreht beide Hähne am Waschbecken auf, hält den linken Zeigefinger unter den Wasserstrahl, dreht den Wasserhahn für das kalte Wasser mit der rechten Hand etwas zurück, hält die Hände unter den Wasserstrahl, nimmt seine Seife, seift sich die Hände ein, legt seine Seife zurück, reibt die Handflächen gegeneinander, reibt mit der linken Handfläche über den rechten Handrücken, reibt mit der rechten Handfläche über den linken Handrücken, reibt die Handflächen gegeneinander, hält die Handflächen unter den Wasserstrahl, reibt die Handflächen unter dem Wasserstrahl gegeneinander, reibt unter dem Wasserstrahl den rechten Handrücken mit der linken Handfläche, reibt unter dem Wasserstrahl den linken Handrücken mit der rechten Handfläche, reibt die Handflächen unter dem Wasserstrahl gegeneinander, dreht beide Wasserhähne zu, schüttelt die Hände über dem Waschbekken, nimmt sein Handtuch von dem Stuhl, trocknet sich die Hände ab, legt das Handtuch auf einen Stuhl.

Zawa hält die angewinkelten Unterarme von sich, geht aus dem Badezimmer, schiebt die Badezimmertür mit der rechten Schulter ins Schloß, geht über den Korridor, kommt ins Wohnzimmer, schiebt die Wohnzimmertür mit dem rechten Ellenbogen fast zu, drückt die Klinke mit dem rechten Ellenbogen nieder, drückt die Wohnzimmertür mit dem rechten Ellenbogen ganz zu, geht zum Sessel, setzt sich und nimmt mit der Rechten eine Praline aus der Schachtel. Er nimmt sie zwischen Daumen und Zeigefinger der linken Hand, bricht sie entzwei, steckt die eine Hälfte in den Mund, steckt die andere Hälfte in den Mund. Er kaut. Er schluckt. Er nimmt eine Papierserviette aus der Packung und wischt sich mit der Rechten den Daumen und Zeigefinger der Linken, mit der Linken den Daumen und Zeigefinger der Rechten ab.

Schott nimmt eine Praline aus der Schachtel, steckt sie in den Mund, kaut, schluckt.

Zawa sagt, Ich bezweifle, daß Sie an der gleichen Sache arbeiten, Herr Schott.

Schott sagt, Sofern es die Ziele und die Voraussetzungen der Verfahren angeht.

Es hat mich gefreut, sagt Zawa. Sie arbeiten gänzlich auf sich gestellt, Herr Schott? Ohne universitäre Bindungen?

Schott sagt, Gänzlich.

Nun, Herr Schott, Sie entschuldigen mich.

Zawa steht auf, nimmt seinen kleinen schwarzen Koffer, geht zur Wohnzimmertür, öffnet sie, geht über den Korridor bis zu seinen Straßenschuhen, stellt den Koffer ab, zieht mit der Linken seinen rechten Hausschuh, mit der Rechten seinen linken Hausschuh vom Fuß und stellt die Hausschuhe parallel neben die Straßenschuhe. Zawa zieht die Straßenschuhe an. Er öffnet seinen Koffer und packt die Hausschuhe ein.

Schott will Zawas Mantel vom Bügel nehmen, aber Zawa sagt Neinnein!, nimmt den Mantel selbst vom Bügel, gibt den Bügel Schott und zieht den Mantel an.

Zawa verbeugt sich etwas, sagt, Entschuldigen Sie mich, Herr Schott, dreht sich um und geht zur Wohnungstür. Schott geht ihm mit dem Kleiderbügel in der linken Hand nach. An der Wohnungstür dreht Zawa sich um, sagt, Auf Wiedersehen, Herr Schott, Sie entschuldigen mich.

Schott öffnet mit der Rechten die Wohnungstür, sagt, Ihre Seife und Ihr Handtuch!, läßt die Klinke der Wohnungstür los und will ins Bad gehen, aber Zawa sagt, Neinnein, Herr Schott!, geht an Schott vorbei ins Badezimmer, legt seinen Koffer auf einen Stuhl, öffnet den Koffer, legt die Seife in die Seifenschachtel, schließt die Seifenschachtel, nimmt das Handtuch von dem anderen Stuhl, packt Handtuch und Seifenschachtel in den Koffer, schließt den Koffer.

Zawa geht über den Korridor zur Wohnungstür, verbeugt sich etwas, sagt, Sie entschuldigen mich, Herr Schott!, und geht durch die Tür.

Schott hat den Kleiderbügel in der linken Hand und sieht Zawa nach. Zawa dreht sich auf dem Treppenabsatz um, sagt, Auf Wiedersehen, Herr Schott, entschuldigen Sie mich.

Schott sagt, Auf Wiedersehen, Herr Zawa.

Zawa, sagt Schott.

Schott ruft Liu an. Liu meldet sich nicht.

Schott ruft Mott an. Mott meldet sich.

Mott, hast du Zeit?

Seit Ewigkeiten meldest du dich nicht, und plötzlich soll es von einer Minute auf die andere sein.

Wann und wo?

In einer Stunde, in meiner Kneipe.

Die Frau, die in der Wohnung unter der Wohnung von Schott wohnt, öffnet die Wohnungstür, als Schott vorbeigeht.

Herr Schott!

Schott bleibt stehen. Frau Semper?

Ich muß ins Altenheim.

Ja, Frau Semper.

Aber ich will nicht.

Nein, Frau Semper. Gehen Sie doch zu Ihrer Tochter. Oder zu Ihrem Sohn.

Ach, Herr Schott. Eine Mutter kann für viele Kinder sorgen. Aber viele Kinder können nicht für eine Mutter sorgen. Meine Kinder haben doch nicht einmal Zeit für sich selbst. Die müssen arbeiten. Da bin ich auch den ganzen Tag allein.

Aber abends. Und an den Wochenenden.

Da haben die mit sich selbst zu tun. Ein alter Mensch stört. Alt und jung gehören nicht zusammen.

Ja.

Früher war das anders. Da gehörten die Alten noch zur Familie. Wie in China. Ja wenn wir Chinesen wären. Aber bei uns. Die Jungen wissen alles besser. Was redest du denn, sagen die zu mir. Was redest du denn. Als meine Mutter so alt war, bin ich zu ihr gegangen. Weil sie sich nicht mehr helfen konnte. Ich habe sie geweckt, gewaschen, angezogen, gekämmt. Ich hab Frühstück für sie gemacht. Ich hab mit ihr gefrühstückt. Ich bin mit ihr spazierengegangen. Ich hab für sie eingekauft und Mittagessen gekocht. Ich hab mit ihr Mittag gegessen. Ich hab mit ihr geredet. Ich hab ihr vorgelesen. Ich hab mit ihr gesungen. Ich hab ihre Wäsche gewaschen. Ich hab Abendbrot für sie gemacht. Ich hab Abendbrot mit ihr gegessen. Ich hab sie ausgezogen, gewaschen. Ich hab sie zu Bett gebracht. Ich hab mit ihr gebetet. Wer bist du, hat sie zu mir gesagt. Bis sie gestorben ist, bin ich bei ihr geblieben.

Ihre Kinder müssen arbeiten, Frau Semper.

Ich muß ins Altenheim. Meine Kinder müssen arbeiten, Herr Schott.

Ja.

Die Kneipe ist fast leer. Schott ist pünktlich, Mott ist unpünktlich.

Schott sagt, Ich hätte Lust, mir von dir sagen zu lassen, daß ich weggehen soll.

Aber Schott, ich hab es dir längst gesagt. Anstatt mir zu sagen, warum du hören willst, daß du weggehen sollst, sagst du mir, du hättest Lust, es dir von mir sagen zu lassen. Du sollst weggehen, weil du etwas suchst, was du hier nicht findest. Sieh mich an: Habe ich es gefunden?

Hättest du es woanders gefunden?

Ich weiß es nicht. Deshalb bin ich hiergeblieben.

Wieso sollte ich es woanders finden?

Du bist einer, der es probieren könnte.

Was weißt du, wer ich bin.

Nichts. Ich habe ein Gefühl.

Ein Gefühl ist nichts. Heute das Gefühl, morgen ein anderes.

Das ist deins.

Das ist das. Heute habe ich das Gefühl, daß du mir etwas sagen könntest. Gestern hatte ich das nicht.

Wir sind verschieden, sagt Mott.

Was weißt du, wie du bist, sagt Schott.

Nichts. Ich habe das Gefühl.

Mott, du machst eine sinnlose Arbeit, aber du machst sie. Wie halte ich das aus.

Mott, wer ist Liu.

Das weißt du besser.

Ich weiß es nicht, sagt Schott.

Ich habe sie nur mit dir gesehen, sagt Mott.

Was weiß ich, wer sie ist.

Nichts. Du hast ein Gefühl.

Wir sind verschieden, sagt Schott.

Frag sie, sagt Mott.

Was weiß sie, wer sie ist.

Ihr seid verschieden, sagt Mott.

Vielleicht weiß sie, wer ich bin, sagt Schott.

Ich hätte Lust wegzugehen, sagt Mott.

Aber wohin, sagt Schott.

Weit weg. Über die Grenze, sagt Mott.

Ich gehe vielleicht mit, sagt Schott.

Wir sind verschieden, sagt Mott.

Bis über die Grenze gehe ich mit, sagt Schott. Hinter der Grenze trennen wir uns.

Hinter der Grenze trennen wir uns, sagt Mott.

Was machst du dort, sagt Schott.

Ich kümmere mich um die Farben. Was machst du dort, sagt Mott.

Ich kümmere mich um mich, sagt Schott.

Das machst du doch hier, sagt Mott. Wie soll das ausgehen.

Ich hätte bald wieder Lust, wegzugehen, sagt Schott.

Aber wohin, sagt Mott.

Über die Grenze, sagt Schott.
Ich bleibe, sagt Mott.
Wo, sagt Schott.
Hinter der Grenze, sagt Mott.
Tomm kommt.
Wir gehen, sagt Mott.
Ich komme mit, sagt Tomm. Aber später.
Warum später, sagt Schott.
Ich muß noch 'ne Menge erledigen, sagt Tomm.
Eben nicht, sagt Mott.
Vielleicht doch, sagt Schott.
Ich muß nachts allein wach liegen, sagt Tomm.
Das tue ich, sagt Mott.
Oft, sagt Schott.

Ich muß nachts allein wach liegen, sagt Tomm. Ich muß einen anderen Atem hören. Ich muß mich vor dem Atem fürchten. Ich muß schreien. Jemand muß ins Zimmer kommen. Jemand muß Licht anmachen. Jemand muß sagen, warum schreist du. Jemand muß unters Bett sehen. Jemand muß sagen, Das ist der Hund.

Ich muß nachts allein wach liegen, sagt Mott. Ich muß Rufe vor dem Haus hören. Ich muß rotes Licht sehen. Ich muß riechen, daß Holz brennt. Ich muß schreien. Jemand muß ins Zimmer kommen. Jemand muß sagen, Schrei nicht. Jemand muß sagen, Das ist das Nachbarhaus.

Ich muß nachts allein wach liegen, sagt Schott. Die Wände, die Decke, der Fußboden müssen sich entfernen. Ich muß winzig werden, ich muß fallen. Jemand müßte ins Zimmer kommen. Jemand müßte sagen, Warum schläfst du nicht.

Ich muß dem Großvater die Taschenuhr aufziehen dürfen, sagt Tomm. Ich muß dem Großvater die Glatze polieren dürfen, sagt Schott.

Ich muß zum Vater in den Garten gehen wollen, sagt

Tomm. Ich muß sehen, wie der Vater an einen Baum pißt. Ich muß über den großen Schwanz des Vaters erschrecken.

Ich muß im Nachttopf vor dem Bett der Eltern eine Hülle schwimmen sehen, sagt Mott. Ich muß fragen, Was ist das? Jemand muß mir nicht antworten.

Ich muß in ein Haus gehen müssen, in dem das Kind gestorben ist, sagt Schott. Ich muß mich vor der Krankheit fürchten, an der das Kind gestorben ist. Ich muß den weißen Sarg sehen, der auf dem Tisch steht. Ich muß hochgehoben werden müssen. Ich muß in den Sarg sehen. Ich muß das weiße Mädchen sehen.

Ich muß zur Mutter gehen, sagt Tomm. Ich muß von der Mutter hören, daß ich abgetrieben werden sollte.

Ich muß Krämpfe kriegen, sagt Mott. Die Mutter muß an meinem Bett sitzen. Ich muß langsam einschlafen. Ich muß die Schreie hören. Ich muß aufwachen. Ich muß Krämpfe kriegen. Ich muß aus dem Bett klettern. Ich muß zu den Schreien laufen. Ich muß zwischen zwei Schreien hören, daß der Vater tot ist.

Ich muß zur Mutter gehen, sagt Schott. Ich muß die Mutter tot am Küchentisch sitzen sehen.

Ich muß zur Brombeerhecke des Nachbarn gehen, sagt Tomm. Über der Hecke muß der Kopf des Nachbarn auftauchen. Der Nachbar muß sagen, Dein Vater ist ein Verbrecher.

Ich muß am Tisch neben dem Vater sitzen, sagt Mott. Ich muß beim Essen trödeln. Ich muß die strengen Augen des Vaters sehen. Ich muß den Vater sagen hören, Das wird aufgegessen. Ich muß die guten Augen des Vaters sehen.

Ich muß durch die Stadt streunen, sagt Schott. Ich muß in die Hose scheißen. Ich muß zur Großmutter laufen. Die Großmutter muß mich waschen.

Ich muß die Mutter in der Badewanne sehen, sagt Tomm. Ich muß mich vor der Masse ihres Schamhaars ekeln.

Ich muß in eine Halle gehen müssen, in der der Vater

aufgebahrt ist, sagt Mott. Ich muß Rosen riechen. Ich muß den braunen Sarg sehen, der auf einem Podest steht. Ich muß hochgehoben werden müssen. Ich muß in den Sarg sehen.

Ich muß meine Geige vermissen, sagt Schott. Sie muß verkauft worden sein.

Wir müssen alles sehen werden, sagt Tomm.

Wir müssen alles hören werden, sagt Mott.

Wir müssen ungesehen und ungehört bleiben werden, sagt Schott.

Ich muß mir ein Stück Brot in die eine, einen Apfel in die andere Hosentasche gesteckt haben, sagt Tomm. Ich muß aus dem Haus in den Garten gehen. Ich muß aus dem Garten auf die Straße gehen. Ich muß auf der Straße aus der Stadt gehen.

Ich muß mir ein Stück Brot in die eine, einen Apfel in die andere Hosentasche gesteckt haben, sagt Mott. Ich muß aus dem Haus in den Garten gehen. Ich muß aus dem Garten auf die Straße gehen. Ich muß auf der Straße aus der Stadt gehen.

Ich müßte mir ein Stück Brot in die eine, einen Apfel in die andere Hosentasche gesteckt haben, sagt Schott. Ich müßte aus dem Haus in den Garten gehen. Ich müßte aus dem Garten auf die Straße gehen. Ich müßte auf der Straße aus der Stadt gehen.

Ich muß große Lust auf den Weg haben, sagt Tomm.

Ich muß große Angst vor Geschrei haben, sagt Mott.

Ich muß große Lust und Angst haben, sagt Schott.

Ich muß nie wieder zurückkommen wollen, sagt Tomm.

Ich muß nie wieder Rosen riechen müssen, sagt Mott.

Ich muß nie wieder nicht wissen wollen, was ich will, sagt Schott.

Mott sagt, Ich gehe.

Tomm sagt, Ich komme mit.

Schott sagt, Ich muß Liu anrufen. Ich erreiche sie nicht.

Mott sagt, Manchmal erreichst du sie.

Tomm sagt, Vielleicht erreichst du sie.

In dieser Nacht liegt Schott wach. In dieser Nacht Schotts ist es vollständig dunkel. Selbst auf einem Friedhof ist es nachts nicht so dunkel. Auf einem Friedhof liegt nachts der halbe Schimmer einer Straßenlaterne. Auf einem Friedhof leuchtet gelegentlich die Lampe eines Blumendiebs oder eines Grabräubers oder eines Nekrophilen.

Im Schein des Monds sieht man zumindest die Kapelle, ferner kleine Häuser, Grabmale mit Wänden, Dächern, Dachrinnen und Gittertoren, sodann aufrechte und gestürzte Grabsteine, Nekrophile, aufrechte und gestürzte metallene und steinerne Grabkreuze, Grabräuber, Wasserhähne, Wasserbecken und Blumendiebe.

Im Halbschimmer einer Straßenlaterne sieht man wenigstens das Dach der Kapelle, die Zinnen kleiner Häuser, den Rand der Friedhofsmauer, Moos und Gräser auf dem Mauerrand, die Spitzen aufrechter Grabsteine und aufrechter metallener und steinerner Grabkreuze.

Im Lampenlicht eines Blumendiebs sieht man Gittertore kleiner Häuser, aufrechte und gestürzte Grabsteine, Grabräuber, aufrechte und gestürzte metallene und steinerne Grabkreuze, Nekrophile, Vasen aus Porzellan, Keramik, Metall und Glas, Blumenkörbe, Kunstblumen, Kruzifixe, Schnittblumen, Blumentöpfe, Spaten, Harken, Gießkannen.

Im Lampenlicht eines Grabräubers sieht man Gittertore kleiner Häuser, aufrechte Grabsteine, Blumendiebe, aufrechte metallene und steinerne Grabkreuze, Nekrophile, Schriftzüge auf Grabsteinen, oder auf Marmorplatten: Vorname, Name, oder Name, Vorname, Tag, Monat, Jahr bis Tag, Monat, Jahr, oder: Vorname, Name, oder Name, Vorname, Jahr bis Jahr, oder: Vorname, Name, oder Name, Vorname, Tag, Monat, Jahr bis: der, die oder das stirbt, oder: Vorname, Name, oder Name, Vorname, Jahr bis: der, die oder das stirbt, oder: Familien, Vornamen, Namen, oder Namen, Vornamen, Tage, Monate, Jahre bis Tage, Monate,

Jahre, oder: Vornamen, Namen, oder Namen, Vornamen, Jahre bis Jahre, oder: Vornamen, Namen, oder Namen, Vornamen, Tage, Monate, Jahre bis: der, die und das stirbt, oder Vornamen, Namen, oder Namen, Vornamen, Jahre bis: der die und das stirbt, und Schriftzüge auf Emailleherzen: Hier ruht Name, Vorname, oder Vorname, Name, verstorben am: Tag, Monat, Jahr, oder im: Monat, Jahr, oder im: Jahr, im Alter von Jahren, ferner Grabsprüche: Die Zeit vergeht, aber die Erinnerung an dich bleibt mein, sowie Kruxifixe, schließlich Metallgriffe an den Verschlüssen der Grabkammern.

Im Lampenlicht eines Nekrophilen sieht man Blumendiebe, Grabräuber, frische Gräber, Kränze, Kranzschleifen, Schriftzüge auf Kranzschleifen: Ewig in meinem Herzen.

Nicht einmal in einem Grab ist es nachts so dunkel, falls das Grab zusammengesunken oder aufgebrochen ist und ein Mondschein oder ein halber Laternenschimmer oder das Lampenlicht eines Grabräubers hineinleuchtet.

Der Verfasser sagt, Jetzt kann ich nicht länger schweigen. Diese Gottesacker-Romantik! Ich bin weit davon entfernt.

In dieser Nacht Schotts ist es vollständig still. Selbst auf einem Friedhof ist es nachts nicht so still. Über einen Friedhof fliegt nachts ein Flugzeug. Über einen Friedhof weht nachts ein Wind. Auf einen Friedhof fällt nachts ein Regen. Auf einem Friedhof quietscht nachts die Tür. Auf einen Friedhof schleichen nachts Blumendiebe, Grabräuber und Nekrophile. Auf einem Friedhof knipsen Nekrophile, Grabräuber und Blumendiebe nachts Taschenlampen an. Auf einem Friedhof stößt der Blumendieb nachts eine Vase um. Auf einem Friedhof zerbricht nachts eine Vase. Auf einem Friedhof läuft nachts Wasser aus einer zerbrochenen Vase. Auf einem Friedhof rüttelt der Grabräuber nachts an dem Verschluß der Grabkammer. Auf einem Friedhof knirscht nachts der Verschluß der Grabkammer. Auf einem Friedhof fällt nachts der Verschluß der Grabkammer auf den Weg. Auf einem Friedhof glättet nachts der Nekrophile die Kranzschleife. Auf einem Friedhof buddelt nachts der Nekrophile im frischen Grabhügel. Auf einem Friedhof glotzt nachts ein Nekrophiler. Auf einem Friedhof nachts schnüffeln Hunde, kreischen Katzen, schlagen Nachtigallen, rufen Käuzchen, zirpen Grillen, flattern Falter, laufen Igel, fallen Tannenzapfen, tropfen Wasserhähne, jetzt werden die Dinge beim Namen genannt. Auf einem Friedhof nachts bricht sich der Fluglärm im Winkel von Grabplatte und Grabstein. Auf einem Friedhof nachts bewegt der Wind Äste, Zweige und Blätter an Bäumen und Büschen; ferner Zweige, Blätter, Blumen und Schleifen an Kränzen und Gebinden; schließlich Blätter und Blumen in Vasen und Töpfen. Auf einem Friedhof nachts bewegt der Wind Vogelfedern, Rosenblätter und Laub auf der Erde. Auf einem Friedhof nachts wirbelt der Wind Knochen zusammen. Auf einem Friedhof nachts weht der Wind durch Knochen. Auf einem Friedhof nachts tönen Knochen hoch. Auf einem Friedhof nachts spült der Regen Steine, Knochen und Scherben in die Rinne.

Nicht einmal in einem Grab ist es nachts so still, falls das Grab zusammengesunken oder aufgebrochen ist und ein Regenwasser oder eine Maus oder eine Ratte hineingleitet. Andernfalls ist es nicht still infolge der Asseln und Würmer.

Schott versucht, Liu zu erreichen. Liu ist fort.

Schott ruft Tomm an. Tomm ist da.

Tomm, hast du Zeit? Seit Ewigkeiten meldest du dich nicht.

Wir haben uns gerade erst getroffen. Wo und wann?

In Motts Kneipe, in einer Stunde.

Die Frau, die in der Wohnung unter der Wohnung von Schott wohnt, öffnet die Wohnungstür, als Schott vorbeigeht.

Herr Schott!

Schott bleibt stehen. Frau Semper.

Ich muß ins Altenheim, Herr Schott.

Ja, Frau Semper.

Ich hab meine Freundin Lydia besucht.

Ja.

Im Altenheim.

Ja.

Einmal in der Woche muß ich sie rasieren. Die Schwestern machen das nicht. Wenn die Lydia nicht rasiert wird, kriegt sie einen Bart wie ein Mann. Sie ist bettlägerig. Schon seit fünf Jahren. Sie kann sich nicht aufrichten. Sie kann sich nicht waschen. Sie kann sich nicht kämmen. Sie kann nicht aus dem Bett aufstehen. Sie kann sich nicht abwischen. Sie ißt gern Schokolade. Wenn die Schwester sieht, daß ich ihr Schokolade gebe, sagt die Schwester, Geben Sie der Lydia keine Schokolade, das stopft. Dann braucht sie ein Abführmittel, und die Schweinerei im Bett haben nachher wir! Einmal in der Woche muß ich die Lydia rasieren. Wenn ich sie rasiert hab, sagt die Schwester, Jetzt haben wir keinen Mann mehr im Bett. Gestern hab ich sie besucht. Sie hat nichts gesagt. Hat mich nur mit schwarzen großen Augen angesehen. Sie hatte Angst in den Augen. Ich hab sie nicht rasiert. Ich hab sie nur angesehen. Ich hab ihre Hand gedrückt und hab gesagt, Lydia, du brauchst keine Angst zu haben. Die Schwester kam und hat gesagt, Frau Semper, Sie müssen jetzt gehen. Sonst verpassen Sie Ihren Bus. Die Lydia hat mich mit großen schwarzen Augen angesehen und hat meine Hand festgehalten. Ich hab gesagt, Lydia, ich muß jetzt gehen, hat die Schwester gesagt. Ich hab meine Hand losgemacht und bin gegangen. Zu Hause hab ich unsere Pastorin angerufen. Ich hab gesagt, Frau Pastor, die Lydia stirbt. Die Schwester hat gesagt, ich soll gehen, sonst verpasse ich meinen Bus. Gehen Sie zur Lydia. Heute hat mich unsere Pastorin angerufen. Sie hat gesagt, Frau Semper, ich war bei Lydia. Ich habe ihre Hand genommen und habe gesagt, Lydia, Sie brauchen keine Angst zu haben. Ich habe ihr aus der Bibel vorgelesen. Ich habe ein Lied für sie gesungen. Ich habe für sie gebetet. Sie hat mich angesehen und ist gestorben. Sterben ist nicht einfach, Herr Schott.

Nein.

Ich fürchte mich, Herr Schott. Ich muß ins Altenheim.

Ja.

Ich tät am liebsten ins Wasser gehen, Herr Schott. Wenn ich nicht solche Angst vorm Wasser hätt, Herr Schott.

Ja.

Die Kneipe ist fast leer. Schott ist unpünktlich, Tomm ist unpünktlich.

Schott sagt, Hast du Schill getroffen?

Nein. Hast du Lisch getroffen?

Nein.

Mott kommt.

Wir reden über Schill, sagt Schott.

Wir reden über Lisch, sagt Tomm.

Mott sagt, Ich hab sie getroffen.

Und?, sagt Tomm.

Das nenne ich Freunde, sagt Schott.

Mott sagt, Sie brüten was aus.

Und was?, sagt Tomm.

Das darf keiner wissen, sagt Schott.

Mott sagt, Schill hat gesagt, Ich sags dir. Aber sag Lisch nicht, daß ichs dir gesagt hab. Lisch hat gesagt, Ich sags dir. Aber sag Schill nicht, daß ichs dir gesagt hab.

Was kann das schon sein, sagt Tomm.

Schott sagt, Das hat bestimmt 'n großen Namen.

Das hat es, sagt Mott.

Tomm sagt, Ich wünsch mir einen Bruder.

Zwei Brüder, sagt Mott.

Eine Schwester, sagt Schott.

Einen Bruder und eine Schwester, sagt Tomm.

Mott sagt, Zwei Brüder.

Zwei Schwestern, sagt Schott.

Tomm sagt, Zwei Brüder und eine Schwester.

Zwei Brüder, sagt Mott.

Zwei Schwestern und einen Bruder, sagt Schott.

Tomm sagt, Meine Brüder heißen Timm und Hotti.

Mott sagt, Meine Brüder heißen Ole und Leo.

Schott sagt, Meine Schwestern heißen Ille und Elli. Mein Bruder heißt Ulle.

Daß meine Schwester Lotti heißt, wißt ihr, sagt Tomm. Mott, sind deine Brüder älter als du oder jünger. Oder ist ein Bruder jünger als du und einer älter?

Meine Brüder sind jünger als ich, sagt Mott. Leo ist der jüngste. Schott, sind deine beiden Schwestern und dein Bruder älter als du oder jünger. Oder ist eine Schwester älter als du und eine Schwester und dein Bruder sind jünger? Oder ist dein Bruder älter als du und deine beiden Schwestern sind jünger? Oder sind dein Bruder und eine Schwester älter als du und eine Schwester ist jünger? Oder sind deine beiden Schwestern älter als du und dein Bruder ist jünger?

Schott sagt, Eine Schwester ist älter als ich und eine Schwester und mein Bruder sind jünger. Die ältere Schwester ist Elli. Ille und Ulle sind Zwillinge. Tomm, deine Schwester Lotti ist älter als du. Sind deine beiden Brüder auch älter als du oder sind sie jünger. Oder ist ein Bruder älter als du und ein Bruder jünger?

Tomm sagt, Ein Bruder ist älter als ich und einer ist jünger. Der ältere ist Hotti. Er ist aber jünger als Lotti.

Mott sagt, Lotti ist die älteste.

Schott sagt, Hotti und Elli sind ungefähr im selben Alter.

Tomm sagt, Timm, Ole, Ille und Ulle sind ungefähr im selben Alter.

Mott sagt, Leo ist von allen der jüngste.

Schott erwacht von Trommelschlägen. Ist es das Geräusch von Schlägen, die gegen die Schläfen trommeln? Trommeln die Schläge von innen oder von außen? Welche Schläge wären lauter? Welche Schläge wären gefährlicher? Was könnte es sein, das von innen gegen die Schläfen schlägt? Was könnte es sein, das von außen gegen die Schläfen schlägt? Können Trommelschlegel gegen seine Schläfen schlagen? Können Krähenschnäbel gegen seine Schläfen blitzen? Können Hämmer auf seine Schläfen einhämmern?

Ist es das Geräusch von Schlägen, die gegen die Trommelfelle trommeln? Trommeln die Schläge von innen oder von außen? Welche Schläge wären lauter? Welche Schläge wären gefährlicher? Was könnte es sein, das von innen gegen die Trommelfelle schlägt? Was könnte es sein, das von außen gegen die Trommelfelle schlägt? Können Trommelschlegel gegen seine Trommelfelle schlagen? Können Adlerschnäbel gegen seine Trommelfelle fetzen? Können Spitzhacken auf seine Trommelfelle einhacken?

Ist es das Geräusch von Schlägen, die gegen die Hirnschale trommeln? Trommeln die Schläge von innen oder von außen? Welche Schläge wären gefährlicher? Was könnte es sein, das von innen gegen die Hirnschale schlägt? Was könnte es sein, das von außen gegen die Hirnschale schlägt? Können Trommelschlegel gegen seine Hirnschale schlagen? Können Gummiknüppel auf seine Hirnschale einschlagen? Ist es ein Schlaganfall?

Oder ist es eine Heroldstrommel, die ihn auf die Straße ziehen will? Oder sind es zwei Kesselpauken, die ihn in das Barock ziehen wollen? Oder ist Schott ein Instrument, dem mit einem Bambusschläger auf den Kopf geschlagen wird? Schrapt der Schläger nicht auch über seine Rückenkerben?

Allmählich gewöhnt sich Schott daran. Ich gewöhne mich allmählich daran, sagt Schott. Ich gewöhne mich auch daran, daß ich die Zehen nicht mehr bewegen kann. Daß ich die Füße nicht mehr auf die Erde setzen kann. Daß ich die Finger nicht mehr krümmen kann. Daß ich die Hände nicht mehr auf die Brust legen kann. Daß ich die Arme nicht mehr heben kann. Daß ich die Augen nicht mehr öffnen kann. Daß ich den Kopf nicht mehr wenden kann. Daß ich den Mund nicht mehr aufkriege. Daß ich nicht mehr schlucken kann. Daß ich nicht mehr atmen kann. Ich gewöhne mich daran. Ob ich noch etwas hören könnte außer Trommelschlägen? Wenn doch das Telefon klingelte. Wenn doch eine Tür schlüge. Wenn doch ein Tier heulte. Wenn doch ein Kind wimmerte. Wenn doch eine Trompete erschallte. Wenn doch ein Sturm mich schreckte. Wenn doch die Luft von Kartaunen erbebte. Wenn doch mein erfüllter Mund. Wenn doch das Erdenrund. Freudige Zeiten. Zu Sternen eilen.

Ich warte, bis Licht angeht. Ich warte, bis Sonne aufgeht.

Ich warte, bis Luft hereinströmt. Ich warte, bis Sturm hereinweht.

Ich warte auf die Zehen, Füße, Finger, Hände, Arme, Augen. Ich warte auf den Kopf, den Mund.

Ich warte auf die Klingel, die Tür, das Tier, das Kind, die Trompete, den Sturm, die Kartaunen.

Jetzt ist es kalt.

Jetzt ist es heiß.

Jetzt ist es naß.

Jetzt ist es trocken.

Jetzt ist es kalt und naß.

Jetzt ist es heiß und trocken.

Jetzt ist es kalt und trocken.

Jetzt ist es heiß und naß.

Jetzt ist es kalt und heiß.
Jetzt ist es naß und trocken.
Jetzt verkrampfen sich die Zehen.
Jetzt schlagen die Füße auf die Erde.
Jetzt verkrümmen sich die Finger.
Jetzt schlagen die Hände auf die Brust.
Jetzt brechen die Augen auf.
Jetzt schleudert der Kopf hin und her.
Jetzt reißt der Mund auf.
Jetzt röchelt es.
Jetzt klingelt das Telefon.
Jetzt schlägt eine Tür.
Jetzt heult ein Tier.
Jetzt wimmert ein Kind.
Jetzt erschallt eine Trompete.
Jetzt schreckt ein Sturm.
Jetzt erbebt die Luft.
Jetzt geht Licht an.
Jetzt geht die Sonne auf.
Jetzt stürze ich.
Jetzt schlägt der erfüllte Mund auf den Fußboden.
Jetzt das Erdenrund.
Jetzt freudige Zeiten.
Jetzt zu den Sternen.

Ich bin ganz oben. Ich halte mich. Ich überblicke mich. Ich bleibe.

Ich habe keine Lust mehr. Ich habe keine Kraft mehr.

Ich kann ewig so bleiben. Ich kann ewig so blicken. Ich halte mich ewig so. Ich bin ewig so oben.

Ich habe Lust darauf. Ich habe Kraft dazu.

Mehr brauche ich nicht.

Irgendwer kommt. Irgendwer schaut. Irgendwer denkt. Irgendwer sagt etwas. Irgendwer tut etwas. Irgendwer verzagt. Irgendwer tut nichts mehr. Irgendwer sagt nichts mehr.

Irgendwer hört auf zu denken. Irgendwer schaut weg. Irgendwer geht.

Irgendeiner oder irgendeine.

Irgendwo sagt irgendwer, Was schaut er mich so an, was denkt er, was sagt er da, was soll ich tun, ich kann da nichts tun, ich tue da nichts mehr, ich sage nichts, ich denke nicht mehr daran, ich schaue nicht mehr hin, ich gehe.

Irgendeine oder irgendeiner.

Was soll man da noch hinschauen, was soll man da noch denken, was soll man da noch sagen außer nichts und weggehen.

Außer Liu. Liu tut nicht nichts mehr, sagt nicht nichts mehr, hört nicht auf zu denken, schaut nicht weg, geht nicht, weil sie nicht kommt, nicht schaut, nichts denkt, nichts sagt, nichts tut.

Jetzt ist es soweit.

Jetzt kann ich mit Vergessen anfangen. Das müßte doch möglich sein. Wer die Mutter war. Wer der Vater war. Wer die Schwester war. Wer der Bruder war. Wo ich geboren bin. Wo ich aufwuchs. Wo ein Freund war. Wo ich zur Schule ging. Wo eine Freundin war. Wer ein Lehrer war. Wo ich in die Lehre ging.

Oder wo mit Vergessen anfangen. Wen oder was. Wie sich ein Auge öffnet. Wie sich zwei Augen öffnen. Wie sich ein Nasenflügel bewegt. Wie sich zwei Nasenflügel bewegen. Wie sich eine Lippe bewegt. Wie sich zwei Lippen bewegen. Wie, wenn sich zwei Lippen bewegen, Zähne sichtbar werden. Wie sich ein Mund langsam öffnet. Wie sich ein Mund schnell öffnet. Wie Münder sich öffnen beim Atmen, beim Brüllen, in der Betäubung, in der Bewunderung, beim Beißen, beim Denken, beim Dursten, bei einem epileptischen Anfall, beim Ertapptwerden, im Entsetzen, bei der Ejakulation, in der Erschütterung, in der Erstarrung, in der Fassungslosigkeit, beim Grübeln, beim Glotzen, beim Gebären, beim Hungern, beim Irrewerden an dem eigenen Verstand, im Jubel, beim Jasagen, beim Keuchen, beim Kotzen, beim Küssen, beim Kauen, beim Lügen, beim Lachen, beim Lekken, beim Lächeln, beim Morden, beim Niesen, beim Neinsagen, beim weiblichen Orgasmus, beim Pfeifen, beim Pissen, beim Quengeln, beim Röcheln, beim Rauchen, beim Sprechen, im Schmerz, beim Spucken, beim Schnarchen, beim Saugen, beim Seufzen, bei einem Schrei des Unwillens, bei anderen Schreien, beim Staunen, beim Scheißen, in tiefer Trauer, in der Tröstung, beim Trinken, in der großen Verwunderung, in Verlegenheit, beim Verlust der Sprache, in der Verwirrung, beim Verrecken, beim Weinen, im Zweifel an den eigenen Sinnen.

Es dürfte doch nicht schwer sein zu vergessen, wie sich ein Auge öffnet oder wie sich zwei Augen öffnen und wie sich ein Nasenflügel bewegt oder wie sich zwei Nasenflügel bewegen, wenn Münder sich langsam oder schnell öffnen im Zweifel an den eigenen Sinnen, beim Weinen, beim Verrecken, in der Verwirrung, beim Verlust der Sprache, in Verlegenheit, in der großen Verwunderung, beim Trinken, in der Tröstung, in tiefer Trauer, beim Scheißen, beim Staunen, bei anderen Schreien, bei einem Schrei des Unwillens, beim Seufzen, beim Saugen, beim Schnarchen, beim Spucken, im Schmerz, beim Sprechen, beim Rauchen, beim Röcheln, beim Quengeln, beim Pissen, beim Pfeifen, beim weiblichen Orgasmus, beim Neinsagen, beim Niesen, beim Morden, beim Lächeln, beim Lecken, beim Lachen, beim Lügen, beim Kauen, beim Küssen, beim Kotzen, beim Keuchen, beim Jasagen, im Jubel, im Irrewerden an dem eigenen Verstand, beim Hungern, beim Gebären, beim Glotzen, beim Grübeln, in der Fassungslosigkeit, in der Erstarrung, in der Erschütterung, bei der Ejakulation, im Entsetzen, beim Ertapptwerden, bei einem epileptischen Anfall, beim Dursten, beim Denken, beim Beißen, in der Bewunderung, in der Betäubung, beim Brüllen, beim Atmen. Das dürfte doch nicht allzu schwer sein.

Vergessen, wie eine Träne aus einem Auge fließt oder wie zwei Tränen aus einem Auge fließen oder wie zwei Tränen aus zwei Augen fließen, wenn der Kopf aufgerichtet ist oder wenn der Kopf daliegt. Wie Rotz aus einem Nasenloch läuft oder wie Rotz aus zwei Nasenlöchern läuft, wenn der Kopf daliegt und wenn der Kopf aufgerichtet ist. Wie Speichel aus einem Mundwinkel rinnt oder wie Speichel aus zwei Mundwinkeln rinnt, wenn der Kopf aufgerichtet ist und wenn der Kopf daliegt. Wie Tränen aus zwei Augen fließen und Rotz aus zwei Nasenlöchern läuft und Speichel aus zwei Mundwinkeln rinnt, wenn der Kopf daliegt und wenn der Kopf aufgerichtet ist.

Vergessen, wie eine Träne schmeckt, wie Rotz schmeckt, wie Speichel schmeckt.

Vergessen, wie Brüllen klingt, wie Bewunderung klingt, wie Beißen klingt, wie Dursten klingt, wie ein epileptischer Anfall klingt, wie Entsetzen klingt, wie Ejakulation klingt, wie Erschütterung klingt, wie Gebären klingt, wie Hungern klingt, wie Irrewerden klingt, wie Jubel klingt, wie Jasagen klingt, wie Keuchen klingt, wie Kotzen klingt, wie Küssen klingt, wie Kauen klingt, wie Lügen klingt, wie Lachen klingt, wie Lecken klingt, wie Morden klingt, wie Niesen klingt, wie Neinsagen klingt, wie weiblicher Orgasmus klingt, wie Pfeifen klingt, wie Pissen klingt, wie Quengeln klingt, wie Röcheln klingt, wie Rauchen klingt, wie Sprechen klingt, wie Schmerz klingt, wie Spucken klingt, wie Schnarchen klingt, wie Saugen klingt, wie Seufzen klingt, wie ein Schrei klingt, wie Scheißen klingt, wie Trauern klingt, wie Trinken klingt, wie Verwunderung klingt, wie Verlegenheit klingt, wie Verlust der Sprache klingt, wie Verrecken klingt, wie Weinen klingt, wie Zweifel an den eigenen Sinnen klingt.

Blind sein, geschmacklos sein, taub sein, das müßte doch gehen. Ach wie lang, ach lange war dem Herzen bange.

Gesichtszüge vergessen, Hinterköpfe vergessen, Ohren

vergessen, Haar und Haarfarben vergessen, Nacken vergessen, Hälse vergessen, Brustkörbe und Brüste vergessen, Rükkenlinien vergessen, Bauchwölbungen vergessen, Hüften vergessen, Ärsche vergessen, Schwänze und Fotzen vergessen, Ober- und Unterschenkel vergessen, Füße vergessen, Zehen vergessen.

Es ist nun nichts Verdammliches an denen, die nicht nach dem Fleisch wandeln.

Ich vergesse diesen, ich vergesse jenen.

Ich vergesse dieses, ich vergesse jenes.

Die Sätze derer vergessen, die mich vollgeredet haben mit Lockungen, Versprechungen, Verheißungen, Bitten, Aufforderungen, Befehlen, Drohungen und Erpressungen. Die mich beschäftigt, geliebt, gebraucht, mißbraucht, gehaßt und verworfen haben. Die mich benutzt und beschenkt haben. Die mir ein neues Gemeinwesen, neue Zukünfte und neue Vergangenheiten gegeben und genommen haben. Die mir neue Leben, neue Glücke, neue Unglücke und neue Tode zugesichert haben. Der saure Weg ist mir zu schwer.

Die Erfindungen derer vergessen, die mich erfüllt und ausgehöhlt haben mit ihren Lösungen, Formeln und Rezepten.

Das Licht vergessen, das hereinleuchtet und hinausgeht.

Nicht vergessen, die Gerüche zu vergessen. Die Gerüche von Himbeeren, Cognac, Lavendel, Trüffeln, Whisky und Hyazinthen. Die Gerüche der Mutter, des Vaters, der Schwester, des Bruders, eines Freundes, der Schule, einer Freundin, eines Lehrers, der Münder, des Samens, der Kotze, des Rotzes, der Scheiden, der Pisse, des Rauches, der Spucke, der Scheiße, des Verreckens.

Nicht vergessen, die Düfte zu vergessen. Die Düfte des Verreckens, der Scheiße, der Spucke, des Rauches, der Pisse, der Scheiden, des Rotzes, der Kotze, des Samens, der Münder, eines Lehrers, einer Freundin, der Schule, eines Freundes,

des Bruders, der Schwester, des Vaters, der Mutter. Die Düfte von Hyazinthen, Whisky, Trüffeln, Lavendel, Cognac und Himbeeren.

Allen Gestank und allen Wohlgeruch vergessen.

Die Luft vergessen, die hereinweht und hinausgeht.

Das Wasser vergessen, das im Bach fließt, das im Fluß fließt, das ins Meer fließt, das ans Ufer schlägt, das aus der Wolke fällt, das aus der Quelle springt, das aus der Wand kommt, das den Schmutz fortschwemmt, das die Scheiße fortspült, das getrunken und gesoffen wird, das den Täufling erschreckt, das über die Ufer tritt und mich ersäuft.

Die Flußläufe, Bachbetten, Rinnsale, die mich zu den Quellen gebracht haben, muß ich ohne Undankbarkeit vergessen.

Die Blumen vergesse ich, die Bäume vergesse ich, die Sträucher, die Vögel, na schön, die weichen Federn in meinem Kopfkissen vergesse ich vielleicht zuallerletzt, die Schmetterlinge vergesse ich, die Käfer, die Fische, wie aber den Hund, den Fuchs, wie den Wolf vergessen, der los wird, angeht, aufsteigt, der den Nagel in der Wand sucht, der den Goldzahn im Mund sucht, der züngelt, leckt, zuschnappt, reißt, frißt. Wer oder was könnte helfen, daß ich endlich vergesse, wie das Feuer kommt, schlingt, schwelgt. Wie es schleicht, schwelt, knistert, prasselt. Wie das Gras vergeht, wie der Strauch verglüht, wie der Baum verlodert, wie das Haus leuchtet, zittert, sinkt, wie das Fell verglimmt, wie das Haar verpufft, wie die Haut rot wird, wie die Haut Blasen schlägt, wie die Haut platzt, wie braun Fleisch wird, wie schwarz Fleisch wird. Es müßte doch jemanden oder etwas geben, der, die, das oder das ein wenig behilflich ist beim Vergessen, oder? Es gibt vielleicht etwas oder jemanden, das oder der, die, das sagt, daß es genug ist, wenn jemand sagt, Das Feuer sagt nie, Es ist genug.

Ich vergesse meine Augen, ich vergesse, wie ich meine

Augen öffne, ich vergesse meine Nasenflügel, ich vergesse, wie sich meine Nasenflügel bewegen, ich vergesse meine Lippen, ich vergesse, wie ich meine Lippen bewege, ich vergesse meine Zähne, ich vergesse meinen Mund. Ich vergesse, wie ich meinen Mund langsam oder schnell öffne. Ich vergesse, wie Tränen aus meinen Augen fließen, wie Rotz aus meinen Nasenlöchern läuft, wie Speichel aus meinen Mundwinkeln rinnt. Ich vergesse meine Gesichtszüge, meinen Hinterkopf, meine Ohren, mein Haar und seine Farbe, meinen Nacken, meinen Hals, meinen Brustkorb, meine Rückenlinie, meine Bauchwölbung, meine Hüften, meinen Arsch, meinen Schwanz, meine Ober- und Unterschenkel, meine Füße, meine Zehen.

Ich vergesse dieses und jenes.

Ich vergesse die Sätze, mit denen ich andere vollgeredet habe.

Ich vergesse meine Erfindungen mit ihren Rezepten, Formeln und Lösungen.

Ich vergesse alles.

Ich vergesse *mich*. Ich lasse mir auch nicht von einem Luther die Unseligkeit nachsagen, ich vergäße womöglich das Vergessen. Ich nehme mit Begierde einen letzten Trunk und vergesse meinen Durst und das Gedächtnis. Wer zuletzt noch etwas werden will und zum Grund kommen, der muß den kurzen Weg ergreifen und sich in den Ort schicken. Ich pfeife auf die Zurückhaltung, die ich aus Rücksicht auf meine sogenannte Würde angeblich nötig habe oder die ich angeblich anderen schulde. Ich *vergesse* mich. Ich vergesse absichtlich. Ich vergesse das Wiederkommen.

Jetzt das Schönste: Die anderen vergessen auch. Das täte ihnen gut. Sie vergessen mich. Sie vergessen mein Aussehen, meine Bewegungen, meine Sätze, meine Beziehungen, meine Handlungen, meine Erfindungen, meine Stimme. Was heißt schon SCHOTT. Schott heißen viele. Welcher Schott ist eigentlich gemeint. Das kann sich keiner merken. Am Ende kann sich niemand auch nur den Namen Schott merken. Der Name Schott verschwindet. Oder erinnert sich irgend jemand an den Namen XSCHYSCHZ? Wer oder was verrauscht? Völker! Wer oder was verklingt? Namen! Über wen oder was breitet finstre Vergangenheit die sogenannten dunkel nachtenden Schwingen aus? Über ganzen Geschlechtern! Und zwar, sobald das Hahnenkrähen die Ankunft des Tages verkündigt. Eine Grabinschrift hilft nicht lange weiter. Oder hat jemand noch keine verwitterten Steine gesehen? Ein Patentamt hilft auch nicht. Oder hat jemand noch keine Wüste gesehen? Ich werde vergessen. Dann gibt es frische Leute, die gemütlich oder gebrochen umhergehen oder herumkriechen und an ihre Zukunft denken. Weiß ich denn, welcher Mann vor eintausend Jahren an der Stelle herumgelegen hat, an der ich jetzt herumliege? Es wird schon einer gewesen sein. Er sah eben so oder so aus, er bewegte sich eben irgendwie, er sagte eben bestimmte Sätze, er hatte eben irgendwelche Beziehungen, er führte eben diese Handlungen aus oder jene, er machte eben so seine Erfindungen oder keine, seine Stimme klang eben.

Das müssen sich die frischen Leute eben vorstellen, daß gar nichts vorhanden ist von früheren frischen Leuten. Gar nichts. Keine Grabsteine, keine Patente, keine Ahnung. Das müßte doch endlich genügen, daß irgendwer schon vorhanden gewesen sein wird. Diese Mühe, immer wieder eine erdige Schleifspur zu ziehen. Die wird schon verwischt werden! Die Archäologen sind die schlimmsten. Gleich danach kommen die Historiker. Die Bibliothekare sind auch übel. Altertumskunde, Geschichte, das Bibliothekswesen! Wann hört das endlich auf? Wann leben die Leute endlich in den Tag hinein? Von der Hand in den Mund? Wann hören die Leute endlich mit der Fortpflanzung auf? Im Gedächtnis der Kinder und Kindeskinder weiterleben, wie? Wann begnügen sich die

Leute endlich mit ihrem Spaß? Den hat nicht mal jeder. Den soll erst mal jeder haben! Mein Gott, Zeugung kann ruhig sein. Stört nicht besonders. Aber als Sinn des Lehebens? Gezeugtes ist Nebenprodukt. Von mir aus, bitte. Oder von mir aus nicht. Irgendwer macht das schon. Ich jedenfalls bin bald weg. Ich bin dann weg. Irgendein unauffindbarer Teil des Menschengeschlechtes. Ich erhebe keinen Anspruch darauf. Wem nicht einmal das genügt, der soll sich vergeblich abmühen. Schade um seine Zeit. Oder um ihre. Ach, dann bricht Tohuwabohu aus? Dann gibt es kein Gewissen mehr? Die richten sich schon ein. Haben wir auch gemacht. In den nächsten tausend Jahren ist nicht alles schön. Und gut. Dazu kann niemandem verholfen werden. Indem das Gedächtnis wachgehalten wird. Sollen sie selber sehen, was ihnen schadet.

Kann an meinem Tisch nicht jemand anderes sitzen? Kann aus meinem Glas nicht jemand anderes trinken? Kann in meinem Bett nicht jemand anderes liegen? Soll etwa ich sagen, wer an meinem Tisch sitzen, aus meinem Glas trinken, in meinem Bett liegen soll? Nach dem Aufenthalt wird das Zimmer saubergemacht und gelüftet. Der Benutzer braucht kein Bild vom nächsten. Der Benutzer braucht kein Bild vom vorigen. Es wird darum gebeten, keine festen Gegenstände in die Toilette zu werfen. Es wird darum gebeten, die Schuhe nicht an der Gardine abzuwischen. Es wird darum gebeten, das Zimmer bis zwölf Uhr zu räumen.

Schott sackt allmählich ganz ab. Jetzt schlafen schon seine Hände ein. Wenn nicht bald was oder wer kommt, kollabiert er.

Kann der Verfasser jetzt essen gehen und Schott einfach so liegenlassen? Vielleicht fällt dem Verfasser beim Essen ein, wer oder was Schott helfen könnte.

Eventuell ein Organist? Eventuell der Organist aus dem Gotteshaus der Matthäigemeinde? Eventuell Georg Balthasar Schott? Er könnte eine Probe ablegen. Mit Fried und Freud fahr ich dahin, wenngleich des Leibes Bau zerbricht. Er könnte für Ordnung sorgen. Wer vor Ende des Gottesdienstes die Kirche ohne Erlaubnis verläßt, wird mit der Rute bestraft. Er könnte mit all seiner Himmelssüßigkeit den Geist Schotts vielleicht noch einmal ergötzen.

Falls Schott das Orgelspiel liebte. Falls Schotts Geist noch ergötzbar wäre. Falls Georg Balthasar in Schotts Wohnung eine Orgel zur Hand hätte. Falls in Schotts Zimmern ein Chor Platz fände. Falls der Chor eine Alt-, eine Tenor- und eine Baßstimme besäße, die fähig genug wären. Falls Georg Balthasar überhaupt käme.

Aber Georg Balthasar kommt nicht. Eventuell kommt Major J. Schott, ehemals Waffenlehrer an der Selecta des Kadettenhauses. Er könnte das Maß von Schotts Wohnung bestimmen. Er könnte das Maß und Gewicht von Schotts Körper bestimmen. Das Maß- und Gewichtssystem ist das metrische. Zu Grunde liegt der Meter, zu Grunde liegt das Gramm. Als Flächenmaße dienen die Quadrate der Längenmaße. Wieviel Quadratmeter mißt Schotts Wohnung? Der Meter zerfällt in tausend Millimeter. In wieviel Millimeter zerfällt Schotts Länge? Das Gramm repräsentiert das Gewicht eines Tausendstel Liters destillierten Wassers. Wieviel Tausendstel Liter destillierten Wassers repräsentiert Schotts Körper?

Major J. Schott brauchte wenig Zeit, um seine Ziele zu bestimmen. Die leblosen Ziele, die allerdings die größere Widerstandsfähigkeit besitzen, unterteilte er auf einen einzigen Blick in die vertikalen Mauern und in die horizontalen Decken. Das einzige lebende Ziel rechnete er zu den horizontalen. Er stellte auch die Brennbarkeit einzelner Sachen und des lebenden Ziels in Rechnung.

Major J. Schott hätte nur die völlige Zerstörung der horizontalen und vertikalen Ziele im Sinn. Die Zerstörung des lebenden horizontalen Ziels wäre nicht behindert durch eine Kopfbedeckung aus Stahl, ganz zu schweigen von Epauletten, einem Visier, einem Küraß, einem Blechschurz, von Armschienen, Blechhandschuhen und Beinschienen. Es erschiene Major J. Schott überflüssig, die Ziele etwa zu erleuchten.

Im Falle von Schott stellte Major J. Schott, während er von einer Waffe Gebrauch machte, nicht selber ein Ziel dar, so daß er sich keineswegs in aufgeregter Gemütsstimmung befände. Weder von körperlicher Entbehrung noch von Ermüdung herabgestimmt, führte Major J. Schott die Waffe intelligent und geschickt, so daß anschließend ein guter Gebrauch der Waffe attestiert werden könnte.

Angesichts der realen Wirkung der Waffe, nämlich der hochprozentigen Zerstörung von Schotts Zimmerdecken und Mauern sowie der einhundertprozentigen Zerstörung von Schott, könnte die moralische Wirkung der Waffe auf Schott vollständig außer acht bleiben. Allerdings käme Major J. Schott gewiß die zufällige Wirkung der Waffe zur Erkenntnis: die Zerstörung von Mauern und Decken der benachbarten Wohnungen und der Prozentsatz der Toten und Verwundeten unter den Nachbarn. Die moralische Wirkung auf überlebende Nachbarn wäre schwer zu berechnen.

Major J. Schott schlösse den Gebrauch einer Keule oder eines Spießes oder eines Beils oder eines Schwertes oder eines Säbels oder eines Degens oder eines Dolches und eines Sturmbockes von vornherein aus. Für Major J. Schott läge der Gebrauch eines Geschosses am nächsten, das eine gewisse Strecke zurückzulegen hätte, ehe es die Mauern und Zimmerdecken Schotts sowie Schott selber träfe. Nicht natürlich eines Wurfspießes oder einer Handgranate. Sondern eines Geschosses, das mit einem Gerät fortzutreiben wäre. Nicht natürlich eines Pfeils oder einer Pistolenkugel oder einer Gewehrkugel.

Sondern einer Granate aus einem Geschütz. Denn eine Granate aus einem Geschütz setzt in den Stand, Gegenstände von größerem Zusammenhalt, als der menschliche Organismus ihn besitzt, zu zerstören. So wären Schotts Zimmerdecken und Mauern schon erst einmal erledigt, und erledigt wäre angesichts des geringen Zusammenhalts, den Schotts Organismus besitzt, erst recht Schott. Major J. Schott wählte auf alle Fälle ein Sprenggeschoß, das sich im Ziel zerteilte und sowohl die Wohnung Schotts als auch Schott auseinanderrisse. Das gewählte Sprenggeschoß verursachte übrigens als Beigabe der sprengenden Wirkung ein Inbrandsetzen Schotts und seiner Wohnung. Der Geschützdonner, der Sprengschlag und die Flammen bewegten Major J. Schott zu einem erlösenden Ausruf, der verschieden lauten könnte: Aaah oder Äh.

Die überlebenden Nachbarn glaubten zuerst, es handle sich um ein Erdbeben oder um einen Krieg. Die Geräusche der anrückenden Feuerwehr müßten sie von diesem Glauben nicht abbringen. Etwas später glaubten sie vielleicht an den Absturz eines Flugzeuges oder an eine Gasexplosion. Erst die Bemerkung eines verwundeten Hausbewohners zu einem sterbenden Hausbewohner, In unserem Haus gibt es kein Gas! löschte den Glauben an eine Gasexplosion aus. Im Krankenhaus erführen die geretteten Mieter, daß eine Sprenggranate auf das Haus abgefeuert worden sei.

Aber von wem!

Aber auf wen!

Aber warum!

Die Ermittlungen dauern an!

Niemand käme auf den Gedanken, daß Major J. Schott bereit gewesen wäre, Schott zu helfen. Major J. Schott hätte die Feuerstellung längst verlassen und sich aus dem Staub gemacht. Da er während der Kampfhandlungen Handschuhe zu tragen pflegte, wären an seinem Geschütz keine Fingerabdrücke gefunden worden. Da er Zeitungsleser wäre, legte er die Fahndungsberichte schmunzelnd beiseite. In unserer Familie steht einer für den anderen ein, denn der häusliche Kreis ist so enge, so leer. Die Familie ist also das erste Muster der staatlichen Gebilde.

Aber auch Major J. Schott kommt nicht. Eventuell kommt W. Schott, Sohn der Residenzstadt, ein Blatt Papier in der Hand, das er kurz zuvor in eine Tonne voller Regenwasser getaucht hätte. Er öffnete seinen Farbkasten, schlösse die Augen und tuschte Schott im Schlaf ein luftiges Gehäuse mit vier Flügeln aufs Blatt. Als Heilmittel gegen die Angst oder, falls Schott jetzt lieber in der Kühle schiede, als Zeichen der Zerreibung.

Aber jetzt kommt Liu. Sie kommt allerdings nicht allein. Sie ist halb verdeckt von Lisch. Liu und Lisch kommen allerdings nicht allein. Lisch ist halb verdeckt von Mott.

Liu hat eine weiße Bluse und einen blauen Rock an. Vielleicht ist die Bluse nicht weiß, vielleicht hat sie einen bläulichen Schimmer, zumindest die rechte Hälfte, soweit die rechte Hälfte zu sehen ist. Vielleicht kommt der bläuliche Schimmer von dem blauen Rock. Lius Haar ist hochgesteckt und ist auf der rechten Kopfseite lila, auf der linken Kopfseite rot. Auf der rechten Kopfseite trägt Liu einen baskenmützenähnlichen dunkelblauen Hut. Vielleicht ist Lius Haar auf der rechten Kopfseite nicht lila, vielleicht hat es einen blauroten Schimmer. Vielleicht kommt der blaurote Schimmer von dem dunkelblauen Hut, und Lius Haar ist nicht nur auf der linken Kopfseite rot.

Lisch hat vielleicht ein grünes Sakko und einen gelben Mantel an. Es kann auch sein, daß Schott einen gelben Mantel sieht, der auf der rechten Seite, allerdings um den gesamten Kragen herum, einen hellgrün-weißlichen Schimmer hat, weil rechts hinter Lisch alles dunkelgrün ist. Andererseits kann es sein, daß Schott einen hellgrün-weißlichen Mantel sieht, der auf der linken Seite, allerdings nicht um den Kragen herum, einen gelben Schimmer hat, weil links hinter Lisch alles gelb ist. Lisch trägt einen hohen weißen Hemdkragen. Lisch trägt einen halbmelonenförmigen lila Hut.

Mott hat vielleicht einen weißen Mantel an, der aber schon in Brusthöhe teilweise blau gefärbt ist, matt hellblau. Mott trägt vielleicht ein rotes Vorhemd. Mott trägt einen hohen weißen Hemdkragen. Mott trägt einen halbmelonenförmigen braunblauen Hut.

In Motts Gesicht sieht Schott nur die Nase. Das, was Schott sieht, könnte eine Nase sein. In Lischs Gesicht sieht Schott die Nase und die Augen. In Lius Gesicht sieht Schott weder einen Mund noch eine Nase noch zwei Augen. Lius Gesicht hat eine schöne Farbe, wie Schott sagt.

Ob es das Blau hinter Lisch und Mott macht, daß Lischs lila Hut auf der äußersten rechten Seite dunkellila ist?

Eigentlich sollte Schott in Motts Gesicht mehr als bloß die Nase sehen, weil Mott dichter vor Schott steht als Lisch.

Mott, Lisch und Liu stehen also halb hintereinander vor Schott. Keiner sagt etwas. Mott und Liu sehen Schott ohne Augen an. Schott glaubt, daß Mott sagen könnte, Schott! Schott glaubt, daß Lisch sagen könnte, Hm! Schott glaubt, daß Liu sagen könnte, Es ist Zeit.

Die drei sehen auf Schott. Sie sehen nicht aus, als sähen sie etwas Schönes. Sie sehen auch nicht aus, als sähen sie etwas Unschönes. Sie sehen aus, als wollten sie zugreifen, obwohl keine Arme an ihnen zu sehen sind. Liu blickt augenlos auf Schott, als wollte sie zu Lisch und Mott sagen, Ihr seht ja! Ehestens Mott ist kurz davor, etwas zu tun. Lisch behält alles im Kopf. Liu ließe Lisch und Mott nicht gehen, bevor etwas getan wäre.

Liu geht zum Fenster, öffnet es, beugt sich hinaus und winkt hinunter. Auf dem Bürgersteig steht Tomm. Er nimmt mit der Linken den Hut vom Kopf und winkt mit dem Hut zurück.

Noch nie hat Schott Hüte auf den Köpfen von Mott, Lisch und Liu gesehen. Noch nie hat Schott einen Hut in Tomms Hand gesehen.

Schott will fragen, welchen Hut Schill neuerdings trägt. Irgendwo muß Schill doch sein. Aber hier ist er nicht.

Liu wird wohl sagen, Gut wäre ein Spaziergang am See. Schott will ihr zuvorkommen, An welchem See denn?

Liu würde wohl sagen, Wir sähen das Wasser, wir sähen ein Segelboot, wir sähen an den Ufern Bäume, wir sähen auf der Promenade Leute.

Liu wird wohl sagen, Schön wäre eine Segelbootfahrt.

Liu wird wohl sagen, Wohltuend wäre ein Picknick. Sie zeigte auf einen Picknickkorb, der neben ihr steht, obwohl er nicht zu sehen ist. Wir lägen im Gras und atmeten die warme Seeluft.

Das Fenster hat Liu offengelassen.

Hinter Liu kommt Tomm ins Zimmer. Er hat drei bis vier Palmen unter den Armen. Er stellt die Palmen an der Wand auf. Er hat einen schwarzen oder blauen Smoking an. Der Hut ist weg.

Also, sagt Tomm. Er hebt die Arme, setzt den rechten Fuß nach vorn und tanzt nach einer Musik, die Schott nicht hört. Liu winkelt den linken Arm an, Liu winkelt das rechte Bein an, Lisch streckt die Arme aus, Mott setzt den linken Fuß hinter den rechten. Liu, Lisch und Mott tanzen. Es muß dieselbe Musik sein, die Tomm hört, die vier bewegen sich im gleichen Rhythmus. Hinter den Tänzern und der Tänzerin vibrieren die Palmen.

In Tomms Gesicht sieht Schott etwas wie Augen, Nase, Mund. Schott ruft, Wo ist dein Hut.

Schott ruft, Mott! Wo sind deine Augen. Wo ist dein Mund.

Schott ruft, Liu! Wo ist dein Mund. Wo sind deine Augen. Wo ist deine Nase.

Der einzige, der antwortet, ist Tomm. Er lacht, während er spricht. Schott! Ich bin kein Abziehbild! Tomm spricht und lacht.

Schott wird am Büffet gegen einen Mann gedrängt, der ein Glas Sekt in der Hand hält. Entschuldigen Sie, sagt der Mann. Schott sagt, Kennen wir uns?

Nicht, daß ich es wüßte, sagt der Mann.

Mein Name ist Schott.

Flieder, sagt der Mann.

Was führt Sie zu diesem Kongreß, sagt Schott.

Oh, sagt Flieder. Ich bin Großstadt-Ornithologe.

Ich bin unmittelbar interessiert, sagt Schott. Als Großstädter, als Liebhaber der gefiederten Freunde und als Forscher. Worüber arbeiten Sie.

Nun, sagt Flieder. Ich habe zuletzt über die Sitzordnung von Vögeln auf den Drähten von Freileitungen publiziert.

Unter vergleichendem Gesichtspunkt hochinteressant, sagt Schott.

Sie können es nachlesen, sagt Flieder. Im Archiv für allgemeine Vogelkunde. Momentan interessiert mich etwas anderes. Ein universelles Thema.

Das wäre?, sagt Schott.

Die Frage nach der Minimal-Umwelt.

Für Vögel?, sagt Schott.

Je nun, sagt Flieder. Für bestimmte Vogelarten.

Erzählen Sie, sagt Schott.

Schauen Sie, sagt Flieder. Die ursprünglichen Lebensbedingungen im Freiland. Die finden Sie natürlich in einer Großstadt nicht.

Es gibt Grünflächen, Kanäle, sagt Schott.

Gewiß, sagt Flieder. Selbst Trümmerfelder. Sie kommen dem Freiland schon nahe. Aber. Bahnhofshallen. Oberirdische städtische Gleisanlagen. Städtische Freileitungen.

Ja?, sagt Schott.

Das ist eine Umwelt, die auf minimale Bedingungen reduziert ist.

Jaja, sagt Schott.

Es mag Ihnen wie die Skurrilität eines außerordentlichen Pedanten vorkommen, sagt Flieder,

Neinnein, sagt Schott.

Wenn ich Ihnen sage, daß mein ornithologisches Tagebuch seit fünfzehn Jahren alle Vogelarten verzeichnet, die ich auf den Stationen der Stadtbahn angetroffen habe.

Außerordentlich, sagt Schott.

Aus den letzten fünf Jahren verfüge ich über sechshundertzweiundneunzig Einzelnachweise an dreihundertsiebzehn Beobachtungstagen, sagt Flieder.

Auf wieviel Bahnstationen?, sagt Schott.

Auf achtundvierzig, sagt Flieder.

Wie viele Vogelarten haben Sie registriert?

Neunundzwanzig, sagt Flieder. Natürlich, das ist nicht viel mehr, als man auf einer eintägigen Freilandexkursion notieren kann.

Aber?, sagt Schott.

Es sind eben Stadtbahnstationenexkursionen. Gleisanlagenexkursionen. Freileitungsexkursionen. Singdrosseln, Rotkehlchen, Fliegenschnäpper und Zaunkönige finden Sie auf Stadtbahnstationen nicht.

Jedoch?, sagt Schott.

Lachmöwen, sagt Flieder. Haussperlinge. Stare. Amseln, Grünlinge. Stockenten. Saatkrähen. Nebelkrähen. Mauersegler. Dohlen. Elstern. Rauchschwalben. Haubenlerchen. Buchfinken. Feldsperlinge. Turmfalken. Blaumeisen. Kohlmeisen. Gartenrotschwänze. Kuckucke.

Kuckucke?, sagt Schott.

Notiert an drei Tagen, sagt Flieder. Und Hausrotschwänze. An zwei Tagen notiert.

Das sind, sagt Schott. Einundzwanzig Arten. Sie sprachen von neunundzwanzig.

An je einem Tag habe ich Bachstelzen, Gelbspötter, Gimpel, Girlitze, Klappergrasmücken und Ringeltauben auf oder über einer Stadtbahnstation beobachtet, sagt Flieder.

Tauben. Eine Plage, sagt Schott.

Verwilderte Haustauben ja, sagt Flieder.

Und der Rest?, sagt Schott.

Je einmal überflogen Kraniche und Kiebitze zwei Stadtbahnstationen.

Nun, sagt Schott.

Am verbreitetsten ist die Amsel, sagt Flieder. Es folgen der Star, der Haussperling, die Nebelkrähe, die Saatkrähe, der Grünling und die Lachmöwe.

Die Taube?, sagt Schott.

Ist ausgelassen, sagt Flieder. Man weiß doch nicht, ob sie noch eine echte Haustaube ist. Wie gesagt.

Ich folge Ihnen, sagt Schott. Wo nisten und brüten die Tierchen?

Eine interessante Frage, sagt Flieder. Im April und Mai steigt die Häufigkeit meiner Notizen über den Haussperling. Ich vermute, daß Stadtbahnstationen als Brutplätze den Haussperling besonders anziehen.

Ach so?, sagt Schott.

Ja, sagt Flieder. Das Ansteigen der Notizenhäufigkeit an einem bestimmten Platz macht es in hohem Maße wahrscheinlich, daß ein Vogel mit Brutpflege, Futtersuche und Ruhestunden an diesen Platz gebunden ist.

Plausibel, unter vergleichendem Aspekt, sagt Schott. Wie aber kommen die Vögel eigentlich bis ins Innere der großen Städte. Es wäre doch wohl zu einfach, wenn ich vermutete, daß sie die ungeeigneten Stadtteile einfach überfliegen.

Sehr richtig, sagt Flieder. Die Wasservögel folgen den Flüssen und Kanälen. Andere Vögel aber, dies ist, wie Sie zugeben werden, das eigentlich Aufregende, folgen den städtischen Bahnstrecken.

Herr Flieder, sagt Schott, haben Sie daran gedacht, Ihre Erkenntnisse auf andere Lebewesen zu übertragen?

Nein, sagt Flieder. Ich bin Ornithologe.

Oder zu verallgemeinern?, sagt Schott.

Ja nun, sagt Flieder. Die Veränderlichkeit der Arten hieße das Wort.

Sie sagen es, sagt Schott laut.

Durch Anpassung an ein synanthropes Milieu, sagt Flieder. Vögel, die nie den Geschmack von Schildkrötenfleisch zu schätzen Gelegenheit nehmen konnten, suchen auf den Galapagos-Inseln menschliche Behausungen auf, wo sie aus aufgehängten Schildkrötenstücken Fleischbröckchen herauspicken.

Schott sagt, Widersprächen Sie mir, wenn ich den Schluß zöge, daß wir noch nicht verloren sind, Herr Flieder?

Nein, Herr Schott, sagt Flieder. Er hebt sein Sektglas und trinkt.

Sie können es nicht wissen, aber Sie haben mich weitergebracht, sagt Schott.

Flieder prostet Schott zu.

Ein Mann mit einem Sektglas, der das Büffet gerade verlassen will, prostet Flieder zu.

Flieder sagt zu Schott, Darf ich Ihnen Herrn Dulla vorstellen.

Flieder sagt, Herr Schott, Herr Dulla.

Dulla sagt, Guten Tag.

Schott sagt, Guten Tag.

Flieder sagt, Worüber werden Sie morgen sprechen, Herr Dulla?

Herr Dulla sagt, Wenn es Sie nicht langweilt: Über Reaktionen auf nichtoptimale Reize.

Bei Menschen?, sagt Schott.

Bei Tieren, sagt Herr Dulla.

Das interessiert mich unmittelbar, sagt Schott.

Herr Dulla sagt, Ich konnte im vergangenen Frühjahr beobachten, wie ein partnerloser Stockerpel eine ruhig dahinschwimmende, futtersuchende Moschusente mühevoll vergewaltigte.

Was Sie nicht sagen, sagt Flieder.

Eine echte Instinkthandlung, sagt Herr Dulla.

Wie erklären Sie sie?, sagt Schott.

Herr Dulla sagt, Die Voraussetzung ist ein stark aktivierter Trieb. Fehlt aber ein auslösender Reiz, kann die Triebhandlung dennoch in Gang gesetzt werden.

Nämlich?, sagt Flieder.

Es genügt eben ein unterschwelliger Reiz oder sogar ein unangemessener.

Ich verstehe, sagt Schott.

Herr Dulla sagt, Es ist noch nicht alles

Worüber Sie sprechen werden, sagt Flieder.

Man hat an Huftieren, die eigentlich fliehen sollten, ein sonderbares verharrendes Stampfen mit den Vorderläufen beobachtet, sagt Herr Dulla.

Zum Beispiel?, sagt Flieder.

Bei Gemsen, Rupicapra rupicapra.

Schott sagt, Wie erklären Sie es?

Sehr einfach, sagt Herr Dulla. Ein Signal, das Gefahr anzeigt, das aber nicht ausreicht, um die Gemse zur Flucht zu veranlassen, löst erhöhte Aufmerksamkeit und gewisse Absichtsbewegungen aus.

Ich verstehe sehr gut, sagt Schott.

Herr Dulla sagt, Die aufwallende Neigung zur Flucht geht nicht in eine gerichtete Fluchtbewegung über. Sie entlädt sich bloß in kurzen Impuls-Salven.

Nur bei Gemsen?, sagt Schott.

Bei Huftieren, wie gesagt, sagt Herr Dulla. Domestizierte Rinder schütteln in dieser Lage den Kopf.

Außerordentlich, sagt Flieder.

Schließlich widme ich mich den Leerlaufreaktionen, sagt Herr Dulla.

Schott will Herrn Dulla die Hand drücken, aber Herr Dulla muß erst das Sektglas in die linke Hand nehmen.

Und Sie, Herr Schott?, sagt Herr Dulla.

Schott sagt, Ich spreche über den Unsinn der Höflichkeit.

Sie meinen wirklich Höflichkeit?, sagt Flieder.

Ja. Essen Sie gerne gebratene Gänsekeule, Herr Dulla?

Ja.

Und Sie, Herr Flieder?

Auch.

Schott sagt, Ich auch. Stellen Sie sich vor, wir seien irgendwo zu Gast. Mit uns ist ein vierter Gast geladen, der nicht gerne Gänsekeule, aber gerne Gänsebrust ißt. Die Gastgeber fordern uns auf, von dem Gänsebraten zu nehmen. Sie, Herr Dulla, sind höflich genug, keine Keule zu nehmen, sondern lieber zu warten, weil Sie meinen, Herr Flieder, ich und der vierte Gast nähmen gerne eine Keule. Sie, Herr Flieder, sind nicht weniger höflich als Herr Dulla und nehmen keine Keule; Sie warten lieber, weil Sie glauben, Herr Dulla, ich und der vierte Gast nähmen gerne eine Keule. Ich selbst nehme auch keine Keule; ich warte ab, weil ich denke, Sie, Herr Flieder, Sie, Herr Dulla, der vierte Gast und die Gastgeber nähmen gerne eine Keule. Der vierte Gast vermutet jetzt, daß wir drei nicht gerne Gänsekeule essen, sondern vielleicht lieber Gänsebrust. Er ist höflich genug, eine Keule zu nehmen, obwohl er Gänsekeule ungern ißt. Der Gastgeber vermutet dasselbe wie der vierte Gast und nimmt die andere Keule. Sie, Herr Dulla, nehmen ein Stück Gänsebrust, die Sie vielleicht nicht besonders mögen. Sie, Herr Flieder, nehmen ein Stück Gänserücken, den Sie vielleicht nicht besonders mögen. Ich nehme ebenfalls ein Stück Gänserücken, den ich nicht besonders mag. Die Gastgeberin nimmt einen Gänseflügel. Die Gäste sind höflich, und keiner hat, was er gerne gehabt hätte. Von den Gastgebern zu schweigen, die auf jeden Fall bereit sind, das zu nehmen, was die Gäste vermutlich nicht allzu gerne mögen. Wozu ist das alles gut?

Herr Dulla sagt, Es gibt zwei Gänsekeulen, aber drei Gänsekeulenliebhaber. Nähme ich eine Keule, und Herr Flieder auch, dann bekämen Sie keine, Herr Schott.

Ja, sagt Schott. Nähme ich eine Keule, und Herr Flieder auch, dann bekämen Sie keine, Herr Dulla.

Nähmen Sie eine Keule, Herr Schott, und Herr Dulla auch, dann bekäme ich keine, sagt Flieder.

Schott sagt, Einer von uns hätte jedenfalls das Nachsehen. Zwei kriegten immerhin, was sie gerne gehabt hätten. Da wir aber höflich sind, kriegt keiner von uns dreien eine Keule. Und auch der vierte Gast ißt, was er nicht gerne mag.

Glauben Sie, man könnte sich gegenseitig ertragen, wenn jeder sagte, was er denkt, und jeder täte, was er möchte?, sagt Herr Dulla.

Nein, sagt Schott.

Also?, sagt Flieder.

Man hätte weniger Angst, sagt Schott.

Oder mehr, sagt Flieder.

Weniger, sagt Schott. Jedenfalls kürzer.

Es sei denn, Schott sagt, Ich spreche über die Unsinnigkeit der Angst.

Sie meinen wirklich Unsinnigkeit?, sagt Herr Dulla.

Ja. Fühlen Sie gerne eine Beklemmung in der Herzgegend, Herr Flieder?

Nein.

Schätzen Sie Herzklopfen, Atemnot, Schweißausbruch, Pupillenerweiterung und Händezittern, Herr Dulla?

Nein.

Lieben Sie eine gesteigerte Darm- und Blasentätigkeit, Herr Flieder?

Nein.

Ich auch nicht, sagt Schott. Stellen Sie sich vor, man verbietet Ihnen bei Strafe den Mund. Sie möchten gerne sagen, daß, aber Sie haben Angst vor freier Rede, weil Sie Angst vor Strafe haben. Sie schweigen, und die Macht dessen, der Ihnen den Mund verbietet, ist schon gewachsen. Jetzt fällt es Ihnen noch schwerer, etwas zu sagen. Der nützlichste Affekt des Menschen in den Augen der Verbieter ist die Angst. Je mehr man sich die Angst des Menschen zunutze machen kann, desto braver und lenkbarer wird er.

Aber, sagt Herr Dulla. Angst ist nicht beherrschbar.

Sie entspricht der Vermutung einer Gefahr, sagt Flieder. Solange die Vermutung fortdauert, kann man die Angst ebensowenig abschütteln wie ein Bein oder einen Arm.

Schott sagt, Angst ist kein Bein oder Arm. Sie haben die Wahl.

Sie machen mir Angst, sagt Herr Dulla.

Ich fürchte die Angst, sagt Flieder.

Es sei denn, Schott sagt, Ich spreche über die Verächtlichkeit der Scham.

Sie meinen das Schamgefühl?, sagt Flieder.

Ja. Fühlen sie sich gerne kalt und beengt ums Herz, Herr Dulla? Fühlen Sie sich gerne bleiern?

Nein.

Schätzen Sie es, wenn Ihr Gesicht glüht, Herr Flieder? Wenn Röte Hals und Brust überzieht?

Nein.

Lieben Sie es, den Kopf sinken zu lassen, Herr Dulla? Den Blick an den Boden zu heften?

Nein.

Ist Ihnen nichts lieber als ein Schwinden aller Lebenskräfte, Herr Flieder? Als der Wunsch, in die Erde zu versinken?

Nein.

Mir auch nicht, sagt Schott.

Flieder sagt, Der Anstand gebietet mir

Der Anstand gebietet Ihnen, Ihre Geilheit, Ihre Eitelkeit und Ihre Selbstsucht zu verbergen, sagt Schott.

Aber erlauben Sie, Herr Schott, sagt Flieder.

Tun Sie es nicht, dann verachtet man Sie, sagt Schott. Sie müssen sich schämen.

Herr Dulla sagt, Gehen Sie nicht etwas weit, Herr Schott?

Ja, sagt Schott. Scham ist Angst vor Verachtung. Aber sie ist bloß anerzogen. Warum achten Sie so sehr auf andere? Warum achten Sie sich nicht selbst? Warum scheißen Sie nicht auf irgendwelche Normen und Erwartungen?

Ich muß doch sehr bitten, sagt Herr Dulla.

Sie gehen entschieden zu weit, Herr Schott, sagt Flieder.

Modischer Betrug, sagt Schott.

Es sei denn, Schott sagt, Ich spreche über die Lächerlichkeit des Schuldgefühls.

Es sei denn, Schott sagt, Ich spreche über den Witz der Reue.

Entschuldigen Sie mich, sagt Flieder.

Entschuldigen Sie mich, sagt Herr Dulla.

Ich kann Sie nicht entschuldigen, sagt Schott. Wer bin ich denn. Machen Sie doch, was Sie wollen. Was geht das mich an. Sie aufgeblasener Frosch, Herr Dulla. Sie geiler Affe, Herr Flieder. Altersschwache, engstirnige Ehrgeizlinge! Schlagen Sie sich Ihre wabbeligen Schmerbäuche mit Gänsekeule und Sektgesöff voll. Lassen Sie sich das Maul verbinden. Zittern Sie. Schämen Sie sich in Grund und Boden. Suhlen Sie sich in Ihrer Schuld. Bereuen Sie! Ich scheiß drauf.

Zwischen Büffet und dem Ausgang läuft Zawa über Schotts Weg.

Der hat mir gerade noch gefehlt, sagt Schott.

Entschuldigen Sie, Herr Schott. Wie bitte?

Sie haben mir gerade noch gefehlt.

Aber erlauben Sie mal!

Ich erlaube Ihnen alles. Meinetwegen gehen Sie jetzt ins Scheißhaus und waschen sich dreimal die Pfoten. Meinetwegen stürzen Sie anschließend zum Büffet, wischen viermal Ihren Teller und fünfmal Ihr Besteck ab, knallen sich mit Kaviar voll, rennen ins Scheißhaus und kotzen den Kaviar wieder aus, weil er vergiftet sein könnte. Meinetwegen ist Ihnen sterbensübel. Meinetwegen gehen Sie vor der Kackschüssel in die Knie. Meinetwegen kippt Ihre Rübe in die Kackschüssel. Meinetwegen ersticken Sie an Ihrer eigenen Kotze. Ich erlaube es Ihnen. Lecken Sie mich meinetwegen am Arsch, Herr Zawa.

Sie entschuldigen mich, sagt Zawa. Ich glaube einfach nicht, daß wir je noch irgend etwas miteinander zu besprechen hätten.

Zwischen Zawa und dem Ausgang steht der Lehrstuhlinhaber im Weg.

Guten Tag, Herr Schott. Kann ich Ihnen behilflich sein?

Ja, sagt Schott. Sie können mir aus dem Weg gehen. Es liegt mir daran, Sie nicht zu sehen.

Ist Ihnen nicht wohl, Herr Schott?

Solange ich Ihre aufgedunsene Visage im Visier habe, ist mir in der Tat unwohl. Habe ich Sie gebeten, mich anzuquatschen? Sehe ich aus, als wollte ich noch je irgend etwas mit Ihnen besprechen?

Verzeihen Sie, mein Herr.

Natürlich. Ich verzeihe Ihnen, daß Sie mit Ihrem Arsch auf einem warmen Lehrstuhl hocken und keine Einfälle haben. Mit anderen Worten: Ich verzeihe Ihnen, daß Sie aus einem Furz ein Lehrgebäude errichtet haben und es sich lebenslang darin wohl sein lassen. Gnade Ihren Studenten.

Der Lehrstuhlinhaber sagt nichts, wendet sich ab und geht.

Schott ist bald am Ausgang. Schott verläßt den Kongreß.

Auf dem Heimweg fragt Schott sich, ob Tomm, Liu, Lisch und Mott immer noch in seiner Wohnung herumtanzen. Sie könnten sich inzwischen ausgezogen haben. Sie könnten inzwischen die Beine des runden Tisches abgesägt haben. Lisch könnte, die Oberschenkel in die Höhe gestreckt, die Unterschenkel angewinkelt, auf dem Rücken liegen und die Tischplatte auf seinen Knien halten. Da die Tischplatte zu kippen drohen könnte, hielte Mott sie auf der linken Schulter in der Schwebe. Er müßte sich aber stark nach hinten und zur Seite beugen, um die linke Schulter überhaupt unter den Rand der Tischplatte gekriegt zu haben. Seine rechte Seite könnte von einer Krücke gestützt werden, deren gepolstertes Ende er sich unter die rechte Achsel geschoben haben müßte. Tomm könnte neben der Tischplatte stehen und Posaune blasen. An Tomm fiele ein dunkelblaues Schultertuch mit Kapuze auf und ein durchsichtiger Schleier, den er unter dem Schultertuch trüge und der bis unter die Knie reichte. Auf der rechten Seite des Schultertuchs sähe Schott eine goldene oder gelbe Brosche. Ja, vielleicht Brosche. Tomm hätte rote, knöchelhohe Schuhe an. Motts linkes Bein steckte bis zum Knie in einem urnenförmigen Krug; an Motts rechtem Bein sähe Schott einen roten Strumpf, der unterhalb des Knies mit einer gelben oder goldenen Bandschleife vielleicht sogar geschmückt wäre, der aber unterhalb des Knöchels den nackten Fuß freiließe. Lisch hielte in der rechten Hand, die mit einem eisernen Handschuh geschützt wäre, einen schlangenförmigen doppelschneidigen Dolch, aber vergebens. Ein weißbärtiger Biber hätte ihm längst ein langes Messer in die Kehle gestoßen. Die blutende Schnittwunde am linken Oberschenkel müßte Lisch sich mit dem Schlangendolch rechtzeitig selbst beigebracht haben. Mott grinste blöde und rotzig, und Schott sähe erstmals, daß Mott, wie ein Knabe, einen jämmerlich kurzen Schwanz hängen läßt. Tomm stünde heischend spreizbeinig da. In die Posaune hätte er ein Horn gesteckt, aus dem Rauch quölle. Jedermann wüßte, daß Posaune und Horn der gleichen Gattung angehören. An die Rundung des Horns hätte jemand, Tomm oder wer, eine Wurst gebunden, die vor Tomms Nase baumelte.

Der Tisch wäre nur zur guten Hälfte von einem Tischtuch oder Laken bedeckt, dessen Enden bis auf den Fußboden reichten. Auf dem Tischtuch sowie beziehungsweise und auf der unbedeckten Tischhälfte lägen Blumen. Auf dem Tischtuch läge ein doppelter Wecken und stünde ein Krug. In dem Krug steckte ein Schweinsfuß.

'ne reizende Symbolik das Ganze, sagt der Verfasser. Aber halt. Es kommt noch dicker.

Über den Tischrand, an der Seite des Tischtuchs, glotzte teuflisch eine Katze. Und unter dem Tischtuch steckte eine Natter, die ihren Kopf hervorstreckte, das Maul aufrisse und Tomm keifig belauerte. Na schön. Übrigens, der Biber hockte halb hinter der rechten, bis auf den Fußboden reichenden Bahn des Tischtuchs, und unter dem Tisch säße auch ein langschwänziger schwarzer Panther, der zusähe, wie Lisch mit dem Dolch in der Kehle zurechtkommt.

Was noch? Ach so. Wo wäre Liu.

Statt der Palmen, die Tomm mitgebracht hat, erhöbe sich vor der Zimmerwand eine Weide.

Aha, sagt der Verfasser, wieder so 'n Sinnbild.

Die Weide stünde in einem Tümpel oder an dessen Ufer. Egal. Der Weidenstamm wäre von der Wurzel bis zur Höhe gespalten. Das rote Tuch, das von den Ästen der Weide herabhinge, würde von einem Frosch linkshändig zur Seite gezogen, so daß in dem Baumspalt Liu zu sehen wäre. Sie stünde bis zu den Knien im Tümpelwasser, oder beinahe bis zu den Knien. Sie wäre, wie bereits gesagt, nackt. Aber im Unterschied zu Liu besäße Liu sehr dünnes, zurückgekämmtes helles Haar. Mit der linken Hand berührte sie den Weidenstamm, mit der rechten Hand berührte sie ihren Schoß.

Der Frosch hätte einen steifen Schwanz und aber oberhalb des Schwanzes ein Loch.

Das ist jetzt aber ganz realistisch, sagt der Verfasser.

Der Frosch hielte in seiner rechten Hinterpatsche einen seidenen Flor, dessen anderes Teil bis zu Lius Schoß reichte und weiter. Der Frosch zöge den Flor bis zu seinem Schwanz, Liu preßte den Flor gegen ihre Scham. Das Ende des Teils, das bis zu Liu reicht, hinge in das Wasser des Tümpels.

Rechts von dem Frosch, aber etwas hinter ihm, sähe Schott Frau Semper stehen. Der Frosch hielte ihr in seiner rechten Vorderpatsche eine kleine Schale entgegen, die Frau Semper mit Wein, wahrscheinlich Wein, füllte. Der Krug in Frau Sempers Hand sähe dem Krug auf dem Tisch ziemlich ähnlich, abgesehen von der Farbe.

Schott könnte glatt sagen, Ich erschrecke, wenn ichs ansehe, oder, Verdammt noch mal, ich krieg 'n Schreck, wenn ich so was seh. Vielleicht meinte er damit noch etwas anderes.

Denn, und nämlich: In einiger Entfernung, links hinten, brennte es. Es brennte ein ganzer Gebäudekomplex. Die Flammen schlügen lichterloh aus den Dächern, aber daß es innerhalb der Gebäude auch brennte, sähe Schott an dem Feuerschein hinter den Fensteröffnungen. Vor den brennenden Gebäuden stünde eine Menge Soldaten, die aber keinen Finger rührten, das Feuer zu löschen. So daß Schott denken könnte, die Soldaten sähen das Feuer gar nicht, oder, logisch, es gäbe überhaupt kein Feuer.

Jedenfalls, Schott macht sich Sorgen um Liu. Sie wäre doch nackt, das Feuer nicht weit. Angenommen, es griffe auf die

Bäume der Nachbarschaft über. Angenommen, es griffe auf die morsche Weide über. Das rote Tuch und der seidene Flor entflammten. Das Tümpelwasser hülfe Liu nicht. Schön, um den Frosch wäre es bei Gott nicht schade. Aber um Frau Semper doch. Und auch um den Vogel, der auf einem Ast der Weide säße.

Schott beeilt sich.

Die Frau, die in der Wohnung unter der Wohnung von Schott wohnt, öffnet die Wohnungstür, als Schott vorbeigeht.

Herr Schott!

Schott bleibt stehen. Frau Semper!

Ich mache mir Sorgen, Herr Schott. In Ihrer Wohnung war eine so laute Musik. In Ihrer Wohnung war so ein Gestampfe. Ich dachte, mir fällt die Decke auf den Kopf. In Ihrer Wohnung bläst jemand Posaune. Ich dachte, das sind Sie. Bloß, Sie haben doch bis jetzt noch nie Posaune geblasen. Aber das Schlimmste ist: es riecht nach Rauch, und da, sehn Sie mal, tropft Wasser von der Decke. Ich mußte denken, Sie löschen Feuer.

Schott beeilt sich.

Er öffnet die Wohnungstür, Rauch schlägt ihm entgegen. Er läuft ins Schlafzimmer, an der Wand brennt ein ganzer Gebäudekomplex. Das Feuer hat auf die Bäume der Nachbarschaft übergegriffen. Das Feuer hat auf eine morsche, gespaltene Weide übergegriffen. Ein rotes Tuch, das von den Ästen der Weide herabhängt, hat Feuer gefangen. Liu, die in der Weide bis zu den Knien in einem Tümpel steht, preßt einen Seidenflor gegen ihren nackten Leib und ruft, Du bist mein Mörder!

Ich doch nicht!, ruft Schott. Ich habe dich nicht in die Weide gestellt. Ich habe das Feuer nicht angezündet.

Er läuft in die Küche, greift sich einen Topf, läuft zu dem Tümpel, schöpft Wasser und gießt es über die brennende

Weide. Er schöpft Wasser und gießt es über die brennenden Bäume der Nachbarschaft. Er schöpft Wasser und gießt es über die brennenden Gebäude. Der Tümpel ist leer, das Feuer ist gelöscht.

Schott nimmt Liu, die den seidenen Flor losgelassen hat, bei der Hand und führt sie behutsam zu seinem ihrem Bett. Er deckt Liu, die schwitzt und friert, bis unters Kinn zu.

Jetzt zittert Liu.

Jetzt schließt Liu die Augen.

Jetzt schlägt Liu die Augen auf.

Jetzt redet Liu: Jetzt nehme ich mir das Leben.

Aber nicht doch, sagt Schott.

Du bewegst dich nicht, sagt Liu. Während ich die Ländergrenzen überfliege, überschreitest du die Schwelle eines Zimmers. Während ich Ozeane überquere, überquerst du die Straße. Ich überlege, was ich für dich tun könnte. Das Beste, was ich für dich tun könnte, wäre, nichts für dich zu tun.

Aber Liu, sagt Schott.

Siehst du nicht, was auf uns zukriecht?, sagt Liu. Sieh dich doch um! Sie wollen mich an Händen und Füßen fesseln. Sie wollen mir das Haar abschneiden. Sie wollen in mein Gesicht schlagen. Steh nicht rum. Tu was!

Schott lädt seine Pistole, steckt eine Schachtel mit Patronen und einen Schalldämpfer in die Tasche und geht. Er geht in den Park. Er sucht sich ein dichtes Gebüsch aus, biegt Zweige auseinander und tritt in die Gebüschmitte. Die Zweige schlagen hinter ihm zusammen, Schott ist unsichtbar. Schott schraubt den Schalldämpfer auf den Pistolenlauf und sieht durch die Zweige und Blätter auf die Wiese.

Von links, vom Teich, kommt ein keuchender Läufer. Neben dem Läufer läuft ein mittelgroßes hechelndes Tier. Schott bedauert, daß das Tier nicht vor oder hinter dem Läufer läuft. Aber der Läufer hält inne, das Tier läuft voraus.

Schott zielt auf den Kopf des Tieres und drückt ab. Das Tier bricht zusammen. Der Läufer läuft zu dem Tier, beugt sich über es, richtet sich auf, hebt die Hände und sieht sich um.

Links von Schott ist ein zweites Gebüsch, rechts von Schott ist ein drittes Gebüsch, gegenüber von Schott ist ein viertes Gebüsch.

Von rechts, vom Denkmal, kommt ein dicklicher Alter. Neben dem Alten trippelt ein kleines schnüffelndes Tier. Schott bedauert, daß das Tier nicht hinter oder vor dem Alten trippelt. Aber der Alte zündet sich eine Zigarre an, das Tier trippelt voraus.

Schott zielt auf den Leib des Tieres und drückt ab. Das Tier bricht zusammen. Der Alte läuft zu dem Tier, beugt sich über es, nimmt die Zigarre aus dem Mund und sieht sich um.

Der Alte sieht zu dem Läufer hin, der Läufer sieht zu dem Alten hin. Der Läufer geht auf den Alten zu, der Alte geht auf den Läufer zu.

Von gegenüber, vom Gebüsch, kommt eine dürre Alte. Neben der Alten trippelt ein großes triefendes Tier. Schott freut sich, daß das Tier genau in die Schußlinie trottet.

Schott zielt auf die Brust des Tieres und drückt ab. Das Tier bricht zusammen. Die Alte sieht auf das Tier, beugt sich über es, faßt sich mit der Linken an die Stirn und sieht sich um.

Die Alte sieht zu dem Läufer hin, der auf den Alten zugeht, die Alte sieht zu dem Alten hin, der auf den Läufer zugeht. Die Alte geht auf den Läufer und den Alten zu, die zusammentreffen.

Der Läufer und der Alte sehen zu der Alten hin, die auf sie zukommt. Die Alte trifft auf den Alten und den Läufer, zeigt auf ihr Tier und sagt etwas. Der Läufer sagt etwas und zeigt auf sein Tier. Der Alte zeigt auf sein Tier und sagt etwas.

Der Läufer, der Alte und die Alte sehen zu dem Gebüsch links von Schott, zu dem Gebüsch rechts von Schott, zu dem

Gebüsch gegenüber von Schott und zu dem Gebüsch von Schott.

Der Läufer, der Alte und die Alte stehen da. Das mittelgroße Tier, das kleine Tier und das große Tier liegen da.

Von links, vom Teich, oder von rechts, vom Denkmal, oder von gegenüber, vom Gebüsch, Schott ist es allmählich egal, von wo, kommt ein größeres schwarzes Tier und läuft zu dem großen liegenden Tier. Das größere schwarze Tier schnuppert an dem großen liegenden Tier und läuft zu dem kleinen liegenden Tier. Das größere schwarze Tier schnuppert an dem kleinen liegenden Tier und läuft zu dem mittelgroßen liegenden Tier. Das größere schwarze Tier schnuppert an dem mittelgroßen liegenden Tier und läuft auf Schott zu.

Schott zielt auf die Schnauze des Tieres und drückt ab. Das Tier bricht zusammen.

Der Läufer, der Alte und die Alte laufen zu dem Tier und beugen sich über es. Der Läufer hebt die Hände, der Alte steckt die Zigarre in den Mund, die Alte faßt sich an die Stirn.

Der Läufer, der Alte und die Alte sehen zu dem Gebüsch von Schott, zu dem Gebüsch gegenüber von Schott, zu dem Gebüsch rechts von Schott und zu dem Gebüsch links von Schott.

Der Läufer, der Alte und die Alte stehen da. Das mittelgroße Tier, das kleine Tier, das große Tier und das größere Tier liegen da.

Schott hört, daß der Läufer etwas sagt, daß der Alte etwas sagt und daß die Alte etwas sagt.

Schott sagt, Hoffentlich läuft keiner auf mich zu. Er zielt, drückt aber nicht ab.

Der Läufer geht zu dem mittelgroßen Tier, der Alte geht zu dem kleinen Tier, die Alte geht zu dem großen Tier.

Von gegenüber, vom Gebüsch, kommt ein Herr und ruft etwas. Wahrscheinlich ruft er einen Namen. Wahrscheinlich ruft er den Namen des größeren Tiers. Der Läufer, der Alte und die Alte sehen zu dem Herrn hin. Der Läufer zeigt auf das mittelgroße Tier, der Alte zeigt auf das kleine Tier, die Alte zeigt auf das große Tier. Sodann zeigen alle drei auf das größere Tier.

Der Herr läuft an dem Läufer, dem Alten und der Alten vorbei zu dem größeren Tier, beugt sich über es, faßt sich mit der Rechten ans Ohr und sieht zu dem Läufer, dem Alten und der Alten hin.

Schott schraubt den Schalldämpfer vom Pistolenlauf, biegt auf der anderen Seite des Gebüschs Zweige auseinander und tritt aus der Gebüschmitte. Die Zweige schlagen hinter ihm zusammen, Schott ist für den Läufer, den Alten, die Alte und den Herrn unsichtbar. Schott steckt die Pistole und den Schalldämpfer in die Tasche und geht in den Park.

Schott fragt sich, Wo ist eigentlich Schill, dieses Schwein. Der soll mir noch mal sagen, Der Krieg geht weiter. Der soll zu Lisch noch mal sagen, Und deine Frau kriegt auch von mir, was sie braucht. Der soll noch mal sagen, Am Ende des letzten Krieges. Dem wäre es besser gewesen, die Tiefflieger hätten ihn erwischt. Der soll mir noch mal schreiben: Ich habe jeden Tag einen Erfolg. Der soll mir noch mal schreiben: Liu ist nicht da, wo Du bist. Der soll mir noch mal schreiben: Du arbeitest an Deiner Erfindung umsonst. Wie bei dem die Namen passen, wüßte ich. Brütet was aus. Angeblich mit Lisch, hat Mott gesagt. Läßt Lisch die Tischplatte halten. Ich muß mit Lisch reden. Lisch soll sich da raushalten. Lisch soll nicht die Drecksarbeit für den machen. Dieser Idiot; seine Frau kriegt von Schill, was sie braucht, und er macht den Lakai für den. Ich weiß, was Schill ausbrütet. Er will der Größte sein. Er will an den Drücker. Er will uns alle unterbuttern. Wir sollen nach seiner Pfeife tanzen. Am liebsten hätte der doch eine Uniform an. Am liebsten hätte der doch 'ne Trillerpfeife im Maul. Wir sollen vor dem auf die Knie. Wir sollen auf sein Kommando durch die Scheiße robben. Der will brüllen, Schott, nehmen Sie Haltung an! Mott, machen Sie Meldung! Lisch, zu mir! Der will im Offizierskasino sitzen. Der will Zoten reißen. Der will Liu in den Dreck ziehen. Ich muß Schill umlegen, solange es noch Zeit ist.

Schill, wo bist du! Komm raus! Zeig deine Fresse! Du Schwein, du schwarzes. Ich kenn dich. Du willst nach oben. Und wenn du am Drücker bist, kennst du keinen mehr. Du läßt niemanden hochkommen. Du willst für immer oben sitzen. Wer dir nicht paßt, geht baden. Dir ist jedes Mittel recht. Von dir aus können wir krepieren. Wer nicht pariert, den machst du alle. Wer anders aussieht als du, der kann sich auf was gefaßt machen. Zeig deine Anführerschnauze. Ich will sie durchlöchern.

Schill steckt den Kopf aus dem Fenster, Schill ruft, Schott, halt den Mund! Du machst die Leute verrückt.

Schott ruft, So was wie du muß weg. Wenn wir dich hochkommen lassen, sind wir selber schuld.

Schott nimmt die Pistole aus der Tasche.

Schill ruft, Steck das Ding weg!

Schott ruft, Der Krieg geht gegen dich weiter. Du kriegst von mir, was du brauchst. Dann ist der vorletzte Krieg zu Ende. Die Tiefflieger haben dich nicht erwischt, aber ich erwisch dich. Du hast heute einen Mißerfolg. Liu ist bei mir. Meine Erfindung ist komplett. Ich knall dich ab. Du schiebst Liu nicht in den Ofen. Dir fällt die Trillerpfeife aus dem Maul. Dir fault die Uniform vom Arsch.

Schott zielt auf das Gesicht von Schill und drückt ab.

Aber Schill ist weg.

Vor dem Haus, in dem Schott wohnt, trifft Schott auf den Läufer aus dem Park. Es ist der Mann, der mit seiner kleinen Familie die Wohnung über der Wohnung von Schott bewohnt. Jetzt hat er kein mittelgroßes, hochläufiges Tier mehr, sagt Schott. Jetzt schrecke ich nicht mehr von tierischem Geheul aus meinem Schlaf auf. Jetzt folgt kein Gebell mehr. Jetzt folgt kein Gejaule mehr. Jetzt folgt kein Gebelfer mehr. Jetzt folgt kein Gekratz mehr. Jetzt hatte das Tier eine andere Wahl.

Jetzt braucht Schott nicht mehr jeder Person abgeneigt zu sein, die die Haustreppe hinuntergeht oder hinaufgeht oder hinuntergeht und hinaufgeht oder hinaufgeht und hinuntergeht, also auch nicht dem Briefträger. Jetzt brauchen im Hausflur, parterre, keine Hausbriefkästen befestigt zu werden.

Jetzt kann auf eine Leserdiskussion oder auf einen Leserbrief verzichtet werden. Oder auf eine Leserinnendiskussion oder auf mindestens einen Leserinnenbrief. Oder auf eine Leser- und Leserinnendiskussion oder auf mindestens zwei Leserbriefe, einen Leser- und einen Leserinnenbrief.

Schott beachtet den Läufer gar nicht. Der Läufer beachtet Schott gar nicht. Der Läufer betritt vor Schott das Haus und läuft vor Schott die Treppe hinauf. Jetzt schlägt der Läufer die Wohnungstür krachend hinter sich zu.

Schott nimmt die Pistole, den Schalldämpfer und die Schachtel Patronen aus der Tasche und legt sie vor das Foto von Liu, das auf Schotts Schreibtisch steht.

Schott weiß schon, daß Liu weit weg ist. Entweder sie sitzt am Steuerknüppel eines Jagdflugzeuges und macht Jagd auf Schill. Schill wirft sich in den Straßengraben und richtet seine Maschinenpistole auf Lius Jagdflugzeug, das im Tiefflug über Schills Kolonne hinwegrast. Aber Schills Maschinenpistole richtet gegen Lius Jagdflugzeug nichts aus. Die Geschosse aus Lius Bordkanone schlagen in den Abhang zwischen Straße und Straßengraben. Schill wird leider nicht getroffen. Schill schüttelt die Faust, ein lächerlicher Ausdruck, und brüllt, Dich krieg ich noch! Liu fliegt in engem Bogen zurück, Schill duckt sich wieder. Zeit, seine Maschinenpistole auf Lius

Jagdflugzeug zu richten, bleibt ihm nicht. Wieder kommt er heil davon. Liu sagt, Ich kriege euch noch!

Oder sie sitzt im Cockpit eines Passagierflugzeuges und bringt Leute über den dunklen Ozean. Lius Passagierflugzeug fliegt so hoch, daß Schott es auch nicht sehen könnte, wenn er genau unter dem Flugzeug auf dem Rücken auf dem Ozean schwämme. Lius Passagierflugzeug fliegt so hoch, daß Schott es nicht einmal hören könnte. Aber er weiß, wie Liu aussieht. Sie hat ihre Pilotinnenjacke ausgezogen. Man sieht, daß sie eine weiße Bluse trägt. Sie hat Kopfhörer auf dem Kopf und ein Mikrofon vor dem Mund. Sie sitzt ruhig da und tut ihre Arbeit. Vielleicht, denkt Schott, denkt sie an mich. Jedenfalls, denkt Schott, denke ich an sie. Vielleicht, denkt Schott, denkt sie, daß ich an sie denke. Sie ist unerreichbar weit weg, denkt Schott, hoch über dem Ozean, oder über einem anderen Ozean. Sie denkt an ihre Passagiere, an alte, junge, an Kinder und an mich. Sie umrundet sogar die Erde, innerhalb einer gewissen Zeit. Es ist ihre Arbeit. Obwohl sie die Erde nicht sehen kann, sieht sie nicht nur die Instrumente im Cockpit, nicht nur die Wolken, nicht nur den Himmel, sondern auch die Erde. Liu stellt sich manchmal sogar vor, im Passagierraum säße Schott, denkt Schott. Sie tut ihre Arbeit angesichts dieser Vorstellung nicht sorgfältiger als sonst, aber höchst sorgfältig. Eben wie immer. Manchmal spräche Liu zu den Passagieren. Sie sagte, das Flugzeug befinde sich gerade über dem Nordpol oder über dem Äquator, sie sagte, das Flugzeug fliege in einer Höhe von soundsoviel tausend Kilometern, sie sagte, das Wetter sei ruhig, und, denkt Schott, sie sagte einen kleinen Satz, den niemand verstünde, aber er, Schott, verstünde ihn, weil Liu den Satz nur für ihn sagte. Schott denkt, Ich bin zuversichtlich, daß Liu wohlbehalten zurückkehrt. Aber ob sie je zurückkehrt, weiß Schott nicht. Er betrachtet Liu in ihrer Pilotinnenuniform auf dem Foto auf seinem Schreibtisch. Die Farbe der Uniform kann Schott nicht erkennen, es ist ein Schwarzweißfoto. Er denkt sich die Uniform dunkelblau oder erdbraun. Lius Haar ist entweder unter der Pilotinnenmütze versteckt oder Lius Haar ist kurzgeschnitten. Lius Gesicht sieht jung aus. Entweder sieht Liu in der Pilotinnenuniform jünger aus oder das Foto ist alt.

Schott wünscht sich, er besäße ein Funkgerät, das ihn mit Liu verbände. Er säße vor Lius Bild, er spräche mit Liu, und Liu, irgendwo über der Erde, über dem Äquator oder über dem Nordpol, hoch am Himmel, unsichtbar, spräche mit ihm.

Es tut mir leid, sagte Liu.

Aber Liu, sagte Schott.

Ich kann dir nicht helfen, sagte Liu.

Helfen, sagte Schott.

Ich bin weit von dir entfernt, sagte Liu.

Das weiß ich, sagte Schott.

Zwischen uns liegt eine Menge Zeit, sagte Liu.

Ich weiß das, sagte Schott.

Ich bin ein Nichts, sagte Liu.

Nein, sagte Schott.

Warum suchst du nach mir, sagte Liu.

Ich kenne dich, sagte Schott.

Nein, sagte Liu.

Ich könnte dir helfen, sagte Schott.

Helfen, sagte Liu.

Ich könnte dich verteidigen, sagte Schott.

Es ist nett von dir, daß du auf die Tiere geschossen hast, sagte Liu.

Ich mußte es tun, sagte Schott.

Aber was hilft es, sagte Liu. Es gibt viele.

Ich werde nicht aufhören damit, sagte Schott.

Es ist schön von dir, daß du auf Schill schießen wolltest, sagte Liu.

Ich muß es tun, sagte Schott.

Aber was hilft es, sagte Liu. Er ist nicht der einzige.

Ich treffe sie alle, sagte Schott.

Nein, sagte Liu. Triffst du einen, dann kommt sein Sohn.

Treffe ich einen, so ist es einer weniger, sagte Schott.

Sie sind überall, sagte Liu. Wer sich mit ihnen anlegt, den stoßen sie ins Feuer.

Hör auf, sagte Schott.

Ich bin schon verloren, sagte Liu.

Nein, sagte Schott.

Knochenasche besteht hauptsächlich aus Kalzium und ist darum ein wertvolles Düngemittel, sagte Liu.

Das darfst du nicht sagen, sagte Schott.

Du bist nicht, wo ich bin, sagte Liu.

Ich finde dich, sagte Schott.

Nein, sagte Liu.

Ich versuchs, sagte Schott.

Du bist umringt, sagte Liu.

Ich schieße mir den Weg frei, sagte Schott.

Du wirst nichts finden, sagte Liu.

Ich probiers, sagte Schott.

Sie werden dich erledigen, sagte Liu.

Nein, sagte Schott.

Du kannst mich nicht verteidigen, sagte Liu.

Doch, sagte Schott.

Du kannst mir nicht helfen, sagte Liu.

Ich folge dir, sagte Schott.

Tu es nicht, sagte Liu. Wo ich bin, sollst du nicht sein.

Ich höre dich, sagte Schott.

Dann hörst du mich schreien, sagte Liu.

Du sprichst mit mir, sagte Schott.

Nein, sagte Liu.

Aber, sagte Schott.

Es ist heiß, sagte Liu. Mein Haar ist ganz erhellt. Ich bin allein.

Aber, sagte Schott.

Ich bin unsichtbar, sagte Liu. Niemand hört mich. Ich bin zerfallen. Jeder Wind trägt mich in die Luft.

Du fliegst, sagte Schott.

Ich fliege, sagte Liu. Jedes Wasser spült mich in die Erde.

Jetzt einige Sätze des Verfassers, damit auch er einmal zu Wort kommt.

Der Verfasser hat es unvermittelt eilig. Die Eile rührt von der Vorstellung her, es könnte plötzlich aus mit ihm sein, und vieles bliebe ungesagt. Er meint: ungeschrieben. Das kennt ein Leser oder eine Leserin: Paralysis agitans. Störungen des Gefühlslebens und Antriebs sowie eine katastrophale Verminderung der intellektuellen Leistungsfähigkeit. Muskelsteifigkeit und Muskelzittern. Die präsenile Demenz, die von Fachleuten, wenn sie deutsch reden, unschön Altersverblödung genannt wird, ist nicht besser. Es hilft wenig, statt dessen das melodiöse Wortgebilde Alzheimer-Krankheit mit der klangmalerischen Doppelfolge von a und ei zu benutzen, zumal die Altersverblödung unaufhaltsam fortschreitet.

Womöglich wünscht ein Leser oder eine Leserin an dieser Stelle eine Unterbrechung, um zu seufzen, oder um aus dem Fenster zu sehen, weil vor dem Fenster ein grüner Baum steht, oder um sich selber krank zu sehen und seinerseits oder ihrerseits einen Grund für Beeilung zu finden. Die nächste Beschäftigung könnte die weitere Lektüre sein. Im folgenden Absatz fände sich die Befürchtung des Verfassers,

einem Hirnschlag zu unterliegen. Der Verfasser legt es in die Hand eines Lesers oder einer Leserin, sich für einen rechtshändigen Verfasser eine rechtsseitige Lähmung im Bereich des Arms und des Gesichts, verbunden mit einer Unfähigkeit, zu sprechen oder Gesprochenes zu verstehen, bildlich vorzustellen. Es wäre für einen Leser oder eine Leserin angemessen, Kopf und Augen von dieser Erscheinung abzuwenden wie ein Hirnschlagpatient. Aber nach einiger Zeit wendet der Patient Kopf und Augen dem Krankheitsherd zu.

Unter mehreren hinderlichen Krankheiten nennt der Verfasser, gleichbleibend ungern, den Lungenkrebs. Ein beschönigendes! Wort, das zu der Annahme verleiten könnte, es klettere im Brustkorb gemächlich ein Krustentier auf und ab, um mittels seiner Scheren hier und da ein wenig Lungengewebe abzuschnippeln. Bronchialkarzinom klingt infolge poetischer Spiegelung der Vokale o i a, die sich ihrerseits in dem Hilferuf Hosianna finden, nicht weniger anheimelnd. Hat sich der Leser oder die Leserin aber klargemacht, daß Tochtergeschwülste in nahegelegenen Lymphknoten, in Leber, Hirn, Nieren, Knochen und Wirbelsäule entstehen, ferner, daß der Tod durch inneres Verbluten, Ersticken und allgemeine Auszehrung eintritt, dann kann dem Verfasser ein bißchen Eile ruhig zugestanden werden.

Nur vier unter mehreren Befällen, deren Vorstellung Tempo gebietet. Genannt ohne Hintergedanken, etwa aus Vergnügen am Wort, sondern ernsthaft, besorgt. Und zwar über die unfertige Niederschrift gebeugt. Das heißt, auf die Fragmente gebückt, verengt der Abschied das Herz.

Hätte Schott das Wort, könnte er, es kann ruhig einmal das Wort sinnend benutzt werden, sinnend sagen, Aha, am Sommertag des Lebens verstummt das Saitenspiel, wenngleich das alliterierende s etwas störte.

Es ist aber im Moment vom Verfasser die Rede. Schott hat keine Verfasser-Ängste. Er hat ja gerade, oder kürzlich, die Unsinnigkeit der Angst abgehandelt.

Kein Leser oder keine Leserin wird es verübeln, daß der Verfasser in seiner gegenwärtigen Gefühls-Lage den Ausruf tut, Noch einmal tön, o Harfe, den er, der Peinlichkeit gewiß, in solcher Lage gelegentlich tut, allerdings leise, und ohne Zuhörer.

Der Verfasser, so sagt er, fragt sich, welcher Ausgang

naheliegt. Unbekümmerte Mißachtung aller Gefahr? Die Sätze weiterhin lang, das Tempo largo? Oder, von Angst gehetzt, Sätze kurz, prestissimo?

Der Verfasser, in der Vorliebe für den zweiten Satz, könnte durch irgend etwas dazu gebracht werden, bei mittellangen Sätzen, adagio, zu landen.

Aber wodurch? Das ist noch immer ein Satz des Verfassers. Er behauptet, er sei gezwungen, die Antwort schuldig zu bleiben. Was sollte es sonst noch, mit der Niederschrift fortzufahren? So er.

Wenn der Verfasser schon selber zu Wort kommt, noch etwas (oder ist das vielleicht schon zuviel?): Tochtergeschwulst. Die Geschwulst bringt eine Geschwulst hervor. Kennen Sie das? Jemand fragt, Wovon ist eigentlich die Rede? Als ob ausgerechnet ich das wüßte! Ich mache mir keine Gedanken über den Inhalt. Jemand wird antworten, Haha, das sagen alle! Ich sage: Meinetwegen, antworten Sie das. Es hilft nicht weiter. Ich weiß trotzdem nicht, wovon die Rede ist. Selbst ein Elefant weiß erst, wohin er wollte, wenn er angekommen ist. Und ich glaube gar nicht, daß ich ankommen werde. Ich liefere bloß eine Beschreibung. Machen Sie damit, was Sie wollen. Das geht mich nichts an. Es wird sich schon jemand finden, der eine Beschreibung der Beschreibung liefert. Das dazu, sagt der Verfasser. Ich sage nichts mehr. Hören Sie doch nicht zu. Gehen sie doch raus. Werfen Sie das Buch doch weg. Oder schenken Sie es Ihrer Tochter. Oder verkaufen Sie es an eine Wohlfahrts-Organisation. Oder verbrennen Sie es. Das geht schon. Übergießen Sie es mit Benzin und zünden Sie es an. Oder werfen Sie es in den Ofen. Oder Sie legen es ins Scheißhaus, blättern beim Scheißen darin, reißen nach dem Scheißen ein, zwei Seiten heraus und wischen sich mit diesem Textabschnitt den Arsch ab. Das Papier ist heutzutage saug- und wischfähig genug. Aber fragen Sie nicht mich. Stellen Sie sich vor, daß ich vor längerer

Zeit gestorben bin. Ich kann Ihnen nicht antworten. Sie müssen selber sehen, wie Sie weiterkommen. Eines Tages wird es sowieso keine Verfasser mehr geben. Und keine Bücher. Das wäre schön, wenn es schon soweit wäre. Aber noch leben Sie in der Bücher-Zeit. Da kommen Sie um diese Dinger nicht immer herum. Solange heißt es eben: Rein und durch. Oder wie gesagt. Ach, Sie lesen gerne Bücher? Na, um so besser. Ich werde auf der Stelle freundlich. Ich sage, Sehen Sie mal. Versuchen Sie es. Weiter im Text. Irgendwann kommt ein Satz, der Ihnen zusagt. Entweder weil er vieldeutig ist, und Sie können sich Gedanken machen. Oder weil er eindeutig ist. Bei mir finden Sie beides. Für jeden etwas. Oder für jede Lage. Und fühlen sie sich bitte oder bloß nicht brusquiert. Ich fühle mich auch nicht. Wie würden Sie sich vorkommen, wenn jemand zu Ihnen sagte, Ich weiß nicht, was es bedeutet. Ich erkenne die Wirklichkeit nicht mehr. Ich vermisse eine Absicht. Das ist doch alles Un-Sinn, was Sie schreiben! Fühlen Sie keinen Auftrag? Einen politischen, religiösen, pädagogischen, ideologischen, moralischen, ethischen, schwedischen? Einen ästhetischen, kybernetischen, geheimen, verantwortungsvollen, weiteren, heiteren, historischen, militärischen, hysterischen, inneren Auftrag? Einen Dienst-, Dauer-, Lehr-, Produktions-, Partei-, Export-, Sonder-, Rüstungs-, Wählerauftrag? Wie würden Sie sich fühlen, wenn jemand Sie fragte, Wer soll das denn lesen. Wen oder was wollen Sie denn oder denn Sie erreichen. Das ist doch kein Spiel! Neulich, sagt der Verfasser, war ich in der Nationalgalerie. Ein Ehepaar steht vor einem Bild. Der Mann liest den Bildtitel: Der Kuß. Die Frau sagt, Der Kuß? Der Mann sagt, Ja. Die Frau sagt, Nein. Ich seh doch nur ein Bein.

Es reicht Ihnen jetzt? O. K. Nur eins noch, sagt der Verfasser. Seien Sie vorsichtig! Auf den ersten Blick sieht alles anders aus.

Schott hält es nicht lange in der Wohnung aus. Er geht auf die Straße. An der Hausecke steht Knoll der Ältere und redet Schott, Guten Tag, Herr Schott!, einfach an.

Herr Knoll.

Knoll hat nichts anderes bei sich.

Schott sagt, Gehen Sie mit in Jessies Bar?

Wo denken Sie hin, Herr Schott.

Ich denke an einen Sessel in einer Ecke. Ich denke an eine kleine Frau auf dem Schoß von Herrn Knoll. Ich denke an die Hand von Herrn Knoll auf dem Bauch einer kleinen Frau.

Sie müssen sich irren, Herr Schott. Ich verbitte mir das.

Vielleicht haben Sie mich nicht gesehen, Herr Knoll, aber vielleicht habe ich Sie gesehen.

Unmöglich, sagt Knoll.

Vielleicht haben Sie den Kopf gehoben, um einer kleinen Frau auf das Ohr zu sehen, und sahen in diesem Augenblick mich.

Das ist nicht wahr, sagt Knoll.

Vielleicht zogen Sie Ihre Hand von dem Bauch der Frau. Vielleicht drehten Sie Ihren Kopf zur Seite. Vielleicht hofften Sie, daß ich Sie nicht sehe.

Eine Unverschämtheit, sagt Knoll.

Vielleicht, sagt Schott. Wo war denn währenddessen Ihr kleinstes lebendiges Etwas?

Ich verbitte mir jede weitere Anzüglichkeit, sagt Knoll.

Haben Sie ihm eine kleine Frau gegeben? Und wenn ja, haben Sie ihn dann noch so, wie Sie ihn haben?

Sie sind ein Schmutzfink, Herr Schott.

Haben die Kleinen ein drittes Kleines bekommen?, sagt Schott.

Ein Unmensch, sagt Knoll.

Kommen sie nun mit, Herr Knoll?, sagt Schott.

Ich denke nicht daran, sagt Knoll.

Vielleicht sehe ich Sie dort, sagt Schott.

Spät, derart spät, daß Schott kaum glaubt, Jessies Bar sei noch geöffnet, kommt Schott vor Jessies Bar an. Die Bar ist nicht mehr geöffnet, aber Jessie läßt Schott noch ein.

Ist noch jemand auf der Bühne?, sagt Schott.

Nein, sagt Jessie, aber es kann noch jemand gehen.

Mach mal, sagt Schott.

Schott stellt sich an die Bar, bestellt bei Jessie einen Whisky und sieht zur Bühne.

Das Licht auf der Bühne geht an, die Musik auf der Bühne geht los, ein kleines dunkelhaariges Mädchen geht auf die Bühne. Sie trägt einen Büstenhalter und einen Slip. Sie sieht zu Schott hin und tanzt.

Schott trinkt einen Schluck Whisky und sieht zur Bühne.

Das Mädchen öffnet den Büstenhalter und wirft ihn zur Seite. Das Mädchen tanzt, das Mädchen geht auf den Fußboden, das Mädchen zieht den Slip aus, das Mädchen steht auf, das Mädchen tanzt.

Schott trinkt einen Schluck Whisky.

Das Mädchen hört auf, das Mädchen nimmt Büstenhalter und Slip vom Fußboden, das Licht auf der Bühne geht aus, die Musik auf der Bühne endet.

Schott nimmt das Whiskyglas und geht hinter die Bühne.

Schott sieht von weitem, daß das Mädchen, mit Büstenhalter und Slip bekleidet, auf einem Sofa sitzt. Schott setzt sich neben sie.

Schott hört von weitem, daß das Mädchen sagt, Sekt?

Ja.

Das Mädchen geht in die Bar, das Mädchen kommt zurück.

Jessie bringt einen Sektkübel und zwei Sektgläser. In dem Kübel steckt eine Flasche Sekt. Auf dem Rand des Kübels liegt eine Serviette.

Jessie sagt, Alsdann!, und geht.

Schott weiß schon, daß die Flasche Sekt sehr teuer ist.

Das Mädchen gießt Sekt in die Gläser.

Schott nimmt ein Glas, das Mädchen nimmt ein Glas.

Schott hört sich von weitem sagen, Wo kommst du her?

Schott hört das Mädchen von weitem sagen, Aus Rom.

Schott hört sich von weitem sagen, Wie alt bist du?

Schott hört das Mädchen von weitem sagen, Achtzehn.

Schott sieht, daß er den rechten Arm um die Schulter des Mädchens legt.

Das Mädchen stellt ihr Glas auf den Tisch, Schott stellt sein Glas auf den Tisch. Es muß es in der linken Hand gehabt haben.

Das Mädchen ist so schmal, daß Schotts rechte Hand leicht die rechte Brust des Mädchens umfaßt. Das sieht er auch von weitem.

Das Mädchen legt ihre linke Hand auf Schotts rechten Oberschenkel. Auch das ist gut zu sehen.

Schott glaubt, daß der Büstenhalter stört. Er schiebt den Büstenhalter mit der Linken über die Brüste. Der Büstenhalter sitzt jetzt unter dem Hals des Mädchens.

Von weitem betrachtet, sind die Brüste des Mädchens mittelgroß, fest, aufgerichtet.

Schott sieht aus der Ferne, daß er den Kopf über die rechte Brust des Mädchens beugt. Schott sieht aus der Nähe, daß er die Brustwarze zwischen die Lippen nimmt.

Schott spürt von weitem, daß das Mädchen ihre rechte Hand auf Schotts Kopf legt.

Schott hört entfernt, daß er an der Brustwarze saugt und die Brustwarze mit der Zunge bearbeitet.

Schott spürt annähernd, daß das Mädchen Schotts Kopf mit beiden Händen von ihrer rechten Brust abzieht. Schott sieht, daß er das Mädchen ansieht. Sie zeigt mit ihrer Rechten auf ihre linke Brust.

Schott sieht aus der Ferne, daß er den Kopf über die linke Brust des Mädchens beugt. Schott sieht nahe vor sich, daß er die Brustwarze zwischen die Lippen nimmt.

Schott spürt von weitem, daß das Mädchen wiederum ihre rechte Hand auf Schotts Kopf legt. Ihre linke Hand legt sie zwischen Schotts Beine, ungefähr in der Höhe seines Geschlechtsteils.

Schott fällt es ein, daß seine linke Hand die ganze Zeit auf dem linken Oberschenkel des Mädchens liegt. Schott legt seine linke Hand zwischen die Beine des Mädchens, ungefähr in der Höhe ihres Geschlechtsorgans.

Schott hört aus der Ferne, daß er an der Brustwarze des Mädchens saugt und die Brustwarze mit der Zunge bearbeitet.

Schott spürt von weitem, daß die linke Hand des Mädchens sein Geschlechtsteil zu fassen sucht.

Schott hat das entfernte Gefühl, daß sein Geschlechtsteil sich in der Enge der Hose nicht richtig aufrichten kann. Schott zweifelt nicht daran, daß das Mädchen die rechte Hand von Schotts Kopf nimmt, den Reißverschluß seiner Hose öffnet und, so sagt Schott, Schotts Schwanz herausnimmt.

Schott bemerkt, daß er die linke Brust des Mädchens seinläßt, den Kopf hebt, auf die geschlossenen Augen des Mädchens sieht und auf ihren halboffenen Mund einküßt.

Das Mädchen legt ihren linken Arm um Schotts Schulter.

Schott verfolgt, daß er seine linke Hand unter den Slip des Mädchens schiebt und den Mittelfinger in ihr, das ist Schotts Wort, Loch.

Mit Abstand hört Schott, daß jemand den Raum betritt und Nananana! sagt. Es ist Jessie, die Aber nicht hier! sagt.

Schott hört trotz der Entfernung bis zu dem Mädchen nicht, daß Jessie den Raum verläßt.

Das Mädchen dreht anscheinend den Kopf nach rechts. Schott hört sie sagen, Es tut mir leid.

Schotts linke Hand hält still, die rechte Hand des Mädchens hält still.

Schott sieht, daß er den Mund des Mädchens fahrenläßt. Er hebt den Kopf und sagt, Aber wieso.

Schott sagt, Das Mädchen sagt, Hier geht es nicht.

Schott sagt, Ich sage, Das weiß ich nicht.

Schott sagt, Das Mädchen sagt, Jessie.

Schott sagt, Ich sage, Na und.

Schott sagt, Das Mädchen sagt, Ich weiß nicht.

Schott sagt, Ich sehe aber, daß sich das Mädchen in die Ecke des Sofas lehnt. Sie legt das rechte Bein über die niedrige Sofalehne, streckt das linke Bein von dem niedrigen Sofa auf den Fußboden und zieht mit der Linken den Zwickel des Slips von ihrem Loch.

Schott sagt, Ich stehe auf, bücke mich, stütze das linke Knie auf den Fußboden, strecke das rechte Bein auf das Sofa, stütze mich mit beiden Händen auf dem Sofa ab und schiebe meinen Schwanz in das Loch.

Schott sagt, Das Mädchen umfaßt mit beiden Händen meinen Arsch und zieht mich noch näher. Ich bin sofort weit drin. Das Mädchen kann sich nicht ohne weiteres so bewegen, wie sie es will, aber ich kann es.

Schott sagt, Weil das Mädchen zur Tür sieht, dauert es bei mir wahrscheinlich kürzer, als ich es mir gedacht habe. Ich ziehe den Schwanz aus dem Loch, stehe auf, stecke den Schwanz in die Hose zurück und ziehe den Reißverschluß zu.

Schott sagt, Es wird mir klar, daß ich meine Hose zur Reinigung bringen muß.

Schott sagt, Das Mädchen steht auf, stellt sich breitbeinig hin, nimmt die Serviette vom Rand des Sektkübels und wischt sich das Loch ab. Sie legt die Serviette auf den Rand des Sektkübels.

Aus der Ferne sieht Schott, daß Jessie den Raum betritt. Sie sagt zu dem Mädchen, Du mußt noch mal auf die Bühne. Das Mädchen zieht ihren Slip zwischen den Beinen zurecht, zieht den Büstenhalter über die Brüste und geht.

Neulich, sagt der Verfasser, neulich geriet ich in einer kleinen Stadt auf einem mittelhohen kleinen Gebirgszug in eine bedrohliche Lage. Ein Leser und eine Leserin, die gut genährt und ordentlich gekleidet waren, sagten, als sie mich kommen sahen, fast gleichzeitig, Schweinerei! und wechselten die Straßenseite. Ich tat, als ginge ich unbeirrt weiter, aber es fiel mir auf, daß die Leute verzerrte Gesichter hatten.

In derselben Stadt, in derselben Stunde sollte ich bestimmt getröstet werden. Eine Leserin, von der ich es nicht geglaubt hätte, fragte mich unvermittelt, Schreiben Sie nichts Nettes?

Ausgehungert verläßt Schott die Bar. Er findet ein Restaurant, das trotz der späten oder frühen Stunde geöffnet ist, und sagt aus tiefer Abneigung gegen Fleisch, Aber bitte keine Weichteile von Tieren, insbesondere nicht von Warmblütern.

Von mir aus, sagt der Kellner.

Schott schlägt die Speisekarte auf, Schott schlägt die Speisekarte zu.

Der Kellner sagt, Also was?

Zuerst eine Hafergrützesuppe, sagt Schott. Sie soll Nullkommadrei Liter Magermilch, zwanzig Gramm Hafergrütze und fünfzehn Gramm Butter enthalten.

Sie sind hier nicht im Armenhaus, sagt der Kellner.

Indem der Mensch kein Vieh ist, nimmt er Speise maßvoll zu sich, sagt Schott. Also was ist?

Der Kellner sagt laut, Schieben Sie doch rein, was Sie wollen.

Die geringe räumliche Entfernung zwischen uns sollte es Ihnen ermöglichen, das Wort ohne besonderen Stimmaufwand an mich zu richten, sagt Schott.

Was noch?, sagt der Kellner.

Da heute Freitag ist, sagt Schott, wünsche ich als Hauptgericht Steckrüben und Kartoffeln.

Trinken?, sagt der Kellner.

Wasser, sagt Schott.

Temperenzler, sagt der Kellner.

Verbissene religiöse Bemerkungen sind bei Tisch tabu, sagt Schott. Und noch etwas, Herr Ober. Ich wünsche, die Gerichte in solchen Gefäßen serviert zu bekommen, wie sie bei Mahlzeiten in Passagierflugzeugen üblich sind.

So was haben wir nicht, sagt der Kellner.

Dann besorgen Sie es, sagt Schott.

Mal sehen, sagt der Kellner.

Der Verfasser sagt, Es fällt schließlich irgendwem auf, daß manche Sätze einfach mit *es* anfangen. Ob es ausdrücklich erwähnt werden muß? Immerhin: ein Leser oder eine Leserin braucht sich von der gleichbleibenden Schreibung des *es* nicht etwa in die Irre führen zu lassen. Es ist etwas anderes, ob es in Schotts Gegend dunkelt, ob es Schott graut, ob es Schott drängt, ob Schott Es darf geraucht werden! sagt, ob es sich in Schotts Gegend gut wohnt oder ob es in Schotts Arbeitszimmer dunkel ist. So weit kann es kommen.

Übrigens habe ich eine weitere, Eile gebietende Vorstellung vergessen. Die Vorstellung, daß allzu reichhaltige Mahlzeiten, Schlafmangel und der Durchzug von Wetterfronten gerne auslösende Ursachen für einen Koronarinfarkt darstellen. Von den begünstigenden Faktoren für die Entstehung der Koronarsklerose nenne ich nur den übermäßigen Genuß von tierischen Fetten; es ist der einzige Faktor, den ich ausschalten kann. Hingegen Nikotin, seelische Konflikte, Alkohol, Stoffwechselentgleisungen, Koffein, Bewegungsmangel und Bluthochdruck muß ich zu den unverzichtbaren Bedingungen meiner Schreib-Arbeit rechnen, weshalb ich mich bei dem Gedanken, es sei Arbeits-Eile geboten, zwangsläufig in einem Teufelskreis bewege. Diese Bewegungsrichtung bringt mich als einen untrainierten Erwachsenen manches Mal zu einer Anzahl von einhundertfünfzig Herzschlägen pro Minute. Als

Ideal schwebt mir die mittlere Herzfrequenz eines Murmeltiers im Winterschlaf oder die eines Aals vor. Andererseits beruhigt es mich, daß ich weit unter der Anzahl von Herzschlägen bleibe, die ein Kolibri oder ein Stieglitz oder ein Sperling oder eine Hausmaus schafft.

Um Liu näher zu sein, könnte Schott aber auch auf einen Turm steigen. Als Begleiter hätte er am liebsten Tomms Schwester Lotti, Tomms Brüder Timm und Hotti, Motts Brüder Ole und Leo, Schotts Schwestern Ille und Elli, Schotts Bruder Ulle sowie Herrn Wölflin bei sich. Sie wären insgesamt immerhin zu zehnt.

Schott nähme bedenkenlos die Rechtfertigung des Verfassers gegen schwer zu vergnügende Kunstrichter auf sich. Man könnte es sehen. Daß es kein Zweck ist, wechselnde Schattenbilder an die Wand zu werfen und das Auge des Lesers oder der Leserin durch rasende Kontraste zu bestürmen.

Alle zehn sängen beim Aufstieg lustige Lieder. Auf der obersten Plattform, hart am Rand der niedrigen Balustrade, stünden die Freunde bewegt beisammen. Schott riefe, Seht auf diese breite Erde, schaut in jenen weiten Himmel! Es wäre nicht schlecht, eine Zigarette zu rauchen! Jeder und jede wäre versucht, einen Blick hinauf- und hinunterzuwerfen, an dem Balustradenrand ginge es eng her. Schott hielte sich dreißig Zentimeter zurück, drängte plötzlich auch nach vorn und versetzte Herrn Wölflin aus Versehen einen harten Rückenstoß. Verlange höher nicht hinauf!, murmelte Schott noch. Herr Wölflin rauschte mit ausgebreiteten Armen in die große Tiefe, und Lotti schriee, Ach du unbarmherziges Verhängnis! Soll ich mich an solchem Blick vergnügen? Ille sagte betreten, Da liegt der prächtige, mächtige Mann. Schott aber hätte das letzte Wort: Soviel ist menschlichem Auge zu besichtigen erlaubt. Aber zu Elli, Ille und Lotti gewandt, zündete Schott sich eine Zigarette an und sagte, Schön ist, was mir bloß gefällt. Was mich vergnügt, ist angenehm. Schott faßte ferner Tomms Brüder Timm und Hotti, Motts Brüder Ole und Leo sowie Schotts Bruder Ulle ins Auge und käme einschließlich seiner selbst auf neun.

Um Liu näher zu sein, könnte Schott aber auch in ein Bergwerk einfahren. Als Begleiter hätte er am liebsten niemanden. Schott sagte, Ich will in der Erdkunde bewandert sein, und führe hinab. Bald wäre es beträchtlich still um Schott. Trotz einer Laterne, die er bei sich trüge, wäre es blinder denn finster. Heiß wäre es auch. Schweiß bräche Schott aus. Schott fürchtete, der mürbe Bau könnte zusammenbrechen, Schott schriee! Weil er aber so nahe neben Liu ginge, fiele das Feuer tiefer in den Kern zurück.

Der Verfasser sagt, Das klingt zu poetisch? Dann lassen Sie es einfach weg.

Schott schaut in das Schaufenster eines Konfektionsgeschäfts. Links von Schott stehen zwei Frauen und reden über eine Frau. Rechts von Schott steht eine Frau und redet mit einem großen, hochläufigen Tier. Die Frau ist mit Kleidungsstücken bekleidet, die nicht zueinander passen. Sie trägt fingerlose Handschuhe. Vor ihr steht ein Kinderwagen, der mit gefüllten Plastiktüten beladen ist. Die Frau beugt sich über den Kinderwagen, sucht in einer Plastiktüte herum, holt zwei Kekse aus der Plastiktüte und steckt dem Tier einen Keks zwischen die Zähne. Sie streicht dem Tier mit der Linken über den Kopf und schiebt sich den zweiten Keks in den Mund. Tier und Frau kauen. Die beiden Frauen links von Schott verabschieden sich voneinander und gehen in entgegengesetzte Richtungen. In dem Schaufenster hockt ein Mann und ordnet Blusen an. Der Mann ist ausgewählt gekleidet, er sieht aus wie ein – halt! Was soll ein Vergleich. Er sieht aus wie er aussieht. Der Mann steigt in den Ladenraum zurück, geht zur Ladentür, öffnet sie, tritt auf den Bürgersteig und schaut in das Schaufenster seines Konfektionsgeschäfts. Links von dem Mann steht die kauende Frau mit dem kauenden Tier. Der Mann sagt zu der Frau, Du stehst schon wieder vor meinem Schaufenster. Du und dein dämliches Vieh. Du vergraulst mir die Kunden. Also zieh los. Sieh zu, daß du einen anderen Platz findest.

Die Frau sagt laut zu dem Mann, Auf deinen Laden ist geschissen. Ich stehe, wo ich will. Sag zu meinem Hasso nicht Vieh, sonst kannst du was erleben. Du Sackratte. Du Hurenbock. Du Zuhälter.

Der Mann sagt zu der Frau, Warte, du Aas. Ich hol die Polizei. Die zeigt dir, wo du hingehörst.

Die Frau sagt laut zu dem Mann, Die Polizei kann mich lecken.

Der Mann sagt zu Schott, Die ist übergeschnappt.

Schott sagt nichts.

Die Frau sagt laut zu dem Mann, Verzisch dich in deinen Sauladen, du Wichser. Sonst scheiß ich dir vor die Tür.

Der Mann geht in sein Konfektionsgeschäft und greift zum Telefonhörer.

Die Frau sagt zu dem Tier, Komm, Hasso.

Sie greift nach dem Griff des Kinderwagens und schiebt den Kinderwagen bis zu der Imbißbude neben dem Konfektionsgeschäft.

Schott geht bis zu der Imbißbude und stellt sich an. Vor ihm stehen zwei Frauen und reden leise über die Frau mit dem Tier. Die eine Frau sagt, Die Klapsmühle hat Ausgang. Die andere Frau sagt, Pst!

Die eine Frau kauft eine Bockwurst, die andere Frau kauft eine Bratwurst. Die beiden Frauen stehen vor der Imbißbude und kauen.

Schott kauft eine Tasse Suppe. Er setzt die Tasse auf dem Brett an der Bude ab und löffelt.

Die Frau mit dem Tier steht an der linken Seite der Imbißbude, links vom Abfallkorb. Schott steht rechts vom Abfallkorb. Die beiden Frauen mit den Würsten stehen rechts von Schott.

Die Frau mit dem Tier beugt sich über den Abfallkorb, sucht darin herum, holt ein halbes Brötchen aus dem Korb und eine Bierdose. Die Frau beißt in das halbe Brötchen. Das Tier der Frau winselt und springt an der Frau hoch. Die Frau gibt dem Tier nichts von dem viertel Brötchen ab.

Das Tier läuft zu den Frauen, die Wurst kauen. Und winselt.

Die Frau, die eine Bratwurst ißt, sagt, Na? Du?

Die Frau, die eine Bockwurst ißt, sagt, Na?

Das Tier läuft zurück. Die Frau mit dem Tier hebt die Bierdose zum Mund. Es muß noch Bier in der Dose sein.

Die Frau, die eine Bratwurst ißt, sagt, Komm her, Süßer. Ich kauf dir 'ne Wurst.

Sie kauft eine Wurst. Sie hält sie dem Tier in Schnauzenhöhe hin. Das Tier läuft zu der Frau und schnappt sich die Wurst.

Liu steht in ihrer Pilotinnenuniform neben dem Rollfeld. Die Schutzbrille hat sie auf ihre Pilotinnenmütze geschoben. Die linke Hand steckt in der Hosentasche, die rechte Hand hält einen Suppenteller. Liu lacht. Neben Liu steht ein Pilot, der lächelnd zusieht, wie Liu zusieht, wie eine Frau mit weißem Kopftuch und weißer Schürze, die vor einem großen Kochtopf kniet, einen sechsten Suppenteller füllt, den der Pilot neben Liu bekommt. Hinter Liu und dem Piloten, der neben Liu steht, sitzen vier Piloten im Gras und essen Suppe. Hinter den Piloten steht Lius schnelles, wendiges, einsitziges Jagdflugzeug. Vielleicht lacht Liu, weil die Sonne scheint. Vielleicht lacht Liu, weil neben ihr der Pilot steht. Vielleicht lacht Liu, weil der Kommandeur dafür gesorgt hat, daß neben dem Rollfeld Suppe ausgegeben wird. Vielleicht lacht Liu, weil die Suppe gut riecht. Vielleicht lacht Liu, weil sie die Frau kennt, die die Suppe in den Teller füllt. Vielleicht lacht Liu, weil ihr Jagdflugzeug schnell steigen kann. Vielleicht lacht Liu, weil ihr Jagdflugzeug auch in einer Kurve kampffähig ist. Vielleicht lacht Liu, weil ihr Jagdflugzeug eine Treibstoffreserve besitzt. Vielleicht lacht Liu, weil ihr Jagdflugzeug eine enorme Gipfelhöhe erreicht. Vielleicht lacht Liu, weil sie ein Flugzeug abgeschossen hat.

Liu ißt ihre Suppe.

Liu zieht ihre Schutzbrille über die Augen.

Liu prüft den Sitz ihres Fallschirms.

Liu steigt in ihr Jagdflugzeug.

Liu steigt auf.

Bestimmt denkt Liu an die Tips für Jagdflieger: Achte immer auf den Stand der Sonne. Mache keinen Steigflug in Richtung Sonne. Wenn du aber doch in die Sonne fliegen mußt, dann kreuze mit jeweils fünfundvierzig Grad auf sie zu. Steig so hoch wie du nur kannst. Wenn sich ein feindlicher Jäger im Schutz der Sonne versteckt hält, wird er sich auf dich stürzen. Du kannst ihn auskurven und sodann die Sonne für dich nutzen. Ändere ständig die Höhe. Wenn der Feind dich sieht, hat er Schwierigkeiten, den Angriff so zu führen, daß er dich beim Kurvenflug vor die Läufe kriegt.

Bestimmt hat Liu ein ausgeprägt persönliches Verhältnis zu ihrem Jagdflugzeug. Schließlich hängt Lius Leben auch von den Launen ihres Jagdflugzeugs ab.

Schott läßt den Rest der Suppe stehen. Es ist ihm gleichgültig, ob die Frau mit dem Tier links von ihm steht und ob die Frauen mit den Würsten rechts von ihm stehen. Es könnte auch umgekehrt sein, von hinten betrachtet. Umgekehrt wäre es Schott gleichgültig, ob die Frau mit dem Tier rechts von ihm steht und ob die Frauen mit den Würsten links von ihm stehen. Es könnte, wie es angeblich tatsächlich ist, auch umgekehrt sein.

Schott geht bis zu dem Taxistand. An dem Taxistand steht ein Taxi. Schott klopft an die Scheibe der rechten vorderen Tür und sagt, Sind Sie frei?

Der Taxifahrer öffnet die rechte hintere Tür, Schott steigt ein. Schott sagt, Zum Flughafen.

Am Flughafen greift Schott in die linke Innentasche seiner Jacke. Er nimmt sein Geld aus der Tasche, sagt, Was kostet es?, und sieht, daß sein Geld nicht reicht. Er greift in die rechte Außentasche seiner Jacke. Er nimmt alles Kleingeld aus der Tasche, sagt, Mal sehen, ob es reicht, und zählt sein Kleingeld.

Etwas Geld fehlt ihm.

Der Taxifahrer sagt, Geben Sie mal her.

Schott gibt ihm alles Geld.

Der Taxifahrer zählt das Geld und sagt, Etwas Geld fehlt.

Schott sagt, Was machen wir?

Der Taxifahrer sagt, Sie steigen aus, ich fahre weiter.

Schott sagt, Danke. Er geht zu Lius Fluggesellschaft, eine Angestellte sagt, Liu ist vor einer Stunde gelandet. Sie ist nach Hause gefahren.

Es ist nie ganz klar, welche Tageszeit gerade herrscht. Die Jahreszeiten sind auch nicht ohne weiteres erkennbar. Andererseits sind Jahres- und Tageszeiten durchaus von Belang. Schon des Wetters wegen. Oder wegen der Lichtverhältnisse.

Schott geht zum Flughafen-Parkplatz und stellt sich vor ein Auto, das gerade weggefahren werden soll. Der Fahrer öffnet das Fenster und sagt, Is was? Schott sagt, Nehmen Sie mich mit? Ich muß in die Stadt. Der Fahrer sagt, Steigen Sie ein, und öffnet die rechte vordere Tür.

Schott glaubt fest (Fester Glaube!), daß Liu zu seiner Wohnung gefahren ist. Sie ist von meiner Wohnung nach Hause gefahren, um nachzusehen, ob ich in ihrem Briefkasten eine Nachricht hinterlassen habe. Sie hat sich endlich gedacht, daß ich zum Flughafen gefahren bin und fährt mir jetzt entgegen. Schott schaut aus dem Fenster. Das heißt, er sieht angestrengt durch die Frontscheibe. Das hätte nur bei Tageslicht einen Sinn. In der Dunkelheit sähe er bloß die entgegenkommenden Lichter. Die Lichter blendeten ihn.

Eine klare Bezeichnung der Tages- beziehungsweise Nachtzeit!

Der Fahrer sagt, Wo müssen Sie hin?

Schott sagt, Es ist gut, wenn Sie mich am Rathaus absetzen.

Das ist sowieso meine Gegend, sagt der Fahrer. Da kann ich Sie auch nach Hause bringen.

Nein, sagt Schott, nicht nach Hause. Dann schon zu meiner Freundin.

Wo ist das?, sagt der Fahrer. (Er sagt nicht, Wo ist die.)

Schott sagt es.

Schott sieht sich jedes entgegenkommende Auto genau an. Erst sieht er sich die Frontpartie jedes Autos an, dann den Kopf jedes Fahrers und jeder Fahrerin.

Der Fahrer hält das Auto vor Lius Haus an, Schott sagt, Danke!, Schott steigt aus. Er geht in das Haus, er geht die Treppe hinauf, er klingelt an Lius Wohnungstür. Aber Liu ist offenbar nicht zu Hause.

Über die Jahreszeit ist allerdings nichts zu erfahren.

Oder: Schott geht ins Flughafenhotel und fragt, ob ein Zimmer frei ist. Es ist ein Zimmer frei. Schott geht in das Zimmer, schaltet die Deckenlampe ein und ruft Liu an. Aber Liu ist offenbar nicht zu Hause. Schott ruft Mott an und sagt, Kannst du mich morgen früh abholen? Ich habe kein Geld. Schott nimmt eine winzige Flasche Whisky aus dem Kühlschrank, schaltet den Fernsehapparat ein und sieht Fußballer Fußball spielen. Schott trinkt die winzige Flasche in einem Zug leer. Nach zehn Minuten ist noch kein Tor gefallen. Schott schaltet den Fernsehapparat aus und legt sich auf das Bett.

Liu ist zu Schotts Wohnung gefahren. Sie ist von Schotts Wohnung nach Hause gefahren, um zu sehen, ob Schott in ihrem Briefkasten eine Nachricht hinterlassen hat.

Liu glaubt, daß Schott zum Flughafen gefahren ist. Sie fährt ihm entgegen. Jedes Auto, das ihr entgegenkommt, sieht sie sich durch die linke Türscheibe genau an. Es ist dunkel.

Liu erkennt das Gesicht jedes Menschen, der am Steuer eines entgegenkommenden Autos sitzt, zumindest im Profil. Schott ist nicht darunter.

Liu geht zu ihrer Fluggesellschaft. Die Angestellte sagt, Schott ist vor 'ner halben Stunde hier gewesen. Wohin er gegangen ist, weiß ich nicht.

Wieder weiß keiner, ob Winter, Frühling, Sommer oder Herbst ist.

Schott wacht auf. Die Deckenlampe ist eingeschaltet. Schott liegt angekleidet auf dem Bett. Es ist nicht Tag.

Eine dritte Möglichkeit wäre: Schott geht bis zu dem Taxistand. An dem Taxistand steht ein Taxi. Er klopft an die Scheibe der rechten vorderen Tür und sagt, Sind Sie frei?

Der Taxifahrer öffnet die rechte hintere Tür, Schott steigt ein. Schott sagt, Zum Flughafen.

Am Flughafen greift Schott in die linke Innentasche seiner Jacke. Er nimmt sein Geld aus der Tasche, sagt, Was kostet es?, und zahlt, was es kostet.

Schott geht zu Lius Fluggesellschaft, eine Angestellte sagt, Liu ist vor einer Stunde gelandet. Sie ist nach Hause gefahren.

Schott geht zum Taxistand. Am Taxistand stehen elf Taxis.

Der Fahrer des ersten Taxis öffnet die rechte vordere Tür. Schott steigt ein. Schott sagt Lius Adresse.

Schott glaubt, daß Liu ihm entgegenfährt. Da es Nacht ist, sieht sich Schott durch die linke Türscheibe das Gesicht jedes Menschen, der am Steuer eines entgegenkommenden Autos sitzt, so genau wie möglich an, zumindest im Profil. Der Kopf des Taxifahrers stört etwas. Da es Herbst ist, ist die Luft auf der Straße etwas diesig.

Liu glaubt, daß Schott zum Flughafen gefahren ist. Sie fährt ihm entgegen. Sie sieht sich durch die linke Türscheibe das Gesicht jedes Menschen, der in einem entgegenkommenden Auto sitzt, so genau wie möglich an, zumindest im Profil.

Vor Lius Haus sagt Schott, Liu war nicht darunter.

Am Flughafen sagt Liu, Schott war nicht darunter.

Da es Nacht ist und Herbst und die Luft auf der Straße etwas diesig, hat es nicht genügt, daß Liu und Schott das Gesicht jedes Menschen, der in einem entgegenkommenden Auto saß, so genau wie möglich, aber eben nur im Profil, angesehen haben. Zudem hat Schott der Kopf des Taxifahrers etwas gestört.

Jetzt eine vierte Möglichkeit: Schott geht zum Taxistand des Flughafens. Am Taxistand stehen elf Taxis. Der Fahrer des ersten Taxis öffnet die rechte vordere Tür, Schott steigt ein. Schott sagt Lius Adresse.

Schott glaubt, daß Liu ihm entgegenfährt. Da es Nacht ist, sieht sich Schott durch die linke Türscheibe das Gesicht jedes Menschen, der am Steuer eines entgegenkommenden Autos sitzt, so genau wie möglich an, zumindest im Profil. Der Kopf des Fahrers stört etwas. Da es schneit, ist die Sicht etwas schlecht.

Liu glaubt, daß Schott zum Flughafen gefahren ist. Sie fährt ihm entgegen. Sie sieht sich durch die linke Türscheibe das Gesicht jedes Menschen, der in einem entgegenkommenden Auto sitzt, so genau wie möglich an, zumindest im Profil. Es schneit.

Auf halber Strecke sieht Liu im linken Straßengraben ein Auto. Sie fährt zehn Meter weiter und hält vorsichtig am äußersten rechten Straßenrand. Sie steigt aus und sieht, daß das Auto im Straßengraben ein Taxi ist. Sie läuft zu dem Taxi, aus dem soeben zwei Männer steigen. Sie ruft, Schott! Ist alles in Ordnung?

Schott sagt, Es ist alles in Ordnung.

Eine fünfte Möglichkeit: Auf halber Strecke sieht Schott im linken Straßengraben ein Auto. Der Taxifahrer fährt zehn Meter weiter und hält vorsichtig am äußersten rechten Straßenrand. Schott und der Taxifahrer steigen aus. Sie laufen zu dem Auto, aus dem soeben eine Frau steigt. Schott ruft, Liu! Ist alles in Ordnung?

Liu sagt, Es ist alles in Ordnung.

Die Möglichkeit sechs: Es ist abermals Nacht. Wiederum schneit es. Das Taxi kommt nach einem Viertel der Strecke von der Fahrbahn ab und rutscht in den Straßengraben. Schott und der Taxifahrer steigen aus. Der Taxifahrer sagt, Ist alles in Ordnung?

Schott sagt, Ja.

Lius Auto kommt nach einem Viertel der Strecke von der Fahrbahn ab und rutscht in den Straßengraben. Liu steigt aus. Liu sagt sich, Es ist alles in Ordnung.

Sieben: Es ist Tag. Es schneit nicht mehr. Auf der Straße die Schneedecke ist überfroren. Hinter einer Kurve sehen Schott und der Taxifahrer, daß ihnen auf ihrer Fahrbahn ein Auto entgegenkommt. Der Taxifahrer sagt, Scheiße!, und lenkt das Taxi auf die Gegenfahrbahn.

Liu gerät auf die Gegenfahrbahn. Vor einer Kurve sieht Liu, daß ihr ein Taxi entgegenkommt. Sie sagt, Verdammt!, lenkt das Auto auf ihre Fahrbahn zurück und sieht, daß das Taxi auf ihre Fahrbahn gelenkt wird. Lius Auto und das Taxi stoßen zusammen.

Niemand steigt aus. Niemand sagt etwas.

Wie soll es weitergehen, wenn es weitergehen soll.

Die Verwesung ist streng von der Fäulnis zu unterscheiden. Verwesung findet als Zerfall der organischen Materie in anorganische Bestandteile statt; die wesentliche Rolle fällt dabei dem Sauerstoff zu. Fäulnis ereignet sich bei Sauerstoffmangel, in bloßer Gegenwart von Wasser.

Der Verfasser sagt, Grob gesagt.

Verwesung und Fäulnis ergänzen einander, zumal in Autos, deren Frontscheiben zertrümmert sind, so daß Schnee und Regen oder Schneeregen in die Autos fallen können bzw. kann, aber auch in Erdgräbern. In Autos und in Erdgräbern wird das Werk der Zerstörung durch Wesen aus dem Tierreich unterstützt. Die wichtigste Unterstützung wird indessen doch von Organismen aus dem Reich der Pflanzen geleistet, von Spaltpilzen und Fäulniserregern. Sie wirken überaus auf die Eiweißkörper der Gewebe ein.

Leichengifte sind außerordentlich gefährlich für die Polizisten und Feuerwehrleute, die Schott, Liu und den Taxifahrer nach mehreren Wochen auffinden und aus den Autowracks holen möchten. Der widerliche Geruch der Verwesungs- und Fäulnisdünste mindert das Tempo der Bergung.

Kommen die Polizisten und Feuerwehrleute eher, nämlich wenige Stunden nach dem Eintritt des Todes, gewinnen sie einen Eindruck von der wachsgelben Färbung, die auf den ersten Blick in den Gesichtern und an den Händen Schotts, Lius und des Taxisfahrers zu sehen ist.

Da bei Schnee, Regen oder Schneeregen keinesfalls besondere Trockenheit der Luft zu beobachten ist, mag die Möglichkeit einer Mumifizierung Schotts, Lius und des Taxifahrers außer Betracht bleiben. Andererseits verwandeln sich die Eiweißsubstanzen in fettem Tonboden (des Sauerstoffabschlusses zufolge) in eine seifen- und wachsartige Masse, die weiterem Verfall widersteht. So daß Schott, Liu und der Taxifahrer für unabsehbare Zeiten erhalten bleiben, allerdings in ihrem abscheulichen Zustand.

Ebenfalls andererseits bleiben die Leichen Schotts, Lius und des Taxifahrers in einem Moor mumienhaft erhalten, weil die chemische Wirkung der Moorsäure trotz der großen Feuchtigkeit des Moors eine konservierende ist. Es wird vorausgesetzt, daß die Straße zum Flughafen durch ein Moor führt und beide Autos nach dem Zusammenprall in das Moor knallen. Entsprechende Hinweise findet der Leser oder die Leserin in der Germania des Tacitus. Vor dem Absacken spielt vielleicht in einem der Autos das Autoradio. Es kann ein internationaler Hit ertönen oder ein mehrstimmiges deutsches Vokalwerk. Vielleicht spielt in beiden Autos das Autoradio. Dann kann ein internationaler Hit ertönen und ein mehrstimmiges deutsches Vokalwerk. Ach ich sehe, itzt, da ich zur Hochzeit gehe. Die Wahl eines internationalen Hits bleibt dem Lese- und Radiopublikum überlassen.

Die Dauer der Auflösung hängt vom Alter und von der Körperbeschaffenheit des Verderbenden ab. In grobkörnigem Kies, der den Zutritt von Luft und Wasser nicht behindert, ist für die völlige Zerstörung der Weichteile von Schott, Liu und Taxifahrer mit einem Zeitraum von zwei bis zehn Jahren zu rechnen. Die Knochen widerstehen natürlich länger. Liu ist die Jüngste, der Taxifahrer ist der Älteste.

Werden Schott, Liu und der Taxifahrer wenige Tage nach dem Eintritt des Todes in leidlich geeignetem Terrain begraben und nach knapp einem Jahr exhumiert, so bemerkt der Totenausgräber auf dem Sargboden von Liu eine schwärzliche Flüssigkeit und auf Liu Larven, Maden und Insekten, auf den

Resten von Schott eine weiße Schimmelschicht sowie Insekten, Larven und Maden, im Sarg des Taxifahrers eine weiche, zerfließende Masse sowie Maden, Insekten und Larven.

Der Verfasser sagt, Eine genauere Schilderung müßte nur die Nerven der Leser und Leserinnen anspannen. Sie unterbleibt, und sie kann unterbleiben, weil nicht wenige Leserinnen und Leser die Gelegenheit gehabt haben werden, das Aussehen und den Geruch von völlig verdorbenem Rind- oder Schweinefleisch sowie die darauf befindlichen Larven, Maden und Insekten wahrzunehmen. Niemand, der oder die noch keine knapp ein Jahr begraben gewesene Leiche erlebt hat, vermag sich eine rechte Vorstellung von zweierlei zu machen: von der Gräßlichkeit des Anblicks und von der Gräßlichkeit der Dünste. Ich verzichte auf die Wiedergabe von Fotos und die Beilage von Duftproben. Das Wort Gräßlichkeit ist aber angemessen, auch beweislos. Soll ich während der Exhumierung, die meinetwegen nachts, im Schein starker Lampen, stattfinden kann, noch Hunde heulen lassen, um Schauder zu erregen? (Wenn Hunde gräßlich heulen, so stirbt gemeiniglich gerne einer.) Nein. Den, den oder die, möchte ich sehen, der singt, oder die, Ach striche mir der Wind schon über Gruft und Grab!, nachdem er, oder sie, einer knapp ein Jahr begraben gewesenen Leiche ins Gesicht gesehen hat. Wohl denen, die im Sarge liegen! Komm, komm, vergnügte Zeit!

Der Verfasser sagt immer öfter selber etwas.

Schotts Telefon klingelt.

Ist es Liu?

Es ist Lisch. Er sagt, Schott? Ich bin alle. Irgend was hat mich gefressen.

Langsam, sagt Schott.

Lisch sagt, Meine Frau, wir sind fertig. Gestern abend sagt

sie, Du vernachlässigst mich. Ich bin schließlich nicht aus Holz. Ich warte und warte. Ich erwarte etwas von dir. Ich verlange ja gar nichts. Aber ich erwarte, daß du mich wenigstens ein Mal die Woche fickst. Das ist wohl nicht zu viel verlangt. Ich hasse es, daß du mich immer bloß am Wochenende gefickt hast. Aber meinetwegen. Wenn es wenigstens jedes Wochenende ist.

Ich sage, Ein alter Mann ist keine Maschine.

Meine Frau sagt, Du bist ein Versager. Eine Null. Du bist ein Schlappschwanz. Soll das jetzt alles gewesen sein? Soll ich am Daumen lutschen? Soll ich mir Bananen kaufen? Oder hast du 'ne andre? 'ne Jüngere? Die dich noch mal aufgeilt? Ich hab immer zu dir gehalten. Und jetzt? Soll ich vertrocknen? Jetzt läßt du mich hängen. Laß dich nicht hängen! Los, komm! Fick mich, oder ich such mir 'n andern. Ich seh noch gut aus. Ich will noch was. Es gibt genug Männer, die mich noch wollen. Ich brauch bloß die Beine breitzumachen. Aber ich lebe schließlich mit dir. Warum versuchst dus nicht.

Schott sagt, Und?

Lisch sagt, Sie zieht sich das Kleid vom Leib, schmeißt die Schuhe von den Füßen, zieht die Hosen aus und kniet sich auf die Bettkante. Sie reckt mir ihr Loch entgegen und sagt, Mach schon, ich warte.

Und du?, sagt Schott.

Es ging nicht, sagt Lisch. Ich seh ihre Arschspalte, ich seh ihr Loch, ich krieg keinen hoch. Ich dachte, jetzt muß ich kotzen. Jetzt hau ich sie von der Bettkante. Jetzt erwürg ich sie.

Und sie?, sagt Schott.

Sie legt sich auf die Seite und heult. Ich sag zu ihr, Ich gehe. Sie heult und sagt, Du liebst mich nicht. Du hast mich nie geliebt. Ich war bloß immer dein Fickloch. Jetzt, wo du nicht mehr kannst, gehst du. Ja, geh nur. Geh zu deiner Hure. Oder häng dich auf. Dann hängst du wenigstens ganz. Aber das eine sag ich dir, sagt sie und heult, Ich such mir 'n andern. Ich bin noch nicht alle. Ich will noch was vom Leben. Das wirst du sehen. Sie heult und sagt, Du hast mich nie geliebt.

Ich sag, Ich hasse es, daß jeden Morgen das Waschbecken verstopft ist von deinen Haaren. Ich hasse es, daß du aus dem Mund riechst. Ich hasse es, daß du deine blutigen Binden auf dem Badewannenrand liegenläßt.

Sie sagte, Ich wollte immer ein Kind. Aber du wolltest ja nicht. Ich dachte, heut macht er mir eins. Aber du kannst ja nicht. Ich will ein Kind! Bald isses zu spät. Aber ich krieg noch eins, das sag ich dir. Es ist mir scheißegal, von wem. Wenn nicht von dir, dann eben von Hinz oder Kunz.

Ich bin abgehauen. Ins Hotel. Ich hab mich vollaufen lassen. Ich hab geschlafen. Jetzt ruf ich dich an.

Schott sagt, Zurück kannst du nicht mehr.

Das ist mir klar, sagt Lisch.

Ich muß was trinken, sagt Schott. Wir treffen uns bei Olga.

Schott ist als erster da. Er steht an der Bar und sagt, Einen Whisky. Links von Schott steht eine große Frau, rechts von Schott steht eine kleine Frau.

Die große Frau sagt zu Schott, bestellst du mir einen Piccolo?

Schott sagt, Warte noch.

Die kleine Frau sagt zu Schott, Piccolo?

Schott sagt, Warum?

Die kleine Frau lacht und legt den linken Arm um Schotts Hüfte.

Schott sagt zu Olga, Einen Piccolo für die Kleine.

Die kleine Frau lacht und lehnt den Kopf an Schotts Arm.

In der Tür steht Lisch. Er sieht sich um und geht zu Schott. Die große Frau rückt etwas nach links, Lisch stellt sich zwischen Schott und die große Frau. Lisch sagt, 'n doppelten Whisky.

Die große Frau sagt zu Lisch, Bestellst du mir einen Piccolo?

Lisch sagt zu Olga, Einen Piccolo.

Die große Frau lächelt und bietet Lisch eine Zigarette an.

Schott sagt zu Lisch, Wo willst du wohnen?

Bei Mott, sagt Lisch.

Schott sagt, Auch gut.

Die große Frau hebt ihr Glas und sagt, Prost! Lisch hebt sein Glas und sagt, Prost! Die große Frau trinkt, Lisch trinkt.

Die kleine Frau hebt ihr Glas und sagt, Plost! Schott hebt sein Glas und sagt, Prost! Die kleine Frau trinkt, Schott trinkt.

Die große Frau sagt zu Lisch, Gehn wir aufs Zimmer?

Lisch sagt, Warum nicht?

Lisch sagt zu Schott, Ich versuchs.

Schott sagt, Tu das.

Die kleine Frau sagt zu Schott, Zimmel?

Schott sagt, Nein.

Die kleine Frau lacht und legt ihren rechten Arm um Schotts Bauch.

Die große Frau sagt zu Lisch, Komm!

Lisch und die große Frau gehen aufs Zimmer.

Schott sagt zu der kleinen Frau, Du mußt Sprachen lernen. Ich will mit dir reden.

Die kleine Frau lacht und sagt, Bißchen.

Schott sagt, Alles, was du kannst ist Piccolo und Zimmer.

Die kleine Frau lacht und sagt, Bumsen?

Schott sagt, Du bist doch nicht blöd. Aber mit fünf Worten kommst du nicht weit.

Die kleine Frau lacht und sagt, Hundeltfünfzig.

Schott sagt, Mit sechs Worten.

Die kleine Frau sagt, Gloße Familie. Kleines Kind. Kein Geld. Ich schicken.

Schott sagt, Wo ist dein Kind.

Die kleine Frau sagt, Mama.

Schott sagt, Und dein Mann?
Die kleine Frau lacht und sagt, Weg. Ich dick. Mann folt.
Schott sagt, Schickt er Geld?
Die kleine Frau lacht und sagt, Kein Geld.
Schott sagt, Wie gehts deinem Kind?
Die kleine Frau sagt, Gut. Ich telefonielen. Ich weinen.
Schott sagt, Wie lange bleibst du?
Die kleine Frau sagt, Dlei Monat.
Schott sagt, Wann bist du gekommen?
Die kleine Frau sagt, Viel Woch.
Schott sagt, Ist Olgas Bar gut?
Die kleine Frau sagt, Gut. Ich Geld. Schicken.
Schott sagt, Die Bar ist Scheiße.
Die kleine Frau sagt, Scheiße?
Schott sagt, Scheiße.
Die kleine Frau sagt, Bal Scheiße?
Schott sagt, Was machst du zu Hause.
Die kleine Frau sagt, Haale schön.
Schott sagt, Friseuse?
Die kleine Frau sagt, Schön Haale. Kein Geld.
Schott sagt, Warum arbeitest du nicht zu Hause in der Bar.
Die kleine Frau sagt, Ich alt.
Schott sagt, Wie alt bist du.
Die kleine Frau sagt, Zwanzig dlei.
Schott sagt, Das ist jung.
Die kleine Frau sagt, Ich alt.
Schott sagt, Quatsch. Du bist jung.
Die kleine Frau sagt, Bal nicht.
Schott sagt, Weiß deine Mama, daß du in der Bar arbeitest?
Die kleine Frau sagt, Mama nicht.
Schott sagt, Was hast du deiner Mama gesagt?
Die kleine Frau sagt, Haale schön.
Lisch kommt an die Bar.
Schott sagt nichts.

Lisch sagt, Ich bin wieder Mensch. Ich hab zu ihr gesagt, Mach, was du willst, ich bin k.o. Sie hat gesagt, Laß mich nur machen. Ich hab gefickt wie lange nicht.

Na also, sagt Schott.

Lisch sagt, Sie hat gesagt, He he he, jetzt ist aber Schluß. Sie hat mich an den Eiern rausgezogen. Sie hat gesagt, Siehst du, ich hab gleich gesehen, daß du 'n geiler Junge bist.

Die große Frau kommt an die Bar. Sie ist frisch geschminkt.

Lisch sagt, Einen Piccolo und einen Whisky.

Schott sagt, Ich hau ab.

Die kleine Frau sagt, Du gehen?

Schott sagt, Ja! und zahlt.

Die kleine Frau sagt, Du kommen wiedel?

Schott sagt, Ja. Wiedersehen.

Die kleine Frau nimmt ihre Arme von Schott und sagt, Wiedelsehen.

Schott sagt, Lisch, bis bald.

Lisch sagt, Bis bald, Schott.

Der Verfasser sagt am frühen Morgen, Kürzlich oder neulich sagte ein Leser, Wissen Sie eigentlich, was ein Roman ist? Oder er sagte, Wissen Sie überhaupt, was ein Roman ist? Oder er sagte, Wissen Sie, was ein Roman überhaupt ist? Oder er sagte, Wissen Sie, was ein Roman eigentlich ist?

Verdammt, jetzt hab ich mich wieder geschnitten. Wozu eigentlich diese elende Rasur. Wozu überhaupt. Jetzt weiß ich nicht mehr, was der Mann gesagt hat.

Ich sagte, Was haben Sie gesagt? Der Leser sagte, Was ein Roman ist. Ich sagte, Nein. Der Leser sagte, Das habe ich mir fast gedacht. Aber Sie tun so. Ich sagte, Wie kommen Sie darauf. Der Leser sagte, Schon die Länge. Ich sagte, Meine Tochter mußte in der Schule ein Gedicht lernen. Der Leser sagte, Na und? Ich sagte, Meine Tochter hat gesagt, Ein langes. Ich habe meine Tochter gefragt, Wie lang? Meine Tochter hat gesagt, Dreißig Zentimeter lang. Der Leser sagte, Ersparen Sie mir Ihre Witze. Ich sagte, Was noch? Der Leser sagte, Das geringe Tempo. Ich sagte, Das kommt von selbst. Der Leser sagte, Aha. Aber ich frage Sie. Ich sagte, Ja? Der Leser sagte, Sind Sie satirisch? Oder psychologisch? Oder realistisch? Ich sagte, Aha. Der Leser sagte, Spricht ein Ich? Oder ein Er? Ich sagte, Was gibt es noch? Der Leser sagte, Ist es ein Abenteuerroman? Oder ein Schelmenroman? Oder ein Bildungsroman? Oder ein Geschichtsroman? Oder ein Zeitroman? Oder ein Kriegsroman? Oder ein Gesellschaftsroman? Oder ein Heimatroman? Oder ein Kriminalroman?

Lange mach ich das nicht mehr. Ich laß mir 'n Bart stehen.

Es ist noch nicht erwähnt, daß in diesem Moment eine andere Jahreszeit beginnt. Angesichts dessen holen viele Leute ihren Fotoapparat oder ihren Photoapparat aus dem Schrank oder aus dem Regal.

Schott hört, daß Fotografierte über ihre Abbildungen sagen, So sehe ich aber nicht aus! Das bin ich nicht! Ich sehe aber blöd aus! Ich sehe aber furchtbar aus! Schenkst du mir das? Ich will es verbrennen.

Oder daß Fotografierer sagen, So siehst du eben aus! Das bist du! So blöd siehst du gar nicht aus. So furchtbar siehst du gar nicht aus. Das schenke ich dir. Aber verbrenn es nicht!

Oder daß Fotografierte über die Abbildungen anderer sagen, Das sieht aber nett aus! Das sieht aber gut aus! Toll! Hervorragend! Du siehst besser aus, als ich dachte. Du siehst besser aus, als du aussiehst. Schenkst du mir das? Ich will es behalten.

Meist achten Fotografierte gar nicht darauf, ob die Untergrundfärbung des Fotopapiers weiß, elfenbeinfarben oder chamois, ob die Oberfläche des Fotopapiers glänzend oder matt ist.

Schott sagt zu Mott, Der Fotograf bringt nichts Neues in die Welt. Das sehe ich. Ich glaube, ich bin groß, schlank, schmal, hell- und dünnhaarig. Aber ich bin klein, dick, breit; mein Haar ist dunkelbraun und dicht. Der Fotograf bringt anscheinend etwas Neues in die Welt. Ich sehe, daß ich dauerhaft lache, weil ich im Moment der Aufnahme lache. Aber ich lache selten und kurz.

Schott achtet darauf, daß er nicht fotografiert wird. Schott sagt, Ich will keinen Anschein. Aber Schott konnte nicht verhindern, daß er als ein Kind fotografiert wurde. Auf diese Abbildungen hat Schott Jagd gemacht.

Bei Abbildungen von Liu ist es etwas anderes, behauptet Schott.

Der Verfasser sagt, Bitte keine weiteren Sätze übers Fotografieren. Davon gibt es genug.

Nur eins noch, sagt Schott. Vor Jahren wollte Mott mich fotografieren. Wir gingen in den Park. Mott sagte, Setz dich auf die Bank. Aber doch nicht so! Leg deine Arme über die Lehne. Schlag die Beine übereinander. Ich sagte, Noch was? Mott sagte, Etwas lockerer. Ich sagte, Wohin soll ich sehen? Mott sagte, Direkt in mein Gesicht. Ich sagte, Ich seh dein Gesicht nicht. Mott sagte, Direkt in die Kamera. Aber nicht so stur! Sag etwas. Ich sagte, Was? Mott sagte, Irgendwas. Meinetwegen beschimpf mich. Ich sagte, Du bist doch ein seltener Idiot. Mott sagte, Wieso. Ich sagte, Weil du mich unbedingt fotografieren willst. Mott sagte, Glotz nicht so verbiestert. Ich sagte, Soll ich noch lachen? Mott sagte, Meinetwegen lach. Oder lächle. Ich sagte, Ich lächle nie. Ich weiß nicht einmal, wie man das schreibt. Mott sagte, Dann sing. Aber mach was. Ich sagte, Singen kann ich nicht. Mott sagte, Sieh an mir vorbei. Ich sagte, Das gelingt mir. Ich sah an Mott vorbei. Ich sah, daß ein Mann eine Frau fotografierte.

Die Frau sah dem Mann in die Kamera und lachte. Mott sagte, Du siehst furchtbar blöd aus. Ich sagte, So sehe ich eben aus. Das bin ich. Mott sagte, Bleib so! Toll! Das sieht besser aus, als du denkst. Ich sagte, Ich denke nicht. Mott sagte, So ist es gut. Später sagte ich zu Mott, Gib mir das Negativ, ich will es zerreißen. Mott hat mir das Negativ gegeben. Ich hab es zerrissen. Ich achte darauf, daß ich nicht fotografiert werde.

Schott sagt zu Mott, Es ärgert mich, daß ich nie sehe, wer ein Foto, das ich mir ansehe, gemacht hat. Ich sehe nicht, wer das Foto von Liu gemacht hat, das auf meinem Schreibtisch steht. Auf dem Foto, das du von mir gemacht hast, warst du nicht zu sehen. Wie blöd du dagestanden hast mit der Kamera vor dem Gesicht. Wie du mich vollgequatscht hast. Wie jemand wie du aussieht, der es fertigbringt, mich zu fotografieren.

Die Frau, die in der Wohnung unter der Wohnung von Schott wohnt, öffnet die Tür, als Schott vorbeigeht.

Herr Schott!

Schott bleibt stehen. Frau Semper?

Es wird Winter.

Nein, Frau Semper. Es wird Frühling.

Aber es ist kalt.

Ja, Frau Semper.

Es schneit.

Ja, Frau Semper.

Seien Sie vorsichtig, Herr Schott. Ziehen Sie einen Mantel an. Machen Sie einen Schal um den Hals.

Ich friere nicht, Frau Semper.

Ich friere immer, Herr Schott.

Ja, Frau Semper.

Ich weiß gar nicht, wo ich bin, Herr Schott.

Wie, sagt Schott.

Bin ich hier oder dort, Herr Schott.

Sie sind hier, Frau Semper.

Der Verfasser sagt, Ist das Wort Schnee schon benutzt worden?

Lisch sagt zu Schott, Ich hätte auch auf ein Dach klettern können. Ich hätte auch auf einen Stuhl steigen können. Ich hätte auch auf einen Bahnsteig gehen können. Ich hätte mich zur Dachkante vortasten können. Ich hätte mich zur Stuhlkante vortasten können. Ich hätte mich zur Bahnsteigkante vortasten können. Ich hätte unter mir die Straße gesehen. Ich hätte unter mir den Fußboden gesehen. Ich hätte unter mir die Gleise gesehen. Mich hätte niemand gesehen. Mich hätte niemand gesehen. Mich hätte niemand gesehen. Ich hätte brüllen können. Ich hätte wimmern können. Ich hätte seufzen können. Ich hätte einen Schritt in die Stadtluft tun können. Ich hätte einen Schritt in die Zimmerluft tun können. Ich hätte einen Schritt in die Bahnhofsluft tun können. Ich hätte die Arme ausgebreitet. Ich hätte die Arme hochgerissen. Ich hätte die Arme vorgestreckt. Auf der Straße wäre ein Auto gekommen. In das Zimmer wäre ein Mann gekommen. Auf dem Gleis wäre ein Zug gekommen. Das Auto hätte angehalten. Der Mann hätte aufgeschrien. Der Zug wäre eingefahren. Ich wäre auf den Bürgersteig gestürzt. Ich hätte an dem Strick gehangen. Ich hätte unter dem Zug gelegen. Auf dem Bürgersteig hätte es geklatscht. An dem Strick hätte es geröchelt. Unter dem Zug hätte es geknirscht. Der Bürgersteig wäre blutig gewesen. Der Strick wäre nicht blutig gewesen. Das Gleis wäre blutig und vermatscht gewesen. Jemand auf dem Bürgersteig wäre zu mir gekommen. Jemand in dem Zimmer wäre zu mir gekommen. Jemand auf dem Bahnsteig wäre nicht zu mir gekommen. Von dem Bürgersteig hätte man mich aufgehoben. Von dem Strick hätte man mich abgeschnitten. Von dem Gleis hätte man mich abgekratzt, aufgelesen, abgewischt. Jemand hätte gesagt, Wieder so ein blöder Hund. Jemand hätte gesagt, Wieder so ein armes Schwein.

Jemand hätte gesagt, Wieder so eine gottverdammte Sauerei. Niemand hätte gesagt, Richtig so! Niemand hätte gesagt, Besser so! Niemand hätte gesagt, Na also! Sondern, Ach du mein Gott. Sondern, Ach du lieber Gott. Sondern, Ach Gott ach Gott. Und, Nein. Und, Neinnein. Und, Neinneinnein. Und, Wenn das sein Vater sähe. Und, Wenn das seine Frau sähe. Und, Wenn das seine Mutter sähe. Schott! Ich hab gefickt wie lange nicht.

Schott sagt, Das hast du schon gesagt.

Schill, du mußt weg! Du willst uns ins Feuer stoßen. Du willst auf unsere Asche zeigen und sagen, Sie sind die Schuldigen.

Schill, ich hol dich! Ich schieß dir die Uhr vom Handgelenk. Ich schieß dir ins Maul. Deine Fahne ist dein letztes Hemd. Sie deckt nicht einmal deinen Arsch zu. Wo deine Reste zertreten sind, ist Wüste. Wenn du Glück hast, scheißen dort die Geier.

Schill, ich komme! Liu kommt mit mir.

Schott, am Flußufer, sieht Liu deutlich vor sich. Er geht schneller, geht neben Liu, sagt, Liu!

Liu sagt nichts.

Schott sagt, Ich möchte meinen Arm um deine Schulter legen.

Die, um deren Schulter du deinen Arm legen möchtest, ist nicht hier, sagt Liu.

Schott sagt, Wo bist du.

Liu sagt nichts.

Liu bleibt stehen und sieht Schott an.

Schott legt seinen Arm um Lius Schulter.

Schott sagt, Bist du nicht hier?

Liu sagt nichts.

Schott, Lisch, Mott und Tomm gehen in den Zoologischen Garten. Es ist heute.

Schott, Lisch, Mott und Tomm besichtigen die Schimpansen.

Schott, Lisch, Mott und Tomm verlassen den Zoologischen Garten. Es ist Nachmittag.

Tomm sagt, Der Sohn hat sich den linken Mittelfinger in den Arsch gesteckt.

Mott sagt, Der Sohn hat auf einen Plastikkanister getrommelt.

Lisch sagt, Der Sohn hat sich den linken Mittelfinger abgeleckt.

Schott sagt, Der Sohn hat sich mit dem Rücken an die Scheibe gelehnt, weil ich meine Hand auf die Scheibe gelegt habe.

Tomm sagt, Die Mutter lag auf dem Rücken und hat sich den Bauch gekratzt.

Mott sagt, Die Mutter lag auf dem Rücken und hat gelacht.

Lisch sagt, Die Mutter lag auf dem Rücken und hat ihren Sohn angesehen.

Schott sagt, Die Mutter lag auf dem Rücken und ist eingeschlafen.

Tomm sagt, Der Vater hat Blätter gegessen.

Mott sagt, Der Vater hat eine Mohrrübe gegessen.

Lisch sagt, Der Vater hat eine Banane gegessen.

Schott sagt, Der Vater hat sich gesagt, Macht doch, was ihr wollt.

Oder wo könnte Liu gerne entlanggegangen sein? An einem Feld! An einem Feld hoher Kreuzblütler mit gelben Blüten und blaugrünen Blättern. Liu wäre im gemäßigten kontinentalen Bereich der nördlichen Halbkugel zwei Zentimeter langen, bläulichgrün schimmernden Glanzkäfern begegnet, die sich auf den blaugrünen Blättern aufgehalten hätten. Oder beziehungsweise und Rüsselkäfern, die jedoch viel kürzer gewesen wären, mit grauen Haarschuppen.

Ziemlich beiläufig sagt der Verfasser, schon wieder jener, Aber bitte nicht an einem wogenden Feld. Erstens ist es ungewiß, ob die erwähnten Kreuzblütler wogten. Jedenfalls, ob sie wogten, als Liu an dem Feld entlanggegangen sein könnte. Zweitens ist das Wort wogend unerträglich.

Der Leser denke an wogende See, wogende Erregung, wogende Busen, wogenden Beifall. Ich kann dieses Wort nicht mehr hören, auch dann nicht, wenn es von sonstwem benutzt wird. Ich nehme sogar an, Liu wäre an einem wogenden Feld nicht entlanggegangen.

An einem Feld hoher Kreuzblütler, die nicht wogten. So steht es da. So, wie es dasteht, ist es. Abgesehen davon, daß Liu an diesem Feld entlanggegangen sein nur könnte. Es wäre aber erträglich, daß sich das Feld bis zum jeweiligen Horizont erstreckte. Auf jedweden lächerlichen Vergleich ist zu verzichten. Irgendwo müßte das Feld allerdings beginnen. Liu ginge nicht durch das Feld, sondern an dem Feld entlang. Auf einem Feldweg oder auf einem Feldrain. An einem beliebigen Beginn des Feldes. Liu hätte das Feld im Blick, und das Feld erstreckte sich bis zum vorliegenden Horizont. Liu könnte unbestreitbar erwägen, durch das Feld hindurch zu gehen. Wer könnte Lius Erwägungen bestreiten. Was Liu erwägen könnte, weiß außer mir niemand.

Es wäre abgeschmackt, ließe ich Liu an Pflanzen mit blaugrünen Blättern und bläulichgrünen Käfern in blaugrüner Dämmerung entlanggehen. Eine vordergründig beziehungsvolle Beschreibung wäre das, die jeden Leser mit bewährtem Stilgefühl das Kotzen kriegen ließe. Die Farbe Blaugrün für Blätter und Käfer hat nur in hellem Tageslicht Sinn. Das gilt um so mehr für die Farbe Grau, die die Haarschuppen der Rüsselkäfer besitzen.

An einem Feld. Im hellen Tageslicht. Am besten mittags. Die Mittagszeit stellte noch keine ästhetische Verletzung dar. Außerdem ermöglichte sie es, daß Liu schon von weitem einen Mann auf sich zukommen sähe.

Ein Mann winkte ihr aus etwas geringerer Entfernung als von weitem zu. Einige Schritte vor Liu sagte der Mann, Liu!, und bliebe stehen.

Liu bliebe stehen und sagte nichts.

Schott sagte, Ich bin froh, daß ich dich endlich treffe.

Liu sagte, Die, die du triffst, ist nicht hier.

Schott sagte, Wo ist sie.

Liu sagte nichts.

Oder in einem Hain. In einem Hain sommergrüner Bäume mit großen, unpaarig gefiederten Blättern. Über Liu hingen und unter Liu lägen Steinfrüchte mit dicker, faseriger Außen-, holziger Innenschale und einem fetthaltigen eßbaren Kern.

Der Verfasser, stets jener, sagt, Muß es unbedingt ein Hain sein? Warum nicht, Horch, die Lerche singt im Wäldchen? Das vermittelte doch genügend Naturgefühl und Empfindsamkeit. Oder ist an religiösen Kult gedacht und an einen Asyl-Ort? Wenn ja, warum? Du öder Hain! Dann wenigstens doch, aus dem Mund Schotts, Wo in jener Schattennacht mir vielleicht die Hirtin lacht. Hain ist einfach hanebüchen.

In einem Hain. Möglichst aber wieder am Tag, der Sichtverhältnisse wegen. So daß Schott zwischen den Bäumen Liu auf sich zukommen sähe.

Schott winkte Liu zu, riefe Liu!, und bliebe stehen.

Liu sagte nichts, bliebe aber auch stehen.

Schott sagte, Du hier!

Liu sagte, Du gehst so schwer. Du sprichst so laut.

Schott sagte nichts.

Liu sagte, Unter dir wohnen Milliarden Menschen.

Schott sagte nichts.

Liu sagte, Als ich noch lebte, konntest du leicht schwer gehen und laut sprechen.

Schott sagte, Aber.

Liu sagte nichts.

Schott sagte, Du lebst.

Liu sagte nichts.

Oder an einem See. An einem zweihundertdreißig Meter tiefen See. In welchen sich siebzig Flüsse ergießen und der sich selbst ergießt. Durch einen Fluß in jenes Meer. Der See ist fischreich. Der See ist eisbedeckt im Dezember, Januar, Februar, März, April und Mai.

Der Verfasser sagt, An einem See mit unregelmäßigen Uferlinien und zahlreichen Buchten. Das felsige Nordufer wäre infolge einer postglazialen Hebung höher als das Südufer. Die Seemitte wäre eisfrei, zumindest meist. Die Szene wäre begünstigt, ginge Liu im Juni oder Juli oder August oder September oder Oktober oder November am Südufer entlang. Außer Liu ginge dort kaum jemand, trotz der vorteilhaften Jahreszeiten. Höchstens Schott ginge dort, zur gleichen Zeit.

Liu sähe aus einiger Entfernung, die größer als gering, aber geringer als weit wäre, einen Mann auf sich zukommen.

Schott bliebe stehen und sagte, Liu!

Liu bliebe auch stehen, sagte aber nichts.

Schott sagte, Endlich habe ich dich getroffen.

Liu sagte, Ich beobachte, daß du jede Gelegenheit wahrnimmst, dich zu erhitzen.

Schott sagte, Wie sollte ich nicht. Ich habe dich endlich getroffen.

Liu sagte, Du weißt nicht, wen du getroffen hast.

Schott sagte nichts.

Liu sagte nichts.

Schott sagte, Ich könnte mit dir auskommen.

Liu sagte, Du kennst meine Gesetze nicht. Ich kenne deine Gesetze nicht.

Schott sagte, Wir passen zusammen.

Liu wiederholte ihre Antwort.

Schott sagte, Ich habe Angst.

Liu sagte, Wovor.

Schott sagte nichts.

Liu sagte, Ich habe Angst.

Schott sagte, Wovor.

Liu sagte nichts.

Der Verfasser sagt, Sinngemäß.

Oder am Rand einer Tiefe. Einer gähnenden oder bodenlosen.

Der Verfasser, dieser selbe, sagt, Es müßte nicht gleich die Tiefe der Seele oder des Geistes oder des Lebens sein. Es genügte die blaue. Oder die der Augen. Aus dieser könnte ein Licht hervorblicken. Eine Begegnung zwischen Liu und Schott wäre jedoch in beiden Fällen schwer zu arrangieren. Ich ziehe deshalb eine Tiefe vor, die klafft, die Liu verschlingen, von der Liu zurückgerissen werden könnte.

Am Rand einer Tiefe. Einer unermessenen.

Gähnend und bodenlos sollte die Tiefe aber nicht sein, sagt der Verfasser noch. Gähnend nicht, weil das Feld nicht wogt. Bodenlos nicht, weil nach einem Absturz schwerlich gesagt werden könnte, Liu läge in ihr zerschellt. Statt unermessen zöge ich unermeßlich vor. Unermeßlich ließe die Vorstellung zu, daß kein Metermaß zur Hand wäre, die Tiefe zu ermessen. Aber für unermessen spricht sehr, daß das Wort selten geworden ist. Es wäre etwas für ein Wort getan, das in der Tiefe der Sprachgeschichte versinkt. Abgesehen davon, daß das Wort dasteht. Soll es da auch stehenbleiben.

Am Rand einer unermessenen Tiefe.

Schließlich sagt der Verfasser, Sollen Liu und Schott einander begegnen, muß Schott auch am Rand entlanggehen.

Schott bliebe vor Liu stehen und sagte, Liu! Sei vorsichtig!

Liu sagte, Dieser Satz kann zu mir nicht gesagt werden.

Schott sagte, Sieh doch hinab!

Liu sagte, Ich bin erwachsen, ich handle, ich setze mich der Gefahr aus, ich verantworte mich, und du sagst, Sei vorsichtig.

Schott sagte, Es ist ein Bild.

Liu sagte, Hättest du doch gesagt, Ich hoffe, daß deine Absichten erfüllt werden.

Oder Liu ginge nicht an etwas entlang. Sie ginge durch etwas hindurch. Sie legte sich auf ein Brett, welches mit scharfen Nägeln besetzt wäre. Oder auf einem Hügel hätte wer einen Pfahl errichtet. Am oberen Ende des Pfahls wäre eine Stange befestigt, die nach oben, nach unten und seitwärts bewegt werden könnte. An dem einen Ende dieser Stange wäre ein Seil angebracht, das einen eisernen Haken trüge, den Liu sich in das Fleisch hätte haken lassen. An dem anderen Ende wäre ein Seil, das zwei oder drei Männer straff hielten oder etwas lockerten. So hinge Liu bewegt aufgezogen in der Luft, zeigte sich heiter und würfe Blumen unter die Zuschauer.

Schott stünde vom Publikum entfernt und riefe tatsächlich entsetzt, Liu! Das bist du nicht!

Doch!, riefe Liu. Wir sind verschieden. Deshalb tue ich dir leid. Deshalb tust du mir leid. Eine alberne Vorsorge! Ich fürchte mich nicht. Das Leben ist sehr elend. Ich leide dich gern. Ich fürchte, daß du es vergißt. Faktor heißt jede Zahl, die mit einer anderen multipliziert wird. Das Resultat der Multiplikation wird Faktum genannt.

Schott schriee, Liu!

Liu riefe, Mein Grund ist die Versöhnung. Gegen Schmerzen halte ich mich mittels starker Konzentration unempfindlich. Freiwillig übernommene Qual ist ein Dienst, wobei eine leise Musik erklänge.

Lisch ruft Schott an. Wir müssen uns treffen. Komm zu mir. Mott und Tomm kommen auch.

Schott sagt, Ich komme.

Schott kommt als letzter.

Lisch sagt, Ich steige aus bei Schill.

Mott und Tomm sagen, Warum?

Lisch sagt, Schill hat gesagt, was er will.

Schott sagt, Was?

Lisch sagt, Schill hat gesagt, Wenn wir dran sind, können die anderen was erleben. Die Pfaffen werden aus dem Tempel gejagt.

Ich sage, Alle?

Er sagt, Alle, die gegen uns sind.

Ich sage, Und die anderen?

Er sagt, Ich bin der Herr. Sie dürfen predigen, Dich, Herr, loben wir.

Ich sage, Was noch?

Er sagt, Die Schmierfritzen von der Zeitung werden an die Kandare genommen.

Ich sage, Welche?

Er sagt, Die gegen uns sind. Sie tanzen nach unserer Pfeife oder sie suchen sich 'ne Arbeit.

Ich sage, Noch was?

Er sagt, Die Eierköppe von Professoren kriegen eins auf den Hut. Sie denken für uns oder gar nicht.

Ich sage, Und?

Er sagt, Die Herren Künstler, und die Weiber auch, legen wir an die Leine. Mit denen werden wir am leichtesten fertig.

Die haben von Geburt an keinen Arsch in der Hose. Für Kohle machen die alles.

Ich sage, Hast du noch was?

Er sagt, Wer Sperenzchen macht, geht in den Bau.

Ich sage, Oder weg.

Er sagt, Die Schlupflöcher werden verstopft. Wer weggeht, bestimmen wir.

Ich sage, Und Schott?

Er sagt, Macht, was wir wollen.

Ich sage, Glaubst du.

Er sagt, Ich habe es satt. Jeder macht, was er will! Damit ist Schluß.

Ich sage, Das schaffst du nicht.

Er sagt, Ich schaffe das nicht? Wir schaffen das.

Ich sage, Du schaffst das.

Er sagt, Wieso ich. Was ist mit dir?

Ich sage, Ich mache nicht mit.

Er sagt, Ich warne dich. Überleg dir, was du sagst. Überleg dir, was du machst.

Mott sagt nichts.

Tomm sagt nichts.

Schott sagt nichts.

Die Frau, die in der Wohnung unter der Wohnung von Schott wohnt, öffnet die Tür, als Schott vorbeigeht.

Herr Schott!

Schott bleibt stehen. Frau Semper.

Ich vergesse alles, Herr Schott. Ich weiß nicht mehr, wie alt ich bin.

Achtzig, Frau Semper.

Ich weiß nicht mehr, welcher Tag heute ist.

Freitag, Frau Semper.

Ich weiß nicht mehr, wo meine Kinder sind.

In der Stadt, Frau Semper.

Ich weiß nicht mehr, wo meine Brille ist.

In Ihrer Schürzentasche, Frau Semper.

Ich weiß nicht mehr, wo mein Geld ist.

Wo Sie es immer haben, Frau Semper.

Ich weiß nicht mehr, was ich soll.

Ja, Frau Semper.

Wo ist meine Freundin Lydia, Herr Schott.

Gestorben, Frau Semper.

Wem kann ich noch trauen, Herr Schott.

Sie sollen die Türkette vorlegen, Frau Semper. Das habe ich Ihnen schon öfter gesagt.

Das haben Sie mir noch nie gesagt, Herr Schott.

Doch, Frau Semper. Sie haben es vergessen.

Nein, Herr Schott. Daran würde ich mich erinnern.

Schließlich könnte Schott mit Liu auf eine Reise gehen.

Aber nicht als Schlußstein eines Gewölbes. Auf eine entscheidende Reise.

Die erste Schwierigkeit ergäbe sich schon. Soll es eine Reise zu Fuß sein? Oder eine Autoreise? Oder eine Schiffsreise? Oder eine Flugreise? Oder eine Radwanderung?

Liu sagte, Eine Reise zu Fuß? Warum nicht. Wenn sie durch einen Wald führt? Wir laufen täglich acht Stunden. Wir zünden ein Feuer an und kochen Essen. Wir schlafen unter einem Baum, der noch nicht abgestorben ist. Ich nehme einen Rucksack auf den Rücken, und alles, was ich brauche, hat Platz darin. Aber du willst doch nicht laufen, Schott. Du möchtest doch viel zu schnell vorankommen. Du hast doch keinen Blick für Bäume. Du findest doch keine Stelle, die dir glatt genug wäre für deinen unruhigen Schlaf. Du hättest doch Angst vor dem Feuerchen, das uns beköstigte und wärmte.

Liu sagte, Eine Autoreise? Wenn sie durch eine unbekannte Gegend führt. Wenn wir am Morgen nicht wissen, wo wir am Abend ankommen. Wenn wir auf die Märkte gehen. Wenn wir irgendwo haltmachen, um in einem Fluß zu schwimmen. Wenn wir uns irgendeine Herberge suchen. Wenn du mir nicht sagen willst, daß ich zu schnell oder zu langsam fahre. Wenn du dich ans Steuer setzen kannst aus Vergnügen, nicht aus Sorge um mich oder dich. Aber du willst doch stets ein

Ziel haben, Schott. Du kaufst doch lieber in einem Supermarkt ein als auf einem Markt. Weil du keine Ahnung von der Schönheit eines Marktes hast. Du schwimmst doch lieber in einer Schwimmhalle. Du schläfst doch lieber in einem einförmigen Hotel als in einem Landgasthaus.

Liu sagte, Eine Schiffsreise? Eine Schiffsreise. Aber du hältst es doch nicht aus auf kleinem Raum, Schott. Dir gehen doch die immer gleichen Tischnachbarn auf die Nerven. Du willst das Meer, das du sehen willst, doch bald nicht mehr sehen.

Liu sagte, Eine Flugreise? Nein. Ich will endlich sehen, daß die Erde groß ist.

Liu sagte, Eine Radwanderung? O ja. Aber du atmest doch schon in der Ebene schwer.

Schott sagte, Warum nicht zu Fuß. Aber du gehst zu schnell. Ich möchte neben dir gehen, nicht hinter dir. Ich möchte mit dir reden. Ich höre ungern, daß du sagst, Du redest nicht mit mir, du redest. Ich höre ungern, daß du sagst, Es gibt das Wort Geräusch. Alles, was du redest, Schott, wandert bei mir in den Müll.

Schott sagte, Warum keine Autoreise. Aber wenn ich mich aus Vergnügen ans Steuer setze, sagst du, Du könntest jetzt in den vierten Gang schalten, Schott.

Schott sagte, Warum keine Schiffsreise. Aber du willst dich an Deck in die heiße Sonne legen, Liu.

Schott sagte, Warum keine Flugreise. Ich weiß, daß die Erde groß ist.

Schott sagte, Aber bitte keine Radwanderung.

Liu sagte, Ich sage meine Wünsche, aber du verteidigst dich. Am Ende bin ich im Unrecht.

Schließlich, als Schlußstein eines Gewölbes, könnten Liu und Schott mit der Eisenbahn reisen.

Die zweite Schwierigkeit ergäbe sich schon.

Soll die Reise durch eine unbekannte Gegend führen? Soll

die Reise durch einen Wald führen? Nimmt Liu einen Rucksack, und Schott nimmt einen Koffer? Sollen Liu und Schott am Morgen wissen, wo sie am Abend ankommen? Hält Schott es in einem kleinen Eisenbahnabteil aus? Sollen Liu und Schott ein Feuer anzünden und Essen kochen oder sollen sie im Speisewagen essen? Sollen Liu und Schott unter einem Baum schlafen oder in einem Landgasthaus oder in einem einförmigen Hotel? Wird Schott nicht schwer atmen? Wird Liu sich nicht die Ohren zuhalten wollen?

Die dritte Schwierigkeit wäre vielgestaltig.

Schott und Liu essen im Speisewagen zu Mittag. Sie sitzen an einem Tisch für zwei Personen. Ehe der Kellner kommt, vergeht viel Zeit. Ehe das Essen kommt, vergeht viel Zeit. Ehe die Rechnung kommt, vergeht viel Zeit.

Ehe Schott und Liu in das Abteil zurückkommen, ist es zu spät.

Schott sagt, Mein Koffer ist weg.

Liu sagt, Sind wir in unserem Abteil?

Schott sagt, Ja.

Liu und Schott gehen zu dem linken Nachbarabteil, Liu und Schott gehen zu dem rechten Nachbarabteil. Die Nachbarabteile sind leer.

Liu und Schott stehen vor ihrem Abteil.

Liu sagt, Du gehst in diese Richtung durch den Zug, ich gehe in jene Richtung durch den Zug.

Schott und Liu gehen.

Schott sieht in dieser Richtung in jedes Abteil, Liu sieht in jener Richtung in jedes Abteil. Schott findet den Koffer nicht.

Liu findet den Koffer. Das Abteil, in dem sie den Koffer findet, ist leer. Sie öffnet den Koffer. Der Koffer ist leer.

Schott geht zurück. Er sieht Liu mit dem Koffer kommen und ruft, Der Koffer!

Liu sagt, Ist leer.

Schott sagt, Steigen wir aus? Fahren wir zurück?
Liu sagt, Nein. Was du brauchst, kaufen wir.

Oder eine Frau öffnet die Abteiltür und sagt, Guten Tag. Sie legt ihren Koffer ins Gepäcknetz und setzt sich neben Liu.
Liu sagt, Sie haben einen schönen Rock an.
Nicht wahr?, sagt die Frau. Entschuldigen Sie, aber ich muß es Ihnen sagen: Ich habe gestern erfahren, daß ich todkrank bin.
Liu sagt, Das ist schrecklich.
Nicht wahr?, sagt die Frau. Ich habe mir gesagt, Jetzt kaufe ich mir einen schönen Rock.
Liu sagt, Er ist mehr als schön.
Die Frau sagt, Es ist mein Totenrock.

Oder ein Mann öffnet die Abteiltür und sagt, Guten Tag. Er legt seinen Koffer ins Gepäcknetz und setzt sich neben Schott.
Schott sagt, Sind Sie nicht Herr Flieder?
Flieder sagt, Sie sind Herr Schott.
Schott sagt, Worüber arbeiten Sie?
Flieder sagt, Über die Bevölkerungsdichte von Blattläusen auf Nadelbäumen.

Oder eine Frau öffnet die Abteiltür und sagt, Guten Tag. Sie legt ihren Koffer ins Gepäcknetz und setzt sich neben Liu.
Liu sagt, Möchten Sie die Zeitung lesen?
Die Frau sagt, Das ist nett, danke.
Die Frau schlägt die Sportseite auf und sagt, Wann hört das endlich auf.
Liu sagt, Was.
Die Frau sagt, Gewichte heben, Kugeln stoßen, Diskusse werfen.
Sie hält Liu die Sportseite hin und sagt, Sehen Sie sich das an.

Liu sieht drei große dicke Männer. Der eine hebt ein Gewicht, der andere stößt eine Kugel, der dritte wirft einen Diskus.

Liu sagt, Lassen Sie die doch machen.

Die Frau sagt, Ich kann das nicht mehr sehen. Diese riesigen fetten Kerle erinnern mich an meinen Mann.

Oder ein Mann öffnet die Abteiltür und sagt, Tag, Leute.

Schott sagt, Grüß dich, Mott.

Liu sagt, Tag.

Schott sagt, Wo willst denn du hin.

Mott setzt sich neben Schott und sagt, Ich fahre zum Begräbnis von Ole. Schill hat zu Ole gesagt, Dich gibt es nicht wirklich. Dein Bruder Mott hat dich bloß ausgedacht. Da hat sich Ole umgebracht.

Oder eine Frau öffnet die Abteiltür, schiebt ein Mädchen vor sich her und legt ihren Koffer ins Gepäcknetz. Sie setzt das Mädchen neben Schott, sie setzt sich neben Liu.

Das Mädchen sagt, Darf. Ich. Was. Trinken.

Die Frau gibt dem Mädchen eine Dose Limonade.

Das Mädchen öffnet die Dose und trinkt.

Liu sagt, Wie alt bist du?

Das Mädchen sagt, Fünf. Zehn.

Liu sagt, Wie heißt du?

Das Mädchen sagt, Lo. Ni.

Die Frau sagt, Paß auf, daß du dich nicht bekleckerst.

Das Mädchen kratzt sich an einer breiten Stirnnarbe.

Die Frau sagt, Hör auf.

Das Mädchen sagt, Das. Juckt. So.

Die Frau sagt, Sie ist vor ein Auto gelaufen.

Das Mädchen sagt, Jetzt. Darf. Ich. Nicht. Mehr. Rauchen.

Die Frau sagt, Das ist auch gut für dich.

Das Mädchen sagt, Jetzt. Darf. Ich. Nicht. Mehr. Trinken.

Die Frau sagt, Das ist auch besser für dich.

Oder ein Mann mit zwei Krücken versucht, die Abteiltür zu öffnen.

Liu springt auf und öffnet die Abteiltür. Sie sagt, Robert, wie siehst du denn aus.

Wölflin sagt, Weißt du nicht?

Schott sagt, Er ist vom Turm gefallen.

Liu sagt, Wohin fährst du.

Wölflin sagt, Ich habe Anspruch auf einen bezahlten Zusatzurlaub von sechs Arbeitstagen. Den nehme ich jetzt.

Liu sagt, Komm, setz dich.

Wölflin sagt, Nein. Ich suche das Abteil für Schwerbehinderte.

Oder eine Frau öffnet die Abteiltür und sagt, Gutt Tack. Sie legt ihren Koffer ins Gepäcknetz und setzt sich neben Liu.

Die Frau ist auch im Sitzen kleiner als Liu. Sie sieht Schott an und lächelt.

Schott sieht die Frau an und lächelt nicht.

Liu sagt, Sind Sie schon lange im Land?

Die kleine Frau sagt, Fünf Woch.

Liu sagt, Wie lange bleiben Sie?

Die kleine Frau sagt, Dlei Monat.

Liu sagt, Haben Sie eine Arbeit?

Die kleine Frau sagt, Bal.

Liu sagt, Was arbeiten Sie in Ihrer Heimat?

Die kleine Frau sagt, Haale schön.

Liu sagt, Haben Sie Kinder?

Die kleine Frau sagt, Ein.

Liu sagt, Wo ist Ihr Mann?

Die kleine Frau sagt, Weg. Ich dick. Mann folt.

Liu sagt, Wo ist Ihr Kind?

Die kleine Frau sagt, Mama. Ich schicken Geld.

Liu sagt, Wie geht es Ihrem Kind?
Die kleine Frau sagt, Gut. Ich telefonielen. Ich weinen.

Oder ein Mann öffnet die Abteiltür und sagt, Guten Tag. Er legt seinen Koffer ins Gepäcknetz und setzt sich neben Schott.

Der Mann trägt eine Uniform.

Schott sagt, Sind Sie Flieger?

Der Mann sagt, Kunstflieger.

Schott sagt, Fahren Sie fliegen?

Der Mann sagt, Ja. Zur Weltmeisterschaft.

Schott sagt, Haben Sie Angst?

Der Mann sagt, Nein. Es ist mein Beruf.

Schott sagt, Wie tief dürfen Sie fliegen?

Der Mann sagt, Minimal einhundert Meter.

Schott sagt, Ein Looping sieht schön aus.

Der Mann sagt, Ach. Wissen Sie. Alle reden vom Looping. Das ist nichts Besonderes. Trudeln, das ist schon was anderes. Sie fliegen senkrecht auf die Erde zu.

Schott sagt, Aus welcher Höhe?

Der Mann sagt, Maximal eintausend Meter.

Schott sagt, Grauenhaft.

Der Mann sagt, Oder das Männchen. Ich fliege steil nach oben, lasse mich zurückfallen und fliege wieder geradeaus.

Schott sagt, Entsetzlich.

Der Mann sagt, Oder die Schraube. Senkrecht nach oben und dabei sich ständig um sich selbst drehen.

Schott sagt, Furchtbar.

Der Mann sagt, Die Rolle ist nichts weiter als eine waagerechte Schraube.

Schott sagt, Wechselweise mit dem Kopf nach unten?

Der Mann sagt, Ja. Beim Spiegelflug fliegt die obere Maschine durchgehend auf dem Rücken. Überhaupt: Ich fliege am liebsten in der Staffel.

Schott sagt, Wieso das?

Der Mann sagt, Wegen der Harmonie.

Schott sagt, Sind Sie schon einmal abgestürzt?

Der Mann sagt, Glauben Sie, ich säße dann hier? Einer meiner Kameraden ist abgestürzt.

Schott sagt, Und?

Der Mann sagt, Die Maschine ist explodiert, er ist verbrannt.

Schott sagt, Ein Kunstfehler ist ein Handeln oder Unterlassen, das den anerkannten Regeln des Kunstfluges widerspricht.

Der Mann sagt, Richtig.

Schott sagt, Was werden Sie tun, wenn Sie kein Kunstflieger mehr sein können.

Der Mann sagt, Ich werde Jagdflieger. Dann fliege ich tiefer als einhundert Meter. Ich mache Jagd auf Bodenziele: Panzer, Fahrzeuge, Eisenbahnzüge, Marschkolonnen, Einzelpersonen.

Schott sagt, Auch auf Ziele in der Luft?

Der Mann sagt, Selbstverständlich. Auf feindliche Jagdflieger.

Schott sagt, Ich stelle es mir gar nicht vor.

Der Mann sagt, Sie müssen sich im Schutz der Sonne versteckt halten. Sie müssen sich aus der Sonne auf den Feind stürzen. Sie müssen den Feind in jeder Lage vor die Läufe kriegen.

Schott sagt nichts.

Der Mann lacht. Den meisten Spaß macht die Jagd auf Marschkolonnen. Sie sollten einmal sehen, wie die Kerle auseinanderspritzen. Wie sie sich auf den Boden werfen. Wie die Erde aufsprüht. Wie die Kerle liegenbleiben. Im nächsten Moment bin ich mit meiner Maschine schon weg. Es sei denn, ich drehe um. Wer noch lebt und aufgesprungen ist, fällt wie ein Hampelmann in sich zusammen.

Aber Liu geht nicht mit Schott auf die Reise.

Schott mietet eine Marktbude. Er legt Ohrgehänge, Halsketten, Gürtelschnallen, Taschen, Leuchter, Glaskugeln, Seidentücher und Holzlöffel aus.

Die Weiber gehen auf den Trödel, und was sie sehen, das wollen sie haben. Vielleicht, daß Liu sich auf den Markt verirrt. Vielleicht, daß sie sagt, Diese Tasche gefällt mir.

Schott sagt einen niedrigen Preis, Liu hebt den Kopf, weil sie Schotts Stimme erkennt.

Liu sagt, Bist du unter die Trödler gegangen? Handelst du jetzt?

Schott, aufgeregt, sagt, Wenigstens machst du bei mir halt, Wenigstens siehst du dir an, was ich habe.

Empfindsamkeit, sagt Liu. Alte Sätze und falscher Glanz. Glaubst du, mein Geschmack ist so verderbt, daß er bei jedem Trödelmann vergnügt werden könnte?

So fürchtet es Schott.

Schott zieht sich muffiges Lumpenzeug über und setzt sich auf den Bürgersteig. Er stellt einen Teller vor seine Füße und hängt sich ein Pappschild vor die Brust.

Vielleicht, daß Liu vorübergeht. Vielleicht, daß Liu das Pappschild liest.

Denn es ist nichts Reicheres als der Bettel.

Auf Schotts Pappschild steht: Ich nehme jede Arbeit an.

Der dritte Passant sagt, Du kannst mir den Arsch wischen.

Auf Schotts Pappschild steht: Ich nehme jede Hilfe an.

Der fünfte Passant sagt, Hilf dir selbst.

Auf Schotts Pappschild steht: Ich nehme gefährliche Ausmaße an.

Liu sagt, Läßt du dich schon betreten?

Schott sagt, Ich suche meinen Weg mit den Händen.

Liu sagt, Bist du blind?

Schott sagt, Ich war im Krieg, bin verwundet und muß mich nach Hause betteln.

Es wird wohl eine Konzerthalle geben. Schott ginge so spät, daß er nur in der letzten Reihe noch Platz fände.

Im Foyer träfe oder trifft Schott auf Mott.

Bist du allein?, sagt Schott.

Ich wollte mit Tomm kommen, sagt Mott. Aber Tomm ist krank. Er kann den rechten Arm kaum bewegen oder gar nicht. Jede Bewegung oder jeder Bewegungsversuch ist sehr schmerzhaft. Ich habe gesagt, Du bist krank. Wie gehts dir. Er hat gesagt, Ich bin es leid, jedem zu sagen, wie es mir geht. Sieh doch in einem beliebigen Handbuch nach. Dann weißt du es. Ich habe gesagt, Was tust du. Er hat gesagt, Ich lese. Ich habe gesagt, Ich lese auch. Er hat gesagt, Rufst du mich an, um mir das zu sagen? Ich habe gesagt, Ich rufe dich an, um zu fragen, wie es dir geht. Er hat nichts gesagt. Ich habe gesagt, Ja dann. Er hat gesagt, Ich muß jetzt pissen gehen. Ich habe gesagt, Jaja, natürlich. Er hat gesagt, Machen wir Schluß. Ich habe gesagt, Ja.

Wo sitzt du?, sagt Schott.

In der ersten Reihe, sagt Mott.

Also, sagt Schott.

Schott sieht unzählige Hinterköpfe. Den Hinterkopf von Mott sieht er nicht.

Der erste Satz. Die C-Dur-Stelle mit dem in E aufgelösten Es ist für Schott zu hell, verdunkelt sich aber gottlob zu c-Moll. Der neuerliche Wechsel nach Es-Dur bringt Schott an den Rand. Jetzt tue ich es!, sagt Schott. Aber er bleibt still.

Der zweite Satz. Über diesem E-Dur gerät Schott in die Schwebe. Er kommt sich größer vor als er ist. Er wird ruhiger als er sein kann. Er richtet sich etwas auf und ruft in den Saal, Liu!

Der Mann rechts von Schott wendet den Kopf nach links, die Frau links von Schott wendet den Kopf nach rechts. Eine Anzahl Köpfe vor Schott wendet sich mehr als halb um. Aber kein Gesicht, das Schott teilweise sieht, gehört zu Liu. Die

Gesichter vieler Köpfe, die sich mehr als halb umwenden, erkennt Schott gar nicht.

Schott sinkt zurück. Er wünscht sich, der Solist ließe das Pedal durch das ganze Thema fortdauern. Zuletzt muß Schott daran denken, daß das Stück im Sommer geschrieben wurde, aber er weiß nicht, warum er daran denken muß.

Oder Schott sagte, und Mott sagte, und Schott sähe, und die C-Dur-Stelle sei, und der Wechsel bringe, und Schott sagte, und aber Schott bliebe still, und Schott gerate, und Schott komme sich vor, und Schott werde, und Schott richte sich auf, und Schott riefe, und der Mann, und die Frau, und eine Anzahl Köpfe, aber kein Gesicht, und Schott sinke, und Schott wünsche sich, und Schott wisse nicht.

Und Mott sagt, Bist du verrückt? Ich habe mich erst gar nicht nach dir umgedreht.

Und Schott sagt, Aber Liu hätte es getan.

Wiederum neulich, sagt der Verfasser, in einer wenig größeren Gemeinde, nimmt mich ein Leser beim Mantelknopf, sieht mir historisch in die Augen und sagt, Unter welchen Einflüssen stehen Sie?

Ich wollte fliehen, doch ich sagte ängstlich, Unter dem Einfluß der Antike, des Mittelalters, der Renaissance, des Humanismus, der Reformation, des Barock, der Aufklärung, der Empfindsamkeit, des Sturm und Drang, der Klassik, der Romantik, des Realismus, des Naturalismus, des Symbolismus, des Expressionismus und des Fußballbundes.

Der Leser sah mich schneidend an und sagte, Ich will Namen, verstehen Sie?

Jetzt hatte er mich in der Ecke, ich sah mich nach einem Rechtsanwalt um und grub verdrossen, hingegen erfolglos nach den Entlastungszeugen.

Der Leser zog mich näher zu sich, sagte, Na? Wirds bald?, und starrte siegreich auf meinen Mund.

Jetzt hatte die Stunde geschlagen. Ich sagte, Einerseits und andererseits, sowohl als auch, zwar, obwohl, jedoch der Leser riß an meinem Knopf, so daß ich mich rückhaltlos zur Wahrheit entschloß. Ich sagte, Individualpsychologisch betrachtet, fing es mit mir recht bald an. Es war der frühkindliche Einfluß einer Klistierspritze, die leider mit kaltem Wasser gefüllt war. Solcherart angeregt, vermischte sich in mir das Eigene mit dem Fremden, und ich schiß aus, was ich zu geben vermochte. Noch war es ungeformt, und statt auf weißem Papier, auf dem ich mich hätte ausdrücken wollen, bildete sich ein Muster auf dem weißen Stoff, den meine Mutter Laken nannte. Aber zweierlei war klar: Es kam auf das Muster an, und auf das Medium kam es nicht an.

Offener konnte ich nicht sein, es sei denn, ich hätte mich für ein Stück Butterbrotpapier gehalten. Ich sagte zu dem Leser, Hoffentlich habe ich Ihnen weitergeholfen.

Der Leser ließ mich los, es war für mich ein Grund der Erleichterung, drehte sich jäh um und ging. Soweit ich es in seiner Eile sehen konnte, war sein Gesicht ausdruckslos. Ich kann nicht verstehen, wie jemand so scharf auf die Wahrheit sein kann und über die Wahrheit so sauer. Hilfsbereit rief ich ihm ein Schimpfwort nach. Doch der Erfolg blieb aus. Es war offensichtlich kein Gespräch möglich.

Schott möchte eine Vorkehrung treffen. Es könnte sein, daß ich mich vor Schill verbergen muß, sagt Schott.

Geeignet als Zufluchtsplatz kommt Schott ein Keller vor, den nur er kennt. Der Keller liegt unter der Ruine einer Fabrikhalle. Die Fabrikhallenruine liegt inmitten eines abgesperrten Trümmergeländes. An einigen Stellen ist der Absperrzaun von Leuten durchbrochen worden, die Müll auf das Trümmergelände bringen. Die Müllhaufen liegen nicht weit von den Zaunlöchern entfernt. Schott denkt sich, daß kaum jemand Lust hat, über das Trümmergelände bis zu der Fabrikhallenruine gefährlich zu balancieren. Schott denkt sich, daß kaum jemand, der gefährlich über das Trümmergelände balanciert ist, Lust hat, in die Ruine zu klettern. Schon am Zaun hängen Schilder, auf denen Lebensgefahr vorausgesagt ist. Schott denkt sich, daß kaum jemand, der Lust hat, in die Ruine zu klettern, sich in halbverschüttete Fußbodenlöcher hinabläßt. Schon der Ratten wegen nicht, die auf dem Trümmergelände und in der Fabrikhallenruine umherlaufen.

Ein halbverschüttetes Fußbodenloch ist aber der Zugang zu einem Gang, an dessen Ende sich eine Stahltür findet. Hinter der Stahltür findet sich eine zweite Stahltür. Hinter der zweiten Stahltür findet sich ein unversehrter Kellerraum. Er ist fünfzig Quadratmeter groß.

Mancher, der sich vor Schill verbergen muß, sucht womöglich einen solchen eigenen Keller.

Einen unterirdischen Raum, zu welchem man auch eine gefühlsmäßige Beziehung aufzunehmen wünscht. Rein verstandesmäßige Beziehungen, die sich begnügen mit der Einrichtung und Benennung eines trümmersicheren Zugangs, einer Eingangsschleuse mit gasdichten und feuerhemmenden Türen, eines Aufenthaltsraums, eines Sandfilters und Lüfters sowie eines Notausstiegs, befriedigen in der Regel nicht. Die Aufgabe, einen eigenen Keller zu schaffen, ist also keine rein rationale. Die rein verstandesmäßige Befriedigung des Kellerbedürfnisses ergibt ja bloß die Kellermaschine.

Der Keller birgt Leben und Habe. Er ist die Höhle der Vorzeit.

Schott entscheidet sich für diesen Keller und muß nicht wählen zwischen Kellern in verschiedenen Stadtteilen oder zwischen Grundstücken mit trockenem, warmem Untergrund. Zudem liegt die Fabrikhallenruine, unter der sich Schotts Keller befindet, im Nordwesten der Stadt, so daß Rauch und Staub der Nachbarn kaum zu befürchten sind, da die nordwestlichen Winde überwiegen.

Zu einem vollen Anschluß an die Versorgungsnetze gehören die Wasserleitung, die Wasserabführung, die elektrischen Leitungen, die Fernsprechleitung und das Kabel des Kabelfernsehens.

Mott, dem Schott als einzigem von dem Keller erzählt, so daß nicht mehr nur Schott den Keller kennt, ist entsetzt. Wie willst du das schaffen, Schott! Das ist Wahnsinn, das ist unmöglich.

Wenn es Wahnsinn ist, ist es möglich, sagt Schott.

Über die Lage und Art des Kellers besteht also Klarheit, ebenso über die Größe. Es bleiben die Kosten. Mit einer staatlichen Finanzhilfe, die die Form von Zuschüssen und Abschreibungen hätte, kann Schott nicht rechnen. Schill finanziert kaum die Verstecke seiner Feinde. Täte er es wahnsinnigerweise, müßte mit zehnjähriger Herrschaft Schills gerechnet werden, da Teile der Baukosten nur in zehn Jahresraten von der Steuer abgesetzt werden können.

Es wäre gut, sagt Mott, eine Liste des Notwendigen aufzustellen. Denn welcher König will sich begeben in einen Streit wider einen andern König und sitzt nicht zuvor und ratschlagt, ob er könne mit zehntausend begegnen dem, der über ihn kommt mit zwanzigtausend?

Ich frage, wer sich mit mir verstecken will. Der wird was beisteuern müssen, sagt Schott.

Der heutige eigentliche Keller hat vornehmlich zwei Formen: es ist ein Einzelkeller oder es ist ein Reihenkeller.

Der Einzelkeller ist auch für Leute wie uns erschwinglich, wenn mehrere Bewohner sich beteiligen, sagt Schott.

Mott sagt, Die Höhe des Raumes ist vorgegeben. Treppen sind nicht vonnöten. Außer den erforderlichen Schlafplätzen ist ein Tagesplatz vorzusehen, der die Kellerbewohner versammelt; es ist der Herdraum des alten Bauernhauses. Die für den Küchenbetrieb nötige Fläche ist als eigene Ecke zu gestalten. Allerdings, der unerfreuliche Anblick eines abgegessenen

Tisches und die unerfreulich veränderte Luft werden unvermeidlich bleiben, wenn kein Raum vorhanden ist, den man nach der Mahlzeit aufsuchen kann. Es werden auch Räume fehlen, in die man sich aus dem Kreis der Kellerbewohner zurückziehen könnte. Sollen übrigens Kinderbetten aufgestellt werden? Erwünscht sind eingebaute Schränke. Womöglich wird man je zwei bis drei Betten übereinander aufstellen müssen. Schließlich braucht man einen abgeschlossenen Wasch- und Toilettenraum von mindestens drei Quadratmetern Größe. Eine extra Nische für eine Dusche wäre noch kein Luxus. Dieser Raum bedürfte einer separaten Luftabsaugung. Eine der wertvollsten Neuerungen der letzten Menschenalter ist jedoch eine Badewanne.

Wenn ich dich so reden höre, wird mir übel, sagt Schott. Aber du hast ja recht. So oder so muß alles bedacht werden.

Ein Müllschlucker ist erwünscht, muß aber leider entbehrt werden, sagt Mott. Da Vorratswirtschaft aus bedauerlichen Gründen nötig ist, braucht man eine Speisekammer und mehrere Kühlschränke. Zur Vorratswirtschaft gehört eigentlich ein gut eingerichteter Keller. Es ist jedenfalls darauf zu achten, daß eine Raumheizung die Speisekammer nicht mitheizt, nicht wahr. Besonderer Beachtung bedarf die Wäsche. Es ist zu bedenken, ob zu einer Waschmaschine ein Trockenschrank hinzukommen sollte.

Welchen Fußboden braucht man. Ist der Fußboden hart, dann klingt er auch hart und ist unbehaglich.

Soll der Keller mit Gemälden und Plastiken ausgestattet werden?

Die Wände. Sollen sie mit Tapeten beklebt, mit Stoff bespannt oder mit Holz getäfelt werden. Grundsätzlich soll Täfelung um einen Ton derber sein als das Mobiliar. Bescheidener als alle Wandbekleidungen ist der einfache Anstrich. Es ist eine Roheit, in eine Wand einen Nagel zu treiben, der ein sichtbares Loch hinterläßt. Zum Aufhängen der Bilder bedient sich der kultivierte Mensch einer Bilderleiste, die unter der Decke befestigt wird.

Bist du bald fertig?, sagt Schott.

Die Farben noch, sagt Mott. Für Räume, die zu stunden- oder tagelangem Aufenthalt dienen, ist zu bedenken, daß Rot und Kreß auf viele Menschen aufregend wirken, während Blau und Grün eher beruhigen. Und übrigens die Decke. Eine Decke mit sichtbaren Balken ist im eigenen Keller immer wieder zu empfehlen.

Und?, sagt Schott.

Die Heizung, sagt Mott. Die Möglichkeit, deinen Keller an ein Fernheizwerk anzuschließen, kommt kaum in Betracht. Es liegt nahe, eine elektrische Heizung mit selbsttätiger Temperaturregelung zu verwenden.

Herrgottnochmal, Mott! Sag endlich einen normalen Satz oder halt den Mund. Es ist doch völlig klar, daß ich meinen Keller nicht an ein Fernheizwerk anschließen kann. Die einzige Möglichkeit ist eine Elektroheizung mit einem Thermostat. Du bist Architekt, gut. Mußt du deshalb unerträglich daherreden?

Mott sagt, Die Entfernung des Staubes ist aus verschiedenen Gründen durchaus notwendig. Das Mittel dazu ist der Staubsauger. Letzten Endes benötigst du ein Notstromaggregat.

Obwohl, obgleich oder obschon große natürliche Höhlen seit der Jüngeren Steinzeit nur noch zu kurzfristigen Aufenthalten dienten, kann Schott sich einen langfristigen Aufenthalt im Inneren eines Berges oder in der Tiefe der Erde mühelos vorstellen. Da es ihm unter der Herrschaft Schills verboten wäre, einen Kraftwagen, eine Leihbibliothek, eine öffentliche Badeanstalt, eine grüngestrichene Parkbank und einen Sitzplatz in öffentlichen Verkehrsmitteln zu benutzen, müßte er ohnehin zu Fuß gehen, gekaufte Bücher lesen, in entlegenen

Teichen baden und auf Baumstämmen sitzen. Läge Schotts Höhle inmitten eines Waldes, so müßte er das Verbot, Wälder zu betreten, andauernd verletzen. Schott traut sich die gefahrlose Verletzung dieses Verbotes ohne weiteres zu. Er sagt, Der Wald müßte nur groß sein und entlegen.

Das Verbot, Sitzplätze in öffentlichen Verkehrsmitteln, grüngestrichene Parkbänke, öffentliche Badeanstalten, Leihbibliotheken und Kraftwagen zu benutzen, träfe Schott nicht hart. Auch nicht hart träfe ihn im Wald das Verbot, öffentliche Fernsprecher und Fahrkartenautomaten zu benutzen. Telefonzellen wären nicht vorhanden, und vielleicht besäße er auch gar keine Erlaubnis zur Benutzung von Straßenbahnen und Omnibussen. In der Nähe seiner Höhle gäbe es zudem keine Straßen, Haltestellen, Bahnhöfe und Wartesäle, so daß ihn das Verbot, sie aufzusuchen, kalt ließe. Sachverständiger, deren Bestellung ihm verboten wäre, bedürfte er nicht mehr. Eine Hausangestellte, die nicht seines Sinnes, deren Beschäftigung ihm also verboten wäre, brauchte er nicht. Arbeiter, die er nicht beschäftigen dürfte, könnte er nicht bezahlen. Gratifikationen und ein Ruhegehalt, die er nicht empfangen dürfte, bekäme er nicht. Ein Auslandsbriefverkehr, der ihm untersagt wäre, kommt im Wald nicht zustande. Einen Künstlernamen, den er nicht führen dürfte, braucht er im Umgang mit Bäumen nicht. Privatversicherungen, deren Mitglied er nicht sein dürfte, wenden sich nicht an ihn. Orden und Abzeichen, die er nicht tragen dürfte, hat er nie verliehen bekommen oder erworben.

Leicht verstieße Schott gegen das Verbot, die Wohnung, die bloß eine Höhle wäre, nachts zu verlassen, und verstieße sogleich gegen das Verbot, die Wohngemeinde zu verlassen, die bloß eine Vorstellung wäre.

Gänzlich frei fühlte Schott sich in der Verfügung über bewegliches Eigentum, das verboten wäre. Ohnehin bestünde sein bewegliches Eigentum nur aus einem Funkgerät, einer

Pistole mit Schalldämpfer, einem Kochtopf, einer Kaffeekanne, einem Blechteller, einem Messer, einer Gabel, einem Löffel, einer Feldflasche, einem Trinkbecher, einem Kompaß, einer Taschenlampe, Verbandpäckchen, Heftpflaster, Mullbinden, einem Dreiecktuch, Kopfschmerztabletten, einem Rucksack, einem Schlafsack, einem Radio von der Größe einer Zigarettenschachtel sowie aus fünfhundert Zigaretten.

Die Pistole trüge er meist bei sich, dazu Munition. Mit der Pistole schösse er auf alle, die zur Herrschaft Schills gehören, auf Schill selber sowie auf Tiere, die er zu verspeisen wünschte, vornehmlich Wildenten.

Mittels des Funkgerätes nähme er auf vereinbarten Frequenzen Kontakt zu Liu, Lisch, Mott und Tomm auf.

Nicht unangenehm wäre Schott ein militärischer Beistandspakt mit Major J. Schott, der dank seiner Kenntnisse und Waffen einen Verteidigungsring um Schotts Höhle legen könnte. Aber Major J. Schott ist damals nicht gekommen und kommt heute nicht.

Einzig Frau Semper erwartet Schott manchmal wirklich. Sie träte suchend auf den freien Platz vor dem Eingang, trüge einen Korb in der Rechten und sagte, Ich habe Pilze für Sie gesammelt, Herr Schott. Sie können sie in Butter dünsten. Petersilie habe ich auch mitgebracht. Die hacken Sie klein und streuen sie über die gedünsteten Pilze. Aber die Pilze aufessen, Herr Schott! Pilze darf man nicht aufwärmen. Schott sagte, Woher soll ich Butter nehmen, Frau Semper.

Schott ginge ungeachtet des Verbots, einen freien Beruf auszuüben, dem freien Beruf eines Höhlenbewohners, Funkers, Kochs, Pfadfinders und Pistolenschützen nach. Es kann erwähnt werden, daß er außer Reservemunition noch Reservebatterien (für Funkgerät, Taschenlampe, Radio), einen Eimer sowie Kerzen zu seinem beweglichen Eigentum zählte.

Schott weiß, wie man Kleinbrände und brennende Kleider

löscht, wie Blutungen zu stillen sind, wie bei Brandverletzungen und Knochenbrüchen zu reagieren ist.

In Schotts Besitz befände sich eine Dokumentenmappe mit Schultergurt, in welcher seine Geburtsurkunde, seine Einkommensbescheinigungen, sein Sparbuch, seine alten Versicherungspolicen, die Zahlungsbelege für Versicherungsprämien (insbesondere für die Rentenversicherung), seine Zeugnisse, seine alten Verträge und sein Testament aufbewahrt wären. Um den Hals trüge Schott eine SOS-Kapsel mit seinem Namen, seinem Geburtstag und mit Lius Anschrift.

Mott sagt, Also was nun. Du hast dich doch für den Keller entschieden.

Schott sagt, Du hast mich davon abgebracht.

Mott sagt, Auch in einer Höhle müßtest du dir einen Notvorrat von Lebensmitteln und Trinkwasser für mindestens vierzehn Tage anlegen, berechnet auf der Grundlage von zirka zweitausend Kilokalorien oder achttausendvierhundert Kilojoule täglich. Dabei wäre zu bedenken, daß Konservendosen, die handelsüblich als Kilodosen bezeichnet sind, im allgemeinen nur achthundertfünfzig Gramm enthalten. Achte beim Kauf auf das Haltbarkeitsdatum. Eine ausreichende Flüssigkeitsmenge wären zweieinhalb Liter pro Tag und Person. Ich rechne mit fünfunddreißig Litern Leitungs- und Mineralwasser sowie mit drei Litern vitaminisierten Gemüse- und Fruchtsäften. Du müßtest alle Vorräte trocken, kühl und lichtgeschützt aufbewahren.

Schott sagt, Ich weiß nicht, ob ich dir noch zuhören will.

Mott sagt, Daß du eine Gelegenheit zum Kochen vorbereitest, ist selbstverständlich. Aber du solltest möglichst nur solche Lebensmittel bevorraten, die du bei Energieausfall auch kalt essen kannst.

Schott sagt, Energieausfall. Ich kann jederzeit ein Holzfeuer haben.

Nur nachts, sagt Mott. Am Tag verrät dich der Rauch.

Übrigens sollte dein Lebensmittellager nur solche Lebensmittel enthalten, die deinen üblichen Eßgewohnheiten entsprechen.

Am meisten wird es mich treffen, daß mir der Besuch von Gaststätten verboten sein wird, sagt Schott.

Im Wald?, sagt Mott.

Auch von Waldgaststätten, sagt Schott.

Es wird dir auch der Bezug von Fleisch und Fisch verboten sein, sagt Mott.

Schott sagt, Das erinnert mich daran, daß zu meinem beweglichen Eigentum eine Angelausrüstung gehören muß.

Du brauchst zwei Kilo Fleisch-, Fisch- und Wurstkonserven, vier Kilo Fertiggericht- und Suppenkonserven, zwei Kilo Obst- und Gemüsekonserven und ein halbes Kilo Marmelade und Honig, sagt Mott.

David ging von dannen und entrann in die Höhle Adullam, sagt Schott.

Es ist mir egal, wie du dein Loch nennst. Du brauchst jedenfalls ein Kilo Kondensmilch, ein halbes Kilo Milchpulver, ein viertel Kilo Käse in Dosen und ein halbes Kilo Speiseöl, Pflanzenfette und Schmalz, sagt Mott.

Schott sagt, Ein stilles schattenvolles Tal führt ihn der Höhle zu, wo sich die Nymphen baden.

Meinetwegen, sagt Mott.

Was noch?, sagt Schott.

Mott sagt, Insgesamt zwei Kilo Dauerbrot, Knäckebrot, Zwieback, Hartkekse und Biskuits, ein halbes Kilo Nährmittel, am besten Haferflocken, ein halbes Kilo Butter, ein viertel Kilo Salz und Gewürze. Nicht zu vergessen ein halbes Kilo gemahlenen Kaffee, oder Kaffee-Extrakt, und schwarzen Tee, oder Tee-Extrakt. Apropos baden und waschen. Denk an Seife, Shampoo und Waschpaste. Denk an Zahnpasta. Denk an Rasierklingen, Rasierschaum und Gesichtswasser. Denk an ein Deodorant.

Schott sagt, Wo wird sie sein? Kommt sie mit oder verbirgt sie sich anderswo.

Vergiß nicht, sagt Mott, daß alle meine Mengenangaben nur für eine Person gelten.

Schott sagt, Fleisch schieße ich mir, Fisch angle ich. Gerichte und Suppen koche ich selbst. Obst pflücke ich, Honig hole ich aus Bienenstöcken. Marmelade esse ich nicht, auf Milch und Käse verzichte ich. Fett gewinne ich aus Tieren. Brot backe ich. Ich nehme nur Zucker, Salz, Gewürze und Kaffee mit. Seife, Zahnpasta und Deodorant habe ich schon eingepackt. Rasieren tu ich mich erst, wenn Schill tot ist.

Du wirst dich wundern, sagt Mott.

Ich werde mich wundern, sagt Schott.

Achte auf Sirenensignale, sagt Mott. Eine Minute Heulton, der zwischen zwei Tonhöhen wechselt, bedeutet Luftalarm; er warnt dich vor einem Luftangriff. Eine Minute Heulton, der zwischen zwei Tonhöhen wechselt und zweimal für dreißig Sekunden unterbrochen wird, bedeutet ABC-Alarm; er warnt dich vor radioaktiven, biologischen oder chemischen Gefahren. Suche bei Luft- oder ABC-Alarm deine Höhle auf. Eine Minute Dauerton bedeutet Entwarnung; die Gefahr ist beendet.

Einige Höhlen, welche ihren Ursprung teils vulkanischen Ereignissen, teils Ausspülungen durch Wasser verdanken, enthalten merkwürdige Gebilde, andere zeichnen sich durch besondere Eigentümlichkeiten aus. Schott fragt sich, welche merkwürdigen Gebilde oder besonderen Eigentümlichkeiten er und welche Liu langfristig um sich haben will. Obgleich der Anblick von, womöglich marmorierten, Tropfsteinen seinen Reiz für Liu und Schott hat, schreckt Schott doch vor dem Wasser zurück, durch welches der Tropfstein, oberflächlich betrachtet, gebildet wird. Völlig ungeeignet sind wegen des aashaften Geruchs die Knochenhöhlen; auch müßte Schott und Liu die fette Modererde widerlich sein, die aus den verwesten Tierkörpern entstanden ist und die Knochen bedeckt. Reizvoll könnte eine Kristallhöhle sein, sofern sie nicht zugleich Tropfsteinhöhle wäre. Ein halbwegs trockenes Plätzchen in einer Wasserhöhle verwirft Schott wegen des donnerähnlichen Getöses, das unterirdische Wasserfälle verbreiten, obwohl in diesen Wassern sogar Fische zu fangen sind. (Schott könnte sich einen Sitzplatz auf einer unterirdischen Felsbrücke vorstellen, und wie er seine Angelschnur in die Tiefe ließe. Eine Barbe oder ein Barschlachs wäre trotz der rückgebildeten Augen und trotz der pigmentlosen Haut appetitlich, da einerseits der Fischkopf vor dem Verzehr des Fisches abgeschnitten, andererseits die abstoßende Haut braun gebraten werden könnte.) Wiederum vollkommen ausgeschlossen ist ein längerer Aufenthalt in einer Schwefelhöhle, zumal weder Liu noch Schott der Heilkraft von Schwefelbädern bedarf. Zumindest während der größten Sommerhitze käme der Aufenthalt in einer Windhöhle in Frage. Die ausströmende Kaltluft könnte auch anderweit von Nutzen sein. Wären die Batterien, sodann die Reservebatterien des Radiogerätes aufgebraucht, könnte Schott vor dem Ausgang der Höhle eine Äolsharfe aufstellen, so daß er und Liu in den Genuß der verschiedenen Obertöne des einen gemeinsamen Grundtones kämen. In der Stille des Abends wäre Schott sogar gereizt, zu den Tönen der Harfe eine horazische Ode zu sprechen.

Der Verfasser sagt, Was tut Schill?

Während der kalten Monate könnten Liu und Schott sich eine Eishöhle zunutze machen, in welcher des Winters das Eis schmilzt und der Hohlraum trocken und warm wird. Der wunderbar herrliche Anblick, den die Eismassen im Sommer bieten, und der Schott und Liu glauben lassen könnte, in einem Zauberland zu sein, müßte ihnen im Winter entgehen. Aus dem Gesichtswinkel der größten Sicherheit wählte Schott am liebsten eine Höhle, die wenigstens dreimal so tief wäre wie der Chimborazo hoch ist, und die alle Vorteile besäße, welche andere Höhlen für Liu und Schott aufwiesen. Aber eine solche verborgene Wohnstatt gibt es nicht, sagt Schott.

Mott sagt, In der Höhle befinden sich die von Gott verdammten Engel, das sind die Teufel. Der böse und sündige Mensch versinkt immer tiefer in den Zustand der Unseligkeit. Das höllische Zusammensein mit den Teufeln macht die größte Strafe der Gottlosen aus.

Schott sagt, Endlich bist du der alte.

Mott sagt, Geh in eine Eishöhle, wenn sie am kältesten ist und das meiste Eis enthält. Leg dich in der tiefsten Eisspalte schlafen. Vielleicht, daß du erhalten bleibst. Gott taut dich am Weltende auf. Du gewinnst das ewige Leben.

Rede ruhig weiter, sagt Schott.

Auch wenn du die Zähne bleckst und dein Auge wäßrig in Gottes Antlitz schaut – deine Farbe und dein Geruch sind bewahrt. Beim Weltgericht rechnest du mit Schill ab.

Das ist mir zu spät, sagt Schott.

Es ist nicht mehr hell, und es ist noch nicht dunkel. In der Stille hört Schott Stimmengeflüster und Zweiggeknack. Schott legt sich auf die Erde und richtet seine Pistole auf das Gehölz. Schott erkennt das Gesicht von Leo, der Schott! Schott! ruft. Schott wendet den Kopf zur Seite und ruft Mott zu, Dein Bruder, Mott! Schott wartet. Hinter Leo erkennt Schott das Gesicht von Timm, der halblaut Nicht schießen! ruft. Hinter Timm erkennt Schott das Gesicht von Hotti. Schott ruft Mott zu, Und die Brüder von Tomm!

Mott ruft, Leo!

Schott ruft, Timm! Hotti!

Leo, Timm und Hotti treten aus dem Wald. Schott steht auf und steckt die Pistole in den Gürtel. Mott tritt aus dem Eingang.

Jetzt haben wir es geschafft, sagt Leo.

Jetzt sind wir fünf, sagt Schott.

Es kommen noch mehr, sagt Leo.

Schott sagt, Wer?

Timm sagt, Dort sind sie.

Aus dem Wald treten Olga und eine Frau. Hinter Olga geht der alte Professor.

Schott sagt, Und Liu?

Leo sagt, Ist nicht dabei.

Mott sagt, Jetzt sind wir acht. Schade, daß Ole sich umgebracht hat.

Leo sagt, Ich habe ein Gewehr mitgebracht.

Hotti sagt, Ich habe Handgranaten mitgebracht.

Der alte Professor sagt, Ich habe eine Idee mitgebracht.

Olga sagt, Ich habe was zum Ficken mitgebracht.

Die Frau neben Olga sagt nichts.

Leo sagt, Ich kann jagen.

Timm sagt, Ich kann fischen.

Hotti sagt, Ich kann kochen.

Der alte Professor sagt, Ich kann Obst pflücken.

Olga sagt, Ich kann Honig sammeln.

Die Frau neben Olga sagt, Ich kann aus Tieren Fett gewinnen.

Leo sagt, Ich kann Brot backen.

Timm sagt, Ich habe zwei Kilo Wurst-, Fisch- und Fleischkonserven.

Hotti sagt, Ich habe vier Kilo Suppen- und Fertiggerichtkonserven.

Der alte Professor sagt, Ich habe ein halbes Kilo Honig und Marmelade.

Olga sagt, Ich habe ein Kilo Kondensmilch.

Die Frau neben Olga sagt, Ich habe ein halbes Kilo Milchpulver.

Leo sagt, Ich habe ein viertel Kilo Käse in Dosen.

Timm sagt, Ich habe ein halbes Kilo Schmalz, Pflanzenfette und Speiseöl.

Hotti sagt, Ich habe zwei Kilo Biskuits, Hartkeks, Zwieback, Knäckebrot und Dauerbrot.

Der alte Professor sagt, Ich habe ein halbes Kilo Nährmittel, und zwar Haferflocken.

Olga sagt, Ich habe ein halbes Kilo Zucker.

Die Frau neben Olga sagt, Ich habe ein viertel Kilo Gewürze und Salz.

Leo sagt, Ich habe ein halbes Kilo Tee-Extrakt und Kaffee-Extrakt.

Timm sagt, Ich habe Waschpaste, Shampoo und Seife.

Hotti sagt, Ich habe Zahnpasta.

Der alte Professor sagt, Ich habe Gesichtswasser, Rasierschaum und Rasierklingen.

Olga sagt, Ich habe Deodorant.

Die Frau neben Olga sagt, Ich habe fünfunddreißig Liter Mineral- und Leitungswasser.

Leo sagt, Ich habe drei Liter vitaminisierte Frucht- und Gemüsesäfte.

Mott sagt, Alle Mengenangaben gelten nur für eine Person im Zeitraum von vierzehn Tagen.

Schott sagt, Die Frau neben Olga kann Fett aus Tieren gewinnen, Olga kann Honig sammeln, der alte Professor kann Obst pflücken, Timm kann fischen, Leo kann jagen und Leo kann Brot backen.

Mott sagt, Aber wir haben kein Mehl.

Schott sagt, Ich habe Streichhölzer vergessen.

Der alte Professor sagt, Auf Buchen und Birken entwickeln sich die Fruchtkörper des Zunderschwamms. Die Mittelschicht wurde schon in vorgeschichtlicher Zeit zum Feueranzünden verwendet. Dazu befreit man sie von der oberen Rinde und der unteren Röhrenschicht. Sie wird mehrmals gekocht, gewalkt, mit Salpeterlösung getränkt und getrocknet. Dieser Zunder läßt sich durch auftreffende Funken leicht zum Glimmen bringen.

Mott sagt, Woher sollen wir Salpeterlösung und Feuersteine nehmen.

Der alte Professor sagt, Man kann Feuer auch durch Erzeugung von Reibungswärme mittels eines Feuerquirls entfachen.

Schott sagt, Hat jemand ein Feuerzeug?

Leo, Timm, Hotti, Olga und die Frau neben Olga sagen, Ich!

Weder Schott noch der Verfasser kann rechtzeitig an alles denken. Sollte Schott den Einfall haben, zur Verteidigung der verhohlenen Wohnstatt eine kreisförmige Befestigung aus aufgeworfener Erde zu errichten, die mittels Ästen und Zweigen haltbarer zu machen wäre, so fehlte es an Äxten und Spaten. Ein Leser und eine Leserin mögen sich denken, Schott, Mott, Leo, Timm, Hotti, Olga, die Frau aus Olgas Bar und der alte Professor hätten bloß zu sagen vergessen, daß sie je einen Spaten und eine Axt bei sich haben. Dann könnte Schott am Morgen den Einfall vorbringen, sie sollten allesamt einen Befestigungsring aus Erde aufwerfen und den Wall durch Zweige und Äste verstärken.

Schott sagt, Es war klug, daß jeder eine Axt und einen Spaten mitgebracht hat. Machen wir uns an die Abeit.

Am Abend ist der Erdwall fertig, und Schott kann eine Wache aufstellen. Der alte Professor, den Schott vom Wachdienst ausnehmen will, beharrt darauf zu wachen. Möglichst nachts, sagt der alte Professor. Ich kann ohnehin nicht schlafen. Ich kann in den stillen Waldnachtstunden über meine Idee nachdenken.

Der Verfasser sagt, Ich müßte allerhand Worte machen, um den Erdwall genau zu beschreiben, denn auf die Worte kommt es an. Aber es kommt auch auf den Erdwall an, der immerhin mit Ästen und Zweigen verstärkt ist. Das heißt, es ist überhaupt nicht klar, worauf es hauptsächlich ankommt, auf den Erdwall oder auf die Worte über den Erdwall. Halte ich mir vor Augen, daß es den Erdwall, den Schott, Mott, Leo, Timm, Hotti, Olga, die Frau aus Olgas Bar und der alte Professor aufgeschüttet haben, gar nicht gibt, dann wird mir klar, daß er genau beschrieben werden müßte. Bleibe ich aber dabei, daß es ihn gibt, weil allerhand Worte um seinen Bau gemacht worden sind, dann braucht er nicht genau beschrieben zu werden.

Jedenfalls: in irgendeiner Dunkelheit, abends, um Mitternacht oder in den ersten Stunden eines nächsten Tages, hört der alte Professor ein ungewohntes Geräusch. Er hebt die Pistole, die er sich von Schott geliehen hat, und sieht in die Finsternis. Jemand ruft halblaut, Hier ist Tomm! Hotti, der einige Meter neben dem alten Professor Wache hält, ruft dem alten Professor halblaut zu, Das ist wirklich die Stimme meines Bruders! Der alte Professor ruft laut in den Wald, Kommen Sie mit erhobenen Händen näher, aber langsam! Vor dem alten Professor tritt ein Mann mit erhobenen Händen aus dem Wald. Hotti ruft, Tomm! Tomm ruft, Timm! Hotti ruft, Ich bin Hotti!

Tomm kann die Hände herunternehmen und über den Erdwall klettern. Hotti, der seinen Posten nicht verlassen darf, ruft, Ich sehe dich später! Der alte Professor, der seinen Posten nicht verlassen darf, ruft laut, Schott!

Schott kommt aus dem Eingang und ruft, Tomm! Tomm ruft, Schott! Schott und Tomm gehen aufeinander zu.

Um die Sache mit der Wache nicht zu kompliziert zu machen, setzen sich Schott, Mott, Leo, Timm, Olga, die Frau aus Olgas Bar und der alte Professor in irgendeiner hellen Stunde des nächsten Tages, am Morgen, am Vormittag, in der Mittagszeit oder am Nachmittag, wahrscheinlich aber am Morgen, mit Tomm auf dem Vorplatz zusammen. Hotti bleibt auf Wache, er muß innerhalb des Erdwalls die Runde machen.

Obwohl fast jeder Leser und fast jede Leserin glauben mag, die Worte Tomms seien für Schott nichts Neues, weil Schott doch in der Nacht mit Tomm geredet haben werde, sagt Schott neugierig, Tomm, sag, warum du gekommen bist!

Tomm sagt, Ich wollte weg von Schill. Und ich wollte euch wiedersehen. Dich und Mott und Timm und Hotti.

Wo ist Lisch, sagt Schott.

Das weiß ich nicht, sagt Tomm. Er ist nicht mehr in der Stadt.

Und Liu?, sagt Schott.

Das weiß ich nicht, sagt Tomm. Sie ist nicht mehr in der Stadt. Ich wollte weg. Aber Schill und seine Leute lassen niemanden fort.

Uns haben sie nicht festgehalten, sagt der alte Professor.

Das war damals, sagt Tomm. Heute ist es anders. Ich bin zu Schill gegangen, ich habe gesagt, Ich will weg. Schill hat gelacht. Zu Schott, wie? Zu deinen Brüdern, was? Ich kenne euch. Ich weiß, wo Schott steckt. Ich weiß, wo deine Brüder hocken. Mott und Leo sind auch dabei. Und der Professor. Und Olga mit ihrer Hure.

Olga sagt, Den sind wir los.

Die Frau aus Olgas Bar macht eine wegwerfende Handbewegung.

Schill hat gesagt, Du willst also weg. Gut! Du sollst sie sehen, deine Leute. Aber nur unter einer Bedingung.

Ich habe gesagt, Die wäre?

Schill hat gesagt, Du kommst zurück. Und zwar mit dem Professor. Dieser Mensch ist krank. Er hat die tollsten Sachen über mich geschrieben. Dahinter steckt Schott. Der Einfluß von Schott bekommt dem alten Kacker nicht. Er wird wahrscheinlich immer kränker. Wer weiß, was er noch alles über mich zusammenschmiert. Damit ist Schluß. Der Alte kommt mit dir zurück und erklärt, daß er krank ist. Krank von Schott und krank von Mott und krank vom Wald.

Ich habe gesagt, In Ordnung.

Timm sagt, Das hast du gesagt?

Das habe ich gesagt, sagt Tomm. Schill hat gesagt, Wenn der Alte nicht mitkommt, kommst du allein und erklärst, daß er krank ist. Krank vom Wald und krank von Mott und krank von Schott. Dann soll er meinetwegen schreiben, was er will. Das glaubt ihm niemand mehr.

Timm sagt, Was willst du tun?

Tomm sagt, Schill hat noch mehr gesagt. Wenn du nicht zurückkommst, stehen deine Chancen schlecht. Wir holen uns diese Bande. Dich holen wir auch. Wir retten euch. Wer weiß, ob ihr die Rettung übersteht. Du kannst einen schönen Gruß von mir bestellen: Wir sind vorbereitet. Wir kriegen sie. Dich auch.

Der alte Professor sagt, Wir sind vorbereitet. Wir wissen, wer Schill ist. Schill hat nur eine Haut. Wir sind neunhäutig.

Diesmal ist es eindeutig Mitternacht. Schott empfängt einen Funkspruch. Es spricht Lius Stimme: Die Leute von Schill sind aufgebrochen, sie wollen euch im Morgengrauen umzingeln. In zwei Stunden will sich die Kolonne teilen. Ein Teil soll euch südlich, ein Teil nördlich umgehen. In vier Stunden soll der Kreis geschlossen sein. Dann wollen sie von allen Seiten angreifen. Bevor sich die Kolonne teilt, müßt ihr etwas tun, Schott! Tut etwas!

Schott sagt, Liu, wo bist du.

Liu sagt, Du weißt, daß ich das nicht sagen kann. Ich melde mich in anderthalb Stunden.

Schott sagt, Liu!

Liu sagt, Schott!

Schott weckt Mott, Leo, Timm, Hotti, Olga, die Frau aus Olgas Bar, den alten Professor und Tomm. Schott sagt, was Liu gesagt hat.

Der alte Professor sagt, Eine Anweisung, wie man den Ausgang eines Kampfes vorhersagen kann, steht in einem Brief des Nechepso an Petosiris. Man summiert die Psephos des Monatstages, an dem der Kampf stattfindet, und des Kämpfers, und dividiert die Summe durch neunundzwanzig. Der Sinn, den der Rest hat, ist auf einer Tafel abzulesen, die ich immer bei mir trage.

Schott sagt, Was sollen wir tun.

Der alte Professor sagt, Prüfen Sie die Windrichtung.

Schott sagt, Der Wind weht aus der Richtung der Küste.

Der alte Professor sagt, Das ist unsere Rettung. Auch die Tafel sagt mir einen Sieg voraus; ich habe Ihren Namen eingesetzt.

Schott sagt, Was wollen wir tun.

Unterdessen, so ist es für den Fortgang nötig, hat die Stärke des Windes, der ins Land hineinweht, erheblich zugenommen.

Schott und die anderen, welche inzwischen, abgesehen von der Frau aus Olgas Bar und von dem alten Professor, namentlich bekannt sind, bereiten eine Entfachung vor, die sich sehen lassen können wird. Allgemeiner läßt sich der Plan, den Schott und die anderen gefaßt haben, nicht beschreiben.

Etwa einhundert Meter in inländischer Richtung von der Lagerstatt entfernt häufen die anderen und Schott in breiter Front geeignete Materialien auf.

Anschließend verschnüren sie das restliche bewegliche Eigentum zu tragbaren Bündeln. Das Funkgerät trägt Schott ständig bei sich.

Fünf Minuten vor ein Uhr sitzen Schott und die namentlich bekannten und unbekannten anderen im Kreis um die tragbaren Bündel. Der Wind aus der Richtung der Küste könnte den Geruch und die Stimmen der Wartenden bis zu Schills Leuten tragen, sofern die Stimmen und der Geruch so weit trügen.

Pünktlich ein Uhr gehen Schott und die anderen etwa einhundert Meter in inländischer Richtung zu den aufgehäuften Materialien und zünden sie an. Leo, Timm, Hotti, Olga und die Frau aus Olgas Bar benutzen ihre Feuerzeuge, Schott, Mott, der alte Professor und Tomm benutzen Fidibusse, die sie an den angezündeten Materialien anzünden.

An neun Stellen in breiter Front erheben sich augenblicklich mannshohe Flammen, die im Nu die Wipfel der niedrigen Nadelbäume, im nächsten Nu die Wipfel der hohen erreichen. Die Feuer der Wipfel greifen nach links, nach rechts und in die Richtung des Inlandes auf andere, niedrige und hohe, Wipfel über (aber das klingt stark nach dem Mangel an einem besseren Ausdruck). Die Feuer der Wipfel explodieren, versprühen, verglühen. Auch auf der Erde und in Mannshöhe entspringt ein, hier fehlt ein widerspruchsfreieres Wort als: Flammenmeer. Der ungemein starke Wind jagt das erdhohe, mannshohe und wipfelhohe Feuer in Schills Richtung. Die Geräusche der Wipfelexplosionen, des erd-, manns- und wipfelhohen Feuers und die Geräusche der Luftbewegungen, die das Feuer erzeugt, müßten normalerweise beschrieben werden. Da Schott und die anderen aber gefesselt und angstvoll sind, nehmen sie die Geräusche, obwohl sie sie hören, nicht recht wahr.

Es mag auch ein Defizit an Systematik der Grund für den Verzicht auf eine Beschreibung sein.

Jedenfalls ist es trotz der nächtlichen, mondlosen Stunde hell genug, um ein Standardwerk über hellenistische Astrologie zu lesen. Der alte Professor begnügt sich angesichts der allgemeinen Erregung mit einem Blick auf seine goldene Taschenuhr. Schott ruft laut, Wir gehen zurück!

Die Frau aus Olgas Bar überrascht mit dem Vers, Hier auf

diesen waldumkränzten Höhen, unter Trümmern der Vergangenheit, wo der Vorwelt Schauer mich umwehen, sei dies Lied, o Wehmut, dir geweiht. Das hatte tatsächlich niemand von ihr erwartet, wahrscheinlich nicht einmal der Leser oder die Leserin.

Der alte Professor erwägt eine poetische Erwiderung des Wortlauts, Hoch zu Flammen entbrannte die mächtige Lohe strebend gegen den Himmel. Der aufgeschichteten Waldung ungeheures Gerüst, zusammenstürzend, erregte mächtige Glut. Aber er will der Frau aus Olgas Bar das Aufsehen lassen. Auch hegt er das Gefühl, letzten Endes bliebe er mit einer bloßen Zustandsbeschreibung hinter den Worten der Frau aus Olgas Bar zurück.

Schott und die anderen nehmen ihre Bündel auf und schlagen den Weg in die Richtung der Küste ein. Der starke Gegenwind behindert sie am Fuß oder an den Füßen der Bäume kaum.

Pünktlich ein Uhr dreißig empfängt Schott einen Funkspruch von Liu. Alle bleiben stehen und hören auf Lius Stimme: Ich habe mich in den Funkverkehr von Schills Kolonne eingeschaltet.

Schill sagt zu seinen Truppenführern, In dreißig Minuten teilen wir uns. Gruppe A schlägt die nordwestliche, Gruppe B die südwestliche Richtung ein. Gruppe C behält ihre Richtung bei: Die Gruppen halten ständig Kontakt! Auf die Minute drei Uhr marschiert Gruppe A in südwestliche Richtung, Gruppe B in nordwestliche. Um vier Uhr schließt sich der Kreis. Hierosolyma est perdita!

Der Truppenführer A ruft, Hep-hep!

Der Truppenführer B ruft, Hep-hep hurra!

Der alte Professor sagt, Du selbst wirst verderben.

Schill ruft, Wer, gottverdammt noch mal, war das?

Der Truppenführer A sagt, Ich nicht.

Der Truppenführer B sagt, Ich auch nicht.

Schill sagt, Wer, verflucht, geiert da auf unserer Frequenz herum? Ab sofort Funkstille!

Zwei Uhr zwanzig sagt Schill aber doch, Was ist das? In Schotts Richtung leuchtet der Himmel.

Der Truppenführer A sagt, Das sieht nach Feuer aus.

Der Truppenführer B sagt, Das riecht nach Brand.

Schill ruft, Was ist das für ein Lärm?

Der Truppenführer A sagt, Das hört sich wie Geknalle an.

Der Truppenführer B sagt, Das klingt verdammt wie Explosionen.

Schill ruft, Brennt da der Wald?

Der Truppenführer A sagt, Der Wald brennt!

Der Truppenführer B sagt, Da brennt der Wald!

Schill sagt, Wie steht der Wind?

Der Truppenführer A sagt, Ungünstig.

Der Truppenführer B sagt, Auf uns zu.

Schill ruft, Der Angriff wird abgebrochen! Alle Gruppen kehrt! Rückzug! In direkter Richtung zurück in die Stadt.

Der Truppenführer A sagt, Wir hätten sie aus der Luft angreifen sollen.

Der Truppenführer B sagt, Wir hätten sie mit biologischen Geschossen beschießen sollen.

Der Truppenführer A sagt, Wir hätten sie mit chemischen Geschossen beschießen sollen.

Der Truppenführer B sagt, Wir hätten sie mit radioaktiven Geschossen beschießen sollen.

Idioten, sagt Schill. Ich will sie lebendig.

Der Truppenführer A sagt, Und jetzt?

Der Truppenführer B sagt, Hast du sie gar nicht.

Schill sagt, Ende! Ende, verstanden?

Liu sagt, Sie fliehen!

Der alte Professor sagt, So, wie ein Mann, der die Natter ersah, mit Entsetzen zurückfuhr, kommt Schill an eines Haufens Spitze verstört aus einem Wald gelaufen.

Der Verfasser sagt, Jetzt ist mit dem Indikativ erst mal Schluß.

Sieben Kilometer, vierhundertzwanzig Meter und vierhundertachtunddreißig Zentimeter von der Küste entfernt höbe Schott die linke Hand.

Der Verfasser sagt, Es gibt Leute, die wissen, was jetzt folgen müßte. Aber ich weiß es nicht. Vielleicht müßte herausgefunden werden, was mit Lisch ist. Ja. Wo ist eigentlich Lisch. Er gehört schließlich von Anfang an dazu. Aber vor allem: Wo ist Liu! Um den Indikativ komme ich nicht herum.

Liu wäre nicht zu erreichen. Schott versuchte es immer wieder, aber es wäre, als wäre Liu im Erdboden versunken oder als hätte sie sich in Luft aufgelöst. Oder in Wasser. Liu! Ein Wesen völlig wie das meinige, zwei Tropfen Wasser sind nicht ähnlicher.

Schott hätte mit acht Leuten zu besprechen, was zu tun wäre. Sollten sie zusammenbleiben, sich durchschlagen, gefangen und vernichtet werden? Oder sollten sie sich trennen. Sollte jeder und jede den eigenen Weg gehen, sich durchschlagen, entkommen und leben?

Der Verfasser sagt, Im letzteren Fall ergäben sich größere kompositorische Probleme als im ersten. Aber Schott legt den letzteren Fall nahe. Deshalb bleibt mir nichts anderes übrig, als die Trennung beschließen zu lassen.

Ich gehe in die Wasser, sagt Schott. Weil ich mich verschrieben habe und nicht weiterkann. Was sollte ich ihr bringen als mich selbst?

Der einzige, der etwas erwidern könnte, wäre der alte Professor, aber der schweigt.

Schott legte die Meile bis zur Küste allein zurück. Sein

Bündel behielte er auf dem Rücken; man wisse nicht, was unter Wasser zu gebrauchen wäre. Die ersten Schritte in die See belehrten Schott, wieviel kälter es auf die Dauer an Land gewesen wäre. Unter der Wasseroberfläche ist oder wäre es auch stiller, zumindest in einiger Tiefe. Schott richtet die Augen zuerst nach oben. Das Tageslicht kommt noch zu ihm, aber schwächer und schwächer. In der schließlichen Dunkelheit wendet Schott die Augen zum Grund. Es ist nur eine Sache der Gewöhnung, und Schott sieht ohne Licht alles. Raubfische mit unbeschuppter Haut und reich bezahnter Mundhöhle. Schwarmfische mit heringsförmigem, großschuppigem Körper und Reusenzähnen an den Kiemenbögen. Barschfische mit buntem Kopf und langen Barteln. Kräuter und Stauden, sogar Halbsträucher mit kleinen Blüten. Algen, Quallen, Feuerwalzen, die Schott, obwohl an Dunkelheit gewöhnt, auf nächtliche Biolumineszenz hoffen lassen, nur der Farbe wegen. Er trifft auf ein Schiffswrack, das dem Oberbefehlshaber der schwedischen Flotte, Herrn Carl Gustav Wrangel, zugehört hatte. In diesem Wrack auf Liu zu treffen, glaubt Schott nicht.

Schott fängt einen violetten Seeigel, weil Liu violette Seeigel liebt. Schott sammelt einige schöne marine Sedimente, weil Liu schöne Sedimente liebt. Einem Delphin, der sich erbietet, Schott an Land zu bringen, bedeutet Schott mittels eines akustischen Signals, daß er sich für das Angebot zwar herzlich bedanke, es aber vorziehe, noch eine längere Zeit im Element des Delphins zu verweilen. Falls der Delphin jedoch auf Liu treffe, so möge er ihr helfen, das Ufer zu erreichen, und ihm, Schott, Bescheid geben, wo Liu sich aufhalte. Es könne sein, daß Liu sich infolge eines Flugzeugabsturzes ihrer Arme nicht bedienen könne.

Eine kleine lederne Handtasche, die durchaus noch gut aussieht, steckt Schott ebenfalls ein, weil Liu kleine lederne Handtaschen liebt. Ein handgroßes Bruchstück von dem Relief des Heiligtums Borobudur fällt Schott schon von weitem ins Auge. Das wird Liu besonders lieben, sagt Schott.

Es ist nicht erwähnt worden, daß Schott allerdings sämtliche ländlichen Lebensmittelvorräte am Strand zurückgelassen hat, weil zum Beispiel Konservendosen, selbst wenn sie im allgemeinen nur zirka achthundertfünfzig Gramm enthalten, obwohl sie handelsüblich als Kilokonserven bezeichnet sind, Schott doch allzu leicht allzu beschwert hätten. Jetzt hat Schott aber Hunger. Zwar ist er kein großer Liebhaber von Schalen- und Krustentieren, auch aus Fleisch macht er sich wenig; weil Liu aber Frutti di mare liebt, versucht er es mit Fisch, Schalen- und Krustentieren und kann ihnen einen angenehmen Geschmack abgewinnen. Wenn auch der Hummer ohne zweierlei Soßen gegessen werden muß – er schmeckt. Wenn auch die Baby-Lachse weder pochiert noch mit Dill-Senf-Mousseline versehen sind – sie schmecken. Wenn auch der Seeteufel weder geräuchert ist noch mit Limonen-Meerettichsahne geschwommen kommt – er läßt sich essen.

Eine Brille, die Lius Brille ähnlich sieht, hat sich in einem Korallenzweig verfangen. Schott will sie mitnehmen. Sie löst sich aber nicht. Schott bricht den Zweig ab und nimmt ihn samt Brille. Schott könnte zu Liu sagen, Hast du deine Brille verlegt? Liu könnte die Brille aus dem Zweig lösen. Den Korallenzweig könnte sie mit einer Stecknadel an der Wand ihres Badezimmers befestigen. Das sieht schön aus, sagte Liu.

In einer Ecke des Meeresbodens findet Schott ein kleines Schlüsselbund. Schott nimmt es auf. Ich habe deinen Autoschlüssel gefunden, Liu!

Eine Kletterrose, die sich an einem Gesteinsbrocken festhält, läßt Schott aber stehen. Sie muß von Lius Fensterbrett gefallen sein, sagt Schott. Ich will mir die Stelle merken. Vielleicht holen wir sie gemeinsam zurück.

Ein braun gemustertes Baumwolltuch, das von der Strömung bewegt wird wie von Wind, hatte sich Liu im Sommer um den Leib gewickelt, daß es wie ein Rock aussah. Das muß ich Liu zurückbringen, sagt Schott. Später einmal wird es Sommer, da wird sie es vermissen.

Verblüfft, tatsächlich verblüfft, ist Schott vom Klang einer Oboe, eines Streichorchesters und eines Cembalos. Er gleitet in die Richtung der Melancholie und glaubt, am Grunde einer Lagune zu schwimmen. In der Mitte eines Arkadenhofes ist man mit dem Larghetto des Konzertes C-Dur RV 447 von Herrn Vivaldi, Antonio, beschäftigt. Wo kommt unter Wasser ein Collegium musicum her, fragt Schott und läßt sich von kleinen Bewegungen der See bewegen. In den Partien des Hautbois geschieht unerhört Zartes. Schott versteht Lius Vorliebe für dieses Menschenstimmeninstrument. Das Abenteuer der Harmonie und Erfindung, der Einzigartigkeit und des Stolzes verleiten Schott zu dem Satz, Liu, das müßtest du hören!, obwohl er weiß, daß Liu dazu neigt, gerade deshalb nicht hinzuhören, weil Schott diesen Satz sagt. Das verstehe ich ja, sagt Schott. Wäre es sonst Lius Neigung, dieses Instrument zu hören.

Schott ist recht spät gekommen. Mit dem Minuet endet das ganze unterwasserische Konzert. Aber am Eingang der Arkade verkauft man Schallplatten, und Schott kauft eine Platte für Liu. So kann sie die Musik hören, wann sie es will, sagt er. Der Oboist und die Cembalistin lächeln fast dazu. Wären nicht auch die Streicher, die ungerührt ihre Instrumente einpacken, hätte Schott etwas verlegen werden können.

Als ein Meeresbewohner erwartet Schott unter Wasser zwar alles, was einem Menschen in der Welt begegnen kann. Ein Mann, der etwa anderthalb Jahre jünger als Liu und wie Lius Zwillingsbruder aussieht, schwimmt langsam aus dem Hof ins Freie. Unvorsichtig sagt Schott, Liu! Der Mann dreht sich um und sagt, Ich bin Lius Bruder.

Schott sagt, Vielleicht wissen Sie, wo ich Liu finde.

Lius Bruder sagt, Leider nicht. Ich erinnere mich, daß sie oft mit mir gespielt hat. Aber ich bin schon ewig tot. Ich hatte eine Diphtheria und mußte ersticken. Seither ist Liu von tiefem Mißtrauen gegen Sinneswahrnehmungen, Denkgewohnheiten und Wertvorstellungen erfüllt. Das hat mir mein Vater erzählt, den ich kürzlich getroffen habe. Er hat mir gestanden, daß er meinen Tod nicht wahrhaben wollte und lange versucht hat, Liu als seinen Sohn anzusehen. Auch ich neige immer stärker dazu, den Unterschied zwischen Illusion und Wirklichkeit aufzugeben.

Die Existenz in der Unterwasserwelt gilt meist als wesentliche Verschlechterung gegenüber den oberirdischen Lebensbedingungen, sagt Schott. Man kann meinetwegen das Fehlen einer elektrisch betriebenen Schnellbahn beklagen. Aber ich habe schnell zu schätzen gelernt, daß es hier keinen unzulässigen Lärm gibt, der geeignet ist, die Nachbarschaft zu belästigen oder die Gesundheit eines anderen zu schädigen. So bin ich bis jetzt keiner Musik begegnet, deren allgemeine Kriterien Dominanz des Sounds und kommerzielle Orientierung sind, und deren Wirkung auf konfektioniertem Gefühlsausdruck und der Ablenkung von der Realität beruht. Auch rechne ich auf einen entwickelten Untergrundfilm und eine zugängliche Untergrundliteratur. Zustände der Erschöpfung sind leicht behandelbar durch die Massage der Weichteile mit einem Wasserstrahl, dessen Druck zwei bis fünf bar beträgt.

Lius Bruder sagt, Aber Sie werden die Unzustellbarkeit von Post rügen. Ich habe seit Jahrzehnten keinen Brief bekommen. Mein Vater sagte mir, viele Schreiben an mich seien an ihn zurückgegangen, weil ich als Empfangsberechtigter nicht zu ermitteln war. Fast immer sei meine Anschrift wäßrig verwischt und die Briefmarke abgelöst gewesen. Mein Vater hatte die Angewohnheit, die Adresse mit Tinte zu schreiben. Er bekam die Briefe bloß zurück, weil er immerhin Briefumschläge mit aufgedrucktem Absender benutzte. Postkarten, übrigens mit schönen Ansichten vom oberirdischen Dasein, wie mein Vater meinte, bekam er nie retour, weil die Angabe des Absenders fehlte. Wahrscheinlich wurden sie als unanbringliche Sendungen vernichtet oder nach öffentlichem Aushang zugunsten der Postunterstützungskasse versteigert, zum Beispiel an Trödler.

Ich weiß nicht, ob ich es eher begrüßen soll, daß mich der Briefträger verfehlt, abgesehen von Briefen, die Liu mir schreibt, sagt Schott. Stellen Sie sich doch vor, welch ein Lärm entsteht, wenn der Briefträger benachbarte Seehunde aufschreckt oder Seekühe oder See-Elefanten.

Sie überschätzen die Gefahr solchen Lärms, sagt Lius Bruder. Für eine Ansichtskarte mit Land-Motiven hätte ich gerne ein wenig Unruhe hingenommen. Meine Anschauung von oberirdischen Pflanzen beschränkt sich leider auf Abbildungen, wie sie spätminoische Amphoren aus Knossos zeigen, welche ich gelegentlich auf dem Meeresgrund finde.

Sie sind ein Opfer der Anpassung, sagt Schott. Der dauernde Anblick von Wasserpflanzen läßt Sie die Schönheit dieser Gewächse kaum noch oder nicht mehr wahrnehmen. Aber ich kann Sie beruhigen. Eine Rose oder eine Nelke oder ein Maßliebchen oder eine Lilie oder eine Anemone ist nicht besser als eine See-Anemone oder eine See-Lilie oder ein See-Maßliebchen oder eine See-Nelke oder eine See-Rose. Ganz zu schweigen von gemeinem Gras. Das Bild einer unterseeischen Wiese mit Froschbiß- und Laichkrautgewächsen ist dem Bild einer Land-Wiese mit ein wenig Rispengras, Schwingel und Trespe durchaus überlegen.

Aber ich entbehre doch die Gerüche, von denen mein Vater mir erzählt hat, die würzigen oder die blumigen oder die fruchtigen. Allmählich bin ich die harzigen Gerüche des Bernsteins oder die fauligen des Schwefelwasserstoffs oder die brenzligen des Teers sehr leid, sagt Lius Bruder.

Trösten Sie sich mit dem Wal, sagt Schott. Der Wal besitzt

überhaupt keinen Geruchssinn und lebt dennoch freudig. Möglicherweise verlieren Sie Ihren Geruchssinn bald ganz. Dann gibt es für Sie auch keine störenden Gerüche mehr. Sie sind geruchsunabhängig. Dies kann bei Mahlzeiten und im Geschlechtsleben von größtem Nutzen sein.

Schott und Lius Bruder trieben infolge einer starken tiefseeischen Strömung in verschiedene Richtungen und winkten einander abschiedshalber ein letztes und erstes Mal zu.

Schott geriete in eine Ansammlung ausdauernder Pflanzen mit schmalen, grasartigen Blättern, verlöre den Meeresboden aus dem Blick und fühlte sich von einer Hand festgehalten, die sicher zwischen seine Beine griffe. Jetzt erkennte er das Gesicht der Frau aus Olgas Bar; die Frau läge rücklings auf dem Grund. Ihr graues Haupthaar erhöbe sich parallel zu dem Seegras und stünde demselben an Länge nicht nach. Ihre Brüste besäßen eine makellose, seegestützte Form, und ihr Mund spräche nach der Art einer Seenymphe, Der Elfen Heere schweifen, es deuten Silberstreifen dem Schäfer ihre Bahn. Schott unterschiede allerdings nicht das Silbrige ihres grauen Haupthaares von dem Grau des silbrigen Seegrases, er überlegte, ob er sich mit einer Wendung wie Du nixisches Aas! oder Hurenfee! entziehen sollte, entschlösse sich jedoch angesichts des wehenden oder, genauer gesagt, flatternden Schamhaares kurzerhand zum Bleiben. Außer der schamhaarigen Flattrigkeit interessierte ihn die Farbkombination der beiden Haararten. Das Schamhaar der Frau wäre tiefschwarz – neben silbergrauem Haupthaar ein seltenes Vorkommnis.

Schott vertagte die Frage, wieso die Frau auch im Wasser lebte, ließe sich von der Frau die Hose öffnen, beobachtete verwundert seine Erektionsfähigkeit, die er der relativ milden Wassertemperatur zuschriebe, und richtete den Blick auf die äußeren Geschlechtsorgane der Frau. Die großen und kleinen Schamlippen hätten etwas abgeschliffen Steinernes, die Schamspalte gliche einer gleichmäßig gerundeten Felsöffnung. Schott schöbe seinen Schwanz kühl vergnügt hinein und empfände die brockige Festigkeit infolge des geringen Reibungswiderstandes als erstaunlich ungewohnt. Zeitweilig fragte er sich, ob die Steinwände des Loches mit Moos bewachsen seien oder ob die Geringfügigkeit des Widerstandes einzig und allein vom umgebenden Seewasser herrührte. Es wunderte ihn die relative Unbeweglichkeit der Frau. Wenigstens zu irgendeiner Reaktion wollte Schott die Frau doch veranlassen. Deshalb fragte er sie nach ihrem Namen. Scherzhaft fügte er den Nachsatz hinzu, Sag nicht Undine! Die Frau antwortete jedoch ernst, sie heiße Elsbeth. Nach dem abschließenden Konsonanten entquöllen ihrem Mund einige Luftblasen, aber einige Luftblasen entquöllen auch ihrer steinernen Spalte, und zwar nach jedem Stoß. Schott schlösse auf oberirdische Restluft in dem Unterleib der Frau. Nach einer Zeitspanne, die Schott ausreichend zu sein schiene, ejakulierte er in den wasserreichen steinigen Untergrund. Ein kleinerer oder größerer Teil der Samenmenge stiege schlierig auf. Schott beobachtete das nicht ohne Bedauern. Er beließe seinen Schwanz in der felsigen Spalte und fragte wie gewöhnlich, ob die Frau allein lebe. Die Frau antwortete, nein, allein lebe sie nicht. Schott erkundigte sich, ob es jemanden störe, daß sie für Geld oder für nichts und wieder nichts in der Gegend herumficke. Die Frau erwiderte, solange sie es mit Männern betreibe, störe es niemanden, denn sie lebe mit einer Frau. Männer interessierten sie überhaupt nicht, höchstens des Geldes wegen. Das wisse die Frau, mit der sie lebe. Falls Schott aber ungläubig sei, so möge er die Frau selber fragen, schließlich kenne er sie. Es sei niemand anderes als Olga.

Schott sagt nichts, aber die Frau sagt, Es kommt mir das Unvermögen zugute, lebende Nachkommen zu gebären. Zwar habe ich an Land trotzdem immer die Anti-Baby-Pille gefressen, aber das war bestimmt überflüssig. Ich wollte nur ganz sichergehen, daß Olga und ich kein Kind kriegen. Das wäre Olga bestimmt nicht recht gewesen. Im Moment bin ich etwas unsicher. Vielleicht hat mich das Unterwasserleben verändert, und Anti-Baby-Pillen sind hier nirgends zu haben. Selbst in der Apotheke eines gesunkenen Luxus-Dampfers habe ich keine bekommen.

Es wäre möglich, daß du ein amphibisches Lebewesen zu Wasser bringst, einen Froschlurch mit nackter, drüsenreicher Haut, sagt Schott, und ich wäre der Vater.

Du oder ein anderer, sagt die Frau.

Wer sonst?, sagt Schott.

Der alte Professor, sagt die Frau.

Ist er auch hier?, sagt Schott.

Natürlich, sagt die Frau.

Aber der kann doch gar nicht mehr, sagt Schott.

Er ist im Wasser förmlich aufgelebt, sagt die Frau. Ich dachte, ich kenne mich aus mit alten Böcken, aber der Professor hat mirs noch mal gezeigt. Er hat gefickt, was der Schwanz hält. Hinterher hat er gesagt, Nenne mich Enki, ich fühle mich wie ein Gott.

Die Leichtigkeit Schotts rührt von seinem Glauben her, es weder mit einer Frau noch mit einem Mann zu tun gehabt zu haben; Schott erhält Auftrieb. Er schwimmt in mittlerer Tiefe südwärts und schließt seine Hose. An dem flatternden, genauer gesagt wehenden Barthaar einer Gestalt, die zirka zwanzig Meter über ihm dahintreibt, erkennt er den alten Professor. Da Schott sich in einer Säule kalten Tiefenwassers befindet, steigt er spielend zu dem alten Professor auf, jedoch auch der alte Professor steigt spielend auf, da er sich in einer Säule kalten Tiefenwassers befindet. Schott verliert den alten Professor wegen des Reichtums an Plankton und Fischen vorübergehend aus den Augen. Als er die Oberfläche erreicht und um sich sieht, sieht er, daß der alte Professor die Oberfläche erreicht hat und um sich sieht.

Es gibt ein Hallo.

Wo sind die anderen, sagt Schott.

Der alte Professor sagt es, aber bevor er es sagt, sagt der Verfasser, Der Bericht des alten Professors erspart mir eine Menge kompositorische Probleme, die sich aus der Trennung Schotts, Motts, Leos, Timms, Hottis, Olgas, der Frau aus Olgas Bar, des alten Professors und Tomms ergeben hatten.

Das heißt, Schott fügt hinzu, Die Frau aus Olgas Bar habe ich getroffen. Ich habe sie kaum erkannt.

Elsbeth, sagt der alte Professor.

Elsbeth, sagt Schott.

Olga und die Frau aus der Bar sind als erste unter Wasser gegangen, sagt der alte Professor. Wo Olga ist, weiß ich nicht.

Der Verfasser sagt, Weshalb macht er mir wegen Olga Scherereien.

Daraufhin sind Mott und Tomm mit Leo, Timm und Hotti untergetaucht, sagt der alte Professor. Sie aalen sich auf dem Sonnendeck eines gesunkenen Luxus-Dampfers, der in der Nähe liegt. Ich selbst bin als letzter verschwunden. Aber allmählich habe ich die Nässe satt. Ich sehne mich nach einem trockenen Fleck. Ich sehne mich am besten nach einer Wüste.

Daran ist kein Mangel, sagt Schott.

Ich weiß, sagt der alte Professor. Machen wir uns auf den Weg.

Nein, sagt Schott. Noch nicht.

Ich sage den anderen Bescheid und gehe an Land, sagt der alte Professor.

Suchen Sie Olga, sagt Schott.

Ja, sagt der alte Professor.

Schott geht in die Tiefe und gleitet ein weniges weiter südwärts. Wäre Liu über der See abgestürzt, so hätte sie ihrem Flugzeug bestimmt die Treue gehalten und säße im Cockpit, vielleicht um in Ruhe ein Buch zu lesen, das sie schon immer lesen wollte, oder um über Kopfhörer eine einschlägige Musik zu hören.

Liu blickte von ihrem Buch auf oder öffnete trotz der Musik die Augen. Sie sagte, Ich schwitze an Hals und Schulter, vielleicht bin ich krank.

Schott reichte ihr durch das zerbrochene Cockpitfenster einen kühlen feuchten Lappen. Liu senkte den Kopf und läse weiter oder schlösse die Augen und hörte weiterhin Musik.

Schott sagte, Ich reiche dir einen kühlen feuchten Lappen, aber du bemerkst es gar nicht.

Ohne aufzublicken oder ohne wiederum die Augen zu öffnen, sagte Liu, Jeder lebt sein Leben.

Wo ist Olga, sagte Schott.

Sie sitzt in der zweiten Reihe, sagte Liu. Sie ist gestern zugestiegen. Neben ihr sitzt Lisch.

Lisch?, sagte Schott.

Er ist mit mir abgeflogen, sagte Liu.

Lius Copilot schliefe, sonst schwämme Schott in das Cockpit und sagte, Ach, für ein halbes Stündchen nur, machen Sie mir doch Platz.

Aber in dem Flugzeug sitzen angeschnallte Skelette. Zwar ist Schott nicht geübt, zwischen angeschnallten weiblichen und angeschnallten männlichen Skeletten zu unterscheiden. Ob aber auf dem Pilotensitz Lius Skelett sitzt oder ein anderes, kann Schott am Gebiß erkennen. Lius Zähne, besonders die Schneidezähne, kennt Schott. Er verwechselt sie mit keinen anderen. Die Schneidezähne des Skeletts auf dem Pilotensitz gehören nicht zu Liu, das ist sicher. Andere Hinweise gibt es jedoch nicht. Wohl sind die Kopfhörer auf den Schädeln des Piloten- und des Copiloten-Skeletts unversehrt, und unversehrt sind die Sicherheitsgurte, aber die Kleidungsstücke der Piloten fehlen.

Schott schwimmt durch die offene Kabinentür in den Passagierraum und ist doch überrascht. Dem ersten Skelett, das ihm ins Auge fällt, fehlt es an einem Kopf. Es könnte ein mittelgroßer Hai in das Flugzeug gekommen sein und den Kopf abgebissen haben. Dem kopflosen Passagier mochte es wenig genutzt haben, daß er geschrien hätte, Nicht meinen Kopf! Ich bin der Anführer eines gelungenen Putsches! Ich muß Befehle geben!

Die Kleidungsstücke der Passagiere fehlen auch.

Dem Skelett zur Linken des Putschistenführers mangelt es am rechten Arm. Er mochte den Hai ausgerechnet mit diesem Arm abgewehrt und lauthals gerufen haben, Ich bin Rechtshänder! Ich bin der Geheimdienst-Chef der Militärregierung! Wie soll ich noch in die Köpfe der Regierungsfeinde schießen!

Keiner hätte bedacht, daß Haie über einen hochentwickelten Geruchssinn, aber kaum über ein empfindliches Gehör verfügen. Der Hai hätte überhaupt nicht zugehört.

Das Skelett zur Rechten des Putschistenführers streckt Schott zwei handlose Arme entgegen. Vielleicht war es einst eine junge Mutter, die dem Hai bittend ihr Baby entgegenhielt. Sie sehen doch, daß ich gebraucht werde! Wer soll sich um mein Kindchen kümmern?! Diese Sorge hätte ihr der Hai abgenommen mit einem einzigen Schnapp. Da der Hai in der Gier auf jüngstes Menschenfleisch die Distanz verfehlt hätte, wären die Hände der jungen Frau gleich auch geschluckt worden.

Ausgesprochen auffällig ist das Aussehen eines Skeletts, das rücklings auf dem Gang liegt. Die Beine sind vorhanden und sind gespreizt. Aber zwischen den Beinen fehlt das Becken. Schott vermutet, daß das Skelett eine menstruierende Stewardeß war. Der Hai, dieser oder ein zweiter, fuhr ihr womöglich zwischen die Beine, schnüffelte das Blut und ergatterte den halben Unterleib. Die Tee- oder Kaffeekanne, deren Griff die

Skeletthand krampfhaft umklammert, mochte als Schlagwaffe wenig ausgerichtet haben, stützt aber Schotts Vermutung bezüglich des Berufs, den das Skelett, oder, genauer gesagt, die Person, zu welcher das Skelett gehörte, ausgeübt haben mochte. Die Aktion des Hais war eventuell von der Kürze des Stewardessen-Rocks begünstigt.

Vergeblich hält Schott nach hochhackigen Schuhen Ausschau. Entweder trug keine Passagierin derartige Schuhe oder die Schuhe sind fortgespült. Flache Schuhe findet Schott auch nicht.

Schott überlegt, ob er die Sicherheitsgurte der Passagier-Skelette lösen soll. Er könnte Skelett für Skelett aus dem Flugzeug schaffen und in einer Bodenspalte würdig versenken. Er könnte ein übriges tun und einen Felsbrocken auf die Grabspalte wälzen. Schließlich, allerdings ohne eine Ahnung von der Religionszugehörigkeit der Skelettierten, könnte Schott ein Requiem summen und aus Metallteilen, die sich im Flugzeug finden, ein Kreuz basteln, das sich bestimmt leicht in den Meeresboden stoßen ließe.

Aber Schott sähe davon ab, weil er an einem metallenen Armband des Putschistenführers erkennte, daß er das Skelett von Schill vor sich hätte. Das handlose Skelett zur Rechten Schills wäre, Schott sagt, Seine Hure, gewesen, der Schill nach dem Machtantritt ein Kind gemacht hätte, einen Nachfolger.

Das einzige, das Schott noch besonders auffällt, sind Knochensplitter, die in Fußbodenhöhe hin und her gespült werden.

Schott sieht zum Abschied in die Augenhöhlen der jungen Mutter. Vermutlich erlitt sie beim Verlust ihres Sohnes einen Schock und hätte über den Vorfall nicht so bald vernommen werden können, sagt Schott.

Die Flugsicherheitsbehörde hätte bei den Piloten gewiß eine Blutprobe veranlaßt, sagt Schott noch. Denn nirgends entdeckt Schott einen Schaden.

Es kann aber auch Treibstoffmangel vorgelegen haben. Denn immerhin befindet sich das Flugzeug zigtausend Kilometer von der Stadt entfernt.

Wäre nur alles so. Schott triebe an die Meeresoberfläche und machte sich unbesorgt auf den Heimweg. Aber Schott macht sich besorgt auf den Weg zum Nördlichen Wendekreis.

Dort zögert er. Soll ich mich nach links halten oder nach rechts? Ich komme von Norden, also muß ich nach links.

Bald sieht er ganz nahe unter sich Sand. Er sucht mit den Füßen Halt und betritt jenen anderen Kontinent.

Der Verfasser sagt, Der eine oder andere oder die eine oder andere mag sagen, Keine Städtenamen, keine Ländernamen, keine Ozeannamen, überhaupt keine exakten geographischen Angaben! Auf welchem Kontinent befindet sich Schott jetzt? Ich muß erwidern, Man versuche doch bitte, nicht allzu intim zu werden. Trockenwüsten, und auf ein trockenes Fleckchen kommt es an, gibt es in tropischen und subtropischen Gebieten. Schott kann sich entscheiden, ob er eine Kernwüste vorzieht oder eine Halbwüste, die immerhin zur Dornstrauchsavanne beziehungsweise Steppe überleitet.

Ein Verfasser darf erwarten, daß ein Freiraum für die Entfaltung des Textes oder, freundlicher gesagt, ein persönlicher Geheimbereich bleibt. Wer die Vertraulichkeit des Wortes verletzt, ist mit Strafe bedroht.

Schott sieht zwar weder Zirben noch Krautweiden, aber die Tamariske ist für ödes Land ein geeigneter Baum. Der Eukalyptus hingegen gibt der herben Landschaft eine versöhnliche Note. An ausdauernden Sträuchern, die Schott vereinbarungsgemäß Rutenginster nennt, ist kaum Mangel. Noch hat Schott keinen Durst; er ist nicht versucht, kleine Kürbisse anzurühren, obwohl er nicht einmal weiß, daß sie gallebitter sind. An einer Wasserstelle wachsen krautige Pflanzen mit violetten Blättern. Schott würdigt dieses Bilsenkraut eines Blickes, aber kein Kamel würdigt es. Schott denkt daran, Datteln mit dem tödlichen Saft zu versehen; fände ein Schillsches Expeditionskorps die Früchte, so könnten sie zu dessen Dezimierung beitragen. Die Schönheit der schönsten Wüstenpflanze soll mich nicht hindern, die Strünke der Cistanche auszugraben und wie Kartoffeln zuzubereiten, sagt Schott.

Der Verfasser sagt, Nur keine Angst vor sandigen Metaphern. Schott ist wirklich in der Wüste.

Übrigens erreicht Schott eine Straße, die einerseits nach Norden, andererseits nach Süden führt. So verführerisch sie für jeden unerfahrenen Wüstenbummler erscheinen mag – Schott überquert sie bloß. Wer weiß, auf wen ich im Süden oder Norden treffe, sagt Schott. Ich halte mich abseits.

Es mangelt an Singvögeln. Kein Hausrotschwanz noch Steinschmätzer läßt sich hören, obwohl es an Brutstätten nicht fehlt. Besonders entbehrt Schott den Gesang des Wasserpiepers, der etwa mit tschri-tschri-tschri umschrieben werden kann. Daß keine Kolkraben mit ihrer Vorliebe für Aas auszumachen sind, bedauert Schott angesichts der Aasmengen, die er auf Schritt und Tritt sichtet.

Ein scharfzüngiger Beobachter mag beim Anblick der Wüstenstraße von Nord nach Süd beziehungsweise von Süd nach Nord bemängeln, daß zwar beinahe jedermann zurück zur Natur wolle, jedoch nur mit dem Auto; das wahre Naturerlebnis sei letzten Endes dem Fußgänger vorbehalten. Schott träfe diese Bemerkung nicht. Auch wenn es etwas Schweiß treibt, Schott geht Meter um Meter zu Fuß durch den Sand. Sein Gang ähnelt einer besinnlichen Wanderung ohne Lärm und Streß.

Einem Geier, der über Schott schwebt, ruft Schott zu,

Grüß Gott! Willkommen in der Wüste! Sie befinden sich in einer der letzten unberührten Landschaften der Welt! Fliegen Sie mit offenen Augen durch das Urland.

Leider verfüge ich nicht über die notwendige Bekleidung und Ausrüstung. In die Wüste geht man am besten im Frühling und Herbst. Aber jetzt ist Sommer. Im Sommer bedarf man leichter, weiter, heller Baumwollkleidung, einer Kopfbedeckung und der Schuhe mit stabiler Sohle (gegen die scharfkantigen Steine). Aber ich trage eine dunkle Hose, ein dunkles Hemd, und ich gehe barfuß. Ich sollte so viel Wasser und Lebensmittel bei mir haben, daß die Vorräte bis zur übernächsten Oase reichen. Aber ich habe überhaupt nichts bei mir. Nützlich wären ein Fernglas, eine Sonnenbrille und etwas Sonnenschutz. Aber das einzige, das ich bei mir trage, sind Geschenke für Liu: einen violetten Seeigel, einige marine Sedimente, eine lederne Handtasche, ein Bruchstück vom Relief des Heiligtums Borobudur, eine Brille in einem Korallenzweig, ein Schlüsselbund (Autoschlüssel) und ein braun gemustertes Baumwolltuch. Das Baumwolltuch könnte ich mir um Kopf und Mundpartie wickeln, so daß ich einigermaßen vor Sand, Wind und Sonne geschützt wäre. Niemanden würde es stören, daß ich wie jemand aussähe, der Zahnschmerzen hat, und wenn schon.

In den Provinzhauptstädten soll es bereits Satelliten-Bodenstationen geben, die Telefonate übertragen. Ich könnte versuchen, mit Liu zu telefonieren. Wie aber komme ich ohne Schuhe bis zu einer Provinzhauptstadt?

Jedoch hinsichtlich der Schuhe kann Schott von Glück sagen. In der Nähe eines trockenen Flußbettes findet er ein menschliches Gerippe, das solides Schuhwerk mit Profilsohle trägt. Die Schuhe passen Schott.

Neben dem Gerippe liegt eine Umhängetasche. Der Gewohnheit einsamer Menschen folgend, die im Plural zu sich selbst sprechen, sagt Schott, Was haben wir denn da.

Schott findet eine Büchse Tomatenmark, eine Büchse Sardinen und zwei Büchsen Mineralwasser.

Er findet Traveller-Schecks, auf denen der Name des Wüstenwanderers steht. Warum hat er das Mineralwasser nicht getrunken, sagt Schott.

Er findet Papiergeld in der heimischen Währung des Besitzers. Offenbar wußte der nicht, daß die Währungen kleinerer Länder vor Ort oft unbekannt sind, sagt Schott.

Er findet eine kleine Glasflasche, die mit Wüstensand gefüllt ist. Schott sagt, Ein Mitbringsel.

Er findet ein kleines Radio, das auf die Frequenz von 6155 kHz eingestellt ist. Schott zieht die Antenne aus und schaltet das Gerät ein. Während Schott in der hintersten Wüstenecke unter der Sonne schmort, hört er, im Heimatort des Radiobesitzers herrschten Regenschauer vor. Anschließend betont eine männliche Singstimme, daß man Klavier spielen können müßte. Beim Klang des gespielten Klavieres lassen die Batterien rapide nach, die Musik verstummt. Schott sagt, Die Lebenszeit der Batterien währte seit dem Kauf länger als deine, und sieht auf das Gerippe.

Schließlich findet Schott eine Kamera, steht auf und macht ein Foto von dem einsamen Mann.

Aber einen Reisepaß findet Schott auch in der Gesäßtasche des Mannes nicht. Ich hätte sehen können, wie der Mann früher aussah, sagt Schott. Vielleicht sah er mir täuschend ähnlich, ich hätte den Paß benutzen können; immerhin ist in den meisten Wüstenländern, in die ich kommen werde, ein Visum erforderlich.

Schott nimmt die Umhängetasche und geht; es umgibt ihn das bekannte, schöne Bild der Wüste, sonst nichts.

Die Sonne im Rücken, geht Schott durch den Sand. Es ist längst Zeit, sich das braun gemusterte Baumwolltuch um Kopf, Hals, Mund und Kinn zu wickeln; Schott tut es. Tatsächlich stört es niemanden, daß Schott wie jemand aussieht, der eine Kopfverletzung davongetragen hat. Aber eine Sonnenschutzbrille hat Schott nicht, und auch kein Fernglas.

Gedankenlos, sozusagen träumend, geht Schott durch den Sand, im Rücken die Sonne. Schott ist sicher, daß er nicht an einer Krankheit leidet, die mit einer offenkundigen Fehleinschätzung der Realität einhergeht. Er befindet sich auch nicht in einem LSD- oder Alkoholrausch. Es kann eine harmlose Trugwahrnehmung sein, sagt Schott. Sollte aber ein wirklicher Weltreiz vorliegen, so wäre, was ich sehe, eine Fata Morgana.

Schott müßte nur immer darauf zugehen, dann käme er in jenen aufgeräumten Erdenwinkel, der moosgrün, honiggelb und lichtblau vor ihm liegt.

Es stört Schott, daß alles, was er sieht, auf dem Kopf steht: drei Buchen, ein Brückentor, ein Kloster. Rechts, also links von dem Kloster, eine Hütte. Hinter dem Kloster Baumkronen und Rücken von Hügeln. Am Horizont die Türme einer Stadt: der lichtblaue Himmel über Stadt und Landstrich ein Wasser, in welches kopfunter die Turmspitzen und Baumwipfel ragen. Ein Bach zu Füßen zweier Buchen ein Stück Himmel am Rand einer moosgrünen Wiese.

Schott vollführt einen Kopfstand: vor der Landschaft steht eine Baumhöhle mit honiggelbem Strohdach, die Umrisse des ruinierten Baumes sind gezahnt. In dem Baum hockt einer, der die gefalteten Hände auf einen Stock stützt, den Kopf auf die Hände. Es ist ein langbärtiger Alter. (Der Baumstamm über dem Kopf des Alten ist zu einem Geweih ausgewachsen.)

Das ist der Mann, den ich brauche!, ruft Schott, aber seine Worte klingen gepreßt, infolge des Kopfstandes.

Die lächelnde Schnauze der Hamsterlurchin ficht dich nicht an! Der Messerwerfer verfehlt dich! Dem Zottelvieh zerbricht der Pfeil! Der froschige Schweinekopf schleppt das Schwert armlos!

Dein säuischer Doppelgänger versackt im Bach!

Kein höllischer Quertreiber erreicht dich! Das Ungeziefer der Widersacher verfängt nicht!

Du bist ruhig! Du bist entschlossen! Du bist offen! Du lebst im Tod! Bewahre mich! Bald ist es Zeit; dann renne ich Schill ein Messer in das Herz!

Der Verfasser sagt, Ich frage mich allerdings, ob das heutzutage jemanden interessiert: diese arschruhige Kontemplativität und das Geheddere mit dem Zweit-Ich.

Schott hätte wirklich gerne ein Fernglas zur Hand, um zu sehen, was für ein Buch der Alte am Gürtel trägt. Aber ein Fernglas hat Schott eben nicht. Hätte er eines, könnte er es nicht zur Hand nehmen, weil er sogleich umfiele ohne die stützenden Hände. Schott gibt den Kopfstand auf und legt sich in den brandheißen Sand. Auf die Idee, ein Foto zu machen, kommt er nicht. Es wäre gleichgültig, daß alles auf dem Kopf stünde; er brauchte das Foto nur auf die Füße zu stellen. Wäre Schott in Fotodingen weiter, kämen ihm ein Schatten oder ein Regenbogen oder eine Luftspiegelung auch als brauchbare Objekte der Darstellung vor.

Schott steht auf, und alles, was er gesehen hat, ist weg. Die Richtung hat er aber behalten. An diese Richtung hält er sich.

Er hätte jetzt Lust, eine Zigarette zu rauchen. Leider sind die Reste der 500 Zigaretten unter Wasser aufgeweicht. Wäre die eine oder andere Zigarette noch rauchbar, nützte sie dennoch nichts: Schott besitzt keine Streichhölzer; besäße er welche, täten sie ihm keine Dienste; die Streichholzköpfe wären unter Wasser abgespült. Trotz glühender Hitze kein Feuer.

Schott stülpt die linke Hosentasche um und streut die Zigarettenreste in den Sand.

Der Verfasser sagt, Es muß erwähnt werden, daß Schott das Bündel, das er bei dem Gang in das Wasser auf dem Rücken behalten hatte, noch vor dem Konzert im Arkadenhof fortschwimmen lassen hat. Auch das Funkgerät ist weg. Ich habe zu schreiben vergessen, daß Schott es am Strand stehengelassen hat.

Weniger Hunger und Durst erinnern, mehr das Gewicht der Umhängetasche erinnert ihn an eine Büchse Tomatenmark, eine Büchse Sardinen und zwei Büchsen Mineralwasser.

Zuerst eine Büchse Mineralwasser. Schott trinkt sie leer. Jetzt Sardinen und das Tomatenmark. Schott greift sich eine Sardine, tunkt sie in das Tomatenmark und schluckt sie fast ungekaut hinunter. Schott greift sich eine Sardine nach der anderen, tunkt sie in das Tomatenmark und schluckt sie fast ungekaut hinunter. Das Öl der Sardinen trinkt er. Den Rest Tomantenmark holt er mit dem rechten Zeigefinger aus der Büchse und leckt den Zeigefinger ab. Jetzt die zweite Büchse Mineralwasser. Schott trinkt sie leer. Die vier leeren Büchsen wirft Schott hinter sich. Ein Fehler! Wenigstens eine Büchse müßte er behalten. Sie eignete sich gut zum Wasserschöpfen am Brunnen einer Oase.

Jetzt ekelt sich Schott vor dem Daumen, dem Zeigefinger und dem Mittelfinger der rechten Hand. Die Finger stinken nach Sardinen, und sie kleben. Über das Leben in der Wüste sind viele irrige Ansichten verbreitet, aber in einem sind sich alle Beobachter einig: die Wüste ist ein wasserloses Gebiet. Wie die Hände oder wenigstens die rechte Hand waschen?

Die Übelkeit, die Schott spürt, kann von der Hitze herrühren oder von Sardinen mit Tomatenmark. Schott, der niemanden sieht, welcher ihn hören könnte, sagt, Ich muß kotzen oder scheißen.

Aber kotzen muß Schott nicht. Nach uralter Gewohnheit gräbt er mit den Füßen eine kleine Vertiefung, läßt die Hose herunter, hockt sich nieder und scheißt. Er hat schwache Knie und setzt sich in die eigene Scheiße. Jetzt ekelt sich Schott vor seinem Arsch. Aber womit den Arsch abwischen? Schott verwendet die Traveller-Schecks aus der Umhängetasche des Gerippes. Etwas Scheiße gerät an die Finger der rechten Hand. Sie stinken nach Sardinen, Scheiße, und sie kleben. Womit schließlich die Finger wenigstens abwischen? Schott verwendet das Papiergeld aus der Umhängetasche des Gerippes. Binnen kurzem muß Schott der Name entfallen, der auf den Traveller-Schecks steht.

Nun richtet sich Schott auf, zieht die Hose hoch und schiebt mit dem rechten Fuß Sand über den Scheißhaufen.

Fernerhin die Umhängetasche des Gerippes zu schleppen, ist Schott schon als Gedanke eine Last. Er packt den Tragegurt und schleudert die Tasche fort. Ein Fehler! Er müßte sie behalten. Sie eignete sich gut zur Aufbewahrung von Datteln. Zudem: kein Mitbringsel (die Glasflasche mit Wüstensand), keinen Wetterbericht (das Radio, dessen Batterien sich erholt hätten), keinen Beweis (der Fotoapparat mit der Aufnahme des Gerippes).

Mit einem Satz: Es sieht nicht gut aus für Schott.

Wo Schott die Geschenke für Liu hat? Den violetten Seeigel in der linken Brusttasche des Hemdes. Die Brille im Korallenzweig in der rechten Brusttasche des Hemdes. Die marinen Sedimente in der rechten Gesäßtasche. Das Schlüsselbund (Autoschlüssel) in der linken Gesäßtasche. Die lederne Handtasche am Gürtel. Das Bruchstück vom Heiligtum Borobudur in der rechten Hosentasche. Die linke Hosentasche ist, wie erwähnt, leer.

Schott geht oder schlurft oder tappt oder wankt oder torkelt oder schleppt sich fort oder geht in die Knie und auf allen vieren oder fällt auf den Bauch und kriecht dem lichtblauen, honiggelben und moosgrünen Erdenwinkel zu.

Der Tag der Rache ist noch nicht gekommen.

Der Verfasser sagt, Ob gesagt werden kann, der Sand röste Schotts Hände? Die Temperatur der offenen Wüste weckt in Schott den Wunsch nach einem kalten Weltteil.

Vor Schott steht Liu im Sand. Schott flüstert, Ich habe dir deinen Autoschlüssel, deine Brille in einem Korallenzweig, ein Bruchstück vom Heiligtum Borobudur, eine lederne Handtasche, einige marine Sedimente und einen violetten Seeigel mitgebracht.

Im Sand vor Liu holt Schott die Stücke aus den Taschen, nimmt die Handtasche vom Gürtel und legt alles vor die Füße von Liu.

Das ist nicht Liu, das vor Schott steht. Das ist eine Wüsten-Aloe. So allein ist Schott, und auf der Senke liegt eine öde Sonne.

Schotts Zustand macht es für jeden Kenner erklärlich, daß dieser Mensch einfach liegenbleibt. Erleichtert verspürt Schott die Kühle einer Abendbrise. Er hegt den Wunsch, sich zu ergeben. Ist es jetzt oder war es etwas früher, daß Schott glaubte, er schwimme auf dem Meer?

Kröche Schott auf einen Sandhügel, so eröffnete sich ihm eine große Umsicht auf die Dinge der Welt und das wüste Dämmerrund.

Allerdings, er denkt nicht an die niedrigen Nachttemperaturen dieser Gegend. Seine enorme Müdigkeit versetzt ihn in einen Tiefschlaf, währenddessen sein Körper regelrecht erstarrt. Seine Atemgeräusche, sogar ein kleines Geröchel, wären weit und breit das einzig Hörbare. Vielleicht hörte er im Schlaf die Stimme von Liu, die ohne Vorbehalt sagte, Das einzig Hörbare in dieser vollkommenen Stille sind deine Atemgeräusche, das habe ich gern.

In der Stunde vor dem Anbruch des Tages durchdringt die Kälte sogar Schotts Knochen. Sein Organismus verfällt auf ein rhythmisches Muskelzittern, das ihn weckt.

Nicht mühsam, sondern mühselig steht Schott auf. Mit dem rechten Fuß schleift er die Linien eines L, eines I und eines U in den Sand. Das sagt sich schnell. Schott braucht dazu zwanzig Minuten. Am Ende des U fällt er wieder nieder. Schott liegt neben Liu und wartet.

Aus der aufgehenden Sonne kommt ein Flugzeug geflogen.

Das ist Liu, flüstert Schott. Sie findet mich.

Oder es ist ein Aasgeier, der Schott zuruft, Grüß Gott! Willkommen in der Wüste! Sie befinden sich in einer der letzten unberührten Landschaften der Welt!

Aus dem Flugzeug wird ein Gegenstand abgeworfen. Das ist ein Versorgungsbehälter, flüstert Schott. Er rettet mich.

Oder das ist eine Bombe, flüstert Schott. Das Flugzeug gehört zu Schills Expeditionskorps. Die Bombe trifft mich.

In Wirklichkeit geschieht gar nichts.

Das Flugzeug oder der Aasgeier verschwindet im Himmelsblau, und Schott fühlt sich unwiderruflich abgeschrieben.

Schotts Lage wirkt aus unabhängiger Sicht entschieden düster.

Wer sollte es ihm verdenken, daß er die Augen schlösse? Einmal noch öffnete er sie, des Abschiedes halber, und sähe in unberechenbarer Ferne eine beachtliche Staubwolke aufsteigen.

Schott fragte Liu, Was ist das.

Liu sagte, Das überlegst du dir jetzt schön, und dann sagst du es dir selbst.

Schott sagte, Ich weiß es nicht. Warum willst du es mir nicht sagen. Du hast einen besseren Überblick, aus der Luft.

Liu sagte, Ich sage es dir nicht, weil ich solche Fragen nicht mag. Ich bin nicht deine Mutter.

Schott fragt sich, wen sollte er sonst fragen, wer oder was da eine solche Menge Staub aufwirbelt.

Oder sollte er sich etwas anderes fragen?

Also.

Wer kommt da. Oder: Wer zieht da vorüber.

Oder.

Was kommt da. Oder: Was zieht da vorüber.

Falls da wer nicht vorüberzieht, sondern falls da wer kommt, was sollte Schott sich dann fragen?

Oder.

Falls da was nicht vorüberzieht, sondern falls da was kommt, was sollte Schott sich dann fragen?

Ich habe nicht gelernt, Staubwolken zutreffend zu interpretieren, sagt Schott. Staubwolken können von Marschkolonnen, Fahrzeugpulks und Kamelherden aufgerührt werden. Aber derart immense Staubwolken? Marschkolonnen und Kamelherden kommen kaum in Frage. Das ist ein Fahrzeugpulk. Das ist ein Pulk von Kettenfahrzeugen. Das ist ein Panzerpulk! Das ist es!

Staubwolken können von starken Winden aufgewirbelt werden. Besonders derart immense Staubwolken! Schwache Winde kommen kaum in Frage. Das ist ein Sturm. Das ist ein Sandsturm! Das ist es!

Falls das ein Panzerpulk ist, sollte sich Schott etwas fragen.

Falls das ein Sandsturm ist, sollte sich Schott etwas anderes fragen.

Aber ehe er sich das eine oder etwas anderes fragt, könnte er versuchen, die Dichte und Beständigkeit der absinkenden Staubwolken zu analysieren. Das brächte ihn vielleicht darauf, zwischen Staubwolken, die von Panzerpulks, und Staubwolken, die von Stürmen herrühren, zu unterscheiden. Dann brauchte er sich nur das eine oder etwas anderes zu fragen.

Nämlich: Wie verberge ich mich vor Panzern.

Oder nämlich: Wie schütze ich mich vor einem Sandsturm.

Aber ich habe nicht gelernt, mich in der Wüste vor Panzern zu verbergen, sagt Schott. Ich habe nicht gelernt, mich vor einem Sandsturm zu schützen, sagt Schott.

Glücklicherweise oder unglücklicherweise unterliegt Schott in dieser Sekunde einer Einengung seines Bewußtseins. Sie folgt, wie es naheliegt, aus einer akuten Stoffwechselstörung. (Wenigstens ist er in diesem Zustand der Fähigkeit beraubt, schuldhaft zu handeln.) Schott bewegt die sandige Zunge und äußert Lautfolgen wie: Sandpulk, Panzersturm, Pulksand, Sturmpanzer, Sturmpulk, Sandpanzer, Pulksturm und Panzersand. Etwas später: Sapu, Pastu, Pusa, Stupa, Stupu, Sapa, Pustu und Pasa. Sodann bringt er es auf Sa, Pa, Pu und Stu. Schließlich ist nur S, P und St zu vernehmen. Dies ist der Augenblick, in welchem sich Schotts Bewußtsein sogleich vollständig ausschaltet. Besinnungslos liegt Schott da, ohne sich vor etwaigen Panzern verborgen oder vor einem möglichen Sandsturm geschützt zu haben. Es fehlt ihm einfach die Gewißheit des «Ich selbst».

Jetzt ist natürlich nicht mehr viel möglich.

Es fragt sich aber noch, wie lange Schotts Bewußtlosigkeit anhält? Sekunden? Minuten? Stunden? Tage?

Wäre jemand vorhanden, der Schott besehen könnte, so sähe jemand, daß Schotts Körperflüssigkeit allmählich in den gasförmigen Aggregatzustand übergeht – falls dieser Übergang sichtbar ist (denn er findet ohne Blasenbildung statt).

Wäre das Niveau der Schottschen Bewußtseinsklarheit nicht gleich Null, empfände Schott eine sympathische Abkühlung. Ja, wenn nur alles so in der Luft verdunsten wollte, was dem Herzen zuviel ist. Die Verdunstung ist ein wichtiges Glied im Kreislauf des Wassers zwischen Mensch, Atmosphäre und Wüste. Unglücklich ist Schott nicht zu nennen. Arbeitet nicht mancher mit Mühe an der Unterdrückung seiner Leidenschaften, bis sie endlich ganz verdampft sind? Ohne eigenes Zutun wird ein großer Teil von Schott zu Dampf.

Von Gegenständen, die einer gewissen Feuchtigkeit bedürfen, wäre zuerst Schotts Zunge zu nennen. Sie ragt als trockener Stock zwischen rissigen (oder ehemaligen) Lippen aus der versandeten Mundhöhle. Wenn diese Zunge je eine weibliche Hautfläche befeuchtete, dann . . .: hier könnte eine Satz-Ergänzung folgen, die bedauernden Inhalts sein müßte.

Ohne jene programmatische Verachtung alles Vollständigen wäre jetzt von Schotts Augen zu reden. Hier nur dies: Tränen sind längst versiegt, die Augenhöhlen fast leer.

Schließlich mag immerhin Schotts sogenanntes Geschlecht erwähnt werden. Dieser Mann hatte es lange getrieben mit hartem Leben, aber jetzt, da das Stündlein zu kommen scheint, verdorrt alles und fällt frei dahin.

Schott kann nicht beten: Hier, hier! Alles so öd!

Aber doch bleibt etwas. Die Seele verdorrt nicht so bald.

Wäre nach Tagen jemand zugegen, der Schott aus der Froschperspektive betrachten könnte, so sähe jemand, daß Schotts Körper flach ist, wie ein Brett flach ist. Nur die Haut ist noch vorhanden und ist ausgebreitet, wie ein Blatt mit ungleichen Rändern ausgebreitet ist.

Wäre jemand zugegen, der Interesse an einem Blatt mit gleichen Rändern hätte, bedürfte jemand nur einer größeren Schere, um die Ausbuchtungen, die von der Kopf-, Arme- (samt Hände-), Beine- (samt Füße-)Haut herrühren, beherzt abzuschneiden.

Schon besäße jemand ein schönes Stück Pergament (das nicht unbeschrieben wäre).

Ein Leser, zum Beispiel ein Professor der Altertumskunde, sagt vielleicht, Das mit dem Pergament ist Quatsch. Schließlich weiß jeder, der Bescheid weiß, daß Pergament, selbst wenn es aus menschlichen Hautblößen hergestellt wird, mit Kreide oder Kalk gepudert und sodann geglättet werden muß, und zwar mit Bimsstein.

Aber der Verfasser sagt, Als ob es darauf ankäme! Ich rede von Pergament, wenn es mir paßt. Hier ist nichts mit Altertumskunde und sachgerechter Beschreibung. Ich brauche jetzt Schotts Haut, damit der alte Professor, den aber Schott aus den Augen verloren hat, vorbeikommen kann und sagen,

Entdeck ich gar ein selten Pergament, dann steigt der ganze Himmel zu mir nieder. Und noch dazu eines, das mit Zeichen von Schott bedeckt ist! Ich werde die Zeichen deuten. Ich bin der beste Kenner. Ich entziffere diesen Text und publiziere ihn. Mit Anmerkungen. Dieser Text wird das Grundbuch. Das Schottsche Pergament kommt in unser Stadtmuseum. Ich schreibe ferner eine Abhandlung über Schott. Nur ich kann Schott Gerechtigkeit widerfahren lassen. Schott ist ein Märtyrer. Schott wird Schule machen. Schott ist unsterblich. Ich kröne Schott. Er hat die Krone nicht durch Trotz und Herausforderung gesucht, er hat sie verdient.

Obwohl, wie gesagt, kein sichtbares Leben mehr in Schott wäre, regte sich jetzt ein Teil des Schottschen Gesichtspergaments, ungefähr in der Höhe der Mundgegend, weil Schott, allerdings vergeblich, zu sagen versuchte, daß er jegliche Heroisierung verschmähe.

Doch der alte Professor sähe die Schottsche Regung bloß als eine Folge des heißen Wüstenwindes an, der das flache Stück Schreibhaut an den ungleichen Rändern sachte bewegte. Die lebhafte Hautausbuchtung abzuschneiden kommt dem alten Professor aber nicht in den Sinn – aus Interesse an den Zeichen auf den ausbuchtenden Flächen und aus einer Achtung vor Schott.

Ich ziehe dich aus dem Sand, mein Lieber, sagte der alte Professor und faßte das Schott-Pergament bei den Füßehaut-Ausbuchtungen.

Es ist noch ungeklärt, was oder wer Staub aufwirbelt.

Unter Umständen rast Liu im Tiefflug über die Wüste auf der Suche nach Schott. Unter Umständen rast Liu im Hubschrauber über die Wüste. Vorteilhaft wäre ein Rettungshubschrauber. Liu flöge je geradeaus und im Kreis. (Liegt dort ein Tier oder liegt dort ein Mensch? Liegt dort ein Tierkadaver oder liegt dort ein Mensch? Liegt dort ein Tierkadaver oder liegt dort ein Menschenkadaver? Liegt dort ein Mensch oder liegt dort ein Menschenkadaver?) (Falls dort ein Mensch liegt, ist es der Mensch Schott? Falls dort ein Menschenkadaver liegt, ist es der Menschenkadaver Schott?)

Liu hätte kaum eine Chance, das Pergament Schott zu finden. Es hebt sich im Sand kaum von Sand ab.

Liu hätte aber eine Chance, den letzten oder den vorletzten oder den vorvorletzten beziehungsweise den ersten oder zweiten oder dritten Buchstaben ihres Namens zu lesen, den Schott Buchstabe für Buchstabe für Buchstabe in den Sand geschleift hat. Liu setzte in der Nähe des letzten Buchstabens zur Landung an, und das Hauptrotor- sowie das Heckrotorblatt wirbelten den Wüstensand derart auf, daß Lius Name im Nu verschwände. Der aufgewirbelte Sand senkte sich und bedeckte das Pergament namens Schott fast vollständig. Nur die Ausbuchtungen der Hände- und Armehaut ragten etwas über die Sandfläche, weil sie entweder vom Wirbelwind der Rotorblätter leicht angehoben worden wären oder weil Schott, obwohl kein Leben mehr in Schott wäre, die Arme angesichts der Ankunft Lius doch ein wenig zu erheben versucht hätte.

Liu erspähte das Schreibleder Schott, kniete neben dem menschengroßen Blatt nieder und sagte, Aber Schott!

Der Verfasser sagt, Oder was würden Sie sagen?

Obwohl, wie gesagt, kein Leben mehr in Schott wäre, regte sich das Schottsche Gesichtspergament in Mundhöhe, Liu beugte sich über das Sprechzeichen und hörte Sätze mit bekanntem Klang,

Es brennt mir unter beiden Sohlen. Der Wind, er spielt mit meinen Rändern. Es bellen die Schakale. Sand fliegt mir ins Gesicht.

Liu flüsterte, Schottschott!, und hörte,

Was vermied ich denn die Wege. Ich suchte im Sand vergebens. Nun lieg ich hier. Jetzt merk ich erst, wie müd ich bin.

Der Verfasser sagt, Nun merkt er erst, wie müd er ist.

Liu flüsterte, Schottschottschott!, und hörte,

Drei Sonnen sah ich am Himmel stehn.

Liu blickte vorwurfsvoll zur Sonne auf.

Aber die Sonne äußerte kühl, Die Leute sehen sich nicht vor, und wenn sie verbrennen, tja, dafür kann ich nicht.

Liu flüsterte, Schott!, und hörte,

Immer warten nur die, die wirklich zerstieben.

Liu sagte, Schott, sei nicht selbstgerecht!, und hörte,

Manche Trän aus meinen Augen,

aber Liu sagte, Und beherrsche dein Selbstmitleid.

Immer noch ist ungeklärt, wer oder was Staub aufwirbelt.

Die immense Staubwolke kommt näher.

Unter Umständen sind am Staubwolkenrand ein Kunstrichter und der Verfasser zu erkennen.

Der Verfasser sagte, Es soll einer einen großen kunstrichterlichen Unwillen gegen mich geäußert haben. Seinen Namen habe ich noch nicht erfahren.

Der Kunstrichter sagte, Ich versichere Sie: Ich war es nicht! Es reizt mich aber, ein Urteil über Ihre Schrift zu fällen.

Der Verfasser sagte, Es ist mir ein Rätsel, wie Sie sich angesichts des gänzlichen Mangels objektiver Geschmacksgesetze nicht in ständiger Verlegenheit befinden.

Der Kunstrichter sagte, Anarchie in der poetischen Kritik oder nicht: Es gibt nur wenige Skribenten, die eine untadelige Schreibart haben. Das spürt man auch ohne Gesetz und Regel.

Der Verfasser sagte, Ich muß an mich halten.

Der Kunstrichter sagte, Es ist jetzt nicht die günstigste Stunde – mit so viel Sand zwischen den Zähnen. Lassen wirs fürs erste genug sein. Was haben wir denn da? Dort liegt etwas.

Der Verfasser sagte, Das ist Schott, oder das, was von ihm übrig ist.

Der Kunstrichter sagte, Ich sage es ja.

Als nächster wäre Major J. Schott heran. Er sagte zu dem Verfasser und zu dem Kunstrichter, Sie bewegen sich in der Welt des Scheins! Anders gesagt: Sie quatschen herum, obwohl wir keine Zeit zu verlieren haben. Schill mit seinen Truppenführern und Truppen ist uns auf den Fersen.

Der Verfasser sagte, Das habe ich in der Hand, also regen Sie sich nicht auf.

Der Kunstrichter sagte, Ich weiß nicht recht. Einerseits glaube ich Ihnen, andererseits jagt Schill uns wirklich nach. Wir sollten lieber auf Major J. Schott hören.

Der Verfasser riefe, Wo ist Lisch?

Lisch riefe hinter dem Verfasser, Hier!

Der Verfasser sagte, Nehmen Sie die Sache in die Hand. Major J. Schott wird Ihnen helfen. Ich bin nicht mehr sicher, was jetzt geschieht.

Von links oder rechts tauchte der alte Professor auf und riefe, Ich habe Schott gefunden. Bei ihm ist Liu.

Der Verfasser und der Kunstrichter träten zur Seite, Lisch und Major J. Schott liefen dem alten Professor entgegen. Vor ihnen läge Schott. (Liu wäre schon wieder fort, aufgestiegen mit dem Hubschrauber.)

Herbei käme eine Nachbarin und setzte sich links neben Schott in den Sand. Sie drückte sein Gesicht in ihren Schoß und schlänge seine Arme um ihre Hüften. Sie legte ihre Hände an ihre Ohren und preßte ihren Oberkörper auf Schotts Kopf. Auf seinem Hinterkopf und in seinem Nacken hätte er die großen Brüste der Nachbarin. Die Nachbarin richtete ihren Oberkörper auf. Schott zögerte, seinen Kopf zu heben, weil er die Brüste der Nachbarin erwartete. Er höbe seinen Kopf und sähe der Nachbarin ins Gesicht. Sie hätte ihre Hände an ihren Ohren. Die Nachbarin sähe Schott ins Gesicht. Sie legte ihre Arme um seinen Kopf. Er legte seine Arme um ihren Kopf. Sie drückte ihren Mund auf seinen Mund. Er drückte seinen Mund auf ihren Mund. Auf ihren Lippen wäre Sand. Sie sagte, Auf deinen Lippen ist Sand, Schott.

Herbei käme die Kellnerin Rosa. Sie sagte, Es ist sechzehn Uhr dreißig!, und servierte Schott ein Kännchen Kaffee. Schott sagte, Danke! Wie geht es? Die Kellnerin sagte, Danke! Und selbst? Schott sagte, Danke! Die Kellnerin sagte, Nanu? Was ist? Schott sagte, Sie wissen ja.

Herbei käme ein Taxi. Der Taxifahrer öffnete das Fenster der linken Vordertür und riefe, Herr Schott, wohin soll ich Sie bringen? Schott sagte, Am liebsten ins Moor.

Der Verfasser sagt, Das sind meine Worte!

Herbei käme ein Briefträger. Er sagte, Herr Schott, heute brauche ich nicht die Haustreppe hinauf- und hinunterzusteigen. Schott sagte, Aber ich bitte Sie! Es gibt kein Geheul,

Gebell, Gejaule, Gebelfer mehr. Der Briefträger sagte, Ich lege ein amtliches Schriftstück nieder. Es ist Ihr Todesurteil.

Herbei käme eventuell Georg Balthasar Schott. In seiner Begleitung befänden sich ein Chor, ein Tenor, ein Alt und ein Baß. O ewiges Feuer, o Ursprung der Liebe! Warum zögern Sie, der Sie bei lebendigem Leibe verbrennen, sich davonzumachen? Den anderen riefe Georg Balthasar Schott zu, Bereitet die Wege und machet die Stege! Aber Schott sagte, Ein zweites Mal fliehe ich nicht.

Herbei käme eine Frau, die mit Kleidungsstücken, welche nicht zueinanderpaßten, bekleidet wäre. Sie trüge fingerlose Handschuhe. Sie schöbe einen Kinderwagen voller gefüllter Plastiktüten. Sie sagte, Bravo, Herr Schott! Wir widerstehen! Die Frau beugte sich über den Kinderwagen, suchte in einer Plastiktüte herum, holte zwei Kekse aus der Plastiktüte und steckte Schott einen Keks zwischen die Zähne. Sie striche Schott mit der Linken über den Kopf und schöbe sich den zweiten Keks in den Mund. Die Frau sagte, Lassen Sie Schill ruhig kommen.

Major J. Schott sagte, Also, was ist.

Lisch riefe, Mott! Tomm! Timm! Hotti! Leo! Ulle! Zu mir!

Herbei käme Joseph. Er sagte, Und ich?

Lisch sagte, Sie auch.

Herbei käme Walter. Er sagte, Und ich?

Lisch sagte, Sie auch.

Der Briefträger sagte, Und ich?

Lisch sagte, Sie auch.

Der alte Professor sagte, Und ich?

Lisch sagte, Sie auch.

Der Taxifahrer sagte, Und ich?

Lisch sagte, Sie auch.

Herbei kämen Jessie, Olga, Trudi, Otti, Ille, Elli und Lotti. Jessie sagte, Und wir?

Lisch sagte, Ihr auch.

Eine Nachbarin sagte, Und ich?

Lisch sagte, Sie auch.

Die Kellnerin Rosa sagte, Und ich?

Lisch sagte, Sie auch.

Eine Frau in Kleidungsstücken, welche nicht zueinanderpaßten, sagte, Und ich?

Lisch sagte, Sie auch.

Der Kunstrichter sagte, Und was ist mit mir?

Lisch sagte, Fragen Sie den Verfasser.

Der Verfasser sagt, Kunstrichter stehen über den Dingen. Sie gehen zur Seite und beobachten, wie die Sache ausgeht.

Georg Balthasar Schott sagte, Der Chor, der Tenor, der Alt und der Baß zu mir!

Herbei käme ein Sopran. Und ich?

Georg Balthasar Schott sagte, Sie auch.

Der Chor sänge, und es klänge aufgesetzt, Kommt und eilt.

Der Alt sänge, O unbegreifliches, doch seliges Verfügen.

Der Baß und der Sopran sängen, Was uns ewig nun vergnüget.

Der Verfasser sagt, Vorsicht!

Der Tenor sänge, So kehret sich nun heut das bange Leid.

Der Alt und der Tenor sängen, Ruft und fleht den Himmel an.

Der Baß sänge, Verdoppelt euch demnach.

Der Chor sänge zu Recht, und es klänge dennoch übertrieben, Höchster, schau in Gnaden an diese Glut gebückter Seelen.

Der Verfasser sagte, Lisch!

Lisch sagte, Schott!

Schott sagte, Es wird ja wohl ein Gebirge in der Nähe sein.

Die immense Staubwolke nähme kein Ende.

Major J. Schott riefe, Sie ereilen uns!

Olga sagte, Ich weiß nicht, aber langsam kriege ich Angst. Schill ist klar 'n Scheißkerl. Aber hier krepieren? Vielleicht können wir uns mit ihm arrangieren.

Jessie und Trudi blickten auf Olga; Olga blickte auf Jessie und Trudi.

Aber Otti sagte, Wenn ich dich so bekotzt quatschen höre, könnte ich abfaulen.

So daß der alte Professor nicht zu sagen brauchte, Ein Arrangement mit Schill gibt es nicht mehr.

Der alte Professor sagte aber, Habt keine Angst. Wir halten zusammen. Schill und seine Leute seht ihr heute zum letzten Mal.

Olga sagte, Fragt sich nur, wie.

Jessie sagte, Wie meinst du das.

Olga sagte, Von unten oder von oben. Zu Hause kennt man sich aus und hätte was zu beißen.

Schott sagte, Wo ein Gebirge ist, wird ja wohl eine Schlucht sein.

Jessie sagte zu Olga, Dir läuft doch allemal dein Schauer übern Bauch. Du bist und bleibst eben ein doofes Stück.

Olga sagte zu Jessie, Wir sind alle beschissen dran. Sonst würd ich dir eine scheuern.

Der alte Professor sagte, Meine Geduld mit diesen Damen fängt an, höllisch leer zu laufen.

Trudi sagte, Schluß jetzt!

Der alte Professor sagte zu Schott, Ich habe die Landkarte im Kopf. Ein Gebirge ist in der Nähe.

Lisch sagte, Auch eine Schlucht?

Der Professor sagte, Eine Schlucht auch.

Lisch sagte, Wir gehen hinein.

Der Taxifahrer sagte, Ich fahre Schott. So weit es eben geht. Dann lasse ich die Karre stehen.

Die Nachbarin sagte, Und Schott?

Der Briefträger sagte, Ich trage ihn.

Die Kellnerin Rosa sagte, Ich sorge für Kaffee.

Die Frau mit einem Kinderwagen voller Plastiktüten sagte, Meinen Wagen behalte ich.

Georg Balthasar Schott sagte, Ich gehe mit dem Chor voran.

Die Solisten sagten im Chor, Und wir?

Georg Balthasar Schott sagte, Ihr geht vor uns.

Major J. Schott sagte, Lisch und ich bilden die Spitze.

Der alte Professor sagte, Laßt mich vorausgehen. Ich habe die Landkarte im Kopf.

Lisch sagte, Jessie, Olga und Trudi gehen getrennt. Otti, Ille, Elli und Lotti gehen als letzte und halten uns den Rücken frei.

Der alte Professor sagte, Ich gehe los.

Er nähme einen Stock und verschwände (woher nähme er in der Wüste einen Stock. Er brauchte einen Stock, er hätte ihn). In der Schlucht, die abschüssig wäre, stocherte er mit dem Stock im Boden. Er bemerkte unter platten Steinchen und im tieferen Grund Reste von Feuchtigkeit, hin und wieder mehr als Reste.

Der Verfasser sagt, Jetzt die Beschreibung eines engen tiefen steilwandigen Taleinschnitts? Felsig, dunkel, unwegsam? Rauschte kein reißender Bach? Der Leser oder die Leserin, der oder die das Buch bis hierher nicht in die Ecke geworfen hat, weiß inzwischen, daß er oder sie durch das bloße Wort Schlucht zu je einer Vorstellung von Schlucht gelangt, die jede Beschreibung hinfällig macht.

Alle Personen, die seit dem Auftauchen eines Kunstrichters und des Verfassers am Rande der Staubwolke erwähnt sind, machten sich auf den Weg. Otti, Ille, Elli und Lotti, die sich als letzte aufmachten, drehten sich des öfteren um.

Der Verfasser sagt, Otti, Ille, Elli und Lotti wirken auffällig blaß. Nicht nur, weil sie als letzte als erste erkennen müßten, wer oder was Staub aufwirbelt. Sondern auch, weil es ihnen als handelnden oder behandelten Personen an Individualität mangelt. Das brauche ich mir von keinem Kunstrichter sagen zu lassen. Das sage ich mir selbst. Das sage ich jedem Kunstrichter. Als begegnete ich nicht so mancher Person, der es an Individualität mangelt! Zudem sind Ille und Elli bloße Erfindungen von Schott, ist Lotti bloße Erfindung von Tomm. Schott und Tomm sind selber bloße Erfindungen. Es läßt sich denken, wie leicht es schon für Schott und Tomm ist, ihren Erfindungen Blässe zuzusprechen.

Schott, auf dem Arm des Briefträgers, sagte, Ich spüre ein unerträgliches Kribbeln im Arsch, ich möchte mich kratzen.

Der Briefträger sagte, Zwischen den Zehen nicht? Das sind Würmer. Herr Schott, Sie gehören in die Hand eines Restaurators.

Schott sagte, Wo eine Schlucht ist, wird ja wohl eine Höhle sein.

Der alte Professor hätte die Höhle bereits entdeckt und wäre, mit Hilfe des Stockes, die relativ steile Wand des Taleinschnittes hinaufgekraxelt bis zu dem Eingang der Höhle. Von dort oder von hier oben winkte er hinunter. Alle, die ihm gefolgt wären, und es wären alle, kletterten zu ihm hinauf oder herauf.

Gerade noch zur rechten Zeit! Die Staubwolke stünde über dem Anfang der Schlucht und senkte sich. In die Schlucht rollte ein Pulk von Kettenfahrzeugen, trampelte eine beladene Kamelherde, marschierte eine Marschkolonne. Aus dem Panzerturm des ersten Kettenfahrzeuges ragte halb der Körper Schills.

Der alte Professor riefe hinunter, Laufet, Brüder, eure Bahn freudig wie ein Held zum Siegen.

Der Briefträger legte Schott auf die schräge Talwand, so daß Schott auch etwas sähe.

Die Kellnerin Rosa reichte allen, die es wollten, eine Tasse Mokka.

Der Taxifahrer sagte, Jetzt rammt Schills Panzer meinen Wagen.

Lisch sagte, Das läuft und hastet wie ein Wild in der Wüste, wenn es vor großer Brunst lechzt, und läuft, daß niemand es aufhalten kann.

Die Frau mit dem Kinderwagen, die den Kinderwagen dank Jessies, Olgas und Trudis Hilfe die Talwand hinauf- oder heraufgezerrt hätte, kramte in einer Plastiktüte. Sie holte mit beiden Händen schwärzliche Kekse aus der Tüte und böte sie allen an. Jessie sagte, Was ist denn das? Olga und Trudi sagten, Das kennen wir nicht. Die Frau mit dem Kinderwagen sagte, Nehmt, soviel ihr wollt. Alle nähmen je einen Keks, aber manche, so zum Beispiel Ille und Elli, äßen den Keks nicht, sondern steckten ihn in die Tasche. Die Frau mit dem Kinderwagen ließe sich nicht anmerken, ob sie einen Ekel vermutete oder eine Vorsorge.

Major J. Schott zeigte nach unten und sagte, Sie sind es, die man laufen lassen muß, weil der Galgen zu teuer werden würde, woran sie gehenkt werden sollten.

Das wäre der rechte Moment für den alten Professor. Er fuchtelte mit dem Stock und riefe, Ich habe die Tabelle der plötzlichen heftigen Regenfälle im Kopf.

Es käme ein starker Ost- oder Westwind auf, eine Wolke erhöbe sich über der Schlucht (diesmal eine Wasserwolke), und ein außerordentlich heftiger Regen mit Tropfengrößen von über acht Millimeter Durchmesser ginge haltlos nieder. Es rauschte ein reißender Bach, oder, einige Minuten später: es donnerte ein reißender Fluß durch die Schlucht und risse die Marschkolonne, die Kamelherde, den Pulk der Kettenfahrzeuge auseinander. Obgleich es sich um episodisches Wasser handelte, reichte die Niederschlagsmenge doch aus, die Truppen und Truppenführer, die beladenen Kamele und die Panzer binnen kürzester Zeit zu überfluten. Auf der Wasseroberfläche trieben eine Menge Kamele mit und ohne Ladung, Soldaten, Stahlhelme, Landkarten und Streichhölzer. Zuletzt erschiene, in einer Öllache, Schill, leblos.

Eine angenehme Wirkung zeitigte der Guß für Schott. Da er auf der Felswand läge oder an der Felswand lehnte, söge sich seine Haut voll Flüssigkeit, er quölle zu seiner früheren Gestalt auf, könnte stehen, die Arme und Hände bewegen, den Kopf hin und her wenden, den Mund öffnen und den anderen, die sich in die Höhle geflüchtet hätten, zurufen, Ich bin wieder da!

Als erster käme Georg Balthasar Schott mit Chor und Solisten hervor. Er stellte sich vor seine Sänger und Sängerinnen, und seine Sängerinnen und Sänger sängen etwas von Mann, Kamel und Wagen.

Übrigens wäre seit Minuten geklärt, wer da die ganze Zeit eine solche Menge Staub aufgewirbelt hätte.

Naja.

Gegebenen Falles.

Der Verfasser sagt, Dieser Ausdruck kommt bisher nicht vor.

Oder Schott sagte, In der Nähe wird ja wohl ein Gebirge sein.

Und die immense Staubwolke nähme kein Ende.

Und Major J. Schott riefe, Sie ereilen uns!

Und der alte Professor sagte, Habt keine Angst.

Und Schott sagte, Wo ein Gebirge ist, wird ja wohl eine Schlucht sein.

Und der alte Professor sagte, Ich habe die Landkarte im Kopf. Ein Gebirge ist in der Nähe.

Und Lisch sagte, Auch eine Schlucht?

Und der alte Professor sagte, Eine Schlucht auch.

Aber Lisch sagte, Wir gehen hinüber.

Georg Balthasar Schott riefe den anderen zu, Machet die Stege!

Aber Schott sagte, Wo eine Schlucht ist, wird ja wohl ein Steg sein.

Der Taxifahrer sagte, Ich lasse die Karre stehen.

Die Nachbarin sagte, Und Schott?

Der Briefträger sagte, Ich trage ihn.

Die Kellnerin Rosa sagte, Ich sorge für Whisky.

Die Frau mit einem Kinderwagen sagte, Meinen Wagen behalte ich?

Die Solisten sagten im Chor, Wir gehen voran.

Georg Balthasar Schott sagte, Ich gehe vor euch.

Der alte Professor sagte, Laßt mich vorausgehen. Ich balanciere noch in meinem Alter ohne Bedenken hinüber.

Major J. Schott sagte, Lisch und ich gehen hinter Ihnen.

Lisch sagte, Jessie, Olga und Trudi gehen getrennt. Otti, Ille, Elli und Lotti gehen als letzte.

Der alte Professor sagte, Ich mache mich auf den Weg.

Der alte Professor machte sich auf den Weg.

Der Verfasser sagt, Jetzt die Beschreibung eines entsetzlichen Absturzes, wo ein schmaler Steg über den Felsen hängt? Und jetzt, also anschließend, die Suggestion einer mehr oder minder kunstvollen Holzkonstruktion aus Brettern oder Bohlen oder Bohlen und Brettern, für den Fußgängerverkehr? Ohne Geländer, so daß jemand wie durch einen Zufall in die Tiefe gleiten oder rutschen oder stolpern könnte? Wenn ein jeder sein Gut über den schmalen Lauf zu tragen versuchte? Ich lasse das.

Alle machten sich in angeordneter Reihenfolge auf den Weg. Otti, Ille, Elli und Lotti drehten sich nicht um.

Der Verfasser sagt, Otti, Ille, Elli und Lotti wirken schon nicht mehr so auffällig blaß, nicht wahr?

Schott sagte, Kein Fels ist ihm zu schroff.

Der Briefträger sagte, Solange man noch auf dem Steg ist, soll man nicht über den Abgrund spotten.

Der Verfasser sagt, Das darf der Briefträger sagen, weil er sich mitten über der Tiefe vorwärtstastet, während zum Beispiel der alte Professor schon am anderen Rand angelangt ist und erleichtert ausruft, Erreicht mein Fuß dereinst das Paradies . . .!

Alle, die dem alten Professor gefolgt wären, und es wären nicht alle, gelangten zum anderen Rand.

Gerade noch zur rechten Zeit, außer eben Lotti.

Mitten auf dem Steg bleibt die Henne stehen!, brüllte Major J. Schott. Er streckte ihr vom anderen Rand die nackte Hand hin und brüllte, Komm her, ich will dich unterweisen! Hier ist der Weg, hier kannst du zu uns eilen!

Die Staubwolke stünde über dem Anfang des kunstlosen Übergangs und senkte sich.

An den Rand des Abgrunds rollte ein Pulk von Kettenfahrzeugen, trampelte eine beladene Kamelherde, marschierte eine Marschkolonne. Aus dem Panzerturm des ersten Kettenfahrzeuges ragte halb der Körper Schills. Schill höbe einen Arm, zeigte mit dem anderen Arm auf Lotti und riefe, Das ist Tomms Schwester, die Hure! Haben wir sie, dann haben wir Schott!

Truppenführer A sagte, Wieso. Der hat doch gar nichts mit der.

Schill sagte, Maul halten! Hier wird gedacht, was ich sage. Alles absitzen! In Einerreihe antreten. Marsch!

Lotti ginge vorsichtig, also langsam, Major J. Schott entgegen.

Schill, Schills Panzerbesatzungen, Schills Truppenführer und Schills Marschkolonne beträten den schmalen Steg.

Truppenführer B sagte, Eine richtige Brücke wäre mir lieber.

Truppenführer C sagte, Wo ein Steg ausreicht, braucht man keine Brücke.

Major J. Schott ergriffe Lottis Hand und zöge Lotti auf den sicheren Felsrand.

Der alte Professor zeigte auf Schill und sagte, Viel unnachdenklicher als das Gehirn eines Ziegenbockes ist die Weltgier dieses Menschen.

Der leichte Übergang böge sich unter der Last Schills, der Schillschen Panzerbesatzungen, der Schillschen Truppenführer und der Schillschen Marschkolonne, aber der Übergang hielte stand.

Kurz hinter der Mitte bliebe Schill stehen und sagte, Wie öde, hohl und leer liegt alles unter mir.

Die Nachbarin kramte in ihrem Gedächtnis und sagte halb richtig, Sieht alles unter sich, läuft seinem Tod entgegen.

Der alte Professor sagte zu der Nachbarin, Da siehst du einen, dem sein Verstand nicht einmal soviel Licht gibt, als vonnöten wäre, um in das unendliche Dunkel hinauszusehen, welches auf der öden Leere seiner Seele ruht.

Der Briefträger riefe zu Schill hinüber, Selbstgestrickter König, Kaiser! Ausgefurzter Lumpenarsch!

Schill drohte dem Briefträger mit der Faust und ginge weiter.

Major J. Schott vergewisserte sich, daß Schills Truppen

sämtlich auf dem Weg wären und würfe eine Handgranate. Das Holz der Bohlen und Bretter oder Bretter und Bohlen splitterte, Schill brüllte, die Panzerbesatzungen Schills brüllten, die Truppenführer Schills brüllten und die Marschkolonne Schills brüllte auch.

Die wenig kunstvolle Holzkonstruktion bräche, die Bohlen und Bretter schmetterten in die hohle und leere Tiefe, und in die leere und hohle Tiefe glitten, rutschten und stolperten Schill, Schills Panzerbesatzungen, Schills Truppenführer und Schills Marschkolonne.

Der alte Professor riefe hinunter, Die kunstgemäße Verwendung einer bedeutenden Anlage bewerkstelligt zu haben, bleibt eines unserer schönsten Gefühle.

Schott wäre Augenzeuge, weil der Briefträger ihn auf einen abgeschrägten Felsbrocken gelegt gehabt hätte.

Die Kellnerin Rosa reichte allen, die es wollten, ein Glas Whisky.

Die Frau mit dem Kinderwagen sagte, Schade, daß ich meinen Kinderwagen zurücklassen mußte.

Eine angenehme Wirkung zeitigte der Whisky für Schott. Sein Körper söge sich voll Flüssigkeit, er quölle zu seiner früheren Gestalt auf, könnte stehen, die Arme und Hände bewegen, den Kopf hin und her wenden, den Mund öffnen und den anderen, die noch immer in den Schillschen Abgrund blickten, zurufen, Ich möchte mal wieder ganz normal leben!

Alle wendeten sich Schott zu. Niemand träte als erster hervor.

Lisch sagte recht leise, Gehen wir in unsere Stadt.

Der Verfasser sagt, So, wie es im Märchen schön ist, wie?

Übrigens wäre seit Minuten wiederum geklärt, wer die ganze Zeit eine solche Menge Staub aufgewirbelt hätte. Etwas Staub stiege noch stets aus der Tiefe der stillen Schlucht oder des ruhenden Abgrundes.

Zurück in die Stadt, sagte der Taxifahrer.

Wo richtige Straßen sind, sagte der Briefträger.

Und richtige Häuser, sagte die Kellnerin Rosa.

Und richtige Cafés, sagte die Nachbarin.

Und richtige Männer, sagte Jessie.

Ich kann nicht klagen, sagte Olga.

Schluß jetzt!, sagte Trudi.

Wo ich mir einen neuen alten Kinderwagen besorgen kann, sagte die Frau ohne Kinderwagen, die ihren alten Kinderwagen am Anfang des Stegs doch zurücklassen mußte.

Wo wir ein richtiges Konzert veranstalten können, sagte Georg Balthasar Schott zu dem Chor und zu den Solisten.

Ja, sagte der Chor.

Ja, sagten die Solisten gleichzeitig.

Ich könnte endlich in Pension gehen, sagte Major J. Schott.

So daß ich Ruhe fände, sagte der alte Professor.

Wie meinen Sie das?, sagte Major J. Schott.

In die Stadt zurück, sagte Otti. Zurück in Olgas Bar. Vielleicht ist Elsbeth schon da.

Ille sagte, Elli! In die Stadt!

In die Stadt, Ille!, sagte Elli.

Schott sagte, Wo ich Liu fände, vielleicht. Wo ich mich nicht jeden Morgen wundere, daß ich noch einmal aufgewacht bin.

Der Verfasser sagt, Wo es von Kunstrichtern wimmelt. Wo ich in den Hinterhalt, in die Falle, ins Leere laufe. Ich bliebe lieber in der Wüste.

Der Kunstrichter sagte, Ich bin überall.

Der Verfasser sagt, Ich laufe aus dem Regen und falle ins Wasser.

Der Kunstrichter sagte, In der Stadt, die schließlich ein Ort ist, kann man eben nicht zu jeder Zeit von Ausflüchten leben.

Der Verfasser sagt, Bis jetzt habe ich es noch geschafft, präzise Orts- und Zeitangaben zu vermeiden (abgesehen von unverdächtigen Wörterchen und Wendungchen) – also werde ich mich jetzt nicht noch auf dieses Koordinaten-Getue einlassen.

Ja, sagte Lisch, in die Stadt.

Der Verfasser sagt, Das bedeutet, ich darf allen Leuten nachjagen, die ich im Lauf der Zeit aus den Augen verloren habe.

Ja, sagte der Kunstrichter, das kommt davon, wenn man ohne Plan arbeitet. Wo gibt es denn so etwas: keinen Überblick über die Personen der Handlung. Jetzt fehlt bloß noch, daß mir erzählt wird, das Zustandekommen der Assoziation hänge vom Grad der Ähnlichkeit, des Kontrastes, der räumlichen und zeitlichen Nähe zwischen den erlebten Inhalten ab! Das eben hilft Ihnen gerade nicht weiter.

Der Verfasser sagt, Die physiologische Grundlage der Assoziation bilden die Assoziationsfelder der Großhirnrinde. Diese Gebiete müssen natürlich funktionieren, meine Dame.

Der Kunstrichter sagte, Ich lasse mich weder verletzen noch abspeisen.

Mott schweigt nicht mehr.

Tomm sagt, Mott hat recht.

Schott sagt, Ich habe dich nicht verstanden, Mott.

Ich habe gesagt, es ist keine gute Idee, in die Stadt zurückzugehen.

Ulle sagt, Warum.

Weil wir zu alt sind, sagt Mott.

Ulle sagt, Ich bin noch jung.

Mott sagt, Ich kann nicht in meine frühere Zeit zurück.

Leo sagt, Aber in deine jetzige.

Genau, sagt Timm.

Genau, sagt Hotti.

Joseph sagt, Ich kann wieder im Flußhafen arbeiten.

Walter sagt, Ich kann wieder im Flughafen arbeiten.

Tomm sagt, Wie sollen wir mit Leuten leben, die nicht mit uns gelebt haben.

Mott sagt, Wie sollen Leute mit uns leben, mit denen wir nicht gelebt haben.

Schott sagt, Warum sollen wir es nicht versuchen.

Ulle sagt, Warum sollen sie es nicht versuchen.

Walter sagt, Ich habe mit Piloten, Fluggästen und Flugzeugen zu tun.

Joseph sagt, Ich habe mit Kapitänen, Matrosen und Schiffen zu tun.

Lisch sagt, Ich gehe in die Stadt.

Tomm sagt, Der Weg ist viel zu weit.

Mott sagt, Der Weg ist viel zu schwer.

Der Taxifahrer sagt, Ich gehe mit Lisch.

Der Briefträger sagt, Ich auch.

Die Kellnerin Rosa sagt, Ich auch.

Mott sagt, Ich bleibe in der Wüste.

Der Verfasser sagt, Für mich muß es «Ich bliebe lieber in der Wüste» heißen. Aber das habe ich schon gesagt.

Tomm sagt, In der Wüste ist es schön.

Timm sagt, Du bist allein.

Mott sagt, Ich bleibe doch auch.

Leo sagt, Ihr seid allein.

Hotti sagt, Ich schwanke.

Die Nachbarin sagt, Ich gehe mit Lisch.

Jessie sagt, Ich auch.

Olga sagt, Dann ich auch.

Trudi sagt, Ich dann auch.

Tomm sagt, In der Wüste gibt es Oasen.

Mott sagt, Flußoasen.

Tomm sagt, Mit Bäumen.
Mott sagt, Mit Blumen.
Tomm sagt, Mit Tempeln.
Mott sagt, Mit Gräbern.
Tomm sagt, Mit Frauen.
Mott sagt, Mit jungen Frauen.
Der alte Professor sagt, Ihr seid nicht mehr die Jüngsten.
Lisch sagt, Frauen, Gräber, Tempel, Blumen, Bäume – das gibt es auch in der Stadt.
Mott sagt, In der Stadt gibt es keine Oase.
Lisch sagt, In der Oase gibt es keine Stadt.
Tomm sagt, Ich habe es schon gesagt: Wir sind zu weit weg.
Timm sagt, Aber doch nicht von uns.
Mott sagt, Mit euch.
Tomm sagt, Bleibt mit uns hier.
Hotti sagt, Tomm, zerreiß mich nicht.
Die Frau ohne Kinderwagen sagt, Ich gehe mit Lisch.
Georg Balthasar Schott sagt, Wenn der Chor und die Solisten mit Lisch gehen, gehe ich mit Lisch.
Der Chor sagt, Wir gehen mit Lisch.
Die Solisten sagen, Wir auch.
Major J. Schott sagt, Ich gehe mit Lisch.
Schott sagt, Ille und Elli, was ist mit euch?
Wir gehen mit Lisch.
Schott sagt, Und du, Ulle?
Ich gehe mit Lisch.
Otti sagt, Wenn Olga mitgeht, gehe ich auch mit. Wir haben schließlich die Bar.
Lotti sagt, Tut mir leid, Tomm.
Timm sagt, Mir auch, Tomm.
Hotti sagt, Tomm, ich gehe mit Lotti und Timm.
Mott sagt, Leo, und du?
Ich gehe, sagt Leo.

Der Verfasser sagt, Obgleich ich lieber in der Wüste bliebe – ich muß den Hauptpersonen in die Stadt folgen. Andernfalls verliere ich sie endgültig aus den Augen. Was mit Mott und Tomm geschieht, erfahre ich vielleicht durch die Post. Die beiden werden ja wohl aus der Oase Ansichtskarten schicken. Oder ich rufe sie an. Oder sie rufen mich an. Ich bedauere, daß sie hierbleiben. Schließlich haben sie von Anfang an dazugehört. Aber man soll den Leuten ihren Willen lassen. Mir steht es am wenigsten zu, in Motts und Tomms Angelegenheiten hineinzureden. Was könnte ich auch ausrichten, da nicht einmal Tomms und Motts Geschwister etwas bewirken.

Der Kunstrichter sagt, Mir ist es im Grunde egal, wo ich bin. Die Kunstgerichtsbarkeit kennt keine Grenzen. In der Stadt ist es natürlich netter als in der Wüste, und sei die Wüste eine Oase. Nun ja, womöglich wäre ich in einer Oase der einzige meines Faches. Das könnte von Vorteil sein; mein Urteil gälte unangefochten. Es wäre aber auch langweilig. Denn es reizt mich doch, außer über Kunstwerke auch über Kunstrichter zu urteilen. Falls es überhaupt keine Kunstwerke zu be- oder zu verurteilen gibt, bleibt es mir doch, die Urteile der Kunstrichter zu verurteilen.

Der Verfasser sagt, Sie verwickeln sich.

Mott sagt, Also, macht es gut.

Tomm sagt, Wie wollt ihr hier wegkommen.

Schott sagt, Schön wäre es, Liu schickte uns für den Rest der Reise ein gutes Flugzeug. Die Wegstrecke wäre berechnet. Die Zeit der Ankunft wäre vorauszusehen.

Die Kellnerin Rosa sagt, Ich könnte den Stewards zur Hand gehen.

Olga sagt, Oder den Stewardessen.

Der Taxifahrer sagt, Den Stewards.

Da Schott Brillenträger und Teetrinker ist, sagt er zu der Kellnerin Rosa, Ich wüßte es zu schätzen, wenn Sie mir eine

Brille brächten. Ich habe meine Brille verloren, wahrscheinlich in jener Wüste.

Die Kellnerin Rosa sagt, Wir verkaufen nur Faltsonnenbrillen. Zollfrei. Allerdings dennoch recht teuer. Aber ich kann Ihnen einen Tee bringen. Und Kekse.

Kekse und Tee, sagt Schott.

Major J. Schott sagt, Und was hat die Bar?

Die Kellnerin Rosa sagt laut, Apéritifs, Whisky, Gin, Cognac, Wodka, Rum, Bier, Champagner, Weine, Fruchtsäfte, Mineralwasser, Limonade, Ginger Ale, Sodawasser, Bitter Lemon, Cola und Tonic.

Major J. Schott sagt, Apéritifs?

Die Kellnerin Rosa sagt, Dry Martini, Whisky Sour und Campari.

Whisky Sour, sagt Major J. Schott.

Georg Balthasar Schott sagt, Ich habe vor zwanzig Jahren aufgehört, Whisky zu trinken, aber jetzt will ich einen. Jack Daniels.

Zu seinem Nachbarn, dem alten Professor, sagt Georg Balthasar Schott, Ich fürchte mich allerdings vor dieser beschämenden Befriedigung, die ich nach dem Whisky empfinden werde.

Der alte Professor sagt, Warten Sie es ab. Vielleicht empfinden Sie nur Befriedigung. Vielleicht empfinden sie aber auch nur Beschämung.

Zu der Kellnerin Rosa sagt der alte Professor, Ich nehme Yalumba Brut de Brut.

Der Chor verlangt zur guten Hälfte Orangensaft, zur schlechten Hälfte Tomatensaft.

Die Solisten verlangen allesamt Tonic ohne Eis.

Lisch trinkt einfach ein Bier. Endlich einfach ein Bier, sagt Lisch.

Es ist unnötig, für jeden Passagier ein Getränk herzubeten. Was wird der Briefträger schon trinken. Wahrscheinlich auch

Bier. Oder der Taxifahrer. Was wird die Nachbarin wohl trinken. Oder die Frau ohne Kinderwagen. Das Angebot ist bekannt; die Kellnerin Rosa hat es laut aufgezählt. Vielleicht interessiert es, was die Passagiere essen wollen.

Lotti, die Cola trinkt, sieht unentwegt hinaus.

Leo, der Limonade trinkt, sieht unentwegt hinunter.

Lotti sagt, Ich sehe dort draußen Schills Gesicht.

Leo sagt, Ich sehe dort unten Schills Gesicht.

Lotti sagt, Ich habe Angst um Tomm.

Leo sagt, Ich habe Angst um Mott.

Lotti sagt, Warum mußte Tomm in der Wüste bleiben.

Olga sagt, In einer Oase.

Leo sagt, Warum mußte Mott in der Wüste bleiben.

Trudi sagt, In einer Oase.

Der alte Professor sagt, Du siehst ein Wolkengespinst, Lotti.

Lisch sagt, Schills Gesicht ist in deinem Kopf, Leo.

Schott sagt zu der Kellnerin Rosa, Haben Sie in Ihrem Himmelsladen meine Zigarettenmarke?

Die Kellnerin Rosa sagt, Aber sicher. Wollen Sie einen Hunderter- oder einen Zweihunderter-Pack?

Einen Hunderter, sagt Schott. Ich weiß nicht, wie lange ich nicht geraucht habe. Ich habe nie aufgehört zu rauchen. Jetzt will ich es wieder.

Die Kellnerin Rosa bringt Schott Zigaretten, und Schott sagt, Wissen Sie, ob Liu im Cockpit ist?

Sie ist nicht im Cockpit, sagt die Kellnerin Rosa. Aber ich weiß, daß Liu dieses gute Flugzeug geschickt hat.

Schott sagt, Fragen Sie doch den Piloten, wo Liu ist oder wo Liu sein könnte.

Schott öffnet den Hunderter-Pack, nimmt eine Schachtel Zigaretten heraus, öffnet die Schachtel, nimmt eine Zigarette heraus und sagt zu der Kellnerin Rosa, Ein Feuerzeug noch, bitte.

Die Kellnerin Rosa bringt ein teueres Feuerzeug. Schott zündet sich die Zigarette an und sagt zu dem Briefträger, Ich fürchte mich Gottseidank nicht vor jenem bitteren Glücksgefühl, das ich nach der Zigarette empfinden werde.

Das sollten Sie aber, sagt der Briefträger. Ich bin Nichtraucher.

Die Kellnerin Rosa kommt aus dem Cockpit und sagt zu Schott, Der Pilot weiß nicht, wo Liu ist. Wo Liu sein könnte, weiß er auch nicht. Er glaubt, daß sie über dem Meer abgestürzt ist.

Das weiß ich, sagt Schott. Ich habe mit ihr gesprochen. Aber Olga und Lisch saßen auch in dem Flugzeugwrack, und sie sind hier. Selbst Schill habe ich in dem Wrack gesehen; er war ohne Kopf. Und doch saß er uns noch heute auf den Fersen.

Vielleicht ist Liu längst in der Stadt, sagt die Kellnerin Rosa.

Schott sagt, Ich glaube es. Wenn ich bloß wüßte, welche Musik sie unter Wasser gehört hat.

Schott nimmt den Kopfhörer, steckt den Stecker in die Steckdose und schaltet sich durch die Musikprogramme. Bridge Over Troubled Waters ist ihm zu beziehungsreich. Er wehrt sich aber nicht gegen die Versicherung I Still Got The Blues For You, einfach deshalb, weil er sich hartnäckig einbildet, das könnte es gewesen sein, was Liu unter Wasser gehört hat. So versteht Schott das Wort «einschlägig». Er kann nicht anders.

Der Pilot schaltet sich ein und sagt, der Flug dauere noch zehn Stunden.

So lange?, sagt Ulle.

Der Pilot sagt, die Reisegeschwindigkeit liege im Moment bei 865 Stundenkilometern.

Timm sagt, So schnell?

Der Pilot sagt, Wir fliegen in einer Höhe von 9451 Metern.

Ille sagt, so hoch?

Der Pilot sagt, es herrsche eine Außentemperatur von minus 41° Celsius.

Elli sagt, So kalt?

Am Zielort sei das Wetter heiter bis wolkig, die Temperatur betrage 23° Celsius.

Die Frau ohne Kinderwagen sagt, Das ist mein Wetter. Da kann ich gut im Freien übernachten. Ich gehe unter meinen alten Baum.

Mittlerweile ist es Zeit für das Abendessen. Das macht weniger Schwierigkeiten als die Trinkerei. Die Vorspeise können die Leute entweder nehmen oder nicht, eine andere Wahl gibt es nicht. Die meisten Passagiere wollen die Vorspeise. Sie besteht aus Riesengarnelen an Feldsalat und Gemischtem Salat. Sogar die Frau ohne Kinderwagen macht sich über die Zehnfüßler her.

Schott sieht hinunter und sieht etwas Grünliches. Das ist das Wasser eines Golfs. In das Grünliche fällt etwas Rötliches. Das ist das Licht einer Sonne.

Im Kopfhörer hört Schott das Menuett einer Brautmusik; ungeniert singt er ein Lied mit, an das er erinnert wird.

Der Hauptgang ist ebenfalls leicht zu bewältigen. Die Leute können zwischen drei Gerichten wählen. Die meisten nehmen Kalbsrückensteak mit Morchelsauce, dazu Spätzle. Der Rest nimmt zum größeren Teil Gebratene Poulardenbrust «Florentiner Art» mit Rahmsauce, dazu Mississippireis, zum kleineren Teil Gebratenes Hüftsteak von Angus-Rind, dazu Prinzeßbohnen und Rahmkartoffeln.

Der Verfasser sagt, übrigens ist mir dieses pseudorealistische Gefasel von Rinderhüften, Hühnerbrüsten und Kalbsrücken äußerst zuwider. Aber die Leser und Leserinnen sehen ja: die handelnden Personen brauchen das. Anders könnte der alte Professor nicht sagen,

Es ist fast wie früher. Schon.

Trudi sagt, Mir fehlt Olgas Bar.

Otti sagt, Mir auch.

Olga sagt, Wartet.

Jessie sagt, Mir fehlt meine Bar.

Olga sagt, Warte.

Ille sagt, Ich möchte ein Kind.

Elli sagt, Ich auch.

Die Frau ohne Kinderwagen sagt, Es geht auch ohne.

Lisch schweigt. Vielleicht erinnert er sich, wie anders es in dem Flugzeugwrack auf dem Meeresboden war. Olga erinnert sich vielleicht nicht. Obwohl sie neben Lisch saß.

Der Verfasser sagt, Vielleicht hat ein Leser oder eine Leserin in der Schule gehört, daß man nicht allzu oft «vielleicht» sagen soll. Das ist eine Stilfrage!, hat die Lehrerin gesagt. Wiederhole! Eine wiederholte Leistung des Eides kann derselbe Gläubiger nur verlangen, wenn Grund zu der Annahme besteht, daß dem Erben nach der Eidesleistung weitere Nachlaßgegenstände bekannt geworden sind. Ich bin elend, unglücklich und verlassen! Ein reizendes Anerbieten!, hat die Lehrerin gesagt. Das allgemein Menschliche wiederholt sich in allen Völkern. Ich rate dir, nicht das Examen zu machen.

Die ungenaue Angabe, die unsichere Vermutung, die zweifelhafte Wahrscheinlichkeit oder Darf ich Ihnen vielleicht etwas zu trinken anbieten?

Der Leser oder die Leserin sagt eventuell, Vielleicht sagen Sie endlich, was Sie wollen?

Das geht mir auf die Nerven, mein Herr oder meine Dame! Von mir aus denken Sie einfach je nachdem. Oder soll ich womöglich wiederholen, was ich in der Schule über den Konjunktiv gehört habe? Das müßte vor allem jüngere Verbraucher abschrecken. Das möge niemand von mir erheischen. Der Konjunktiv ist tot. Statt des Konjunktivs rattere ich lieber die Nachspeisen herunter, trotz des Kunstrichters, der sich an Bord befindet.

Nicht alle Passagiere, vor allem die jüngeren nicht, lassen sich Reblochon, Klosterkäse, Ricotta Salata, Brötchen und Butter geben. Fast alle Passagiere, vor allem die jüngeren, lassen sich Schokoladencrème geben.

Reicht das jetzt?

Der Kunstrichter bemängelt die Speisenfolge insgesamt. Wenn schon vom Essen die Rede sein muß, sagt er, – hätte es außer Garnelen nicht auch einige Flußkrebse und Muscheln geben können? Statt der Wahl zwischen drei Hauptgängen der langweiligeren Art wäre mir die Wahl zwischen zwei interessanten Hauptgängen lieber gewesen. Ich denke erstens an Lachs in Champagner und zweitens an Lamm-Medaillons. Vom Käse ganz zu schweigen, dem übrigens ruhig einige Früchte hätten beigelegt sein können. Und Schokoladencrème? Ich hasse Schokoladencrème. Beeren der Saison mit Zabaglione, das wäre etwas gewesen.

Aber der Verfasser läßt sich diesmal nicht auf den Kunstrichter ein.

Otti sagt zu Olga, Ich möcht mal wieder tanzen. Ich bin noch lange keine Mumie.

Olga sagt, Wieso sagst du das.

Trudi sagt, Das weißt du genau. Die blöde Kuh, die links von Schott am Tresen stand, ist über Otti hergezogen.

Olga sagt, Na und.

Trudi sagt, Ich seh noch lange nicht mehlig aus.

Olga sagt, Wie kommst du darauf.

Otti sagt, Das weißt du genau. Die dämliche Sau, die links von Schott am Tresen stand, ist über Trudi hergezogen.

Na und, sagt Olga.

Jessie sagt, Kommt doch zu mir. In meiner Bar wird über niemanden hergezogen.

Olga sagt, Das könnte dir so passen. Ich laß mir von dir noch lange nicht das Geschäft versauen.

Walter sagt, Ich gehe in keine Bar, in der ich nicht über jemanden herziehen kann.

Joseph sagt, Ich gehe in keine Bar.

Hotti sagt, Wie heißt die Frau, die links von Schott am Tresen stand.

Olga sagt, Jedenfalls Elsbeth war es nicht.

Schott sagt, Elsbeth stand rechts neben mir.

Sag ich doch, sagt Olga.

Um wenigstens an dieser Stelle dem Hang zum Detail zu widerstehen: das Flugzeug nähert sich mit einer bestürzenden Geschwindigkeit jenem Kontinent, den die Passagiere als den ihrigen ansehen. Die anderen Kontinente befinden sich in der nächsten Minute jenseits, jedenfalls räumlich.

Es ist nicht verwunderlich, daß jemand in einem solchen Moment oder in solchen Momenten schweigt. Solches Schweigen ist weniger eine eigentlich gottgewollte Handlung; es ist ein Mittel der Meditation.

Der Kunstrichter sagt, Es verschlägt mir die Sprache.

Der Verfasser sagt, Wenn Sie nichts zu sagen haben, so schweigen Sie.

Die Landung ist hart.

Die Besatzung, den Chor und die Solisten nicht mitgezählt, befinden sich 25 Personen an Bord.

Der Verfasser sagt, Das finden Sie wenig? Halten Sie mal 25 handelnde Personen zusammen, die Solisten, den Chor und die Besatzung nicht mitgerechnet. Da kann man ins Grübeln kommen, wer als erster oder wer als erste aussteigen soll. Das heißt, wer als erster oder als erste da ist, wirklich da.

Als erster steigt Schott aus. Als erste steigt die Frau ohne Kinderwagen aus. Das erste, das Schott bemerkt, ist, daß er die Geschenke für Liu nicht bei sich hat.

Der Verfasser sagt, Ich könnte jetzt Schotts Geschenke für Liu suchen. Aber wozu. Wüßte ich, wo Schotts Geschenke für Liu sind, hätte er sie dennoch nicht bei sich. Soll suchen, wer will.

Das erste, das die Frau ohne Kinderwagen bemerkt, ist, daß sie ihren Kinderwagen nicht bei sich hat.

Die übrigen Passagiere inklusive des Chors und der Solisten steigen in einer Reihenfolge aus, die beliebig ist. Zuletzt geht die Besatzung von Bord.

Vor allem aber: Was weiß man denn über das Psychische. Was über die leib-seelischen Beziehungen gesagt wird, geht doch meist nicht über eine metaphorische Analogie hinaus!

Das Gehen ist eine natürliche Art der Fortbewegung von einem Ort zum andern. Schott zum Beispiel bewegt sich von dem Flugzeug, das ein Ort ist, in die Flughafenhalle fort, die ein Ort ist. Gehen, das hat Schott gelernt. Sähe ein Empfangskomitee, wie Schott geht, so wäre das Empfangskomitee davon überzeugt, daß Schott eine äquilibristische Leistung vollbringt, die der eines Seiltänzers gleichkommt. An der Gehbewegung Schotts sind mehr als einhundert Muskeln beteiligt! (Es ist ein Wunder, daß Schott zwischen dem zweiten und dritten Lebensjahr doch noch gehen gelernt hat.)

Schott ist weder ein Mannequin noch ein Bühnenschauspieler; es sieht auch kein Empfangskomitee zu. Dennoch fühlt Schott sich beobachtet. Er beobachtet sich selbst, und schon ist Schotts Geh-Automatik gestört.

Es kann nicht gesagt werden, Schott besitze einen untadelig geformten Körper. Wie auch, nach allem. Wenn Schott schön wirkt, dann höchstens im Zustand der Ruhe. In der momentanen Bewegung verliert er viel oder alles.

Trotzdem. So, wie Schott erscheint, so ist er. Jedenfalls momentan. Er wirkt nicht unnatürlich.

Wäre Schott gezwungener Teilnehmer einer Trauerfeier, bei der er Beileid bekunden müßte, obwohl er sich freute, so wirkte er unecht. Wäre Schott gezwungener Teilnehmer einer Freudenfeier, bei der er Heiterkeit bezeigen müßte, obwohl er trauerte, so wirkte er unecht. Aber Schott wirkt echt.

Schott geht auch nicht eitel oder devot von einem Ort zum andern. Er wirkt natürlich.

Auch die Beziehung zwischen seinem Gehtempo und seiner Schrittweite ist harmonisch. Wie anders wäre es, ginge er als ein relativ Kleinwüchsiger großschrittig langsam dahin.

Zu dem Bild, das man sich gewöhnlich von einer Frau macht, gehören kleine Schritte, oder? Wäre Schott eine Frau und nähme große Schritte, so müßte die nötige Spreizung der Beine als eine Entblößung der Schamgegend empfunden werden. Als eine Entblößung, nicht als eine Art von Entblößung. Aber Schott ist ein Mann, und nähme er als Kleinwüchsiger große Schritte schnell, so wäre dies bloß zielbewußte Ernsthaftigkeit.

Der Verfasser sagt, Sie verstehen nicht, was das soll? Es ist noch kein Einwand, wenn irgend jemand etwas unverständlich findet.

Entgegen der Zusage des Piloten ist das Wetter weder heiter bis wolkig, noch beträgt die Temperatur 23° Celsius. Der Himmel ist stark bewölkt, und die Temperatur ist so niedrig, daß statt Regens ein Niederschlag zur Erde fällt, der durch den Zusammenschluß feiner Eiskristalle Flocken bildet. Da zugleich ein Wind weht, herrscht ein Gestöber. Hätte Schott keine Faltsonnenbrille auf der Nase, müßten seine Augen bei eintretendem Sonnenlicht, das von dem Gefilde zurückgeworfen würde, so geblendet werden, daß unter Umständen eine Augenentzündung entstünde, welche eine Blindheit zur Folge haben könnte. Sonnenlicht tritt aber nicht ein.

Elli sagt, So kalt ist es?

Die Frau ohne Kinderwagen sagt, Das ist nicht mein Wetter. Da kann ich schlecht im Freien übernachten. Ich gehe unter mein Dach.

Es ist, kurz gesagt, ein neblichter Wintertag.

Der alte Professor sieht auf die Stadt und sagt, Wir nennen einen solchen Tag traurig, weil dieser Schnee und Nebeldunst nicht dasein könnten, wenn eine Sonne geschienen hätte, sie zu zerteilen.

Nicht nur Schott, aber Schott als erster, bewegt sich auf dem unsicheren Grund gereckten Halses und Kopfes, wenig bewegter Schultern, Arme und Hüften. Er wirkt steif, gehemmt, festgehalten. Beweglicher kann er nicht gehen. Es könnte jemand fast meinen, er sei ein hinterhältiger Bursche, der viel Bosheit, wenig Liebe und Gefühl besitzt. Aber es gebricht ihm bloß an lebendiger Stärke, jedenfalls im Moment.

Nicht nur Schott. Den übrigen Passagieren, einschließlich des Chors und der Solisten, sogar der Besatzung, gebricht es auch. Alle, außer der Besatzung, wollen zu der Taxihaltestelle. Als erster bemerkt Schott, daß der Weg glatt ist. Nach einem Augenblick der Sammlung bewegt Schott sich ohne nennenswerte Hüft- und Schulterbewegungen voran, schwerfällig. Jetzt könnte gemeint werden, Schott sei ein beschränkter Fanatiker, ein hervorragender Partisan. Aber es ist das Glatteis.

Der Taxifahrer, der seinen Wagen vor dem Steg über die Schlucht stehengelassen hat, ruft Schott zu, Herr Schott! Kommen Sie zu mir. Ich fahre Sie nach Hause.

Der übrige Haufen, Chor und Solisten inklusive, wird vor den anderen Taxis aufgewirbelt und auseinander –.

Übrigens, es schneit nicht mehr. Daß es wiederum Tag ist, weiß man schon. Auf der Straße die Schneedecke ist überfroren. Dennoch gerät kein entgegenkommendes Auto von der Fahrbahn ab; ein frontaler Zusammenstoß wird vermieden.

Der Taxifahrer sagt, Wie geht es Ihnen, Herr Schott.

Ich bin nur ein einfaches Beispiel, sagt Schott.

Der Taxifahrer sagt, Ich fahre einen gepanzerten Wagen. Er stammt aus dem Fuhrpark von Schill.

Jetzt wundere ich mich nicht mehr, sagt Schott.

Im Handschuhfach liegt eine Pistole, sagt der Taxifahrer. Schills Leibgardist hat sie vergessen.

Wollen Sie mir die Pistole borgen?, sagt Schott.

Der Taxifahrer sagt, Warum nicht.

Er nimmt die Pistole aus dem Handschuhfach und borgt sie Schott. Schott steckt die Pistole ein.

Er sagt, Die Notwendigkeit, sich einer Brille zu bedienen, verrät sich durch sonderbare Wahrnehmungen, die einen Mangel an Sehkraft andeuten.

Woran denken Sie, Herr Schott.

Ich denke nicht, sagt Schott. Ich sehe lauter Schneemänner, und morgen sind sie Wasser.

Da Sie weder an Lichtscheu noch an übermäßiger Empfindlichkeit der Augen leiden, erfüllt Ihre Faltsonnenbrille keinen Zweck. Soll ich Sie zu einem Optiker fahren.

Später, sagt Schott. Fahren sie mich zu einer Frau. Da soll mir die Sonnenbrille recht sein, weil sie den weiblichen Gegenstand genügend verdunkelt. Aber nicht in Jessies oder Olgas Bar. Die dortigen Weiber kenne ich zu gut. Da hört der Spaß auf. Solange sie anständige Huren sind, geht es. Aber plötzlich fangen sie an, einen zu mögen. Ich liebe dich. Dann lassen sie sich nicht einmal mehr in den Arsch ficken.

Ich habe andere Erfahrungen gemacht, Herr Schott. Habe ich Ihnen nicht gesagt, daß ich schwul bin?

Nicht, daß ich wüßte, sagt Schott. Sie dürfen sich glücklich schätzen.

Der Taxifahrer sagt, Dort drüben das gelbe Haus. Klingeln Sie in der ersten Etage rechts.

Die Frau, die die Tür öffnet, sagt, Warst du schon mal da?

Schott sagt, Wäre ich dann hier?

Warts ab, sagt die Frau.

Der Verfasser (jetzt muß wieder der Verfasser herhalten) sagt, Angeblich geht die Frau vor Schott den Korridor entlang. Sie öffnet eine Tür und sagt, Zieh dich schon mal aus. Schott geht in das Zimmer, die Frau verschwindet. Schott schließt die Tür und sieht sich um. Er sieht ein breites Bett, ein Fernsehgerät, eine Stehlampe, einen Schrank, einen Tisch, zwei Stühle, eine Couch, einen Couchtisch und einen Sessel. Die Fenster sind verhangen. Das Licht kommt von der Stehlampe. Neben dem Tisch ist eine zweite Tür. Schott zieht sich aus, legt seine Kleider auf den Sessel und legt sich auf das Bett. Er nimmt die Fernbedienung, die am Kopfende liegt, und schaltet das Fernsehgerät ein. Es läuft ein Musikprogramm ab.

Angeblich kommt die Frau ins Zimmer, hält Schott ein Handtuch hin und sagt, Komm waschen. Schott steht auf und nimmt das Handtuch. Die Frau geht vor Schott den Korridor entlang, öffnet eine Tür und sagt, Komm. Sie geht in ein Badezimmer und geht zum Waschbecken. Schott schließt die Tür und geht zum Waschbecken. Die Frau dreht einen Wasserhahn auf, prüft mit der Linken die Wassertemperatur, dreht einen anderen Wasserhahn auf, prüft mit der Linken die Wassertemperatur, sagt, O. K., faßt mit der Linken Schotts Schwanz, zieht Schotts Schwanz über den Beckenrand, füllt die rechte Hand mit Wasser, gießt das Wasser über Schotts Schwanz, füllt die rechte Hand mit Wasser, gießt das Wasser über Schotts Schwanz, zieht mit der Linken Schotts Vorhaut zurück, füllt die rechte Hand mit Wasser, gießt das Wasser über Schotts Schwanz und sagt, O. K. Sie nimmt Schott das Handtuch ab und trocknet Schotts Schwanz.

Angeblich sagt die Frau, Geh schon ins Zimmer. Jetzt wasch ich mich. Schott geht nicht ins Zimmer, die Frau stellt ihren linken Fuß in das Waschbecken, hält sich mit der Linken am Waschbeckenrand fest, füllt die Rechte mit Wasser und gießt das Wasser über ihr Loch. Etwas Wasser fließt in das Waschbecken ab, etwas Wasser fließt am rechten Bein ab.

Angeblich hatte die Frau schon nix an, als sie die Wohnungstür öffnete.

Das heißt, Schott hat angeblich schon am Waschbecken geahnt, daß die Chose schiefgeht. Nicht die linke Hand der Frau um seinen Schwanz und nicht das warme Wasser aus der rechten Hand der Frau über seinen Schwanz konnte irgendwas ausrichten. Schon gar nicht die Figur der Frau, trotz Schotts Sonnenbrille. Sie hat mindestens schon drei Kinder, hat Schott angeblich gedacht. Die langen Hängebrüste. Bis auf den Nabel. Das dauernde O. K. Auch, als die mit ihrer Planscherei fertig war, hat die O. K. gesagt, hat Schott gesagt. Ich hatte nicht für 'n Sechser Lust, ihren Arsch anzufassen.

Die Einzelheiten erübrigen sich, sagt der Verfasser. Auf dem Bett war angeblich alles klar. Die Frau lutscht Schotts Schwanz, aber nix rührt sich. Schott macht einen vorletzten Versuch und schiebt der Frau seinen linken Zeigefinger ins vordere Loch. Außer lauwarmem Matsch nix, angeblich. Schott macht einen letzten Versuch und schiebt der Frau seinen rechten Zeigefinger ins hintere Loch. Dasselbe, angeblich, also nix. Schott kriegt keinen hoch. Oder vielleicht hört der Leser lieber, daß keinerlei Anschwellung, Versteifung und Aufrichtung des Gliedes zu beobachten war. Keinerlei. Wäre Schott ein Sexualstraftäter gewesen, so hätte kaum die Prognose eines Rückfalls aufgestellt werden können. Der Phallograph auf Null! Günstige therapeutische Möglichkeiten!

Die Frau sagt, Wenn du ausgefickt bist, dann bleib zu Hause.

Schott hat aber in dieser Minute nicht gefürchtet, bereits kastriert zu sein. Das ist glaubhaft, da diese Furcht bei Mädchen auftritt. Schott hat in dieser Minute nicht an eine Phalloplastik gedacht. Das ist ebenfalls glaubhaft, da er zu der vergeblich beschäftigten Frau sagte, sagt Schott, Ist noch 'ne andre da? Die Frau sagt, Soll ich 'ne andre holen? Schott sagt, Noch 'ne andre.

Angeblich hat ihn die andere sofort hochgebracht. Schon, als sie reinkam. Schätzungsweise, sagt Schott, ziemlich jung. Titten wie, ja wie. Langer Hals, konkaver Bauch, kleiner Arsch. (Alles angeblich.) Schott liegt auf dem Rücken, der Schwanz steif, die andere setzt sich drauf, Schott ist im Lieblingsort. Hier hat die Freundin einst wie du gefühlt, hat Schott angeblich gedacht. Doch alles das verlöscht einmal die Zeit, sagt Schott, und ehe das passiert, sagt er, Steig ab und knie dich hin. Die kniet, macht sich's mit dem Kopf auf dem Kissen bequem, reckt Schott den kleinen Arsch hin (der Bauch jetzt konvex) und sagt, So lege deine Hand unter meine Hüften, daß du die Liebe und Treu an mir tust und begräbst mich nicht in Ägypten (eine Ortsangabe!). Schott hält sie an den Hüften, schiebt den Schwanz in das hintere Loch, sie kneift den Arsch zusammen, daß Schott Halt findet, und Schott sagt, Gut so! Denn alles, was in die jungen Seelen eingetrichtert wird, was sie nicht aus eigner Lust und Liebe halten, haftet nicht. Der Verfasser sagt, Das könnte jetzt eine Weile so gehen (vorausgesetzt, man befände sich in der Gegenwart), aber Schott sagt, Des Menschen Tätigkeit kann allzu leicht erschlaffen, deshalb zieht er den Schwanz aus dem hinteren Loch und steckt ihn (von hinten) ins vordere. Ob irgendein Film im Fernsehen läuft? Das glaubt Schott nicht. Alle Geräusche kommen aus ihrem vorderen Loch. Mit der Ausnahme eines Furzes. Wer Liebhaber von Tafelmusik ist, kauft so etwas gerne. Vorgeblich greift ihm die erste Frau, die ewig dabeihockt, an den Sack. Nana!, sagt Schott, die Liebe paart nur zwei und zwei und leidet nimmermehr den dritten. Aber da ist es schon zu spät. Schott drückt ab. Der Kopf von dem Loch kommt hoch, schlenkert an langem Hals hin und her, aus dem Mund fährt irgendein Laut, und Schott fragt sich, ob das Routine ist oder Lust und Liebe.

Die Frau, die in der Wohnung unter der Wohnung von Schott wohnt, öffnet die Tür, als Schott vorbeigeht.

Herr –, ach, ich habe Ihren Namen vergessen.

Schott bleibt stehen. Frau Semper!

Ich vergesse alles.

Ich bin Schott.

Herr Schott!

Wie geht es Ihnen, Frau Semper.

Ach, Herr Schott, wie war Ihr Name?

Schott!

Das ist kein Leben, wenn man alles vergißt. Ich weiß nicht mehr, wer ich bin.

Sie sind Frau Semper.

Der Mann, der über mir wohnt, hat früher Einkäufe für mich gemacht. Wissen Sie, wer das war?

Das war ich.

Aber der Mann macht keine Einkäufe mehr für mich. Wissen Sie, warum?

Weil Sie die Tür nicht mehr aufmachen, wenn ich vorbeigehe.

Aber ich mach die Tür doch auf.

Heute ja.

Morgen nicht?

Das weiß ich nicht.

Haben Sie heute für mich eingekauft?

Nein.

Warum nicht.

Weil Sie mir nichts davon gesagt haben, als ich wegging.

Waren Sie weg?

Ja.

Der Briefträger hat mir gesagt, in der Stadt ist jetzt alles anders. Stimmt das?

Nein.

Der Briefträger hat mir gesagt, man sieht andere Gesichter.

Ja. Aber es sind dieselben Leute.

Herr Schott, Ihr Gesicht ist nicht anders. Ist mein Gesicht anders?

Nein.

Wie geht es Ihrer Frau, Herr Schott.

Ich habe keine Frau, Frau Semper.

Aber ich habe Sie doch mit einer Frau gesehen. Wissen Sie noch, welche Haarfarbe die Frau hatte?

Schwarz.

Wissen Sie noch, wie lang ihr Haar war?

Schulterlang.

War das Haar lockig oder glatt.

Gewellt.

Wie hieß die Frau.

Liu.

Ich dachte, Sie sind mit ihr verheiratet.

Nein.

Wissen Sie, wo die Frau ist?

Nein.

Schade.

Ja, Frau Semper.

Was soll ich bloß machen, damit ich nicht alles vergesse.

Schreiben Sie doch auf, was Sie machen.

Bringen Sie mir ein Schreibheft mit?

Wenn ich wieder in die Stadt gehe, bringe ich Ihnen eins mit.

Schott legt sich schlafen, nach alledem. Es ist ihm recht, aber unverständlich, daß Lisch in der Wohnung sitzt.

Lisch sagt, Bei dir steigt heute 'ne Party.

Um Gottes willen, sagt Schott. Mir ist nicht nach 'ner Party zumute.

Zu spät, sagt Lisch.

Es klingelt.

Wieviel Leute hast du eingeladen, sagt Schott.

Lisch sagt, Dreitausend.

Bist du wahnsinnig? Hier passen höchstens fünfzig rein.

Das geht schon, sagt Lisch. Laß die mal machen.

Ich krepier, sagt Schott.

Aber die ersten sind schon da, an die fünfzig. Darunter der Optiker. Er hat Geräte und Kästen dabei.

Der Optiker sagt, Herr Schott, nun wollen wir mal. Sie brauchen 'ne neue Brille. Das geht ganz schnell.

Es geht ganz schnell. Schott hat 'ne neue Brille.

Als zweiten erkennt Schott Carl Gustav Wrangel.

Herr Schott, sagt Wrangel, was machen Sie denn hier. Ich denke, Sie sind unter Wasser.

Schott sagt, Aber Sie müssen doch wissen, zu welcher Party Sie gehen.

General Wrangel strafft sich (so macht man das, denkt Schott) und sagt, Ich bin Oberbefehlshaber einer Flotte. Ich gehe zu mancher Party.

Vielleicht ist das der Epilog, sagt der Verfasser.

Wrangel ist schon in der Küche.

Die Frau, die Schott begrüßt, sagt, Sie kennen mich nicht. Ich bin die Frau von Knoll.

Und wo ist Knoll?, sagt Schott.

Er sitzt in Jessies Bar. Er kommt nicht.

Schott sagt, Sind Sie nicht tot?

Das schon, sagt Frau Knoll. Aber was nützt es.

Schott sagt, Hoffentlich taucht nicht noch Ole auf.

Frau Knoll sagt, Wie bitte?

Nichts, sagt Schott. Ich frage mich, was hier los ist.

Frau Knoll sagt, Nett haben Sie es hier. Haben Sie Kinder?

Nein, sagt Schott.

Frau Knoll sagt, Falls Sie Kinder bekommen, ich wäre gerne Ihr Babysitter.

Schott sagt, Ich glaube nicht, daß ich Kinder haben werde, noch.

Frau Knoll sagt, Ich kann häkeln.

Schott fragt sich, ob Vivaldi gekommen ist. Er stellt sich auf die Zehenspitzen, um rotes Haar zu entdecken, aber er entdeckt kein rotes Haar. Er überhört das Gewirr der Stimmen, um asthmatisches Keuchen herauszuhören, aber er hört kein asthmatisches Keuchen. Schade, sagt Schott. Liu hätte sich gefreut. Wo ist die Schallplatte, die ich am Eingang der Arkade für Liu gekauft habe.

Der Oboist sagt, Ich habe Ihnen die Schallplatte mitgebracht. Darf ich Ihnen meine Freundin vorstellen? Sie ist Cembalistin.

Der Oboist und die Cembalistin lächeln jetzt wirklich.

Schott sagt, Wer ist die Frau mit dem weißgetupften Kleid?

Der Oboist sagt, Das ist Frau Liu.

Das ist Liu? Liu! Warum bist du nicht hier.

Liu sagt, Nicht diesen Text, Schott. Ein Glück, daß genügend Leute da sind, denen du deine Sätze sagen kannst.

Ein Mann, der breit in der Tür steht, grinst wie Schill.

Das hat mir noch gefehlt, denkt Schott.

Der Oboist sagt, Es geht mir wie Ihnen, Herr Schott. Aber ich bin es leid zu erschrecken.

Der Oboist läßt Schott und die Cembalistin stehen, drängt sich durch das Gewühl bis zur Tür und sagt zu dem Mann, Du Schwein. Wir sind deine Fresse über. Verschwinde!

Der Mann sagt, Sie irren sich.

Schott dreht sich um. Wölflin stakt an Krücken auf ihn zu.

Wölflin sagt, Ich habe bezahlten Zusatzurlaub genommen. Wo ist das Abteil für Schwerbehinderte.

Der Lehrstuhlinhaber ist auch gekommen. Er sagt, Kann ich Ihnen weiterhelfen, Herr Schott? Die Sache von damals ist vergessen.

Schott beugt sich aus dem Fenster. Vor der Haustür stehen ein- bis zweitausend Leute, die darauf warten, daß die ersten ein- bis zweitausend Leute Schotts Wohnung verlassen.

Der einzige Kellner serviert Hafergrützesuppe. Das Tagesgericht besteht aus Steckrüben und Kartoffeln. Getrunken wird Wasser. Das Geschirr und Besteck ist in Passagierflugzeugen üblich.

Frau Knoll sagt zu Schott, Knoll ist verstimmt. Sie haben sich abträglich über Fledermäuse geäußert.

Die Familie, die die Wohnung über der Wohnung von Schott bewohnt, ein Mann, eine Frau und ein Kind, ein weibliches, ist in Schotts Schlafzimmer. Jedes Mitglied der Familie hält ein vorwiegend fleischfressendes, hechelndes Tier an der Leine. Der Mann nimmt dem Kellner drei Schüsseln mit Hafergrützesuppe ab und stellt die Schüsseln auf den Teppich. Die Tiere schlabbern die Suppe und verhunzen den Teppich.

Schott greift nach der Pistole des Schillschen Leibwächters. Ich muß sie mit ihren eigenen Waffen schlagen, sagt Schott. Aber er läßt die Pistole stecken. Vergebens, alles vergebens, sagt Schott.

Eine wesentlich jüngere Frau, die einst eine nächtliche Unterredung mit Schott geführt hatte, sagt, Du siehst erwartungsvoll aus.

Schott sagt, Ich rechne mit dem Erscheinen der Schillschen Truppenführer.

Aber die Frau sagt zum Beispiel, Was redest du heute, Schott.

Hinter Schott sagt Zawa, Obwohl ich nicht geglaubt habe, daß wir je noch irgend etwas miteinander zu besprechen hätten, drängt es mich, Ihnen ein Kompliment zu machen. Der Kaviar ist ausgezeichnet. Man muß bereits bei den Säuglingen beginnen. Die Zukunft verlangt es, international betrachtet. Ihr Ziel ist auch mein Ziel, selbst, wenn Sie es bestreiten. Die universitären Bedingungen wechseln. Die Sache bleibt die gleiche. Wo, bitte, ist das Bad?

Der Verfasser sagt, Schott denkt, daß es kein Wunder wäre, wenn in seiner Wohnung das Licht ausfiele oder wenn es in seiner Wohnung gleißend hell würde.

Dem Sohn der Residenzstadt, W. Schott, der seinen Farbkasten öffnen will, sagt Schott, Das ist keine Beleuchtung für Ihre Kunst.

Der Inhaber eines Konfektionsgeschäfts, der im Schaufenster hockt und Blusen anordnet, ruft, daß es durch die Scheibe zu hören ist, Du stehst doch schon wieder vor meinem Schaufenster. W. Schott erschrickt jetzt. Er sagt zu Schott, Ich gehe zu Frau Sommer in die untere Stadt.

Schott wird in der Küche gegen einen Mann gedrängt, der ein Glas Wasser in der Hand hält.

Schott sagt, Wir kennen uns.

Gewiß, sagt der Mann. Mein Name ist Flieder.

Was führt Sie in meine Küche?, sagt Schott.

Oh, sagt Flieder. Ich betrachte die Gardinen.

Warum, sagt Schott.

Nun, sagt Flieder. Die Verhältnisse. Man hat mir in letzter Zeit sehr mißtraut.

Nanu, sagt Schott.

Mein Interesse für Freileitungen. Das Studium der Vögel wurde als Vorwand angesehen.

Und?, sagt Schott.

Ich mußte nach innen wandern. Ich habe zuletzt über die

Sitzordnung von Kanarienvögeln auf Gardinenstangen publiziert.

Nein, sagt Schott.

Sie können es nachlesen, sagt Flieder. Im Archiv für Militärgeschichte. Momentan wechsle ich das Thema.

Und zwar?, sagt Schott.

Das Minimum der Lebensbedingungen.

Für Kanarienvögel?

Je nun, sagt Flieder.

Erzählen Sie, sagt Schott.

Schauen Sie, sagt Flieder. Die ursprünglichen Lebensbedingungen auf Freileitungen. Die finden Sie natürlich auf Gardinenstangen nicht. Der Kanarienvogel, der anfänglich auf dem Rücken grünlichgelb, unten goldgelb und an den Seiten bräunlich gefärbt war, hat durch Vermischung mit Hänflingen undsoweiter schon äußerlich viele Abänderungen erlitten. Tummelte er sich einst in glückseligem Klima, so vermeint er heutzutage, nur noch in geschlossenen Räumen überleben zu können. Schwärmte er zuzeiten ungehindert aus, lebt er heute vorwiegend in Käfigen. Statt sich in gebirgige Höhen zu erheben, begnügt er sich nunmehr mit der Höhe einer Zimmerdecke. Er sucht seine Nahrung nicht in fruchtbaren Gefilden, wo Früchte und edler Wein gedeihen, sondern in Futternäpfen, wo er fertige Nahrung vorfindet. Es droht ihm keine Gefahr, außer von Hauskatzen oder verirrten Champagnerkorken. Jedem, der ihm gut zuredet, singt er munter vor. Er ist von fataler Gelehrigkeit und läßt sich zu vielerlei Künsten abrichten.

Herr Flieder, sagt Schott, haben Sie daran gedacht, Ihre Erkenntnisse auf andere Lebewesen zu übertragen?

Nein, sagt Flieder. Ich bin Ornithologe.

Oder zu verallgemeinern?, sagt Schott.

Ja nun, sagt Flieder. Die Degeneration der Art hieße das Wort. Wir haben es mit heiteren Sklaven zu tun, die das

Leben im Käfig dem unbestimmten Ausflug vorziehen, weil die Nahrung sicher und regelmäßig eintrifft. Verirren sie sich durch ein offenes Fenster ins Freie, suchen sie bald den Weg zurück ins elend Geborgene. Für ein zusätzliches Bröckchen strengen sie ihre Kehle an, um ihrem Besitzer zu gefallen. Zuletzt vergnügen sie sich selber an ihrem Gesang; er bewahrt sie vor Trübsinn.

Schott sagt, Widersprächen Sie mir, wenn ich den Schluß zöge, daß diese Tiere verloren sind?

Nein. Flieder hebt sein Wasserglas und trinkt. Im Grunde sind mir Blattläuse lieber.

Sie können es nicht wissen, sagt Schott, aber Sie haben mir die Augen geöffnet.

Schott sieht Lius Bruder und sagt, Daß auch Sie zu mir gekommen sind.

Lius Bruder sagt, Ich habe den Unterschied zwischen Illusion und Wirklichkeit endgültig aufgegeben.

So wird sie der Lärm dieser Ansammlung nicht stören, sagt Schott.

Nicht einmal der Geruch stört mich, sagt Lius Bruder. Zwar habe ich eher auf fruchtige, blumige oder würzige Gerüche gehofft. Da ich aber an faulige Gerüche gewöhnt bin, kann mich der Aufenthalt inmitten dieser oberirdischen Menge nicht anfechten.

Ein Mann mit einem Wasserglas, der die Küche gerade verlassen will, prostet Schott zu.

Schott sagt, Guten Tag, Herr Dulla.

Dulla sagt, Guten Tag.

Schott sagt, Sind Sie weitergekommen, Herr Dulla?

Ich habe meine Erkenntnisse auf andere Lebewesen übertragen, sagt Dulla.

Auf welche?, sagt Schott.

Dulla zeigt auf die Partygäste und auf sich selbst.

Sehen Sie, sagt Schott zu Flieder.

Dulla sagt, Signale, die Gefahr angezeigt haben, lösten zwar erhöhte Aufmerksamkeit und gewisse Absichtsbewegungen aus, aber die Neigung zur Flucht ging nicht in eine gerichtete Fluchtbewegung über.

Sondern?, sagt Schott.

Man schüttelte den Kopf wie domestiziertes Rindvieh und stampfte verharrend auf.

Auch Sie?, sagt Schott.

Auch ich, sagt Dulla.

Und?, sagt Schott.

Ich bin seitdem etwas weniger höflich, sagt Dulla.

Auch zu sich selbst?, sagt Schott.

Auch zu mir selbst, sagt Dulla.

Und?, sagt Schott.

Ich habe seitdem etwas weniger Angst, sagt Dulla.

Auch vor sich selbst?, sagt Schott.

Auch vor mir selbst, sagt Dulla.

Und?, sagt Schott.

Ich schäme mich seitdem etwas mehr, sagt Dulla.

Auch vor sich selbst?, sagt Schott.

Auch vor mir selbst, sagt Dulla.

Und?, sagt Schott.

Ich bestreite nach wie vor Ihre Ansicht von der Lächerlichkeit des Schuldgefühls, sagt Dulla.

Und?, sagt Schott.

Ich bestreite nach wie vor Ihre Ansicht vom Witz der Reue.

Wer bin ich denn, sagt Schott. Vielleicht können Sie mich entschuldigen.

Dessen bedarf es nicht, sagt Dulla.

Dessen bedarf es nicht, sagt Flieder.

Aber ein aufgeblasener Frosch bin ich nicht, sagt Dulla.

Aber ein geiler Affe bin ich nicht, sagt Flieder.

Altersschwache, engstirnige Ehrgeizlinge sind wir nicht, sagen Dulla und Flieder.

Schott ist von fünf Leuten umringt. Es scheint Sonntag zu sein. Zwei der Leute kennt Schott; den Mann und die Frau in mittlerem Alter. Ein älterer Mann zeigt auf den Mann in mittlerem Alter und sagt, Das ist meine Tochter. Die Frau in mittlerem Alter zeigt auf den älteren Mann und sagt, Das ist meine Frau. Schott sagt zu dem Mann und der Frau in mittlerem Alter, Sind Sie Brüder? Zwei Kinder zeigen auf den Mann und die Frau in mittlerem Alter und sagen, Das sind unsere Großmamas. Der ältere Mann sagt, Das hat es bei mir nicht gegeben. In einem halben Jahr seht ihr es vielleicht ein. Wenn die Kinder nicht einmal das Wort Großmutter aussprechen können, dann hat es sich gelohnt.

Im Korridor sitzt Schotts Mutter und schält Kartoffeln.

Da Schott sich sagen kann, daß er in seinem Bett liegt, sagt er sich, Es ist wahrscheinlich notwendig, daß ich mir die Bettdecke über den Kopf ziehe. Er sagt sich auch, Ich hätte aber den Menschen, welcher in meinem Bett liegt, aus dem Bett nehmen oder werfen sollen, damit genügend Platz wäre für meine Nachtruhe. Weder als Seitenstütze noch als Unterlage dient mir dieser Mensch zum Hilfsmittel, obwohl er nackt und weiblichen Geschlechts ist. Schott sagt sich, Wahrscheinlich ist es zehn Uhr.

Die Pistole des Schillschen Leibgardisten ist zur Hand, Schott schießt in die Deckenlampe, die Gäste rufen, Licht! Licht!, und Lisch sagt laut genug, Die Party ist zu Ende.

Schott knipst eine Taschenlampe an und besichtigt die Wohnung.

Im Badezimmer hockt die Frau aus Olgas Bar.

Schott sagt, Ich sehe dich heute abend zum ersten Mal.

Die Frau aus Olgas Bar sagt, Für den ersten Eindruck bietet sich keine zweite Chance. Es genügen drei Sekunden.

Schott fragt sich, Hätte ich den Ablauf der Party vorher proben sollen? Waren die Tische geschmackvollst dekoriert?

Paßten Besteck, Porzellan und Gläser zu dem Anlaß? Hat das Menu auch bei den schwierigeren Gästen Anklang gefunden? Bin ich immer so aufgetreten, wie ich es mir wünsche? Habe ich neue Freunde gewonnen? Hat das Fest wegen irgendeiner lächerlichen Lappalie einen spürbaren Mißklang erfahren? Dann wäre es schade um all das Geld und die Mühe.

Den baulichen Zustand seiner Wohnung hält Schott für bedenklich. Stärker als der Zerfall der Mauern stört Schott der Verfall der Zimmerdecken. Wo sind der Mann, die Frau und das Kind, die die Wohnung über der Wohnung von Schott bewohnen? Schott sieht durch die Wohnung über seiner Wohnung in den Himmel. An Wänden und Decken seiner Wohnung und an der Decke der Wohnung über seiner Wohnung sieht Schott Brandspuren. Entweder folgte der natürlichen Zerrüttung eine Kanonade oder es folgte der Kanonade eine natürliche Zerrüttung, sagt Schott. Der Schnee, der durch die Lücken im Dach gefallen ist und der die Trümmer fleckweise bedeckt, mildert den Eindruck der Verheerung nur bedingt. Schott müßte die Augen schließen, um unter den vieljährigen Schneen Blumen vermuten zu können.

Im Korridor sitzt Schotts Mutter. In der linken Hand hält sie eine halbgeschälte Kartoffel, in der rechten Hand hält sie einen Kartoffelschäler. Auf dem Fußboden, auf den Kartoffeln, geschälten und ungeschälten, auf Schotts Mutter liegt Schneestaub oder Staubschnee.

Schott sagt, Mutter, du hättest erfrieren können.

Schotts Mutter sagt, Wie schön.

Schott geht manchmal in das Café neben dem Haus, in dem Liu wohnt. Liu kommt manchmal zwischen siebzehn Uhr dreißig und achtzehn Uhr in das Café. Schott setzt sich an den Tisch in der rechten Ecke. Er setzt sich so, daß er die Tür sieht.

Der Kunstrichter sagt, Das hatten wir schon.

Obwohl Schott ein Schild, auf dem Reserviert steht, auf dem Tisch stehenläßt, kommt ein Fremder und fragt, ob der zweite Stuhl frei sei.

Bitte, sagt Schott.

Du bist nicht von hier, sagt der Fremde.

Doch, sagt Schott.

Ich sag dir, sagt der Fremde, hau lieber wieder ab.

Warum, sagt Schott.

Guck dir die Visagen an, sagt der Fremde. Wenns hart auf hart kommt, fackeln die dich ab.

Schott sagt, Es gibt auch andere.

Der Fremde sagt, Die anderen haben so viel Paranoia in der Birne, die verpfeifen sich.

Hm, sagt Schott.

Der dort, sagt der Fremde. Die Fresse kenn ich. Du drehst dich um, und der hält dir 'n Streichholz untern Arsch. Gestern noch 'ne Uniform, und heute hat der sich für tausend Eier frische Klamotten anschmieden lassen. Abgeschlüpft ins Bürgerleben. Die andern, die keine Kohle haben, weil die Moneten abgeflackert sind, die müssen für den im Acker rumtrüffeln. Aber der gibt die Kommandos. Immer. Und der hat das Moos. Immer.

Es gibt auch andere, sagt Schott.

Der Fremde sagt, Du denkst, du bist jetzt der Erzähler, aber du bist Arsch.

Schott sagt, Hm.

Hör dir die doch an, sagt der Fremde. Die quatschen im Chor. Hast du mal Feuer?

Ja, sagt Schott.

Schade, daß du nicht schwul bist, sagt der Fremde.

Hm, sagt Schott.

Also dann!, sagt der Fremde. Er steht auf und geht.

Schott sieht sich um und ruft, Liu!

Die Frau an einem Tisch in der Nähe wendet Schott das Gesicht zu, sagt, Ja?

Schott steht auf, geht zu dem Tisch und setzt sich neben die Frau.

Liu, ich möchte dir meine Reiseerinnerungen erzählen.

Ich heiße nicht Liu, sagt die Frau.

Der Verfasser sagt, Selbstredend hat die Kellnerin Rosa mitteninne ein Kännchen Kaffee gebracht, hat Schott den Kaffee getrunken. Mag es auch ein Lieblingswort der Wein- und Zigarrenreisenden, Ladendiener, Friseure und Kellner sein – ich bin es müde, die Reihenfolge einzuhalten. Es wird immer fraglicher, logisch zu bleiben. Wahrscheinlich sollte der Text enden. Das wird auch der Kunstrichter denken. Wo, übrigens, ist er? Aber. Um schließlich doch einen Zipfel besonnter Erde zu gewinnen, mache ich weiter. Zumal es, wie gesagt, gleich gültig ist, ob SCHOTT mit diesen oder anderen Sätzen aufhört. Ich habe noch genug Zeit, den Rest der Geschichte loszuwerden, in der man bloß zu leben braucht, um das Erstgeburtsrecht auf den Tod zu erwerben.

Schott sagt, Der Schnee hat meinen Anlagen ein Ende gemacht. Ich bin kein Tannenbaum. Wenigstens will ich noch ein Schreibheft kaufen.

Die Frau, die in der Wohnung unter der Wohnung von Schott wohnt, öffnet die Tür, als Schott vorbeigeht.

Herr Schott!

Schott bleibt stehen. Hier ist das Schreibheft, Frau Semper.

Danke, Herr Schott.

Bitte, Frau Semper.

Herr Schott, was ist denn das für ein Licht draußen?

Das ist die Sonne, Frau Semper. Gerade scheint sie ein bißchen.

Haben Sie einen schwarzen Anzug, Herr Schott?
Nein.
Ich war nicht zur Beerdigung meiner Mutter, Herr Schott.
Warum?
Ich hatte kein Trauerkleid.

Der Verfasser sagt, Muß ich die Gründe, aus denen Kürze geraten erscheint, ausdrücklich aufzählen? Sind sie nicht längst irgendwo genannt?

Lius Jagdflugzeug wurde getroffen! Mußte sie aber doch in die Sonne fliegen? Ist sie etwa nicht mit weniger oder mehr als 45 Grad auf die Sonne zugekreuzt? Ist sie denn nicht so hoch wie möglich aufgestiegen? Hat sich also doch ein Jäger im Schutz der Sonne versteckt gehalten und sich auf Liu gestürzt? Hat Liu ihn nicht ausgekurvt und sodann die Sonne für sich selbst genutzt? Hat Liu nicht ständig die Höhe geändert? Hatte der Feind, als er Liu sah, keine Schwierigkeiten, den Angriff so zu führen, daß er Liu beim Kurvenflug vor die Läufe kriegte?

Lius Jagdflugzeug brannte! Noch drehte sich der Propeller, aber langsamer. Liu mußte schnell entscheiden, ob sie aussteigt oder zur Not landet. Liu entschied sich für die Landung.

Die Landung war keineswegs perfekt. Liu kletterte benommen aus ihrem Jagdflugzeug. Sie nahm sich keine Zeit, ihrem ausgeprägt persönlichen Verhältnis zu der Maschine Ausdruck zu geben, etwa durch einen Kuß auf das Propellerblatt. Sie rannte, so schnell sie konnte, von dem Jagdflugzeug fort. Das Fallschirmpaket auf ihrem Rücken beschwerte sie etwas. Als Liu etwa 50 Meter von ihrem Jagdflugzeug entfernt war, explodierte ihr Jagdflugzeug. Jetzt war Liu allein, abgesehen von Jagdflugzeugtrümmern, die fast bis hin zu ihr flogen.

Liu wußte schon, daß jeder Einwohner, der die Notlandung eines Flugzeuges beobachtete, den nächstliegenden

Dienststellen des Militärs oder der Polizei unverzüglich Meldung zu erstatten hatte. Liu mußte versuchen, durch geschickte Tarnung oder durch Flucht sich der Gefangennahme zu entziehen. Derartige Versuche werden vor allem bei Nacht und in abgelegenen Gegenden begünstigt. Aber es war nicht Nacht. Liu war auch nicht in einer abgelegenen Gegend. Deshalb war Liu auch nicht lange allein. Aber vorher löste sie das Fallschirmpaket von ihrem Rücken und ließ es auf die Erde fallen. Aber vorher nahm sie ihre Schutzbrille ab und warf sie auf die Erde.

Oder Liu entschied sich für einen Fallschirmsprung. Sie öffnete das Kanzeldach und kletterte heraus. Sie glitt oder rutschte auf die rechte Tragfläche. Sie glitt oder rutschte von der Tragfläche in die Luft. Sie schloß die Augen vor der sprühenden Treibstoffreserve ihres Jagdflugzeuges und fiel. Liu öffnete den Fallschirm. Liu segelte zur Erde. Liu kam heil an.

Liu wußte schon, daß jeder Einwohner, der den Absprung eines Piloten beobachtete, den nächstliegenden Dienststellen der Polizei oder des Militärs unverzüglich Meldung zu erstatten hatte. Liu mußte versuchen, durch geschickte Tarnung oder durch Flucht sich der Gefangennahme zu entziehen. Derartige Versuche werden vor allem bei Nacht und in abgelegenen Gegenden begünstigt. Aber es war Tag. Liu war zudem in einer belebten Gegend. Deshalb war Liu nicht lange allein. Aber vorher löste sie die Fallschirmgurte und ließ sie auf die Erde gleiten. Aber vorher nahm sie ihre Schutzbrille ab und warf sie auf die Erde.

Der zuständige Truppenführer hatte die Bevölkerung vor einiger Zeit wiederholt davor gewarnt, feindliche Piloten zu begünstigen. Erst kürzlich war ein schwerer Fall derartiger Begünstigung vorgekommen. Ein feindliches Kampfflugzeug mußte notlanden. Der unverletzten Besatzung von sechs Mann wurde die Unterstützung der Bevölkerung durch Hergabe von Geld, Nahrungsmitteln und Zivilkleidung zuteil. Noch am gleichen Tag wurde die Flugzeugbesatzung gefangengenommen. Die Begünstiger aber wurden sofort vor ein Kriegsgericht gestellt. Das Gericht verurteilte fünf von ihnen zum Tode, drei weitere zu langjährigen, teilweise lebenslänglichen Freiheitsstrafen.

Liu konnte nicht hoffen, daß ihr die Unterstützung der Bevölkerung durch Hergabe von Geld, Nahrungsmitteln und Zivilkleidung zuteil würde. Liu nahm nicht an, daß sich ihretwegen fünf Begünstiger zum Tode und drei weitere zu langjährigen, teilweise lebenslänglichen Freiheitsstrafen verurteilen lassen mochten. Zwar sann Liu auf Versuche, durch geschickte Tarnung oder durch Flucht sich der Gefangennahme zu entziehen. Aber es schien die Sonne. Sie sah bereits Leute näher kommen. Sie sahen nicht wie die Bevölkerung aus. Sie sahen wie Männer in Uniformen aus. Sie sahen wie Männer mit Maschinenpistolen aus.

Die Männer umstellten Liu und richteten die Maschinenpistolen auf sie. Einer sagte etwas. Liu sagte etwas.

Liu hob vorsichtig die Hände.

Der Mann, der etwas gesagt hatte, sagte etwas. Er machte mit seiner Maschinenpistole eine Bewegung, die nach Lius Meinung andeutete, in welche Richtung sie gehen sollte.

Liu ging in diese Richtung und verließ den Kreis der Männer. Liu ging, und die Männer gingen hinter ihr her. Die Hände hielt Liu vorsichtig erhoben.

Auf der Straße trifft Schott den Verfasser.

Der Verfasser sagt, Guten Tag, Herr Schott. Wie geht es Ihnen.

Schott sagt, Wie geht es mir! Wissen Sie es nicht?

Der Verfasser sagt, Was machen Sie. Ich bin beruflich daran interessiert.

Schott sagt, Ich meide das Gespräch mit Philosophen, die

die Unsterblichkeit der Seele womöglich so überzeugend preisen könnten, daß ich vor Freude Selbstmord beginge. Immerhin. Wäre ich noch jung, so lohnte es sich, mich umzubringen. Ich könnte mir mein Leben ersparen, und mit einer jungen Seele wäre die Unsterblichkeit wesentlich lustiger. Allerdings – sich an einem Strick aufzuhängen erfordert Umsicht, die jeder Leichtigkeit ermangelt. Soll ich mich ertränken? Ich weiß, wie man unter Wasser lebt. Wie ist es um Messer und Pistole bestellt? In Filmen sehen sie verläßlich aus. Im Dasein zeitigen sie oft jämmerliche Resultate; man wird leicht zum Krüppel. Ferner wäre ein Sturz in die Tiefe zu erwägen, wie er Herrn Wölflin angedieh. Aber gerade der Fall des Herrn Wölflin zeigt: Manches mißlingt. Zuletzt scheidet Elektrizität als Mittel der Wahl doch aus; stärkere Stromstöße stehen nicht zur Verfügung.

Der Verfasser sagt, Letzten Endes kommen Medikamente in Frage. Ich empfehle Ihnen, dieselben mit Alkohol zu verbinden. Die Wirkung wird um bis zu (ein präpositionaler Festzug!) 50 Prozent erhöht.

Schott sagt, Woran denken Sie?

Der Verfasser sagt, An Secobarbital. 60 bis 80 Tabletten zu je 100 Milligramm. In drei bis vier Stunden gewinnen Sie das ewige Leben.

Oder?, sagt Schott.

Der Verfasser sagt, Sie entweichen in einen paradiesischen Zustand der Glückseligkeit.

Oder?, sagt Schott.

Der Verfasser sagt, 160 Tabletten Nortriptylin zu je 25 Milligramm, zum Beispiel.

Schott sagt, Ich denk darüber nach.

Der Verfasser sagt, Aber lange! Und gründlich! Machen Sie es sich schwer. So leicht kommen Sie aus meinem Text nicht heraus.

Von der anderen Straßenseite ruft der Briefträger, Herr Schott! Ich habe Post für Sie!

Es ist eine Postkarte.

Lieber Schott! Wir grüßen Dich. Es ist nirgends besser als hier. Komm zu uns. Beeil Dich. Dein Mott. Dein Tomm.

Die Frau, die in der Wohnung unter der Wohnung von Schott wohnt, öffnet die Tür, als Schott vorbeigeht.

Herr Schott!

Schott bleibt stehen. Frau Semper, haben Sie alles aufgeschrieben, damit Sie nicht alles vergessen?

Nein.

Warum nicht.

Ich habs vergessen.

Der Verfasser sagt, Der letzte Ort, den ich nenne, läge fünf Meilen östlich einer größeren Hafenstadt. Er könnte sich einer bevorzugten Lage rühmen, weil seine Umgebung Wanderstraßen böte durch einen Wald bis zur See im Norden und entlang eines nahegelegenen Flußarms und durch ein fruchtbares Gelände bis zu einer Bucht im Osten. Kein Wunder wäre es, daß der Ort von vielen Sommergästen gerne aufgesucht würde.

Einst hätten angesehene Familien aus der größeren Hafenstadt an diesem Platz Landhäuser besessen. Zur Zeit des Frühlings hätten Nachtigallen mit Vorliebe Aufenthalt ringsum im Gebüsch genommen. Das Gelände bis zu der Bucht im Osten hätte lauter lachende Gärten, Wiesen und Felder aufgewiesen. Zur Zeit des Winters wären Pferdeschlitten mit wohlverwahrten Ausflüglern über die gefrorene Fläche des Flußarms geflogen. Zur Zeit des Sommers hätte ein Wanderer, den es durch den Wald an die See gezogen, die grüne Ruhe nur durch das Geläute von Kühen unterbrochen gefunden, die unter hohen Bäumen Kräuter abweideten. Die See hätte Dorsche, Steinbutte, Lachse und Störe geliefert.

Kurz vor dem Ort, links von der Straße, mitten im Wald, stünden Gebäude, denen jeder und jede leicht ihren Zweck ansähe.

Liu hat diese Gebäude gesehen.

Einer der Männer sagte etwas. Liu glaubte, daß sie schneller gehen sollte. Sie ging schneller, aber nicht zu schnell, weil sie den Eindruck einer Fluchtbewegung vermeiden wollte. Vor der Tür eines Gebäudes blieb sie stehen.

Sie sah rechts den Mann neben sich, der als erster etwas gesagt hatte. Er hatte die Maschinenpistole über die rechte Schulter gehängt. Er trat nahe an sie heran und tastete erst jetzt ihren Oberkörper, ihre Hüften und ihre Beine ab.

Der Mann sagte etwas, blieb rechts neben der Tür stehen und machte mit der rechten Hand eine Bewegung, die nach Lius Meinung zeigte, daß sie das Gebäude betreten sollte.

Liu betrat mit erhobenen Händen das Gebäude und blieb nach drei Schritten stehen. Sie hörte, daß die Männer das Gebäude betraten. Sie sah links neben sich den Mann, der als erster und letzter etwas gesagt hatte. Er öffnete zur Linken eine Tür in einen Raum, blieb links neben der Tür stehen und machte mit der linken Hand eine Bewegung, die nach Lius Meinung zeigte, daß sie den Raum betreten sollte.

Liu betrat mit erhobenen Händen den Raum und blieb nach zwei Schritten stehen. Sie hörte, daß die Tür zugeschlagen und abgeschlossen wurde.

Das Fenster des Raums war verdunkelt, an der Decke brannte eine Glühbirne. Rechts an der Wand stand eine Pritsche. Liu nahm die Hände herunter, ging zu der Pritsche und setzte sich.

Mehrere Stunden später hörte Liu, daß die Tür geöffnet wurde. Sie sah zur Tür und sah drei Uniformierte kommen. Der erste sagte, Steh auf! Liu stand auf. Der zweite sagte, Raus hier! Liu ging zur Tür. Der dritte stieß Liu in den Rücken. Liu stolperte auf den Gang. Der erste Uniformierte sagte, Vorwärts! Der zweite sagte, Hier lang! Liu ging zum Ausgang. Der dritte öffnete die Tür. Der erste Uniformierte sagte, Raus! Liu ging durch die Tür. Der zweite sagte, Gradeaus! Liu ging gradeaus. Sie hörte, daß die Uniformierten durch die Tür gingen. Liu hörte, daß die Tür zugeschlagen wurde.

Draußen war es dunkel. Der Weg wurde von Lampen an hohen Masten erhellt.

Vor einem Gebäude sagte der erste Uniformierte, Halt! Liu blieb stehen. Der zweite ging zur Tür, öffnete sie und blieb rechts neben der Tür stehen. Der dritte sagte, Rein hier! Liu ging durch die Tür. Der erste Uniformierte sagte, Halt! Liu blieb stehen. Liu hörte, daß die Uniformierten durch die Tür gingen. Liu hörte, daß die Tür zugeschlagen wurde.

In dem Vorraum warteten drei Uniformierte.

Die sechs Uniformierten stellten sich im Kreis um Liu auf. Der erste Uniformierte sagte zu Liu, Stillgestanden! Liu stand still. Die anderen Uniformierten grinsten. Der erste Uniformierte sagte zu Liu, Rechtsum! Liu kehrte sich nach rechts. Die anderen Uniformierten lachten. Der erste Uniformierte sagte zu Liu, Linksum! Liu kehrte sich nach links. Die anderen Uniformierten grölten.

Der erste Uniformierte sagte zu Liu, Warum hast du auf unsere Leute geschossen. Liu sagte, Das habe ich für meine Leute getan. Der erste Uniformierte schlug Liu ins Gesicht und sagte, Das ist für deine Leute. Liu räusperte sich, spuckte dem ersten Uniformierten zwischen die Augen und sagte, Das ist für deine Leute.

Der erste Uniformierte packte Liu mit beiden Händen am Hals, der zweite Uniformierte packte Liu am rechten Arm, der dritte Uniformierte packte Liu am linken Arm, der vierte Uniformierte riß eine Tür auf, die drei Uniformierten zerrten Liu in den Hauptraum. Liu versuchte, sich loszureißen, der fünfte Uniformierte trat Liu in die Kniekehlen, der erste Uniformierte schrie, In den Ofen mit ihr!

Der vierte Uniformierte zog seine Pistole.

Liu versuchte, sich loszureißen, der vierte Uniformierte konnte deshalb nicht schießen, der fünfte Uniformierte riß die Ofentür auf.

Die drei Uniformierten versuchten, Liu mit dem Kopf voran in den Ofen zu schieben. Lius Haar fing Feuer, Liu schrie, Liu versuchte, sich loszureißen.

Die Hitze vor der Ofentür war so groß, daß die drei Uniformierten mit Liu zurückwichen.

Der vierte Uniformierte schrie, Wir legen sie auf die Pfanne!, der fünfte Uniformierte holte die Pfanne.

Der erste Uniformierte drückte Lius Kopf auf die Pfanne, der zweite zog Liu am rechten Arm, der dritte schob Liu am linken Arm, der vierte zog Liu am rechten Bein, der fünfte schob Liu am linken Bein auf die Pfanne.

Die fünf Uniformierten versuchten, Liu auf der Pfanne mit dem Kopf voran in den Ofen zu schieben.

Liu kam vor der Ofentür mit dem Kopf hoch, Liu schrie.

Der sechste Uniformierte nahm eine Eisenstange und drückte Lius Kopf und Körper auf die Pfanne.

Die fünf Uniformierten schoben die Pfanne in den Ofen.

Der sechste Uniformierte zog die Eisenstange zurück und schob die Pfanne mit der Eisenstange tiefer in den Ofen.

Der erste Uniformierte schloß die Ofentür.

Der Verfasser sagt, So war es.